dtv

Kong Fanhua, selbstbewusste Dorfvorsteherin in der chinesischen Provinz Henan, möchte bei den anstehenden Wahlen in ihrem Amt bestätigt werden. Eigentlich eine reine Formsache. In ihrer Wahlantrittsrede würde sie das Bild einer noch attraktiveren Zukunft zeichnen und damit erneut die Herzen der Bürger für sich gewinnen. Doch dann gefährdet die unerlaubte dritte Schwangerschaft einer Bäuerin ihre Wiederwahl. Fanhua müsste die Frau gemäß der staatlichen Bevölkerungspolitik zur Abtreibung zwingen, aber Xuedai, die bereits zwei Töchter hat und nun unbedingt einen Sohn gebären möchte, ist verschwunden. Fanhua setzt alles daran, die Frau zu finden.
Humorvoll und sehr direkt schildert Li Er das Leben der Dorfbewohner zwischen Tradition und Moderne, Rückständigkeit und Fortschritt, chinesischen Gewohnheiten und westlichen Einflüssen. Ein fulminanter Roman voller Lebenswirklichkeit.

Li Er, geboren 1966, stammt aus der chinesischen Provinz Henan, hat in Shanghai Sinologie studiert und lebt in Beijing. Er wurde mit dem »Großen Medienpreis für chinesischsprachige Literatur 2004 in der Kategorie Belletristik« ausgezeichnet und genießt auch international immer größere Popularität.

Li Er

Der Granatapfelbaum, der Kirschen trägt

Roman

Aus dem Chinesischen
von Thekla Chabbi

Deutscher Taschenbuch Verlag

Die Übersetzung aus dem Chinesischen wurde mit Mitteln des Auswärtigen Amtes unterstützt durch die Gesellschaft zur Förderung der Literatur aus Afrika, Asien und Lateinamerika e.V.

Oktober 2009
Deutscher Taschenbuch Verlag GmbH & Co. KG,
München
www.dtv.de

Titel der chinesischen Originalausgabe: ›Shi Liu Shu Shang Jie Ying Tao‹

Umschlagkonzept: Balk & Brumshagen
Umschlagbild: aus der Kollektion des International Institute of Social History, Amsterdam, Stefan R. Landsberger
(www.iisg.nl/~landsberger)
Satz: Greiner & Reichel, Köln
Druck und Bindung: Druckerei C. H. Beck, Nördlingen
Gedruckt auf säurefreiem, chlorfrei gebleichtem Papier
Printed in Germany · ISBN 978-3-423-13812-3

Nach der Weizenaussaat glich das Feld einem frisch rasierten Kopf – ein Anblick der Unberührtheit, der leises Befremden hervorrief. Kong Fanhua spürte ihr Kreuz. Ein merkwürdig zerrender Schmerz plagte sie, in den sich ein Taubheitsgefühl mischte, als hätte sie gerade das Wochenbett verlassen. So spielt nun einmal das Leben. Obwohl sie die Dorfvorsteherin war, blieb ihr die Arbeit auf dem Feld ihrer Familie nicht erspart. Ihr Mann Zhang Dianjun war vor einigen Jahren in ihr Elternhaus nach Guanzhuang gezogen, arbeitete aber in einer Schuhfabrik nahe Shenzhen. Er hatte knapp zehn Leute unter sich und behauptete gerne, daß er »den Laden schmeiße«. Niemand durfte es wagen, die Weizenaussaat mit der Arbeit in »seinem Laden« auch nur im Ansatz zu vergleichen. Und so kam er, solange die Feldarbeit in vollem Gang war, auch nicht nach Hause. Im letzten Jahr war ihm allerdings ein Fehler unterlaufen, und er war versehentlich einen Tag zu früh zurückgekehrt. Nur wenige Stunden hatte er auf dem Acker zugebracht, bevor er erklärte, daß sich seine Hämorrhoiden von neuem entzündet hätten, und verschwand.

Vor ein paar Tagen aber hatte er tatsächlich unaufgefordert zum Telefonhörer gegriffen und Fanhua angerufen. Offenbar hatte er sein Zuhause doch noch nicht völlig vergessen.

»Wann kommst du?« erkundigte sich Fanhua. Im Dorf sollten bald wieder Wahlen stattfinden, und sie zählte beim Stimmenfang auf seine Hilfe. Wie beim letzten Wahlkampf sollte er ihr eine Rede schreiben. In seinen Schulaufsätzen hatte er es verstanden, die rotglühenden Wolken am Horizont als einen prachtvollen Himmelspalast erscheinen zu lassen. Für eine Messerklinge verwendet man schließlich nur den besten Stahl – der nun gebraucht wurde. Aber bevor Fanhua auch nur ein Wort über die Lippen brachte, fing Dianjun wieder von seinen Hämorrhoiden an.

»Wir stehen hier in der Firma gerade unter großem Druck. Eine Ladung Ware muß nach Hongkong und Taiwan verschifft werden«, erklärte er ihr. »Dabei darf nichts schiefgehen. Die Genossen haben alle Hände voll zu tun und ich natürlich auch. Vor lauter Streß sind meine Hämorrhoiden wieder gewachsen und bluten sogar«, jammerte er. »Aber zu der großen Aufgabe der Wiedervereinigung des Vaterlandes«, führte er dann großspurig aus, »will ich einen Beitrag leisten, auch wenn es mit vielen Mühen und Anstrengungen verbunden ist. ›Die Kriegsmedaille ist aus meinem Blut und Schweiß gegossen, auch dein Schweiß ist hineingeflossen …‹«, zitierte er zur Bekräftigung das Lied der Kriegshelden.

Fanhua wurde wütend. »Vergiß meinen Schweiß, der fließt woanders.«

Wenn Fanhua wütend wurde, blieb Dianjun erst recht ruhig. »Ist der Kuckuck bei dir vorbeigeflogen?« erkundigte er sich beschwichtigend. »Ich habe ihn im Traum rufen hören.«

Dieser Kerl träumte scheinbar wirklich, dachte Fanhua. Wann rief der Kuckuck denn schon in Guanzhuang? Doch wohl, wenn der Weizen geerntet werden mußte. Und das war längst vorbei. Dianjun kam noch einmal auf Taiwan und die Anhänger der Unabhängigkeitsbewegung zu sprechen.

»Ich kann hier das taiwanesische Fernsehprogramm empfangen«, sagte er. »Aber wenn ich diese Unabhängigkeitsverfechter in Taiwan sehe, könnte ich platzen.«

»Da reißt doch immer nur diese alte Lü Xiulian das Maul

auf«, spottete Fanhua. »Und von der Vizepräsidentin läßt sich ein so angesehener und unersetzlicher Facharbeiter wie du aus der Ruhe bringen?«

»Wie? Du kennst Lü Xiulian?« fragte Dianjun erstaunt. »Aber macht euch mal keine Sorgen. Wir werden das Kind schon schaukeln. Die Sache mit Taiwans Unabhängigkeit wird sowieso kein gutes Ende nehmen.«

»Zhang Dianjun, hör mir mal gut zu«, sagte Fanhua streng. »Bleib meinetwegen, wo du bist. Wenn ich vor Erschöpfung zusammenbreche, kannst du dir ja eine jüngere Frau suchen.«

Einige Tage später aber kehrte Dianjun artig nach Hause zurück. Sein Gesicht war wie von einer ledrigen Schicht überzogen. In seinen Augenwinkeln waren einige Falten hinzugekommen, deren feine Furchen sich mit Staub gefüllt hatten. Nichts deutete darauf hin, daß er gerade aus der malerischen Landschaft des Südens kam. Dieses Gesicht sah einfach aus wie eine alte Mullbinde. Zudem trug er eine Schirmmütze und eine Sonnenbrille mit riesigen Gläsern, die man in Guanzhuang Froschbrille nannte. An dem Nachmittag, als er mit seinem Koffer in der Hand vor dem Hoftor stand, spielte seine Tochter Doudou mit ein paar Hasen und sang dazu einen Kinderreim, den ihr die Großmutter beigebracht hatte:

»Die Welt ist verkehrt, ja, verkehrt ist die Welt.
Der Granatapfelbaum trägt Kirschen.
Das Häschen hockt friedlich beim Hunde und bellt,
Das Mäuschen die Katze im Maule hält.«

»Ihr Häschen, macht es euch bequem und schlaft schön«, sagte Doudou gerade zu den Hasen und streichelte sie, als Dianjun den Hof betrat.

Doudou wurde dieses Jahr fünf Jahre alt. Sie hatte ihren Vater über ein halbes Jahr lang nicht gesehen und erkannte ihn nicht wieder. In seinem gemusterten Anzug konnte er sich vielmehr glücklich schätzen, daß sie ihn nicht für eine große Tigerkatze hielt. Er hockte sich vor sie hin, steckte suchend die Hand in die Jackentasche, bis ein Haargummi und eine Schleife zum Vorschein kamen. »Mein Töchterchen, du bist ja noch eleganter als diese Blumen«, sagte er geschwollen. »Komm, gib dem Papa einen Kuß.«

Doudou begann laut zu weinen. Im Nu quoll ihr ein durchsichtiger Ballon aus der Nase. Dianjun nahm rasch ein Fernglas aus der Tasche und hängte es Doudou um den Hals. Dann holte er ein Foto hervor, das ihn auf einem Kamel zeigte. Dieses Foto hing auch im Wohnzimmer an der Wand.

»Sieh her, das ist dein Papa, ich bin dein Papa.« Er deutete auf das Kamel und ließ Doudou raten, was das wohl war.

»Ein Dinosaurier«, sagte sie zaghaft und mit leiser Stimme.

Dianjun wackelte mit dem Zeigefinger. »*No, no*«, sagte er.

»Ein Esel«, flüsterte Doudou.

»*No*«, sagte Dianjun abermals. Selbstverständlich wußte Doudou nicht, was »*No*« zu bedeuten hatte. Sie verzog den Mund und begann wieder zu weinen. In diesem Moment schlug der Schwiegervater den Vorhang an der Tür zur Seite.

»Doudou, keine Angst«, rief er hustend. »Das ist kein Schuft, das ist dein Vater.«

Eilig erhob sich Dianjun und nahm seine Sonnenbrille ab. Der Alte kam herüber und strich Doudou über den Kopf. Dann hob er Dianjuns Koffer an und drehte beiläufig an den Rollen.

»Du bist zurück? Wieso hast du nichts gesagt? Dann hätte Fanhua dich doch an der Bushaltestelle abgeholt«, sagte er.

»Wie geht es dir, Schwiegervater?«, wich Dianjun aus.

»Zum Sterben ist es noch zu früh«, hustete dieser, erhob dann aber mit einem Mal die Stimme und rief laut: »Großmutter, Dianjun ist zurück. Mach ihm schnell ein paar Nudeln.«

Dianjun beugte sich wieder zu Doudou hinunter. »Doudou, wo ist deine Mama?«

Inzwischen hatte sich das Kind beruhigt. Mit verweinten Augen starrte es auf die Sonnenbrille in der Hand seines Vaters.

»Fanhua ist bei einer Sitzung in der Kreisstadt«, antwortete der Alte an ihrer Stelle.

Die Kreisstadt lag im Landkreis Xiushui. Ursprünglich war Xiushui der Name eines Flusses, der schon in den Wasserannalen auftauchte und vor hundert Jahren ein großer nebelverhangener Strom gewesen war. Heute stank da nur noch ein schwaches Rinnsal vor sich hin. Die Kreisstadt war an beiden Ufern des Xiushui-Flusses errichtet worden und hieß ebenfalls Xiushui. Das Dorf Guanzhuang lag fünf Kilometer vom Sitz der Gemeindeverwaltung in Wangzhai entfernt. Und von Wangzhai bis zur Kreisstadt Xiushui waren es noch einmal zehn Kilometer.

Als Fanhua um sieben Uhr abends immer noch nicht zurückgekehrt und auch ihr Handy ausgeschaltet war, konnte Dianjun nicht länger stillsitzen. Er wollte sich auf den Weg machen, um sie am Ortseingang abzuholen.

Der Alte verzog verständnislos das Gesicht. »Wie, abholen? Das ist dir doch nicht zuzumuten. Setz dich! Du warst lange unterwegs und hast allen Grund, müde zu sein«, spottete er und legte damit den Finger genau in die Wunde.

Eigentlich war es üblich, der Schwiegertochter Vorwürfe zu machen, wenn sie keinen Jungen zur Welt brachte. Aber in dieser Familie war es umgekehrt, alles wurde auf den Kopf gestellt. Die Eltern beklagten sich nicht über ihre Tochter, sondern über den Schwiegersohn. Unruhig tigerte Dianjun im Zimmer umher und beobachtete die Schwiegermutter, die ihren Mann verärgert ansah, einen Stuhl heranzog und ihn Dianjun unter den Hintern schob.

»Dianjun, schau doch, was im Fernsehen kommt. Wenn nichts läuft, was dich interessiert, dann geh und kauf mir rasch ein Päckchen Salz«, sagte sie und baute ihm damit eine goldene Brücke.

Als Dianjun das Haus verließ, schallte eine Autohupe über den Hof, die sich anhörte wie die schrillen Morsezeichen eines Telegrafen.

Der Alte hob die Augenbrauen. »Sie ist zurück, sie ist mit einer Limousine zurückgekommen«, rief er.

Es war tatsächlich Fanhua, die in einem *Hyundai* saß. Eilig stieg der Fahrer aus, lief um den Wagen herum und öffnete Fanhua die Tür. Fanhua winkte zum Abschied, und Dianjun sagte: »*Bye bye.*«

Als sich das Auto entfernt hatte, drehte Fanhua sich um, musterte Dianjun von Kopf bis Fuß und warf ihm ihre Tasche entgegen. »Dafür hast du keinen Blick, was? Du siehst es einfach nicht. Du wartest wohl darauf, daß ich zusammenbreche?«

In der Tasche befanden sich einige Dinge, die ihr ihre jüngere Schwester Fanrong für die Eltern mitgegeben hatte. Fanrong arbeitete in der Kreisstadt bei der Zeitung, und ihr Mann war stellvertretender Finanzamtsleiter. Der Schwager stand Fanhua in jeder Situation mit Rat und Tat zur Seite. Auch den Wagen, mit dem sie gerade nach Hause gebracht worden war, hatte er ihr geschickt.

Im vergangenen Jahr hatte Fanhua der Wind scharf ins Gesicht geblasen. Ein alter Mann aus dem Dorf war gestorben und ohne Einäscherung heimlich begraben worden. Ein schweres Vergehen, für das Fanhua die Verantwortung zu tragen hatte. Der Fall war auf höherer Ebene untersucht und Fanhua das Amt der Parteizellensekretärin umgehend entzogen worden. Hinter dieser Maßnahme steckte Gemeinderat Niu. Eigentlich hatte sich Niu ihr gegenüber immer sehr freundschaftlich verhalten. Aber wenn es wirklich um etwas ging, ließ er einen fallen wie eine heiße Kartoffel. Er war ein echter Schuft, drehte sich wie das Fähnchen im Wind. Hätte Fanhuas Schwager nicht zwischen ihr und dem Gemeinderat vermittelt, wäre auch ihr Posten als Komiteevorstand verloren gewesen.

Im Hof nahm Fanhua Dianjun die Tasche wieder aus der Hand. Genaugenommen entriß sie sie ihm wie ein bockiges Kind, das seine schlechte Laune zur Schau stellt. Mit dem Daumen im Hosenbund blieb Dianjun einfach stehen. Er lächelte unterwürfig.

»Hier ist eine Mütze, ein Schal und eine Stange *Dazhonghua*-Zigaretten. Die Schwester schickt euch alles mit vielen Grüßen und großer Ehrerbietung«, sagte Fanhua zu ihrem Vater, während sie die Tasche in die Höhe hielt. Im nächsten Moment drückte sie sie wieder Dianjun in die Hand.

»Jetzt nimm schon. Du bringst mich wirklich noch um.«

Nach wenigen Augenblicken reichte Dianjun die Tasche an seinen Schwiegervater weiter. Der Alte holte die Zigarettenstange heraus, riß sie auf und entnahm ihr eine Schachtel. Den Rest gab er Dianjun.

»Ist das Vaterland inzwischen eigentlich wiedervereinigt?« fragte Fanhua schnippisch. »Ist es tatsächlich möglich, daß ein so wichtiges Ereignis an mir vorbeigeht?«

Dianjun beugte sich zu ihr herunter. »Meine Hämorrhoiden bluten nicht mehr.«

»Hörst du? Der Kuckuck ruft«, entgegnete Fanhua.

Dianjun sah zum Himmel hinauf. »Der Mond scheint.«

Die beiden verband eine eigene Sprache – eine Art Räubersprache, die bei den Alten Stirnrunzeln und Kopfschütteln hervorrief.

»Ein Kuckuck?« fragte der Vater. »Der ist schon lange mausetot, nicht eine Feder ist von ihm übriggeblieben. Und vom Mond sehe ich auch nichts. Du brauchst wohl eine Brille, Dianjun.«

Es war eine heikle Angelegenheit, wenn der Mann in die Familie der Frau einheiratete. Solange die beiden Alten im Haus waren, empfand Dianjun eine gewisse Befangenheit. Erst nachdem sie am Abend zu Bett gegangen waren, konnte er sich entspannen. Sofort versuchte er, Fanhua auszuziehen. Sie fühlte sich nicht richtig wohl dabei, wich seinem Blick aus. Als er sich auf sie legen wollte, schob sie ihn mit den Ellenbogen von sich. Er solle erst »etwas« überziehen. Das Wort Kondom brachte sie wohl nicht über die Lippen. Aber wo hatten sie die »Dinger« nur hingelegt? Dianjun konnte sich nicht mehr erinnern. Er bat Fanhua, die Kondome zu suchen.

»Das ist Männersache«, wehrte sie ab.

»Hast du denn keine Spirale mehr?« fragte Dianjun. »Du glaubst doch wohl nicht, daß ich mir Filzläuse eingefangen habe? Ich habe schließlich eine Frau und eine Tochter. Ich bin absolut sauber. Wenn du mir nicht glaubst, dann schau einfach nach.«

Fanhua schmiegte sich an ihn und schielte unauffällig hinunter. Dann biß sie ihn in die Schulter. Eigentlich wollte sie richtig zubeißen, besann sich aber anders und wanderte mit der Zunge über seinen Körper. Plötzlich bemerkte sie, daß Dianjun immer noch seine Schirmmütze trug. Hose, Hemd und Unterwäsche hatte er abgelegt, nur die Kappe saß noch auf seinem Kopf. Was hatte das zu bedeuten? Fanhua nahm ihm die Mütze ab. Was war das? Er hatte kein einziges Haar mehr auf dem Kopf.

»Was hast du denn mit deinen Haaren gemacht?« erkundigte sie sich.

Dianjun tat überrascht. »Welche Haare?«

»Wieso ist dein Kopf kahl?« fragte Fanhua weiter.

»Sprichst du von mir?« erwiderte Dianjun. »Ach, das meinst du. Sie sind ausgefallen. Das nennt sich kreisrunder Haarausfall.«

Fanhua strich über seinen Kopf. »So ein Quatsch. Beim kreisrunden Haarausfall ist die Kopfhaut blank, da bleibt kein Flaum stehen.«

Dianjuns Kopfhaut war mit harten Stoppeln übersät, die Fanhua in die Hand stachen.

Sie bohrte weiter. »Sag schon, was ist passiert?«

»Ich war gerade dabei, eine Maschine zu reparieren. Einen Moment lang habe ich nicht aufgepaßt und bin gestürzt. Dabei habe ich mir den Kopf so dumm gestoßen, daß ich mit zwei Stichen genäht werden mußte«, erklärte Dianjun und klopfte sich mit der Faust auf den Kopf. »Aber sie sind schon wieder ganz gut nachgewachsen. Das ist die Wahrheit! Ich verarsche dich nicht.« Er stürzte sich wie ein wildes Tier auf Fanhua.

Im Bett verdiente es Fanhua in der Tat, ein Teufelsweib genannt zu werden. Sie ließ sich einfach nicht gerne besteigen, viel lieber war sie obenauf. Einmal hatte sie den Dorfarzt Xianyu sagen hören, daß Frauen, die es im Bett wilder trieben als Männer, nur Mädchen zur Welt brachten. Man konnte eben nicht alles haben: wer es wild treibt, kann keinen Jungen bekommen – wo auf Erden sollte es solch großes Glück geben? Frauen müßten sich einfach beherrschen, auch wenn sie es noch so gerne wild trieben. Sie müßten sich Zügel anlegen. Nicht wahr, Xianyu, hinterher ist man immer klüger. Hättest du das früher gesagt, dann hätte ich mich vielleicht etwas beherrscht, aber jetzt ist es zu spät.

Doudou kommt bald in die Schule. Da lohnt es sich nicht mehr.

Bei diesen Gedanken fühlte sich Fanhua leer und aufgewühlt zugleich. Aber ihr Körper ließ sich nicht zügeln – wahrscheinlich weil sie nichts mehr zu verlieren hatte. Sie wand sich wie ein Fisch und schob Dianjun unter ihren Körper. Ein Geruch von Sägemehl breitete sich im Zimmer aus. Sie schnupperte. Sicher brannte ihre Mutter Räucherstäbchen ab und betete zur barmherzigen Fruchtbarkeitsgöttin Guanyin.

Im Rausch vernahm Fanhua ein fernes Klopfen. Guanyin, die, wie man sich erzählte, unbemerkt eintreten und wieder entschwinden konnte, war wohl leibhaftig erschienen. In diesem Moment donnerte der Türklopfer gegen das Hoftor – peng, peng –, und jemand rief laut: »Ich bin's! Ich bin's!«

Das war die Stimme von Meng Qingshu, Guanyins Feind in Menschengestalt.

Dianjun streckte schweratmend den Kopf unter der Bettdecke hervor. »Wer ist da?« fragte er.

»Wer soll das schon sein? Qingshu, Meng Qingshu«, antwortete Fanhua.

Meng Qingshu war ein ehemaliger Soldat, der während seiner Armeezeit der Partei beigetreten war. Als Mitglied des Komitees für öffentliche Sicherheit war er im Dorf für die Geburtenkontrolle zuständig. Daraus machte sich Dianjun gerne einen Spaß. Er sprach von ihm als dem Vorsitzenden des Frauenverbandes und nannte ihn den Frauenexperten von Beruf. Qingshu nahm es gelassen, erklärte sogar, daß seine große Bewunderung dem Schauspieler Zhao Benshan gelte. Zhao Benshan hatte einmal den männlichen Chef des Frauenverbandes gespielt und sich für seine Rolle mit der Last dieser Arbeit vertraut gemacht.

»Der kommt natürlich genau im richtigen Moment«, sagte

Dianjun grinsend. »Heute begrüße ich ihn nicht mehr. Aber ein anderes Mal lade ich den Frauenexperten zum Schnaps ein.«

»Zur Zeit ist Qingshu richtig eifrig dabei«, sagte Fanhua. »Bald ist Wahl, und er kommt schon jetzt mit seinen Forderungen. Sobald die neue Dorfregierung steht, soll ich ihm größere Verantwortung übertragen.«

Dianjun lachte. »Größere Verantwortung übertragen? Das hast du schön gesagt, sehr niveauvoll. Der Fortschritt ist nicht aufzuhalten, was?«

»Es kommt immer darauf an, mit wem man es zu tun hat«, erwiderte Fanhua. »Läuft der Kahn erst richtig an, braucht er einen Steuermann. Auch aus dem dümmsten Esel wird ein Könner, wenn er nur lange genug mit mir zusammenarbeitet.« Fanhua ging zum Fenster. »Ist schon Weltuntergang?« rief sie hinaus. »Du wirst es überleben. Laß uns morgen alles besprechen.«

Qingshu aber setzte seine Rufe fort. »Ich bin's, ich bin's!«

Fanhua blieb nichts anderes übrig, als sich ihre Kleider überzuziehen. Bevor sie das Zimmer verließ, gab sie Dianjun einen Klaps auf den Hintern. »Ruhig Blut, mein Schätzchen. Wenn ich den Sklaventreiber losgeworden bin, mache ich dich erst richtig verrückt.«

Draußen war es stockdunkel. Der Himmel lag wie ein gewaltiger Deckel über Guanzhuang. Angestrengt spähte Fanhua in die Nacht. Qingshu kam nicht allein, eine Frau begleitete ihn. Sie bat die beiden vom Hof aus direkt in die Küche. Erst jetzt erkannte sie Pei Zhen, die Frau des Dorfschullehrers Li Shangyi. Pei Zhen und Qingshus zweite Frau Pei Hongmei stammten aus demselben Dorf und waren verwandt. Früher war auch Pei Zhen Lehrerin an der Dorfschule gewesen – eine der wenigen Frauen mit Schulbildung, die zudem sehr auf ihr Äußeres achtete. Kaum wurde es warm, trug sie karierte Röcke, und sobald es kalt wurde, trat sie nur noch in Rollkragenpullovern vor die Tür. Sie strickte gerade an einem neuen Pullover und ließ mehrere Fäden zusammenlaufen. Fanhua vermutete, daß sich Qingshu und Hongmei gestritten hatten. Weil Pei Zhen dabei als Schwägerin und gewissermaßen ältere Schwester nicht untätig zusehen konnte, hatte sie Qingshu wohl zu einer Aussprache hergeschleppt.

»Warum ist Hongmei nicht mitgekommen?« fragte Fanhua.

»Hongmei, die Schlafmütze«, rief Qingshu. »Sie ist längst im Bett.«

Während Fanhua eine Thermoskanne mit warmem Wasser hervorholte, musterte sie Qingshu. Aber sie konnte in seinem Gesicht keine blutigen Striemen entdecken, die auf einen handfesten Streit hingedeutet hätten.

»Wollt ihr ein Glas Wasser?« fragte sie.

»Nein«, lehnten beide ab.

Rasch stellte Fanhua die Kanne wieder zurück. Ihre Bewegungen waren hektisch, als ob sie fürchtete, die beiden könnten es sich doch noch anders überlegen, wenn sie sich mehr Zeit ließe.

Sie ging davon aus, daß sich Qingshu erkundigen wollte, wie die heutige Versammlung verlaufen war. O Mann, Qingshu, hatte das nicht noch Zeit? Auch wenn du ungeduldig bist – heiß wirst du den Tofu nicht schlucken. Wenn es nötig ist, daß du etwas erfährst, komme ich schon auf dich zu.

»Was ist los, Pei Zhen?« fragte Fanhua. »Hat Shangyi dich geärgert? Das kann ich mir gar nicht vorstellen. Lehrer Shangyi ist ein feiner Kerl. Der gibt nicht einmal beim Furzen einen Ton von sich.«

»Das soll er auch erst mal wagen«, erwiderte Pei Zhen. »Ich habe ja dich als Verstärkung, da kann mir sowieso nichts passieren.«

»Genau«, sagte Fanhua. »Außerdem gibt es ja auch noch Qingshu. Er kann mit dem Pinsel genauso gut wie mit dem Schwert umgehen. Da wäre es doch ein leichtes für ihn, dem Herrn Lehrer einen Denkzettel zu verpassen.«

»Shangyi ist verdammt gut zu Pei Zhen«, warf Qingshu ein.

Pei Zhen lachte schnaubend. »Aber nicht so gut wie Dianjun zu Fanhua«, sagte sie. »Als sie schwanger war, hat er für sie jeden Tag einen Apfel geschält. Das habe ich gesehen.«

»Du kannst dich wohl auch nicht beschweren«, sagte Qingshu. »Ich habe nämlich gesehen, daß Shangyi für dich Melonenkerne geknackt hat. Die gebildeten Leute sind besonders sorgfältig und feinsinnig, feiner als eine Nadelspitze oder eine Ährenborste.« Mit Sicherheit waren die beiden nicht mitten in der Nacht aufgekreuzt, um über Apfelschalen und Melonenkerne oder über Nadelspitzen und Ährenborsten zu plaudern.

»Gibt es was Dringendes?« erkundigte sich Fanhua bei Qingshu.

»Da wäre erst noch eine Kleinigkeit«, antwortete Qingshu. »Lingpei ist aus dem Kittchen entlassen worden. Sein Kopf ist kahlrasiert.«

Lingpei war der gerissenste Dieb des Dorfes. Seine Fertigkeiten hatte er bereits als Kind erlernt. In einem Hinterhof in Xiushui hatte ihm sein Lehrmeister alles beigebracht, was ein Taschendieb beherrschen mußte. So hatte er Schweinefett erhitzt und Tischtennisbälle hineingeworfen, und Lingpei sollte die Bälle wieder herausfischen. Als jeder seiner Versuche, einen Ball herauszuklauben, glückte, hatte er ausgelernt. Das war kindliches Geschick! Er war tatsächlich sehr zielstrebig. Das Haus, in dem er wohnte, hatte er aus prallen Taschen bezahlt. Vor einem halben Jahr war ihm die Polizei unter Qingshus Mitwirkung auf die Schliche gekommen und hatte ihm das Handwerk gelegt. Wenn sich Qingshu wie so häufig damit brüstete, Dieben das Handwerk zu legen und Diebesgut aufzuspüren, dann ging es immer um diesen einen Fall. In Wirklichkeit hatten sie Lingpei aber gar nicht auf frischer Tat ertappt, sondern im Schlaf überrascht.

»Demnächst gehen wir ihn besuchen«, sagte Fanhua, »und bringen ihm ein paar Töpfe, Schälchen und Löffel vorbei. Die Partei muß trotzdem für ihn sorgen.«

»Die Katze läßt das Mausen nicht«, rief Qingshu. »Dann fehlen ihm wahrscheinlich auch noch Essen und Klamotten.«

»Du mußt die langfristige Entwicklung sehen und nicht gleich alles kurz und klein schlagen«, gab Fanhua zu bedenken. »Also, sonst noch was? Sag schon.«

Qingshu kratzte sich verlegen am Kopf und zupfte an seinem Ohrläppchen. »Es gibt da etwas«, fing er zögernd an. »Wie soll ich sagen, die Sache ist schwierig.«

»Laß den Furz schon raus«, fuhr Fanhua ihn ungeduldig an.

»Na ja, je mehr über die Sache geredet wird, desto größer wird sie. Vielleicht machen wir da auch aus einer Mücke einen Elefanten«, meinte Qingshu. »Hör dir am besten erst einmal an, was Pei Zhen dazu zu sagen hat.«

Pei Zhen nahm offenkundig keine Notiz von ihnen. Sie hob nicht einmal den Kopf, sondern strickte unablässig an ihrem Pullover.

Qingshu wurde unruhig. »Auf dem Weg hierher haben wir doch alles abgesprochen. Du erzählst, und ich ergänze das eine oder andere«, sagte er. »Die Parteizellensekretärin muß die Informationen aus erster Hand bekommen.«

»Nenn mich nicht Parteizellensekretärin«, korrigierte Fanhua ihn. »Nenn mich Fanhua oder einfach Dorfvorsteherin.« Sie schloß die Tür und wandte sich an Pei Zhen. »Es kann uns jetzt niemand mehr hören, sag schon.«

Schließlich machte Pei Zhen den Mund auf. Sie kam vom Hundertsten ins Tausendste und gab nur dummes Zeug von sich. Unvorstellbar, daß sie eigentlich Lehrerin war. Sie erzählte von ihren Schweinen und vom Dünger, kam vom Dünger auf das Plumpsklo und vom Plumpsklo auf das Klopapier zu sprechen. Während sie vom Klopapier redete, hielt sie sich geziert die Nase zu.

Qingshu hatte in der Zwischenzeit die zweite Zigarette zu Ende geraucht. Nun reichte es ihm. »Parteizellensekretärin, ich will mal so sagen«, ergriff er das Wort. »Die Familie von Li Tiesuo und die Familie von Pei Zhen benutzen beide dasselbe Klo. Und zwar deshalb, weil Li Tiesuos Balken zusammengebrochen ist und er kein Geld hat, ihn zu reparieren. Ja, dadurch kam es zu dem Problem.«

Qingshu dämpfte geheimnisvoll die Stimme, als ginge es um ein Militärgeheimnis. Seine Worte gingen im Tiergeschrei unter.

Im Westen grenzte Guanzhuang an einen Fluß und im Norden an die Berge. Die Tierzucht war der wichtigste Nebenverdienst der Dorfbewohner. Esel, Schafe und Hasen liefen auf dem Land umher, Enten und Gänse schwammen auf dem Wasser, und in der Luft schwirrten Bienen und Wachteln. Sie waren, um mit Qingshu zu sprechen, die Streitkräfte zu Wasser, zu Land und in der Luft.

Gewissermaßen gehörte Qingshu selbst einem der Haushalte an, die Tierzucht betrieben, auch wenn er nur Papageien hielt – nicht, weil er damit Geld verdienen wollte, sondern angeblich zur Beruhigung. Einer seiner Papageien konnte das Lied ›Die Schützen kehren heim‹ singen. Sobald er den Schnabel öffnete, ertönte: »Legt sich die Dämmerung über die Welt, kehren die Schützen heim vom Feld.«

In der Ferne schnaubte ein Esel. Das mußte die Eselin der Familie Li Xinqiao im Osten des Dorfes sein. In Kürze würde sie einen Maulesel zur Welt bringen, und das schien sie in freudige Erregung zu versetzen.

Bei dem Gedanken an den Bastard schoß Fanhua durch den Kopf, Pei Zhen könnte Tiesuo begegnet sein, als sie in der Grube gehockt war. Aber was war dann passiert? Vielleicht war ja auch Tiesuos Frau Xuedai mit Li Shangyi zusammengetroffen? Für solch eine Scheiße ließen sich in der Tat nur schwer Worte finden.

Fanhua nahm einen Schluck Wasser, um sich zu sammeln. »Und dann?« fragte sie.

»Dann hat Pei Zhen die Schande bemerkt«, sagte er mit kaum hörbarer Fistelstimme, die eher an ein Mädchen als an einen Militärangehörigen denken ließ. »Die Schande zeigte sich im Schlüpfer. In gewissen Abständen sieht es im Schlüpfer einer Frau nach einer rot glühenden Wolke aus. Aber in der Unterhose von Tiesuos Frau Yao Xuedai war seit ungefähr zwei Monaten davon nichts mehr zu sehen.«

Fanhua legte die Stirn in Falten. »Was auch immer, rot glühende Wolke oder graue Asche. Du sprichst von Binden, oder?«

»Genau, so ist es«, bestätigte Qingshu. »Sie hat seit zwei Monaten keine mehr benutzt.«

Fanhua reckte den Kopf, um nach Luft zu schnappen. Dann neigte sie sich wieder vor und atmete tief durch. »Was willst du damit sagen?« hakte sie nach.

Qingshu zündete sich eine weitere Zigarette an und sog seelenruhig den Rauch ein. »Ich verstehe nicht viel von diesen Frauenproblemen«, stöhnte er. »So ungefähr muß es gewesen sein.«

»Was soll das heißen?« fragte Fanhua erneut.

»Parteizellensekretärin, es sieht einfach alles danach aus,

aber genau weiß ich es nicht. Den Dreh- und Angelpunkt mußt du selbst finden«, erklärte er. »Im Grunde hätte Pei Zhen das alles erzählen sollen. Bei einem Mann hört sich das ziemlich geschmacklos an. Und wir von der Kommunistischen Partei bekämpfen ein solches Schmierentheater entschieden. Oder, Pei Zhen? Sag was!«

Pei Zhen tat, als habe sie nicht zugehört. Sie hob ihren halb fertigen Pullover in die Höhe. »Fanhua, schau mal den Ärmel an. Meinst du, ich sollte noch ein paar Reihen stricken?«

»Mach, was du willst«, erwiderte Fanhua, ohne weiter auf sie einzugehen. Was auch immer sie meinten, der Dreh- und Angelpunkt war das, was sie nicht ausgesprochen hatten. Wahrscheinlich wollten sie ihr nichts anderes mitteilen, als daß Xuedais Bauch dick geworden war. Pei Zhens Geheimniskrämerei verwunderte sie nicht. Aber Qingshu war ein Parteikader und im Dorf genau für diese Dinge zuständig. Was hatte es zu bedeuten, daß auch er nur zögerlich mit der Sprache herausrückte?

»Wolltest du nicht wissen, was heute in der Sitzung los war?« erkundigte sich Fanhua scheinheilig. »Es ging um die Organisation der Dorfwahl. Und Landrat Zhang, der für die Geburtenkontrolle zuständig ist, hat eine Rede gehalten. Sogar eine sehr lange Rede. Eigentlich wollte ich dir morgen davon berichten. Aber es geht genauso jetzt. Schließlich betrifft es deinen Aufgabenbereich. Früher oder später laufen die tausend Fäden, die oben gesponnen werden, unten durch ein einziges Nadelöhr. An der Basis ordnet sich der Wirrwarr und mündet in eindeutige Aufgaben. Landrat Zhang hat besonders betont, daß die Arbeit an der Basis die Maßstäbe setzt. Unplanmäßig Schwangere müssen sich ausnahmslos einer Abtreibung unterziehen. Es braucht nur einmal etwas schiefzugehen, und der Komiteevorstand wird nicht mehr auf der Kandidatenliste zur Wahl erscheinen.

Beim zweiten Mal werden alle Vorstandsmitglieder zum Teufel gejagt, und zwar auf Nimmerwiedersehen. Dann braucht man an eine Kandidatur keinen Gedanken mehr zu verschwenden.«

»Verdammt, die haben die Zügel ganz schön angezogen und setzen uns jetzt das Messer an die Kehle«, sagte Qingshu beunruhigt.

»Das ist erst der Anfang«, sagte Fanhua. »Den Rest erzähle ich dir ein andermal.«

Qingshu seufzte. »Je höher das Amt, desto leichter kann man die Leute unter Druck setzen und wie Enten abhängen lassen«, klagte er.

»Das Messer haben wir alle an der Kehle, vergiß das nicht«, entgegnete Fanhua. »Ich will dir keine Angst machen. Aber meine Verantwortung ist groß, und deine ist auch nicht gerade klein. Xuedai hat schließlich schon zwei Kinder.«

»Ich habe doch geahnt, daß man oben die Geburtenkontrolle wieder anpackt«, sagte Qingshu. »Deshalb bin ich auch sofort zu dir gekommen, als ich von der Sache erfahren habe.«

»Von mir hast du das aber nicht«, fiel Pei Zhen ein. »Mit Hongmeis Regel stimmt auch etwas nicht. Da muß ich mich als ältere Schwester wohl drum kümmern. Ich kann mich einfach nicht so gut ausdrücken. Deshalb habe ich nur gesagt, daß Xuedais Regel nicht in Ordnung ist. Qingshu war dabei und hat genau zugehört. Mehr weiß ich nicht. Parteizellensekretärin, schau doch mal, soll ich am Ärmel nun Maschen abnehmen oder weiterstricken?«

Alles klar. Fanhua hatte begriffen, worum es hier ging. Pei Zhen wollte ein Spektakel erleben und ließ sich dafür eine Menge einfallen. Man mußte wirklich auf alles gefaßt sein. Es gab nichts, was es nicht gab. Wenn man Melonenkerne knabberte, kam schließlich auch hin und wieder eine Wanze zum Vorschein, der man die Stinkdrüsen zerbissen hatte. So etwas konnte passieren. Ganz bestimmt hatte Pei Zhen mehr im Sinn.

Vor einigen Monaten war auch sie schwanger gewesen. Sie hatte bereits zwei Jungen und wünschte sich unbedingt noch ein Mädchen.

»Ein Mädchen würde unsere Familie komplett machen«, hatte sie erklärt und sich vergewissert, daß sie in dem Fall nur eine Geldbuße bezahlen müßte. Denn wenn ihre Eltern etwas besaßen, dann war es Geld. Damals hatte Fanhua Pei Zhen und Shangyi aufgesucht, um mit ihnen über die Lage des Landes und die Politik zu sprechen. Sie hatte sich gut überlegt, was sie sagen wollte.

»Es geht doch darum«, stimmte Pei Zhen zunächst zu, »daß die große Bevölkerung Chinas auf einer schwachen Basis steht. Das verstehe ich natürlich. Aber du kannst dich darauf verlassen, daß wir dem Land nicht schaden wollen. Wenn die Jungen groß sind, werden sie beide nach Amerika gehen. Ein paar Devisen für das Vaterland zu verdienen, das kann ja wohl nicht strafbar sein, oder?«

»Meinst du, es ist wirklich so gut, nach Amerika zu gehen?« erkundigte sich Fanhua. »Weißt du, wieviel es kostet, jemanden dorthin zu schicken? Du kannst ja gerade mal mit Shangyis Monatslohn von fünf-, sechshundert Yuan rechnen. Dafür kauft sich ein Amerikaner drei Walnüsse und zwei Datteln. Er pfeift darauf, so wenig ist das wert.«

Pei Zhen stand auf, stolzierte, die schmale Taille hin- und herschwingend, ins hintere Zimmer und lärmte dort herum. »Fünf-, sechshundert Yuan, na und?« rief sie in ihrer patzigen Art. »Das ist sauberes Geld, von einem Schulmann redlich verdient.«

Mit diesem Blödsinn spielte sie wohl darauf an, daß es Leute gab, die öffentliche Gelder unterschlugen.

»Es hat keinen Sinn. Ich möchte mit Lehrer Shangyi allein sprechen«, erwiderte Fanhua und wandte sich an Shangyi. »Du hast doch die Auszeichnung ›Familie der fünf Tugenden‹ erhalten, oder? Wenn du dafür sorgst, daß das Kind abgetrieben wird, bekommst du zusätzlich das ›Vorbild der Familienplanung‹. Für die ›Fünf Tugenden‹ plus ›Vorbild‹ gibt es jährlich ein Preisgeld von dreitausend Yuan. Wenn du dann noch deinen Lohn dazurechnest, reicht das allemal für die Schulgebühren deiner Söhne.«

Erneut meldete sich Pei Zhen zu Wort. »Sollen wir unsere Tochter etwa für dreitausend Yuan verkaufen?« schrie sie.

Wütend stürmte Fanhua nach hinten. »Woher willst du eigentlich wissen, daß du eine Tochter bekommst?« brüllte sie zurück. »Hast du sie schon gesehen? Wahrscheinlich hat dich beim Pinkeln dein Spiegelbild aus der Lache angeglotzt. Du glaubst tatsächlich, daß du dazu bestimmt bist, Mutter einer Tochter zu sein? Ich sag dir was: Du bist es nicht. Schlag es dir aus dem Kopf.«

Nachdem sie Pei Zhen in ihre Schranken gewiesen hatte, wandte sie sich noch einmal an Shangyi. »Für den Bau der Autobahn«, erklärte sie, »hat der Staat über sieben Hektar Land unseres Dorfes beansprucht und auch schon Ausgleichszahlungen geleistet.«

Mit diesen Geldern plante Fanhua konkrete Maßnahmen zur Förderung der Bildung. »Aber das Geld bleibt unter Verschluß«, fuhr sie fort. »Nur Kinder, die die Aufnahmeprüfung an der Hochschule bestehen, bekommen einen Zuschuß aus diesem Topf. Dein ältester Sohn ist doch Klassenbester in der Mittelschule, oder? Und was bedeutet das? Das ist doch so offensichtlich wie Läuse auf einer Glatze. Er ist eben einfach dazu bestimmt, die Nummer eins zu sein. Also, lehn dich zurück und warte auf den Geldsegen.«

Shangyi war gerührt.

»Es gibt vertrauliche Regierungsdokumente«, ergänzte Fanhua, »in denen steht, daß jeder aus dem Amt fliegt, in dessen Zuständigkeitsbereich auch nur ein Kind zuviel zur Welt kommt. Und wenn ich gehen muß, kann ich nicht mehr bestimmen, wofür dieses Geld ausgegeben wird. Da ist es doch wohl nicht in deinem Sinne, daß ich zurücktrete, oder?«

Unermüdlich hatte sie damals auf die beiden eingewirkt und Pei Zhen zu guter Letzt zur Abtreibung überredet. Fanhua hatte tief Luft geholt und die Sache damit als erledigt betrachtet.

Wer konnte schon ahnen, daß Pei Zhen ihr dieses Geschehen bis heute nachtrug? Da paßte das alte Sprichwort: Fürchte weniger den Dieb als seine Vorhaben. Pei Zhen machte sich nun stellvertretend für Fanhua Gedanken über die Frauenbäuche des gesamten Dorfes. Um so besser, so brauchte sie selbst sich ein paar Sorgen weniger zu machen.

Fanhua nahm den Pullover und betrachtete ihn. »Pei Zhen, du bist wirklich klug. Alle Frauen des Dorfes zusammen sind nicht so gescheit wie du. Shangyi ist ein echter Glückspilz, daß er dich abgekriegt hat«, sagte sie schmeichelnd und schenkte den beiden ein Glas Wasser ein.

Kaum saß sie wieder auf ihrem Stuhl, klatschte sie in die Hände und sprang auf. »Mann, das habe ich ja ganz vergessen.« Sie holte zwei goldgelbe Orangen aus dem Kühlschrank, die ihr der Schwager geschenkt hatte. Aber Fanhua behauptete durchtrieben, Dianjun habe sie aus der Ferne mitgebracht.

»Dianjun? Ist Dianjun zurück?« fragte Qingshu.

»Er ist vorhin zurückgekommen. Das bißchen Geld, das er verdient hat, ist ihm richtig zu Kopf gestiegen«, übertrieb sie. »Nächstes Mal bringst du ihn wieder zur Vernunft. Und dann soll er alle zum Schnaps einladen. Pei Zhen, es macht dir doch nichts aus, wenn Shangyi auch mittrinkt, oder?«

Auf einem Küchenbrett schnitt Fanhua die Orangen auf. »Sag, Pei Zhen, verdient Qingshu nicht eigentlich eine Ohrfeige? Du bist doch seine Schwägerin, die ältere Schwester seiner Frau. Aber er nennt dich nicht ältere Schwester, sondern einfach immer nur Pei Zhen.«

»Er ist ein hoher Kader, wieso soll er zu uns einfachen Leuten höflich sein?« Pei Zhen zeigte sich verständnisvoll.

»Das hat mit meiner Stellung nichts zu tun«, entgegnete Qingshu. »Ich bin immerhin älter als du. Als ich schon im Stehen pinkeln konnte, warst du nicht mehr als ein Krampf in der Wade deines Vaters.«

»Ich mache euch einen Vorschlag«, unterbrach Fanhua die beiden. »Du, Pei Zhen, sagst älterer Bruder, und du, Qingshu, sagst ältere Schwester. So kommt ihr beide zu eurem Recht.« Sie nahm die aufgeschnittenen Orangen und bot sie Pei Zhen an. »Dianjun hat gesagt, daß Mandarinen die innere Hitze steigern, Orangen aber vertreiben sie und helfen bei der Verdauung«, erklärte sie. »Hier, nimm – nimm alle.« Dann fragte sie Qingshu unverwandt: »Hast du Yao Xuedai in den letzten zwei Tagen gesehen? Ist ihr Bauch tatsächlich dick geworden? Normalerweise machst du deine Arbeit doch so sorgfältig, daß dir so etwas gar nicht entgehen kann.«

»Ich habe auch nur zwei Augen im Kopf«, erwiderte Qingshu. »Da kann es schon einmal passieren, daß mir etwas durch die Lappen geht. Du willst ja wohl nicht, daß ich als Parteigenosse den Frauen den ganzen Tag auf den Bauchnabel starre, oder?«

»Das sieht dir ähnlich«, sagte Fanhua. »Ich habe gesagt Bauch und nicht Bauchnabel.«

Fanhua stand morgens immer früh auf. An diesem Tag war es sogar noch früher als sonst. Als sie aufwachte, war das Bett neben ihr schon leer. Dianjun schnitt sich die Zehennägel und las dabei in einem Buch. Sie zeigte ihm ihre Waden, die er während der Nacht mit seinen Fußnägeln zerkratzt hatte.

»Das ist deine Schuld«, sagte sie. »Weil du so auf mir herumrutschst.«

Dianjun stellte sich taub. Er blätterte in aller Ruhe weiter in dem Buch, das auf seinen Knien lag – ›Englische Konversation in 300 Sätzen‹. Er blätterte allerdings nicht mit der Hand, sondern mit dem Kinn, das spitz geworden war. Er hatte abgenommen. Fast erweckte er Fanhuas Mitleid. Nun aber mußte sie lachen.

»Du machst dich ziemlich lächerlich« sagte sie und kniff ihn ins Ohr. »Beherrschst du überhaupt das Alphabet?«

»Du spinnst wohl! Bilde dir nur nicht ein, daß du die einzige bist, die lesen kann. Zum Englischlernen muß man nicht Kong heißen, das schafft jeder.«

Erst jetzt fiel Fanhua wieder ein, daß sie das Buch selbst mitgebracht hatte. Gestern mittag vor Beginn der Sitzung hatte der Sekretär des Kreisparteikomitees die Vorsteher einiger besonders fortschrittlicher Dörfer empfangen. Wie üblich waren zunächst stundenlang Lobesreden geschwungen worden, in denen die rundum gute Arbeit gewürdigt wurde, die den Gemeinden alle Ehre gemacht hatte. Anschließend hatte man sich darauf eingeschworen, zukünftig ein noch höheres Niveau anzustreben. In beiläufigem Plauderton hatte der Sekretär kurz vor Schluß noch eine »Kleinigkeit« erwähnt. Er habe von einem Freund aus den »oberen Rängen« erfahren, daß in Xiushui ein Ausländer erwartet werde. »Warum er kommt und was er hier vorhat, weiß der Teufel«, sagte er. »Es gibt zwei Möglichkeiten: Entweder will er Investitionsbedingungen auskundschaften und eine Gemeinde suchen, die für die Zusammenarbeit geeignet ist. Oder aber er kommt, um unsere Dorfwahlen zu beobachten. Was nun eintritt und was ein Hirngespinst bleibt, weiß mein Mittelsmann auch nicht so genau.«

Um wen es sich allerdings bei diesem hohen Tier handelte, verriet der Sekretär des Kreisparteikomitees nicht. Und ob er aus der Stadt oder der Provinz stammte, war offenbar streng geheim.

»Diese Person ist kein gewöhnlicher Ausländer«, fuhr der Sekretär fort. »Er soll ziemlich eingebildet sein, weil er Amerikaner ist. Gestern abend«, erklärte er nach einer kurzen Pause, »habe ich einmal das Internet durchforstet. Dieser Amerikaner, der sich damit beschäftigt, wie sich Chinas ländliche Gebiete entwickeln und wie dort Wahlen durchgeführt werden, ist wirklich ein Teufelskerl. Wenn ich nicht nachgeschaut hätte, hätten wir im Leben nichts davon erfahren. Aber als ich das gesehen habe, das schwöre ich euch, ist mir fast das Herz stehengeblieben: Es ist kein Geringerer als der frühere amerikanische Präsident Carter.«

Kaum war heraus, daß es sich um einen amerikanischen Präsidenten handelte, wagten einige Dorfvorsteher kaum mehr zu atmen. Einen Moment lang standen sie wie vom Donner gerührt da, dann begannen sie mechanisch, sich zu verbeugen. Der Sekretär lachte gequält und machte dabei eine Handbewegung, als wolle er Mücken verscheuchen. »Das ist doch wirklich kein Grund zur Nervosität«, sagte er. »Wieso sollte man denn nervös werden, wenn man Reformen durchführt? Früher haben wir immer gesagt, daß der amerikanische Imperialismus ein Papiertiger sei. Jetzt kommt es aber auf Höflichkeit und gutes Benehmen an, um den Amerikanern etwas Geld aus der Tasche zu ziehen. Deshalb hofieren wir sie jetzt, und mit dem alten Gerede ist Schluß!«

Die Dorfvorsteher richteten sich wieder auf und standen nun kerzengerade da. Beflissen ging der Sekretär auf den

Dorfvorsteher von Xiuyang zu, um ihm die Hand zu schütteln. »Wenn ich mich nicht irre, bist du der Erdnußkönig von Xiushui«, sagte er. »Dir habe ich doch vor kurzem noch eine Verdiensturkunde überreicht, stimmt's?«

Als ehemaliger Soldat stand der Dorfvorsteher von Xiuyang sofort stramm. Wie zur Begrüßung mit militärischen Ehren schlug er die Hacken aneinander.

»Jawohl, Herr Kommandant«, sagte er. »Ich danke Ihnen im Namen des gesamten Dorfes.«

Der Sekretär des Kreisparteikomitees schüttelte ihm abermals die Hand. Dann bat er ihn, sich wieder zu setzen.

»Carter hatte früher auch mit Erdnüssen zu tun«, sagte er. »Ihr seid also Kollegen und sprecht dieselbe Sprache.«

Der Erdnußkönig geriet in Aufregung. »Sollte ich ihn nicht zu fassen kriegen«, faselte er mit gerecktem Hals, »ist es ja auch egal. Wenn ich ihn mir aber schnappen kann, werde ich mit ihm ein Schwätzchen halten und ihn einmal fragen, ob in seinen Erdnüssen eigentlich Maden sind.«

Im ersten Moment sah ihn der Sekretär verdutzt an, dann brach er in lautes Gelächter aus. »Mit Sicherheit wird Carter nicht persönlich kommen«, sagte er, nachdem er sich wieder gefangen hatte. »Und selbst wenn, hätten wir nicht die Gelegenheit, ihn einzuladen. Er würde bestimmt schon unterwegs von der Provinzverwaltung aufgehalten. Zu uns kommen wahrscheinlich nur seine Mitarbeiter.«

An dieser Stelle schienen sich die Dorfvorsteher erneut ehrfurchtsvoll zu verbeugen, in Wahrheit aber krümmten sie sich ein wenig, um sich wieder zu entspannen. Einige holten sogar ihre langen, dünnen Pfeifen hervor und begannen, sie zu stopfen.

»Wann der Amerikaner letztendlich eintrifft«, ergriff der Sekretär wieder das Wort, »bleibt geheim. Aber wir müssen gut vorbereitet in die Schlacht ziehen und Strategie und

Taktik im Auge behalten. Das geht folgendermaßen: Ihr hört auf die Kreisregierung, und die Kreisregierung hört auf die hohen Tiere. Aber aufgepaßt! Die Arbeit, die vorab erledigt werden muß, wird auch vorab erledigt. Setzt euch nicht erst auf den Balken, wenn euch die Scheiße schon aus dem Arsch quillt.«

Bei seinem letzten Satz zog der Sekretär ein Buch von der Größe des ›Roten Buches‹ aus der Jackentasche seines Anzugs, ›Englische Konversation in 300 Sätzen‹. Er schwenkte das Buch einige Male hin und her, wie er dies früher mit Maos Grundsätzen getan hatte. Glanz trat in seine Augen. Sein Gesicht strahlte und wirkte plötzlich besonders gut durchblutet. Seine Krawattenspitze wippte im Schritt auf und ab wie der lange weiße Bart des Helden Hualian in der Peking-Oper. »Ich bin schon dabei, mein Englisch aufzufrischen«, sagte er. »Wenn die Amerikaner kommen, dann ist es gut, wenn wir uns mit ihnen unterhalten können.«

Plötzlich mischten sich einige englische Silben in seinen Wortschwall. Schwerfällig und holprig, etwa so wie Chinesisch aus dem Mund eines Uiguren, der Lammspieße verkauft. Etwas war jedoch darunter, das Fanhua verstand: »*lucky me*« – »ich Glücklicher«. Der Erdnußkönig hatte nichts verstanden. Statt dessen hatte er vulgäre, unanständige Wörter herausgehört.

»Leck mich?« murmelte auch einer der Dorfvorsteher neben Fanhua vor sich hin. »Wer denn? Wieso regt er sich denn jetzt so auf?«

Landrat Zhang, der an der Seite des Sekretärs saß, begann als erster zu klatschen. Er erhob sich sogar, spendete stehend Beifall und warf dem Sekretär einen hochachtungsvollen Blick zu. Nachdem Landrat Zhang aufgestanden war, mußten sich die Dorfvorsteher selbstverständlich erst recht erheben. Mit großer Geste bat der Sekretär zunächst den Landrat, wieder Platz zu nehmen, dann forderte er die Dorfvorsteher auf, sich zu setzen.

»Danke, danke euch allen für den Applaus«, rief er. »Die Dörfer können Vorbild für andere Dörfer sein, Familien Vorbild für andere Familien, die breite Bevölkerung orientiert sich an den Kadern, und was ist mit den Kadern? Sie orientieren sich natürlich an uns besonders fortschrittlichen Kadern, die wir hier anwesend sind. Ich habe für euch alle den Anfang gemacht und die Initiative ergriffen.« Dann wandte er sich an Landrat Zhang: »Der Xinhua-Buchladen in der Kreisstadt hat bereits eine Lieferung von mehreren tausend Exemplaren des Buches ›Englische Konversation in 300 Sätzen‹ samt Übungs-CDs erhalten. Ich habe den Buchladen veranlaßt, uns mehrere Kartons davon zu liefern, und werde das Buch gleich an alle verteilen.«

Fanhua nahm ihr Exemplar entgegen. Als ihr der Schwager nach der Sitzung das Auto bestellte, um sie nach Hause bringen zu lassen, drückte er ihr ein weiteres Buch in die Hand.

»In meiner und in Fanrongs Abteilung wurden die Bücher auch verteilt. Ein Exemplar reicht uns«, sagte er. »Du kannst es ja Doudou schenken. Für die Kinder ist es ein Glück, schon in der Grundschule Fremdsprachen zu lernen.«

Der Fahrer ließ auf sich warten. Auf der Straße war keine Menschenseele mehr zu sehen. Dennoch flüsterte der Schwager: »Es wird nicht mehr lange dauern, bis es in ganz Xiushui große Mode ist, Englisch zu lernen.«

»Was ist los? Warum flüsterst du?« fragte Fanhua.

»Dieses Buch hat der Neffe des Sekretärs herausgegeben. Ein Jahr lang war es ein Ladenhüter und wurde nicht verkauft. Verstehst du?«

»Diese Schweinehunde«, sagte Fanhua. »Das Ganze ist also

nur ein billiger Trick.« Dann aber kam ihr der Gedanke, daß das Dorf am besten einige Bücher kaufen und auch die Schule eine Ladung bestellen sollte. Dadurch könnte sie ihre Verbundenheit mit der Partei zum Ausdruck bringen.

Der Schwager schien Fanhua zu durchschauen. »Wenn das Dorf welche kauft, meinetwegen. Aber zieh bloß nicht den Schulkindern das Geld dafür aus der Tasche«, ermahnte er sie eilig.

»Warum nicht?« fragte Fanhua erstaunt.

»Dieser Sekretär wird bald das Feld räumen, seine Amtszeit ist vorbei«, erklärte der Schwager kaum noch hörbar. »Jeder Sekretär, der nachrückt, wird das Thema Bildung neu aufrollen. Wenn es soweit ist, werden sie dich für diese willkürlichen Kosten zur Verantwortung ziehen. Dann bist du am Ende.«

»Verdammt, ja, da hast du recht. Das stinkt zum Himmel«, gab Fanhua zu.

Und nun sah sie Dianjun am frühen Morgen in den ›300 Sätzen‹ blättern. »Verstehst du überhaupt etwas?« fragte sie ihn.

»Du kannst mich ja abfragen«, antwortete Dianjun. »Aber frag mich nach was Ausgefallenem, zum Beispiel Kamel.«

Fanhua konnte sich nicht vorstellen, daß Dianjun ein Wort wie Kamel kannte. Sie forderte ihn auf, es zu buchstabieren. Er verdrehte die Augen und überlegte. »Das habe ich doch nur so gesagt, und dann fragst du tatsächlich danach«, beschwerte er sich. »Aber ich glaube, ich kann mich noch erinnern. Das müßte c, a, m, e, l – ›*camel*‹ sein, stimmt's?«

»Und Esel?« fragte Fanhua weiter. Wieder verdrehte Dianjun die Augen, gab aber keine Antwort. Merkwürdig, daß er so etwas Kurioses wie ein Kamel kannte, aber bei Dingen, die ihm täglich über den Weg liefen, stumm blieb. Fanhua entriß ihm das Buch. Sie hatte ihn entlarvt: Auf der aufgeschlagenen Seite war ein Kamel abgebildet.

Auf der nächsten Seite folgte ein Esel. Fanhua las das Wort zwei Mal – *donkey, donkey*. Es wurde ausgesprochen wie *dang kei*, und das hieß soviel wie »die Partei rügt«. In ihrer Situation brannte sich Fanhua der Begriff förmlich ins Gedächtnis. Sie erzählte Dianjun von den Plänen des Sekretärs, die Worte des Schwagers behielt sie jedoch für sich. Sie kannte Dianjun nur zu gut. Er war eine Plaudertasche. Im Nu hätte alles die Runde gemacht.

»Man erwartet einen Ausländer?« wiederholte Dianjun. »Toll, das ist ja toll. Fanqis Sohn Xiangchao hat doch in Peking Englisch studiert. Wenn der Ausländer kommt, holst du Xiangchao einfach zurück. Dann kannst du sagen, daß er dein Mitarbeiter ist.«

»Ja«, erwiderte Fanhua, »aber ich will Xiangchao nicht ausnutzen. Deshalb werde ich ihm seine Fahrkarte und einen kleinen Lohn bezahlen.«

Gähnend schlug Dianjun das Buch zu. »Die ganze Nacht habe ich kein Auge zugetan«, sagte er. »Ich glaube, ich werde mich noch einmal aufs Ohr legen.«

»Du und kein Auge zugetan?« sagte Fanhua. »Du hast einen ganzen Wald abgesägt.«

»Das ist die Wahrheit! Ich verarsche dich nicht«, beteuerte Dianjun. »Ich habe immer irgend etwas heulen hören.«

»Heulen? Wer soll geheult haben?« fragte Fanhua. »Wieso habe ich nichts davon mitbekommen?«

»Es war grauenerregend, wirklich ganz grauenerregend, ein teuflisches Wolfsgeheul«, klagte Dianjun.

Fanhua mußte lachen. »Ach ja, richtig, das kann sein. Die Familie Qinglin besitzt einen Wolf.«

Fanhua wühlte sich aus dem Bett. Mit beiden Händen zog sie ihre Ohrmuscheln in die Länge und stürzte sich drohend auf Dianjun. »Ein Wolf, ein großer grauer Wolf«, brummte sie.

Gemeinsam warfen sie sich wieder aufs Bett und wälzten sich ausgelassen von einer Seite zur andern. Währenddessen bereitete Fanhuas Mutter das Frühstück.

»Dreh doch gleich mal eine Runde durchs Dorf«, sagte Fanhua zu Dianjun, als sie wenig später am Küchentisch saßen. »Und schau dir an, was sich alles getan hat.«

»Ich mache keinen Schritt vor die Tür«, erwiderte Dianjun. »Ich bleibe zu Hause und schlafe mich ordentlich aus. Schließlich muß ich mich erholen und wieder zu Kräften kommen, um meinen Neubeginn vorzubereiten.«

Zu Kräften kommen? Und auch noch einen Neubeginn vorbereiten? Fanhua verstand gar nichts. War ihm in Shenzhen vielleicht etwas zugestoßen? Sie starrte ihn an.

»Was hat das zu bedeuten?« fragte sie. »Verheimlichst du mir etwas? Hast du irgendwo Schiffbruch erlitten?«

Dianjun schnaubte durch die Nase. »Das ist wohl ein Witz? Schiffbruch erlitten! Wo soll ich Schiffbruch erlitten haben? Ich fühle mich wie eine Sesampflanze, die wächst und Blüten treibt. Alles läuft bestens. In Kürze werde ich mich wahrscheinlich zum Generaldirektor mausern.«

Er prahlte wie eine Tüte Mücken. Fanhua hielt ihren Handrücken an seine Stirn. »Soll ich dir den Kopf kühlen?«

Mürrisch schob Dianjun ihre Hand beiseite. »Wart es ab, bald werden mich Qingshu und die anderen nur noch Direktor Zhang nennen.« Während er seine Sprüche klopfte, sang Doudou im Hof einen neuen Scherzreim, den ihr die Großmutter gerade beibrachte:

»Ich reite auf einem schwarzen Schimmel,
Ein Stern, tausend Monde stehn am Himmel,
Die Steine, sie schwimmen auf den Wellen,
Laut lachen im Fluß jetzt die Forellen,
Ein Heer Generäle und ein Soldat,
Davon noch keiner die Welt verdreht hat.«

Als das Kind alle Verse auswendig konnte, verstummte es plötzlich. »Was heißt eigentlich General?« fragte Doudou.

»Deine Mama ist ein General«, antwortete die Großmutter.

»Und was macht ein General?« fragte Doudou weiter.

»Ein General bringt kleine Mädchen zur Welt, Mädchen wie dich«, erklärte die Großmutter.

Fanhua lachte in sich hinein. Offenbar warteten die Alten immer noch sehnlich auf einen Enkelsohn. Das war schon ein Scherz in sich. Denn schließlich mußte sie als Dorfvorsteherin für die anderen ein gutes Beispiel abgeben. Nur weil ihr der Kopf danach stand, konnte sie nicht einfach ein zweites Kind bekommen.

»Laß mich den Mond küssen«, sagte Dianjun zärtlich und kniff Fanhua dabei in die Brust.

»Reiß dich zusammen«, erwiderte sie und schob seine Finger weg. »Bald sind Wahlen, denk lieber schon mal darüber nach, was du in meine Rede schreibst.«

»Ein Ghostwriter? Als angesehener Generaldirektor Zhang ist das ja wohl unter meiner Würde«, sagte Dianjun.

»Was redest du für dummes Zeug? Was für ein Geist?« erwiderte Fanhua.

Dianjun schüttelte den Kopf. »Mann, du lebst wirklich hinterm Mond. Ein Ghostwriter ist jemand, der die Reden für den Präsidenten schreibt.«

Fanhua stellte ihre Reisschale auf den Tisch und ging hinaus. Sie wollte sich Xuedais Bauch einmal anschauen. Sobald sie an diesen Bauch dachte, kam es ihr vor, als stünde alles kopf, als ginge die Sonne im Westen auf. Noch im vergangenen Monat hatte das Familienplanungsbüro der Gemeinde Untersuchungen durchgeführt und bei jeder unplanmäßig Schwangeren gleich an Ort und Stelle den Eingriff vorgenommen. Wie konnte Xuedai da nur übersehen worden sein? Ob Pei Zhen sich vielleicht doch geirrt hatte? Auf dem Plumpsklo konnte sie unmöglich festgestellt haben, daß etwas nicht stimmte. Keine Frage, der Bauch mußte schon zu sehen sein. Hoffentlich hatte sie sich getäuscht. Wenn Xuedais Bauch aber tatsächlich angeschwollen sein sollte, geriete alles ins Wanken. Dann ginge es nicht mehr nur um einen Bauch, sondern um eine Zeitbombe.

Genau wie der Premierminister hatte auch Fanhua eine Unmenge Zahlen im Kopf. Und am besten konnte sie sich die Zahlen merken, die die Frauen betrafen. Guanzhuang hatte eintausendzweihundertfünfundvierzig Einwohner, von den hundertdreiundvierzig Frauen im gebärfähigen Alter hatten sich achtundsiebzig sterilisieren lassen und konnten somit abgezogen werden, ebenso wie vier weitere, die keine Kinder zur Welt bringen konnten. Demnach gab es einundsechzig Bäuche, die jederzeit anschwellen konnten. Jederzeit. Nur siebenunddreißig von ihnen war es von Gesetzes wegen erlaubt, anzuschwellen. Nach deren Abzug blieben also noch vierundzwanzig ungesicherte. Diese vierundzwanzig Bäuche waren wie vierundzwanzig Lunten am Pulverfaß. Sollte eine davon zünden, würden die anderen dann wirklich noch stillhalten? Bei diesen Gedanken lief es Fanhua heiß und kalt über den Rücken.

Xuedais Familie wohnte im Haus gegenüber der Familie Qinglin. Als Fanhua schon fast dort angekommen war, hörte sie Schritte, rasche Schritte, tapp, tapp, tapp. Es war der Wolf, den sich Qinglin hielt. Er schlich umher. Kurz nachdem Qinglin den Wolf bei sich aufgenommen hatte, hatte er allerorts damit geprahlt, wie er dem Tier in den Bergen eine Falle gestellt, es gegriffen und eigenhändig heruntergetragen hatte. Er änderte jedoch seine Version, als ihm jemand erzählte, daß es strafbar sei, ein wildes Tier zu fangen. Nun behauptete Qinglin, er habe den Wolf im Zoo von Hanzhou gekauft, sogar mit Zertifikat. »Man darf ihn nur zum Vergnügen halten und nicht, um ihn zu schlachten.« Selbstverständlich hielt Qinglin den Wolf nicht nur zum Vergnügen, sondern um ihn mit Hunden zu kreuzen und Wolfshunde zu züchten. Die erste Generation einer Kreuzung aus Wolf und Hund war am wertvollsten. Ein Tier kostete siebenhundert Yuan und damit doppelt so viel wie zwei Schweine. Daß sich Qinglin keinen Hund, sondern nur den Wolf hielt, bewies, daß er sich für nichts anderes als den Samen seines Wolfes interessierte. »Die Qinglins betreiben eine Besamungsstation«, witzelten ein paar Leute, »eine Besamungsstation für Schweinehunde!«

»Quatsch, echt Quatsch!« wies Qingling sie streng zurecht. »Das sind keine Schweinehunde, sondern ziemlich geniale Hunde.« Er hatte dem Wolf sogar einen Namen gegeben, Huihui. Sein Huihui wurde dieses Jahr zwei Jahre alt. Er war gerade noch im Jahr des Hundes geboren.

»Wenn der Himmel das Schicksal der Menschen vorherbestimmt«, sagte er, »dann bestimmt er auch das Schicksal dieses Wolfes. Weil Huihui im Jahr des Hundes geboren wurde, liegt es einfach in seiner Natur, sich mit dieser Beschäftigung über Wasser zu halten.«

Einmal hatte Qinglin Zeige- und Mittelfinger beider Hände gekreuzt in die Luft gestreckt. »Sobald mein Huihui einmal eine Hündin deckt«, hatte er Fanhua erklärt, »kommt ungefähr das dabei heraus.«

Zwanzig Yuan? Qinglin hatte je eine Zehn in Fanhuas Handflächen gemalt und gesagt: »Mal zehn.« Du lieber Himmel, einmal drin, schon gab es zweihundert Yuan.

»Wir werden darüber nachdenken, ob die Qinglins nicht zur ›Vorzeigefamilie‹ ernannt werden sollten«, hatte Kong Fanqi, Mitglied des Volksvermittlungsausschusses im Dorf, angekündigt. »Wölfe zu züchten fördert schließlich den Umweltschutz und die geistige Zivilisation. Qinglin dient dem Dorf deshalb in zweierlei Hinsicht: Er unterstützt sowohl den materiellen als auch den geistigen Fortschritt.«

Die Zeiten hatten sich geändert. Ließ man eine Hündin decken, bezahlte man teuer dafür, Rüden brachten hingegen sogar als Mischlinge Geld ein. Und wie nannte man das? Das war natürlich Marktwirtschaft!

Während Tiesuos Tür im Haus gegenüber fest verschlossen blieb, holte Qinglin auf dieser Straßenseite gerade mit einem Hammer zum Schlag aus, um Knochen zu zerkleinern. Die Knochen wollte er in einem Steinmörser zu Pulver zerstoßen und anschließend ins Futter geben.

»Du behandelst den Wolf ja besser als deine Frau«, sagte Fanhua, als sie eintrat.

Qinglin ließ den Hammer niederfahren. »Ach, da ist ja die Dorfvorsteherin. Hast du schon gegessen?« begrüßte er sie.

»Ja«, antwortete Fanhua und warf einen flüchtigen Blick zur Seite in Richtung Tiesuos Tür. Qinglins Frau wurde hellhörig. Vor fünf, sechs Jahren hatte er einen Sack voll Reis und eine Kanne Sesamöl gegen sie eingetauscht. Sie stammte aus der Provinz Shanxi. Der Dialekt des Ortes bereitete ihr noch immer Mühe. Auch jetzt hatte sie wieder alles falsch verstanden.

»Hm, das stimmt. Qinglin ist nicht schlecht zu mir«, warf sie ein.

Qinglin hob nicht einmal den Kopf. »Zum Teufel! Hau

ab!« zischte er, als wollte er eine Stubenfliege verscheuchen. Er legte den Hammer zur Seite und wandte sich erneut an Fanhua. »Diese bescheuerte Alte, warum habe ich die nur geheiratet? Sie denkt an nichts anderes als ans Fressen«, schimpfte er. »Vorgestern sind Leute aus Batuogou zur Besamung gekommen. Sie haben zwei Pfund Rindfleisch für den Wolf mitgebracht. Nur einmal habe ich kurz nicht aufgepaßt, schon hatte sie das Fleisch gekocht. Huihui hat sich den halben Tag geplagt und nicht einen Bissen Fleisch bekommen.«

Qinglins Frau hörte alles mit. Sie ärgerte sich kein bißchen, lachte sogar. »Ich hab ihn doch mit einem so großen Stück gefüttert«, sagte sie wild gestikulierend. Ihrer ausladenden Handbewegung nach zu urteilen, mußte es mindestens ein halbes Kalb gewesen sein. Diese Frau kam zwar von auswärts, dachte Fanhua, aber sie lebte inzwischen schon lange hier, kannte die Sitten und wußte, daß das Gesicht zu wahren wertvoller war als Öl. Um herauszukehren, daß sie ein unbeschwertes Leben führte, spielte sie sich auf.

Qinglin beachtete die Bemühungen seiner Frau nicht. »Blöde Schlampe«, schimpfte er zornig. »Ich habe dir doch gesagt, daß man ihn mit rohem Fleisch füttern muß. Das ist eine Wissenschaft. Wenn du nicht auf die Wissenschaft hörst, wo soll denn dann Huihuis Kraft herkommen? Geh mir nicht auf die Nerven, sonst werd ich dir noch die Pfoten zerkleinern und sie an den Wolf verfüttern.«

Plötzlich vernahm Fanhua das Geräusch eines Türklopfers. Lehrer Shangyi trat heraus. Er trug einen Anzug in westlichem Stil und hatte ein Buch unter den Arm geklemmt. Mit gerecktem Hals und ausladender Geste zog er den Kragen seines Oberhemdes zurecht. Als er Fanhua an Qinglins Tür stehen sah, sagte er nicht, wie es unter den Dorfbewohnern üblich war: »Hast du schon gegessen?«, sondern überaus geschwollen: »Guten Morgen.«

Nach einigen Schritten drehte er sich noch einmal um und warf einen argwöhnischen Blick zurück. Sofort war Fanhua klar, daß er von Pei Zhens Meldung wußte. Es war sogar möglich, daß er Pei Zhen dazu angestiftet hatte. Fanhua rief Shangyi nach. Doch kaum hatte sie seinen Namen ausgesprochen, wurde sie unsicher. Wahrscheinlich war es der falsche Moment, mitten auf der Straße über Xuedais Bauch zu reden – mit Sicherheit war es der falsche Moment. Shangyi hatte jedoch schon kehrtgemacht und kam zu ihr herüber. Als er vor ihr stand, sagte er erneut »Guten Morgen« und fragte, womit er dienen könne.

»Lehrer Shangyi, dieser Anzug steht dir sehr gut. Hast du ihn gekauft oder nähen lassen?« fragte Fanhua.

»Steht er mir wirklich?« erkundigte sich Shangyi bescheiden. »Oh, das habe ich noch gar nicht bemerkt.«

Noch während sie zuhörte, überlegte Fanhua bereits, wie sie fortfahren sollte. »Da gibt es etwas, das ich gerne mit dir besprechen würde. Kannst du mir helfen, ein paar Aufgaben auszuarbeiten?«

»Kein Problem«, antwortete Shangyi. »Worum geht es denn?«

»Um die Familienplanung und um die Wahl«, antwortete Fanhua. »Die Sache ist vertraulich, vergiß das nicht.«

Shangyi war sehr klug und begriff Fanhuas Sorge sofort. »Es geht um ein Ratespiel, oder?« flüsterte er.

Gerade wollte Fanhua ansetzen, alles zu erklären, als der große Dorflautsprecher erschallte. Sieben Uhr. Das war der Weckruf, den Qingshu im Dorfkomitee durchgefochten hatte. Fanhua hatte allerdings zu verhindern gewußt, daß lediglich Trompetengeschmetter ertönte. Auf ihren Vorschlag hin erklangen Lieder, die die Menschen antrieben und ihren Zusammenhalt stärkten. An diesem Tag war das Lied ›Geliebte Heimat‹ zu hören:

Wir wollen unsere Heimat lieben
Ja, ja, ja,
Zehntausend Jahr' sind uns beschieden
Ja, ja, ja

»Unsere tatsächlichen Verhältnisse sollen richtig zur Geltung kommen«, sagte Fanhua, nachdem die Musik verklungen war. »So etwas wie mit Marx machen wir dieses Mal nicht mehr.« Diesen Hinweis gab sie nicht ohne Grund. Als im letzten Jahr die Rekruten einberufen worden waren, hatte Shangyi vorgeschlagen, zu diesem Anlaß die Stimmung ein wenig anzuheizen, und sich dafür ein Ratespiel ausgedacht. Gleich zu Beginn hatte er die Frage gestellt, in welchem Jahr Marx zur Welt gekommen sei. Natürlich waren alle ahnungslos gewesen. »Das kann man sich ganz leicht merken«, hatte er beschwingt erklärt. »Kaum war Marx auf der Welt, hieß es bei ihm: 1 – 8 – in die Schlacht, 1 – 8 – in die Schlacht, und mit fünf Fingern an jeder Hand klatschte er den Kapitalismus an die Wand. Also ist Marx im Jahr 1818 geboren, und zwar am 5.5.«

»Gut, dieses Mal machen wir nichts mit Marx«, stimmte Shangyi zu.

»Genau, laß den alten Marx einfach mal in Ruhe«, sagte Fanhua.

»Aber lehrreich, interessant und nützlich zugleich soll es wieder sein, oder?« fragte Shangyi nach.

Fanhua stimmte nicht zu, widersprach aber auch nicht. »Dir wird schon was einfallen«, sagte sie lediglich, und so klemmte sich Shangyi sein Buch wieder unter den Arm und verabschiedete sich.

Kaum war er verschwunden, brach Qinglin in schallendes Gelächter aus. »Nur zwei Wesen auf der Welt hat Shangyi je mit ›Guten Morgen‹ begrüßt«, prustete er los. »Zum einen dich, zum anderen meinen Huihui. Als Shangyi zum ersten Mal vorbeigekommen ist, um den Wolf zu sehen, hat er ihn mit ›Guten Morgen, großer grauer Wolf‹ begrüßt.«

Auf einmal wurde es draußen unruhig. Schulkinder mit ihren großen Tornistern liefen die Straße entlang. Im Vorbeigehen steckten einige den Kopf durch den Türspalt, um einen Blick auf den Wolf zu erhaschen. Ein besonders vorwitziger Bursche hatte seine Freude daran, den Wolf mit Hundegebell in Aufruhr zu versetzen, so daß dieser unruhig im Zimmer umherstreunte.

Plötzlich entdeckte Fanhua ihren Amtsvorgänger Meng Qingmao, der seine Enkelin zur Schule brachte. Obwohl es nicht besonders kalt war, hatte Qingmao seine Hände in den Ärmeln versteckt und die Schultern hochgezogen. Er war alt geworden.

»Onkel!« rief sie zu ihm hinüber.

Er blieb stehen, zog die Ärmel zurück und rieb sich das Gesicht. »Ach, machst du einen Inspektionsgang?« fragte er.

»Ich kam nur zufällig vorbei«, antwortete Fanhua.

»Der Blick lohnt sich, was?« bemerkte Qingmao. »Das ist ja kein Wolf, sondern Qinglins fortschrittliche Produktivkraft.«

»Da hast du natürlich wieder einmal recht, Onkel«, pflichtete Fanhua ihm bei.

Qingmao wehrte mit großer Geste ab. »Papperlapapp, ich bin alt geworden und zu nichts mehr zu gebrauchen. Aber manchmal treffe ich eben doch noch ins Schwarze.«

Fanhua hing ihren Gedanken nach. Vor drei Jahren war Qingmao zurückgetreten. Seitdem war sein Haar schlohweiß geworden.

Drei Personen hatten sich damals für das Amt des Dorfkomiteevorstandes zur Wahl gestellt. Qingmao, Fanhua und

Xiangsheng. Bereits nach dem ersten Wahlgang war für Qingmao abzusehen, daß er Stimmen verloren und Fanhua an Zustimmung gewonnen hatte. Umgehend zog er seine Kandidatur zurück und forderte seine Anhänger auf, im nächsten Wahlgang für Fanhua zu stimmen. Dieses Vorgehen mutete ein wenig amerikanisch an, war aber ein geschickter Schachzug, um in Würde abdanken zu können. Guo, der damalige Parteizellensekretär der Gemeindeverwaltung, war von Qingmaos Haltung begeistert und lobte ihn als einen weitsichtigen Mann von Welt.

»Die Nachfahren der Weisen besitzen auch bei Alltäglichkeiten Anstand«, erklärte Qingmao. »Und wir dürfen nicht zulassen, daß unsere Ahnen das Gesicht verlieren. Rechtschaffenheit«, fuhr er fort, »ist das oberste Gut in unserem Dorf Guanzhuang. Wir dürfen nicht zulassen, wie das in einigen anderen Dörfern geschehen ist, daß ein abgewählter Kader seinem Nachfolger übel mitspielt. In der Gemeinde Südyuan gibt es zum Beispiel ein Dorf, da hat jemand neun Mal mit dem Messer auf den Nachfolger eingestochen. Verdammt noch mal, warum denn nicht gleich zehn Mal? Dann wäre es wenigstens eine runde Zahl gewesen. Da ging es wohl nicht um eine schlichte Messerstecherei. Da wollte jemand Hackfleisch für seine Teigtaschenfüllung machen.«

Sekretär Guo nickte zustimmend.

»Ich bin im Jahr des Pferdes geboren«, fuhr Qingmao fort, »und bin ein alter Gaul. Fanhua ist im Jahr des Drachen geboren, deshalb liegt es ihr einfach im Blut, die Kaiserrobe zu tragen.«

Seine Worte ergaben zwar keinen Sinn, aber jeder verstand ihn. Der alte Guo nickte abermals.

Um sich für seine freundlichen Worte erkenntlich zu zeigen, schickte Fanhua ihre Mitarbeiterin Meng Xiaohong, Sekretärin der Parteizellengruppe, nach Xiushui. Sie sollte dort eine glänzende Gedenktafel als Abschiedsgeschenk für Qingmao besorgen, der sein Amt so würdevoll abgegeben hatte. Dreihundert Yuan steckte Xiaohong dafür ein. Da eine Tafel nur einhundertdreißig Yuan kostete, kaufte sie gleich zwei. Qingmaos Wunsch war es, in die eine Tafel den Schriftzug »Ein Jahr – Blühen und Welken« und in die andere »Eine Blume – eine Welt« eingravieren zu lassen. Die Zeichen sollte Shangyi schreiben.

»›Blühen und Welken‹ hört sich irgendwie so …, na ja, halt so an«, nörgelte er.

»Kannst du mal etwas Vernünftiges von dir geben?« rügte Qingshu ihn. »Was heißt hier ›halt so‹?«

»Es hört sich so – trostlos an«, sagte Shangyi. »Wie wenn Regentropfen auf Bananenblätter prasseln. Eben so, als würde man sich lustig machen über ihn.«

Eindringlich klopfte Qingmao mit seiner langen Pfeife auf den Tisch. »Hör auf, mit Bananenblättern zu wedeln. Das ist doch Wortklauberei, mir gefällt ›Blühen und Welken‹ einfach«, sagte er nachdrücklich. »Vom Blühen bis zum Welken war ein Jahr besser als das andere.«

Die Tafel »Ein Jahr – Blühen und Welken« nahm er mit, »Eine Blume – eine Welt« ließ er zurück.

»Die Blume ist Fanhua und die Welt das Dorf Guanzhuang. Das ist mein Glückwunsch für Fanhua.«

Wenn ein Dorfvorsteher sein Amt verließ, war es Zeit, einen Kassensturz zu machen. In dem Abschlußzeugnis, das Fanhua Qingmao nach genauer Bestandsaufnahme ausstellte, blieb für ihn wahrlich kein Wunsch offen. Mit dieser Urkunde hätte Qingmao sofort einen Hubschrauber besteigen, nach Peking, in das Zentrum der Macht, fliegen und sich dort zum vielversprechenden Führungsnachwuchs zählen können. Nach Verhandlungen mit dem Dorfkomitee beauftragte Fanhua Qingmao damit, den Kalkofen zu betreiben, ohne den der Straßen-, Häuser- und Brückenbau nicht zu bewältigen war. Jeder Idiot konnte mit dieser Arbeit eine Menge Geld verdienen.

Ein halbes Jahr später hörte Fanhua von Xiangsheng, daß Qingmao wegen Konfuzius' Lehrspruch »Männer dürfen keine Sklaven sein und Frauen keine Sklavinnen« auch seine Kandidatur als Dorfkomiteemitglied zurückgezogen habe. Sollte das etwa bedeuten, daß jemand zum Sklaven wurde, sobald er nicht mehr das absolute Sagen hatte? Offenbar hegte Qingmao doch einen gehörigen Groll. Empört über seinen Hochmut hatte Fanhua ihm im zweiten Jahr die Betriebskosten für den Ofen erhöht.

Als sich Qingmao mit seiner Enkelin entfernte, wanderte Fanhuas Blick zu dem Wolf, der in einem Teil des Hauses eingesperrt war. Das Tier lag flach auf der Erde und dämmerte vor sich hin. In der Nacht war der Wolf rege, aber mit dem ersten Sonnenstrahl streckte er sich lang auf dem Boden aus und bettete seinen Unterkiefer zufrieden auf einen Sandhaufen. Mit gespitzten Ohren und verächtlichem Blick schielte er auf die Menschen. Seinen langen Schwanz hielt er versteckt. »Er hat wirklich Ansprüche«, sagte Qinglin. »Wenn er nicht jeden Tag frischen Sand bekommt, ist er unzufrieden und will kein Bräutigam sein. Er ist schon richtig verzogen.«

»Eine fortschrittliche Produktivkraft«, sagte Fanhua, »darf sich wohl ein paar Launen erlauben.«

»Parteizellensekretärin«, fragte Qinglin unvermittelt, »ich habe gehört, daß es ein Medikament gibt, das Viagra heißt. Wenn Männer das einnehmen, können sie die ganze Nacht lang. Hilft das eigentlich auch einem Wolf?«

»Hast du es schon ausprobiert?« fragte Fanhua zurück.

»Wenn ich es bekäme, würde ich nicht nein sagen. Kürzlich, als Xiangmin auf ein Schwätzchen hier war, hat er gesagt, daß Viagra genauso aussieht wie Pfefferminzbonbons – blau glitzernd.«

Bei dem Gedanken an Xiangmin rümpfte Fanhua die Nase. Dieser Draufgänger, der als erster im Dorf zu Geld gekommen war. Immerzu prahlte er damit, den Fortschritt nach Guanzhuang gebracht zu haben. Aber vielleicht war das ja nun endlich der Fortschritt, von dem er dauernd sprach.

»Ich besitze zwei Autos«, hatte er vor ein paar Jahren, als die Kleinwagen der Marke *Xiali* noch eine Menge Geld kosteten, stets wiederholt. »Einen *Xiali* und einen *Xiali*.«

Tja, jeder spinnt auf seine Weise, der eine laut, der andere leise, denn das Geld hatte ihm der Handel mit Mensch und Vieh eingebracht. Das Vieh transportierte er von Xiushui nach Shanxi, und auf dem Rückweg brachte er Frauen aus Shanxi mit. Auch Qinglins Frau hatte er besorgt. Für das Gesindel von Xiushui war Xiangmin ein Gott. Es war Ironie des Schicksals, daß dieser Draufgänger später tatsächlich gläubig wurde und zum Christentum übertrat. Einmal war ein Bauer aus dem Nachbardorf, dem er ebenfalls eine Ehefrau beschafft hatte, bei Xiangmin erschienen. Vor dem Hauseingang hockend hatte der Mann gefleht: »Sei gnädig. Schaff mir noch eine her. Geld ist nicht das Problem.« Ängstlich schaute er zu Xianmin auf.

»Du mieser Kerl«, rief Xiangmin. »Willst du dir einen Harem anlegen?«

»Nein, darum geht es nicht«, antwortete der Bauer. »Der Zweitälteste unserer Familie ist noch Junggeselle.«

Xiangmin schwieg – so lange, bis der Bauer unruhig wurde. »Derzeit verdichten sich die Gerüchte«, begann Xiangmin schließlich, »daß sich einiges verändert. Man sagt, daß die Regierung dazu aufruft, die Wirtschaft gehörig anzukurbeln. In Shanxi bereitet man sich auf diesen Aufschwung vor und läßt keine Arbeitkräfte gehen.«

Der Bauer begriff. »Darüber können wir reden, ich gebe dir auch das Doppelte.«

Obwohl alles gesagt war, blieb der Mann hocken und machte keine Anstalten zu gehen.

»Was ist?« fragte Xiangmin. »Meinst du, ich knete dir jetzt eine Frau? Zieh ab und schaff das Geld her.«

Der Mann stand vor Xiangmin, fuhr sich mit der Zunge über das Zahnfleisch und blieb eine ganze Weile stumm.

»Das ist die Frau für meinen jüngeren Bruder«, sagte er schließlich. »Sei gnädig und faß sie unterwegs nicht an, mach das bloß nicht, treib mir keinen Unfug.«

Sofort gab Xiangmin dem Mann einen Tritt in den Hintern. »Du mieser Kerl, ich bin gläubig, und da sagst du so etwas zu mir? Ich bin ein Jünger Jesu und mache das alles aus reiner Mildtätigkeit. Such dir jemand anderen, du Arsch.«

Vor kurzem war Fanhua zu Ohren gekommen, daß Xiangmin den Bau einer kleinen Kirche in Wangzhai finanziell unterstützen wollte. Mit Kirchen sei eine Menge Geld zu machen, predigte Qingshu immerzu. Denn was die Leute für Weihrauch ausgaben, belief sich auf eine schöne Summe. Da könne man sich ununterbrochen die Finger befeuchten und sein Geld zählen, sagte er, mit dem Viehhandel sei das nicht zu vergleichen.

Schließlich tat sich auf der gegenüberliegenden Straßenseite doch noch etwas. Tiesuos Töchter Yanan und Yadi traten aus dem Haus. Gleich darauf folgte Xuedai. Rasch jagte sie den Mädchen nach, wischte der kleinen Yadi übers Gesicht und stopfte ihr ein Taschentuch in die Jackentasche.

»Wenn du dir noch einmal den Rotz am Ärmel abwischst, dann setzt es was«, schimpfte sie.

Vor vorschnellen Schlußfolgerungen sollte man sich gemeinhin hüten. Und unter normalen Umständen hätte Fanhua sicherlich nichts bemerkt. Doch angespannt wie sie war, brauchte sie nur hinüberzusehen, und schon stach es ihr in die Augen. Xuedais Gang wirkte plump, so plump wie der typische Gang einer Schwangeren. Zumal sie sich sonst grazil und leicht wie eine Motte im Licht bewegte. Mit ihrem herausgestreckten Busen und Po sah sie wie ein Pinguin aus.

Als sie sich umdrehte, um wieder ins Haus zu gehen, rief Fanhua ihr zu: »Was hat Yadi denn gemacht, daß du sie schlagen willst? Sie hat so zarte Arme und Beine. Meinst du, die halten deine Schläge überhaupt aus?«

Xuedai sah den Kindern noch einmal nach, bevor sie zu Fanhua herüberkam. »Sie kann einen in den Wahnsinn treiben«, stöhnte sie und zeigte dabei auf ihre Tochter. »Jeden Tag glänzt ihr Ärmel. Der Barbier kann ihn bald zum Messerschleifen benutzen.«

»Das ist doch nicht Yadis Schuld«, sagte Fanhua. »Das hat sie geerbt. Tiesuo hatte immer eine Rotznase, als er klein war. Er war viel schlimmer als Yadi. Anstatt sich den Rotz abwischen zu lassen, schleckte er ihn lieber mit der Zunge ab.«

Wie ein Minensuchgerät waren ihre Augen ständig in Bewegung und suchten Xuedais Bauch ab.

»Ich habe gehört, daß Dianjun in Shenzhen richtig viel Geld verdient hat«, sagte Xuedai plötzlich.

»Ach, dieser Mistkerl, wenn der einen Yuan verdient, gibt er zwei aus. Auch mit dem doppelten Verdienst kommt er nicht klar«, antwortete Fanhua. »Schau dir doch mal diesen Qinglin an. Er hängt nichts an die große Glocke, überarbeitet sich nicht und sahnt trotzdem ab.«

»Was soll das heißen, ich überarbeite mich nicht?« fiel Qinglin ihr beleidigt ins Wort. »Den ganzen Tag dreht sich bei mir von morgens bis abends alles um den Wolf.«

»Was machst du denn schon?« fragte Fanhua lachend. »Die Arbeit macht doch der Wolf, oder machst du sie vielleicht?«

Bei dieser Vorstellung mußte auch Xuedai lachen und brachte Fanhua, ohne es zu wissen, einen Schritt weiter. Das Problem trat nämlich deutlich zutage. Mit der einen Hand hielt sich Xuedai beim Lachen den Bauch, die andere stemmte sie sich ins Kreuz. Wahrscheinlich hatte sie bereits Rückenschmerzen und litt unter dem Gewicht des Bauches. Diesem Auftreten nach zu urteilen, war sie ungefähr im dritten Monat. Also hatte sich Pei Zhen nicht geirrt. Tja, Xuedai, ob du Schmerz fürchtest oder nicht, du kommst unters Messer.

Qinglins Frau kehrte vom Plumpsklo zurück. Sie krempelte sich die Ärmel hoch und wollte Qinglin beim Anrühren des Futters helfen. Das ließ er nicht zu. Mit dem Arm hielt er sie fern und befahl ihr, sich erst die Pfoten zu waschen. Auch wenn sein Hals so schwarz wie eine Fahrradkette war, nahm er es an den entscheidenden Stellen mit der Sauberkeit sehr genau. Sollten die Amerikaner tatsächlich kommen, überlegte Fanhua, müßte man ihnen unbedingt Qinglins Wolf vorführen. Er bewies, daß man in Guanzhuang großen Wert auf Tierschutz legte. Außerdem wollte Fanhua ihre jüngere Schwester Fanrong bitten, Qinglin zu fotografieren und sein Bild in der Zeitung zu veröffentlichen. Denn Qinglin besaß Unterhaltungswert. Noch vor einigen Jahren hatte er sich als Ganove durchgeschlagen. Alles, was nicht niet- und nagelfest gewesen war, hatte er beiseite geschafft. Deshalb hatte er einen ganzen Sack Reis aufwenden müssen, um eine Frau zu ergattern. Später aber, als das Gesetz Privatbesitz zuließ und ihm auch die Dorfkader unter die Arme griffen, hatte er sich fest vorgenommen, in Zukunft hart zu arbeiten, und war schließlich durch die Viehzucht Schritt für Schritt zu Wohlstand gelangt. Im Grunde war das genauso unglaublich, wie ein Besenstiel Kirschen trägt.

Fanhua warf erneut einen Blick auf Xuedais Bauch. Wenn der Bauch wieder in Ordnung gebracht wäre, dachte sie, könnte Xuedai sich ja einen Hund anschaffen – oder vielmehr eine Hündin. Qinglins Wolf brauchte sie wohl nicht mehr als einmal zu bespringen, schon bekäme sie einen dikken Bauch, gefüllt mit Hundert-Yuan-Scheinen, von denen Maos Abbild lächelt. Hündinnen gab es heutzutage nur noch in anderen Dörfern, denn die fruchtbare Gülle überschwemmte eben nur die fremden Felder. Obwohl jetzt Marktwirtschaft herrschte und man sich eigentlich vom regionalen Protektionismus verabschieden sollte, wäre es doch kein grundsätzlicher Fehler, zunächst einmal das Beste aus den Hündinnen des eigenen Dorfes herauszuholen. Zwar kostete ein Decksprung zweihundert Yuan, aber Xuedai könnte mit Qinglin verhandeln. Fünfzig Prozent Preisnachlaß würde er ihr nicht unbedingt gewähren, aber vielleicht wenigstens zwanzig. Zu gegebener Zeit könnte Fanrong einen Zeitungsartikel darüber verfassen, daß es unter dem leitenden Dorfkader im gesamten Dorf zuging wie bei einer Schachpartie: ein jeder kommt zum Zug, der Zusammenhalt wird gestärkt, so daß die Vorzüge des einen die Mängel des anderen wettmachten. Mit einem Wort, in Guanzhuang würde die Wachstumsrate der Bevölkerung sinken, aber die Anzahl der Viehherden steigen, so daß sich das Leben der Menschen immer weiter verbesserte. Passend dazu tönte das Lied aus dem Dorflautsprecher: »Wir wollen unsere Heimat lieben, zehntausend Jahr' sind uns beschieden.«

Das Dorfamt von Guanzhuang lag in einem Hof, in dem früher ein kleiner Konfuzius-Tempel seinen Platz gehabt hatte. Der Tempel war so klein gewesen, daß ihn nicht einmal eine Mauer umgab. In seinem Innern hatten die Menschen eine Lehmplastik von Konfuzius verehrt und eine Ahnentafel der Familie Kong* aufgestellt, die aus Konfuzius' Heimatort Qufu in der Provinz Shandong stammte. Während der Zeit, als sich Schimpf und Schande über Lin** und Kong ergoß, hatte man in Guanzhuang zum Zeichen der Solidarität mit dem Kommunismus und der Ablehnung des patriarchalischen Feudalismus den Tempel niedergebrannt. Die erste Fackel, so sagte man, habe Kong Zhaoyuan gezündet. Zhaoyuan war damals Vorstand des Revolutionskomitees im Dorf gewesen. Anläßlich der öffentlichen Kritik an »Kumpel Kong« und »Glatzkopf Lin« hatte er die Dorfbevölkerung zu einer Versammlung am Tempel zusammengerufen. Vor der Menge warf er »Kumpel Kong« und »Glatzkopf Lin« in einen Topf, kochte sie gut durch und rief, daß beide verabscheuungswürdige Kreaturen und feudale Scheißkerle seien. Schon damals zu ihrer Zeit hätten sie sich verschworen, den Boden des Kommunismus zu vergiften. Je mehr er sie verunglimpfte, desto eindringlicher und hitziger wurde er. Ungestüm riß er den Kopf zurück und warf einen verächtlichen Blick auf den Tempel. »Verdammter Mistkerl«, rief er aufgebracht. »Ich fackle ihn einfach ab.« Die älteren Leute erzählten, Zhaoyuan sei im Grunde ein aufrichtiger Kerl gewesen. Denn bei diesem Satz bekam er es mit der Angst zu tun. Er zitterte wie Espenlaub und wurde kleinlaut.

Doch auch aufrichtige Menschen haben ihre unaufrichtige Seite. Nachdem er sich wieder beruhigt hatte, ließ Zhaoyuan hilfesuchend seinen Blick durch die Menge schweifen. Aber es gab kein Zurück. Laute Anfeuerungsrufe erschallten. »Zünde ihn an! Zünde ihn an! Zünde ihn an!« Durch

* Kong ist der Familienname von Konfuzius.

** Lin Biao, General der Volksbefreiungsarmee, plante angeblich einen Staatsstreich gegen Mao.

eine List versuchte er, in letzter Minute den Kopf aus der Schlinge zu ziehen. Hastig tastete er seine Taschen nach Streichhölzern ab und zog sogar das Taschenfutter heraus. Zweimal drehte er sich um die eigene Achse, dann schrie er: »Wer hat Streichhölzer? Wer hat hier Streichhölzer?«

Die Streichhölzer überreichte ihm Meng Qingshu, heute Mitglied des Amtes für öffentliche Sicherheit. Meng Qingshu war damals vier, fünf Jahre alt und trug noch eine am Po geschlitzte Hose. Als sein Vater einen Moment lang unaufmerksam war, stibitzte Qingshu ihm die Streichhölzer aus der Tasche. Die Leute sagten später anerkennend, daß er noch flinkere Hände als Lingpei habe. Denn bevor Lingpei zugriff, vergewisserte er sich, daß die Luft rein war. Diese Vorsichtsmaßnahme hatte sich Qingshu gespart. Vielmehr versuchte er, seinem Vater nach den Streichhölzern auch noch die Pfeife zu entwenden, weil er glaubte, Zhaoyuan wolle rauchen. Der Vater verwehrte ihm die Pfeife, Qingshu begann zu weinen und verriet sich dadurch selbst.

»Ach, du Scheiße«, sagte Zhaoyuan. »Tritt mal vor. Schaut euch unser gutes Kind an, das Kind des Vorsitzenden Mao, unser revolutionärer Nachwuchs. Der kapiert mehr als ihr. Verdammte Scheiße, dir macht wohl gar nichts Angst, bist wohl der Kleine mit dem großen Ehrgeiz.« Zhaoyuan nahm die Streichhölzer. »Wer hat Heu, um das Feuer zu schüren?« fragte er in die Menge.

Keiner rührte sich. Alle blieben auf dem Boden sitzen. Und obwohl sich viele Leute Heu als Polster unter den Hintern gestopft hatten, rückte niemand etwas heraus.

»Deine Frau sitzt mit ihrem Arsch auf Heu!« rief jemand.

Zhaoyuan blieb nichts anderes übrig, als in die Menge zu treten und seiner Frau das Heu unterm Hintern wegzuziehen. Er zog und zog. Aber sosehr er sich auch mühte, seine Frau, die ihr Kind fest im Arm hielt, rührte sich nicht vom

Fleck. Erst nach dem dritten Versuch hielt Zhaoyuan ein paar einzelne Halme in der Hand. Seine Frau aber hatte unterdessen kurzerhand ins Heu gepinkelt und es völlig eingenäßt. Im Nu waren die Tropfen gefroren und kullerten herab. Zhaoyuan trat der Schweiß auf die Stirn, perlte aber nicht ab. Später verfaßte jemand dieses Scherzgedicht:

Zhaoyuan sagte, Zhaoyuan sprach,
Verurteilt hohle Lehrerschmach.
Ins Heu sie legt ein Ei aus Eis,
Im Winter läuft Zhaoyuan der Schweiß.
Sesamhalm kann flink jonglieren,
Auf seinen Spitzen Teller führen.
Die Sonn' im Osten sinkt ganz leis.

Im Grunde war dieser Vers gar kein Scherz, sondern ein Tatsachenbericht. Nach Aussage der Dorfälteren hatte sich auch Qingmao damals mit Anfang zwanzig in den Vordergrund gedrängt. Er trug Zhaoyuan Zitate des Großen Vorsitzenden Mao vor: »Scheut keine Opfer, um euer Ziel zu erreichen, räumt alle Widrigkeiten aus dem Weg, um für den Sieg zu kämpfen.« Eine alte Weisheit lautete: Im Kampf mit dem Tiger eilt der Bruder herbei, in der Schlacht hilft der Vater dem Sohn.

Zornig erhob sich Zhaoyuans Vater. »Du Mistkerl«, rief er. »Bist du blind? Da vorne sitzen doch genug Leute, die haben alle Heu unterm Arsch.«

Zhaoyuan nahm seinen Vater nicht einmal wahr. Unbeirrt und dennoch vergeblich versuchte er, die nassen Halme anzuzünden, bis der Vater aufstampfte und schrie: »Bist du taub? Hat man dir die Ohren abgeschnitten und den Hunden zum Fraß vorgeworfen?«

Noch immer hörte Zhaoyuan nichts. Nun reichte es dem

Vater. Schnaubend lief er hinüber und zündete selbst Heu an. Der alte Fuchs übergab seine Fackel anschließend aber nicht seinem Sohn, sondern ließ sie achtlos zu Boden fallen, gleich vor die Füße eines Mitglieds des Revolutionskomitees in der ersten Reihe. Der Mann mußte aufstehen und seinerseits Feuer entfachen. Andere nährten die Flammen mit Brennholz. Kaum griff das Feuer durch den gewaltigen Sog auf das Tempelinnere über, stürmte eine quiekende Horde Ratten heraus, daß sogar der Katze angst und bange wurde. Die Flammen loderten in den Himmel und färbten die Wolken rot – eine wahrhaft glühende Röte.

In den darauffolgenden Tagen sah man Zhaoyuan immer wieder mit grimmigem Gesicht und auf dem Rücken verschränkten Händen am Ort des Geschehens seine Runde drehen, wie ein Esel, der unermüdlich den Mühlstein zieht.

»Es ist so leer hier, man fühlt sich richtig einsam«, sagte er einmal. »Laßt uns einen Tanzsaal bauen, ausgestattet mit einer Theaterbühne. So können wir Mao Zedongs Gedanken noch besser verbreiten.«

Gesagt, getan. Zehntausend Jahre waren viel zu lang, jede Minute wurde genutzt. Kaum hatte der Weizen den nächsten Winter überstanden, war das Theater fertig. Für die Dachbalken fällten sie den einzigen Ginkgobaum des Dorfes. Wie man sich erzählte, stammte der Baum aus der Ära des Kaisers Kangxi und war älter als das Dorf Guanzhuang. Die Pfetten im Dachstuhl bestanden aus dem hundertjährigen Holz eines Schnurbaumes. Hart wie Stein ließ es die Klingen der Hobel splittern.

Wie Wind und Wasser im Laufe der Jahre abwechselnd über Guanzhuang hereinbrachen, wechselten sich auch gute und schlechte Zeiten ab. Konfuzius, der damals durch den Dreck gezogen worden war, wurde wieder in aller Munde geführt. Und Meng Qingmao, der Zhaoyuan damals Mao-

Zitate vorgetragen und ihm den Rücken gestärkt hatte, stieg zum Parteizellensekretär auf.

Als Qingmao das Parkett betrat, nahm er mehrere bauliche Veränderungen am Dorfamt vor. An der Ostseite der Bühne errichtete er ein ziegelgedecktes Lehmhaus mit drei Zimmern, das er mit weißem Kalk verputzen ließ. Das Haus lag Wand an Wand zum Theater und wirkte wie sein östlicher Seitenflügel. Nur ein Konfuzius-Bildnis und die Ahnentafel der Familie Kong fehlten in Guanzhuang noch. Das Bildnis war schnell aus Lehm modelliert. Um die Ahnentafel herbeizuschaffen, mußte jedoch jemand nach Qufu reisen. Nach kurzer Überlegung erhielt Zhaoyuans Sohn diesen Auftrag. Mit Geld aus der öffentlichen Kasse machte er sich auf den Weg. Als er nach zwei Wochen noch nicht zurückgekehrt war, spürte ihn einer der Dorfbewohner in Xiushui auf, wo er bei Verwandten Unterschlupf gefunden hatte. Man sah ihn sogar beim Essen auf der Straße. Nachdem das Geld aufgebraucht war, kam er nach Hause. Verwunderlich war nur, daß er tatsächlich eine Ahnentafel aufgetrieben hatte. Später ließ Zhaoyuans Frau durchsickern, daß Zhaoyuan damals eine Ahnentafel zurückbehalten und sie widerrechtlich zu Hause aufbewahrt hatte. An jenem Abend, als der Tempel in Flammen aufgegangen war, hatte er zu Hause Räucherstäbchen abgebrannt und vor der Ahnentafel ein Opfer dargebracht. Der Tempel war nun endlich wieder vollkommen und erstrahlte in altem Glanz.

Auch am Theater selbst nahm Qingmao Umbauten vor. Er ließ die Bühne mit Steinen umrahmen und ein Bild mit dem Titel »Drache und Phönix verheißen Glück« hineinmeißeln. Dafür kam ein Steinmetz eigens aus der Provinzhauptstadt nach Guanzhuang und erledigte seine Arbeit mit Bravour. Ein Flugdrache drehte sich mit geöffnetem Rachen um die eigene Achse und blickte auf den Phönix zurück. Mit ausgebreiteten Schwingen und gebogenem Schwanz schwebte der Phönix in der Luft, seinen Blick erhobenen Hauptes auf den Drachen gerichtet. Einzelne glückverheißende Wölkchen zogen am Kopf des Drachen und am Schwanz des Phönix vorbei. Ein Bild der wahren Harmonie. Einige sagten damals, daß sich Qingmao damit eine Aufgabe geschaffen habe, der er sich bis ins hohe Alter mit aller Kraft widmen könne. Dennoch war er abgetreten und hatte das Gebäude Fanhua überlassen. Im letzten Jahr hatte sie an der anderen Seite ein Backsteinhaus mit drei Zimmern anbauen lassen, das nun den Westflügel eines Hofhauses bildete. Es machte diesen Ort vollkommen, ließ einen traditionellen Wohnhof daraus entstehen. »Der Hof ist vortrefflich«, sagte Xiangchao, der in Peking lehrte. »In der Hauptstadt wohnen sämtliche Führungspersönlichkeiten in traditionellen Hofhäusern.«

Fanhua verzichtete auf den Kalkputz. Statt dessen ließ sie die Wände innen und außen weiß kacheln – ähnlich wie die öffentlichen Toiletten der Großstädte. Kacheln waren zur Zeit sehr gefragt. In Xiushui wurden auf allen Baustellen Kacheln verwendet. Man war sich darüber einig, daß damit der Beginn der Urbanisierung der ländlichen Gegend besiegelt war und Xiushui zu einer Trabantenstadt der Provinzhauptstadt wurde. Der damalige Landrat Wang, den die Leute Kachel-Wang nannten, hatte die Urbanisierung zur Chefsache gemacht. Schnell war er dadurch zum stellvertretenden Bürgermeister der Provinzhauptstadt Hanzhou aufgestiegen. Die Ladung Kacheln für Fanhua hatte damals natürlich der Schwager herbeigeschafft.

Im Osten breiteten sich die rotglühenden Wolken über den Horizont aus. Das Licht des Sonnenaufgangs hüllte den Himmel in purpurne Seide. Die Abenddämmerung leuchtete hingegen, als brenne Holzkohle.

Als Fanhua das Dorfamt erreichte, lag der Hof ganz in Rot

getaucht vor ihr. Auch ein paar Spatzen, die sich auf dem Dach niedergelassen hatten, waren rot gefärbt. Sie erinnerten an wilde Erdbeeren. Eine alte Bauernregel besagte: Abend rot, Morgen grau, gibt das schönste Tagesblau. Offenbar würde das Wetter bald umschlagen.

Qingshu saß im Büro und telefonierte. Er wirkte ernst. Sein Hemd hatte er bis unters Kinn zugeknöpft und die Haare streng nach hinten gekämmt. Sie trieften vor Haaröl, so daß jede Fliege, die auf seinem Kopf hätte rasten wollen, abgerutscht wäre. Als Fanhua eintrat, erstarrte er für einen Moment und legte den Hörer auf.

»Du bist aber früh dran«, sagte er, »dafür, daß Dianjun einmal zu Hause ist.« Dabei leckte er sich die Lippen und lachte dreckig.

»Du Blödmann, benimm dich. Paß auf, daß ich dir nicht das Maul stopfe.«

Qingshu verzog das Gesicht. »Du willst mir das Maul stopfen? Du? Und wer macht dann deine Arbeit?« Er wechselte das Thema. »Hast du heute morgen die Nachrichten gesehen?«

»Ich sehe tagsüber nie fern«, antwortete Fanhua.

»Das ist bedauerlich. Wirklich schade«, sagte Qingshu.

»Was gibt es denn?« fragte Fanhua. »Ist eins der hohen Tiere gestorben? Oder ist im Mittleren Osten wieder Krieg ausgebrochen?«

»Viel interessanter«, erwiderte Qingshu. »Das Provinzfernsehen hat in den Nachrichten eure Sitzung übertragen. Auch du warst zu sehen.«

»So ein Quatsch. Da saßen so viele Leute. Wieso sollte die Kamera ausgerechnet mich aufnehmen?«

»Im gesamten Landkreis bist du die einzige Frau, die einzige Dorfvorsteherin«, erklärte Qingshu. »Und zudem die große Vertreterin des Volkes. Du bist, wie dein Name Hua schon sagt, eine Blume, die aus dem Kuhfladen sprießt. Wenn die Kamera dich nicht einfängt, wen denn sonst?«

»Ich habe Guanzhuang doch nicht bamiert, oder?« fragte Fanhua verunsichert.

»Ach, wie denn?« rief Qingshu. »Du hast uns alle Ehre gemacht. Du bist unsere Vorzeigebotschafterin.«

Qingshu zog sein Handy aus der Tasche.

»Wo willst du hin?« fragte Fanhua. Denn sobald er aufbrach, griff er immer nach seinem Telefon.

»Ich muß in die Schule. Der Direktor hat angerufen. Das Gemeindeschulamt hat angekündigt, in ein paar Tagen den Unterricht zu überprüfen«, erklärte Qingshu. »Der Direktor ist in Sorge, weil einige Tischbeine abgebrochen sind und die Tische nur behelfsmäßig mit Backsteinen abgestützt werden. Außerdem haben ein paar Rotznasen Scheiben zerschmissen, die ebenfalls schnell erneuert werden müssen. Das macht sonst keinen guten Eindruck.«

»Dafür ist Xiangsheng zuständig. Das ist seine verdammte Pflicht und Schuldigkeit«, fuhr Fanhua auf.

Xiangsheng war Mitglied des Komitees für Kultur, Bildung und Gesundheit und gleichzeitig der Kassenwart des Dorfes. Aber in den letzten Jahren hatte er sich die meiste Zeit in Xiushui aufgehalten, um seinen Geschäften nachzugehen. Er verkaufte kalte Nudeln. Xiangsheng war um einiges älter als Fanhua und Qingshu – er wurde bald fünfzig. Aber der familiären Hierarchien wegen mußte er Fanhua Tante und Qingshu Onkel nennen.

»Ich habe ja versucht, dich anzurufen, aber ohne Erfolg«, sagte Qingshu. »Da blieb mir nichts anderes übrig, als mit Xiangsheng zu reden. Und er hat mich gebeten, für ihn einzuspringen.«

»Ist Xiangsheng immer noch in Xiushui und verkauft seine kalten Nudeln?« fragte Fanhua ungläubig.

»Soldaten unterhält man tausend Tage, um sie für eine einzige Schlacht einzusetzen«, sagte Qingshu. »Aber wenn man Xiangsheng braucht, ist er nie da. Wart's ab, bis er zurückkommt, dann sollten wir ihn unbedingt zu Qinglin bringen.«

Fanhua verstand nicht, was Qinglin damit zu tun hatte.

Wieder lachte Qingshu dreckig. »Der hat mit den Dorfangelegenheiten doch genausowenig am Hut«, sagte Qingshu. »Und ist auch nur ein einfacher Schweinehund.«

Da Fanhua in Xiangshengs Abwesenheit das Geld für alle Belange des Dorfes auslegen mußte, gab sie Qingshu zweihundert Yuan.

»Hier, für die Tische und für neue Scheiben. Wenn das Geld nicht reicht, laß dir etwas einfallen«, sagte sie.

Qingshu war gerührt. Mit einem Anflug von Hochachtung im Blick nahm er die Geldscheine entgegen.

»Das eilt aber nicht, überprüf lieber zuerst, wie uns Xuedai bei der letzten Untersuchung durchs Netz gehen konnte«, fügte Fanhua hinzu.

»Das wundert mich allerdings auch«, sagte Qingshu und kratzte sich am Kopf. Sein Haar knisterte. »Eine Schwangerschaft dauert neun Monate, und Xuedai muß jetzt im zweiten oder dritten Monat sein. Wieso hat man da vor einem Monat nichts gefunden? Sag bloß, sie hat ihren Bauch mit einer Radarabwehr präpariert.«

Qingshu schlug einen Ton an, als bereitete er eine Militärübung vor. Mit Sorge dachte Fanhua darüber nach, was geschehen würde, wäre Xuedai vielleicht schon früher schwanger geworden.

»Zweiter, dritter Monat?« hakte sie nach. »Der vierte ist vielleicht auch schon vorbei. Und wenn du dich nicht beeilst, ist sie im siebten und achten und steht kurz vor der Niederkunft.«

Die Geburtenkontrolle im Dorf war Chefsache. Ein altes

Sprichwort besagte, daß Himmel und Erde nicht so groß sein können wie die Probleme, die der Bauch bereitet. Früher meinte man die Ernährung und die viel zu flachen Bäuche. Inzwischen hatte sich die Bedeutung verändert, und es ging um die gewölbten Bäuche der Frauen.

»Deine Verantwortung wiegt schon schwer genug«, hatte Fanhua gesagt, als Qingshu wieder einmal einen größeren Verantwortungsbereich eingefordert hatte. »In Amerika ist der Posten des Außenministers am wichtigsten und in Guanzhuang der des Verantwortlichen für Frauenangelegenheiten.«

Um seiner großen Bedeutung Ausdruck zu verleihen, hatte sie Qingshu ein eigenes Büro eingerichtet. Vielsagend rasselte er nun mit seinem Schlüsselbund und führte Fanhua in sein Zimmer. Sofort fiel ihr Blick auf zwei neue Plakate an der Wand. Auf dem einen waren ein männlicher und ein weiblicher Körper abgebildet, auf denen sämtliche Akupunkturpunkte auf Vorder- und Rückseite minutiös markiert waren. Sogar jede einzelne Stelle am Ohr war berücksichtigt. Xianyu hatte ihm diese Abbildung geschenkt. Auf dem anderen Plakat war eine Tabelle, die alle Frauen des Dorfes im gebärfähigen Alter erfaßte und diese detailversessen auflistete. In der Aufstellung fanden sich die Frauen, die kürzlich geheiratet hatten, die gerade schwanger waren, die eine Spirale verwendeten und die sich hatten sterilisieren lassen. Jede Gruppe bestand aus mehreren Untergruppen, so daß sie graphisch je eine Pyramide bildeten. Beispielsweise war die Gruppe der gerade Verheirateten in die unterteilt, die bereits eine Gebärkennziffer beantragt, und jene, die den Antrag noch nicht gestellt hatten. Die Kategorie der Frauen, die einen Antrag gestellt hatten, war wiederum unterteilt in die, deren Antrag bereits bewilligt war, und jene, die noch keine offizielle Registrierung erhalten hatten.

Zudem war die Tabelle mit verschiedenen Zeichnungen versehen. Unter den Namen der Frauen, die sich innerhalb der vorgeschriebenen Familienplanung bewegten, war eine Ähre abgebildet, die eigentlich die Ernte symbolisierte. Allerdings bezog sich die Ähre eher auf Qingshus Ertrag, auf den Erfolg seiner Arbeit. Jede Frau, die nur ein Kind zur Welt gebracht hatte, erhielt unter ihrem Namen neben einer roten Fahne einen fünfzackigen Stern, um sie als Vorkämpferin zu kennzeichnen. Die Namen der Frauen, die eine Spirale benutzten, waren mit dem Bild eines Vollmondes versehen, und die Namen der Sterilisierten waren mit einem Halbmond illustriert, der nach Qingshus Aussage in Wirklichkeit eine Sichel darstellte.

Kaum war Qingshu ins Zimmer getreten, zog er eine Schublade auf und griff nach einer Fernsehantenne, die er sofort sorgfältig zu polieren begann. Dann reckte er sich, stemmte die linke Hand in die Hüfte und stellte sich vor der Tabelle auf wie ein General, der sich am Sandkasten positioniert.

»Steh nicht dumm herum«, sagte Fanhua. »Leg los.«

Die Antenne fuhr über die Ähren, die fünfzackigen Sterne, die Vollmonde und die Sicheln hinweg, verweilte kurz auf den Schriftzeichen »Yao Xuedai«, folgte der Richtung eines roten Hinweispfeils und hüpfte in die Spalte »Untersuchungstermine«. Die Antennenspitze zitterte hin und her wie Soldaten, die auf der Stelle treten, oder wie eine Libelle, die das Wasser streift.

»Keine Frage, es hat sich noch nicht eingenistet«, ließ Qingshu endlich verlauten.

»Der Bauch ist angeschwollen, aber es soll sich noch nicht eingenistet haben?« erwiderte Fanhua.

Qingshu stellte sich auf einen Stuhl, um die Übersicht von oben zu betrachten.

»Ja, stimmt, es hat sich nicht eingenistet. Die Welt ist so sonderbar wie ein Besenstiel, der Kirschen trägt«, antwortete er und sprang vom Stuhl. Dabei schwang er sich wie ein Turner, der sich über ein Pferd schraubt, mit einem einzigartigen Sprung über die Stuhllehne. Nachdem er sicher auf beiden Beinen gelandet war, starrte er einen Moment lang nachdenklich auf die Deckenbalken. Plötzlich zog er die Schublade auf und griff nach der ›Illustrierten der Volksbefreiungsarmee‹. In der Zeitschrift klebten verschiedene Zettel, die allesamt vom Krankenhaus Wangzhai abgestempelt waren. Er befeuchtete den Zeigefinger mit Spucke und blätterte wie der Wind durch das Heft.

Ganz hinten klebte ein Computerausdruck mit Xuedais Untersuchungsergebnissen. In der entsprechenden Spalte stand »nicht schwanger«.

»Das stimmt nicht«, rief Fanhua. »Das ist Betrug, aber mich führt man so leicht nicht hinters Licht.«

»Leck mich am Arsch, dann hatte der Computer tatsächlich eine Panne. Weißt du eigentlich, daß Bomben durch Laserstrahlen ferngesteuert werden?« fragte Qingshu. »Sie werden von Computern gelenkt. Die Welt hat riesige Fortschritte gemacht. Aber wo Probleme auftreten können, treten sie auf. Deshalb hat der Große Vorsitzende Mao gesagt, daß der Amerikanismus ein Papiertiger ist.«

Fanhua war besorgt. Und wenn sie sich Sorgen machte, fluchte sie wie von allen guten Geistern verlassen. »Du Idiot! Hör auf, so einen Bockmist daherzureden. Setz deinen Arsch in Bewegung und schau im Krankenhaus in Wangzhai nach, was da los ist.«

Als sie ihre Tirade beendet hatte, mußte sie plötzlich lachen. Sie stieß einen schrillen Pfiff aus, wie man ihn sonst nur von Männern hörte. Hier war etwas faul, das wurde ihr schlagartig klar. Auf der Bescheinigung stand zwar Yao Xuedais Name, aber das Alter stimmte nicht. Wie alt war Xuedai? Sie war fünfunddreißig. Auf dem Zettel aber stand dreißig. Das Entscheidende war jedoch, daß auf dem Dokument »Entwicklungsstörung der Eierstöcke« vermerkt war. Wenn Xuedais Eierstöcke nicht in Ordnung waren, dann gab es auf der ganzen Welt keine brauchbaren Eierstöcke – etwas anderes konnte dieser Vermerk nicht heißen.

»Heb die Bescheinigung gut auf«, sagte Fanhua. »Wer weiß, wofür wir sie noch brauchen.«

»Vertrau mir, Parteizellensekretärin«, beruhigte Qingshu sie. »Ich werde sie hüten wie meinen Augapfel.«

Wieder wies sie ihn zurecht, sie nicht so idiotisch anzureden.

»Sieh doch einfach zu, daß du deinen Posten möglichst schnell zurückbekommst, dann kann ich dich nicht mehr falsch anreden«, wehrte sich Qingshu.

Fanhua überlegte, ob er sich nur dumm stellte oder wirklich nicht begriff, daß der Parteizellensekretär des Dorfes von ganz oben und vom Vorstand des Dorfkomitees, der aus der kommenden Wahl hervorging, ernannt wurde. Nur weil sie es sich in den Kopf setzte, würde sie das Amt sicher nicht zurückbekommen.

Qingshu weigerte sich, nach Wangzhai zu fahren. »Jedesmal, wenn ich im Krankenhaus ankomme, lachen alle und fragen, ob ich etwas mit den Kindern in den Bäuchen zu tun habe. Das ist unerträglich«, beschwerte er sich. »Am besten geht eine von euch Frauen hin. Wie wäre es mit Xiaohong?«

Dann aber fiel ihm ein, daß Xiaohong nicht verheiratet war. Ein junges Mädchen konnte in solch heikler Angelegenheit unmöglich agieren, ohne unanständig zu erscheinen.

Letztendlich nahm Fanhua die Sache selbst in die Hand. Sie suchte den Dorfarzt Xianyu auf. Er war mit den Angestellten des Krankenhauses eng vertraut, weil er sich dort regelmäßig seine Medikamente besorgte. Als Xianyu den Namen Xuedai hörte, winkte er sofort ab und spuckte mehrmals auf den Boden. Fanhua fiel wieder ein, daß Xuedai mit Xianyus Frau Cuixian zerstritten war. Vor kurzem war Xuedais Henne über die Mauer ihres Hofes geflogen und hatte in Xianyus Strohballen Eier gelegt. Seine Frau Cuixian hatte die Eier eingesammelt. Wie Furien waren die beiden Frauen aufeinander losgegangen, hatten einander gebissen und an den Haaren gezogen. Als Xianyu den Streit schlichten wollte, beschimpfte Xuedai auch ihn.

»Du Mistkerl, deine Augen fangen ja an zu leuchten, wenn du Frauen eine Spritze geben darfst. Und deine Hände kannst du auch nicht bei dir behalten. Du knetest uns Frauen den Arsch links und knetest uns den Arsch rechts. Wir können froh sein, daß wir nur zwei Arschbacken haben. Hätten wir drei, würdest du gar nicht mehr aufhören.«

Kaum war Xuedai mit Xianyu fertig, nahm sie sich wieder Cuixian vor. »Du tust ja immer so, als würdest du für Xianyu Spritzen setzen. Aber in Wirklichkeit ziehst du den Männern nur die Hose runter. In Guanzhuang war wohl jeder schon mal an der Reihe.«

Xianyu sah sich Xuedais Untersuchungsschein genau an. Verstohlen begann er zu lachen. »Dieses Weibsstück ist doch mit allen Wassern gewaschen.«

»Dann denk dir einfach, es ginge nicht um Xuedai, sondern um deine Frau«, schlug Fanhua vor. »Schaffst du das? Ich habe nämlich Angst, daß sie mich im Krankenhaus belügen. Deshalb brauche ich dich als Fachmann.«

»Wäre sie meine Frau, würde ich ihr den Gnadentod gönnen«, antwortete Xianyu. »Aber Spaß beiseite, wenn sie dir nicht die Wahrheit sagen, kann ich nichts machen.«

»Du hast doch einen guten Draht zu ihnen, oder?« bohrte Fanhua nach. »Du brauchst sie nur zu bitten, einen Abgleich zu machen und einen neuen Schein auszustellen.«

Xianyu rollte nur die Augen und machte ein dummes Gesicht. Heckte er vielleicht etwas aus? Oder kitzelte es ihn in der Nase? Wenn er niesen müßte, dann könnte das, so sagte man in Xiushui, eine ganze Menge bedeuten. Es könnte auf feindselige Hintergedanken oder eine heimliche Verwünschung schließen lassen. Fanhua hoffte, daß Xianyu nicht so abergläubisch war und einen Fluch fürchtete. Doch ihre Hoffnung wurde enttäuscht, denn tatsächlich glaubte Xianyu, daß ihn jemand heimlich verflucht habe, und dieser Jemand war Tiesuo.

»Hat Tiesuo schon irgend etwas davon erfahren?« erkundigte sich Xianyu. »Er wird mich in der Luft zerreißen.«

»Er erfährt einen Scheißdreck«, beruhigte Fanhua ihn eilig. »Dafür bürge ich persönlich. Nichts wird an die Öffentlichkeit dringen.«

Xianyu lachte. Sein Lachen klang erleichtert und hatte gleichzeitig etwas Skrupelloses.

»Na, und wenn schon«, sagte er und schlug sich auf die Brust. »Ich wäre ein Schlappschwanz, wenn ich mir seinetwegen in die Hose scheiße. Soll er doch toben. Was kann er mir schon anhaben? Ich betone ausdrücklich, daß ich nicht für mich handle, sondern zum Wohl der Allgemeinheit. Und das, verdammt noch mal, ohne Rücksicht auf Verluste.«

Das Krankenhaus war der Vorzeigebau in Wangzhai. Als es gerade fertiggestellt worden war, mußte das natürlich in der Zeitung stehen. Wofür hatte man es denn sonst? Der Hof war riesengroß und mit Bäumen bepflanzt, von denen Fanhua einige noch nie in ihrem Leben gesehen hatte. Der größte war ein Ginkgobaum, und den kannte auch Fanhua. Ein

Ginkgobaum hatte schließlich in Guanzhuang für das Dach des Theaters hergehalten.

Das Gebäude links vom Ginkgobaum hatte ein neues Dach aus glasierten Ziegeln bekommen. Auf das Gebäude rechts hatte man einen runden Aufbau gesetzt, der an eine Blechtrommel erinnerte. Aus der Mitte der Blechtrommel ragte ein sich stark verjüngender Turm empor, etwa so wie der Fernsehturm in Shanghai, der häufig im Regionalsender Dragon TV zu sehen war. Gemeinderat Niu war für diesen Bau verantwortlich, und da sein Name Rind bedeutete, behaupteten einige, die Kuppel mit der Spitze sehe wie ein Rinderpenis mitsamt Hoden aus. Fanhua war schon eine ganze Weile nicht mehr in Wangzhai gewesen und sah den Aufbau nun zum ersten Mal. Der Vergleich hatte seine Berechtigung, dachte sie.

»Die Frauenstation befindet sich ganz oben im Turm«, erklärte Xianyu.

»Das ist aber merkwürdig«, meinte Fanhua. »Die meisten Frauen, die die Station aufsuchen, haben doch einen dicken Bauch. Das macht das Treppensteigen nicht gerade leicht.«

Xianyu grinste. »Das schreckt sofort vom Kinderkriegen ab. Aber es gibt einen Aufzug.«

Im Aufzug stank es nach Urin. Kein Wunder, dachte Fanhua. Wo doch der Fahrstuhlschacht die Harnröhre des Stiers war.

Auf der Frauenstation fragte Xianyu nach einem Arzt, den er gut kannte. Er hieß Wang und kam aus Wangzhai. Als Fanhua ihn zu Gesicht bekam, wurde ihr übel. Genau dieser Mann hatte Doudou auf die Welt geholfen. Bevor es damals soweit gewesen war, hatte Dianjun ihm einen roten Umschlag mit fünfhundert Yuan zugesteckt und ihr erzählt, daß er den Schweinehund gefüttert habe. Doktor Wang erkannte sie nicht wieder. Nachdem Xianyu ihm eine Zigarette angeboten hatte, überreichte er auch die Bescheinigung.

»Die Handschrift ist doch gut lesbar«, sagte Doktor Wang.

»Diese Person hat aber bereits Kinder zur Welt gebracht«, erklärte Fanhua schnell. »Dennoch steht da, daß die Eierstöcke nicht funktionieren.«

»Sollen etwa keine Probleme mehr auftreten können, wenn jemand schon Kinder hat? Wer glaubt denn so was?« entgegnete Doktor Wang.

Fanhua gab Xianyu ein Zeichen, ihm noch mehr Zigaretten zuzustecken. »Aber hier steht, daß eine Entwicklungsstörung der Eierstöcke vorliegt.«

»Ja, darin liegt die Stärke der Wissenschaft«, sagte Herr Wang. »Wissenschaft und Technik sind die bedeutendsten Produktivkräfte. Bei einer solchen Störung braucht man sich nicht zu grämen. Es gibt Mittel und Wege, sie zu beheben.«

»Also ist eine Entwicklungsstörung der Eierstöcke kein Hindernis für eine Schwangerschaft?« fragte Fanhua. »Gibt es noch …«

»Sogar bei schwerwiegenden Schäden während der Schwangerschaft«, fiel ihr Doktor Wang ins Wort, »braucht man sich keine Sorgen zu machen. Man nimmt einfach ein paar Gramm Fleisch heraus, und schon ist wieder alles in Ordnung.«

»Doktor Wang«, wandte Xianyu vorsichtig ein, »was sie meint, ist, daß es ein Problem mit dem Schein gibt. Die Eierstöcke dieser Frau funktionieren einwandfrei, dennoch steht auf der Bescheinigung, daß eine Störung vorliegt. Außerdem stimmt auch das Alter nicht.«

»Verdammt, einem Tiger sollst du nicht an den Hintern fassen und eine Frau nicht nach dem Alter fragen«, sagte Doktor Wang. »Wer weiß schon, was da los ist.«

»Könnte es sich um einen Computerfehler handeln?« fragte Fanhua.

»Fehler unterlaufen jedem«, erwiderte Doktor Wang, »auch einer Maschine.«

Fanhua wurde ungeduldig. »Diese Frau ist ganz eindeutig schwanger. Dennoch steht hier ›nicht schwanger‹. Das ist das große Problem.«

»Versetz dich in die Lage der Genossin«, sagte Doktor Wang. »Wäre es vielleicht besser, sie wäre nicht schwanger, und man hätte ›schwanger‹ hingeschrieben? Dann hätte sie sich doch falsche Hoffnungen gemacht.« Mit diesen Worten überreichte Doktor Wang Xianyu den Zettel und ging zurück in sein Behandlungszimmer.

Fanhua war wütend. »Dieser Idiot, ist der wirklich so blöd, oder tut er nur so?«

»Natürlich tut er nur so«, sagte Xianyu. »Problemen geht man eben lieber aus dem Weg.«

Fanhua betrachtete die Unterschrift auf dem Zettel. Sie sah aus, als wäre sie von einem Regenwurm gezogen oder von einer Spinne gewebt worden. Jedenfalls sah sie nicht wie eine normale Unterschrift aus. Fanhua nahm Xianyu am Arm und schob ihn zur Tür des Behandlungszimmers.

»Frag noch mal, wessen Unterschrift das ist«, sagte sie.

Zähneknirschend betrat Xianyu das Zimmer. Eigentlich war Doktor Wang kurzsichtig, aber plötzlich schien das Gegenteil der Fall zu sein. Er hielt den Zettel weit von sich weg, betrachtete ihn und schüttelte dabei den Kopf. Fanhua zwinkerte Xianyu von draußen zu, um ihm zu verstehen zu geben, auch den Arzt am Schreibtisch gegenüber zu befragen. Doch auch dieser schüttelte beim Anblick des Zettels den Kopf.

»Die Handschrift ist ja so schwungvoll wie der Tanz eines Drachen mit einem Phönix«, sagte er. »Den Tänzer kenne ich aber nicht. Du vielleicht?«

Xianyu verneinte.

»Na dann«, sagte der Arzt. »Wenn noch nicht mal du ihn kennst, wieso sollte ich ihn kennen?«

Fanhua überlegte kurz, ob es vielleicht das beste wäre, Gemeinderat Niu einzuschalten, verwarf diese Idee jedoch schnell wieder. Im letzten Winter war sie mit ihm wegen der Gemeindefinanzen in Streit geraten. Gemeinderat Niu war über die Stillegung der Papierfabrik sehr erbost gewesen. Jeder wußte, daß er mit dem Direktor der Fabrik eng befreundet war und sich von ihm eine Reise nach Südostasien hatte bezahlen lassen, um dort Entenzucht und Wasserreiskulturen unter die Lupe zu nehmen. Nur dem Schwager zuliebe hatte Gemeinderat Niu den Kavalier gemimt, der sich um den Schnee von gestern nicht schert, und sich nicht völlig mit ihr überworfen.

Es fehlte gerade noch, daß er von dieser Sache erfuhr. Sofort wäre Guanzhuang als abschreckendes Beispiel in aller Munde. Aber verflucht, wenn etwas falsch gelaufen war, dann war es eben so. Im Grunde wäre ein Computerfehler das kleinere Übel, überlegte Fanhua. Denn dann müßten auch in anderen Dörfern unerlaubte Schwangerschaften aufgetreten sein, und Guanzhuang stünde mit diesem Problem nicht allein da. Wie auch immer, sie würde auf jeden Fall mit Xuedais Bauch aufräumen. Dafür besaß sie als Frau bessere Voraussetzungen als die anderen Dorfvorsteher. Fanhua und Xianyu fuhren im Fahrstuhl abwärts, traten aus dem Rinderpenis heraus und winkten auf der Straße ein Taxi herbei.

»Laß uns doch wenigstens einen PKW nehmen«, schlug Xianyu vor, als ein klappriger Kleinbus vor ihnen hielt.

»Verlierst du sonst etwa dein Gesicht?« fragte Fanhua.

»Das habe ich spätestens jetzt ohnehin schon verloren«, sagte Xianyu beschämt. Dann schlug er sich plötzlich an die

Stirn. »Jetzt fällt's mir ein!« rief er. »Ich kenne noch jemanden, der helfen kann.«

Fanhua war sofort klar, wen er meinte. Er dachte an eine ehemalige Oberschülerin, die während der Kulturrevolution aufs Land geschickt worden war und mit Familiennamen Fan hieß. Während ihrer gemeinsamen Ausbildung an der Krankenpflegeschule von Xiushui hatte Xianyu eine innige Zeit mit Fan erlebt. Heute war sie Chefärztin dort.

Als sie die Krankenstation erreichten, trat Doktor Fan gerade aus dem Behandlungszimmer. Offenbar hatte sie sich die Haare frisch gefärbt, denn von weitem wirkte sie sehr jung. Aus der Nähe gab es allerdings nichts zu beschönigen. Ihr faltiges, großflächiges Gesicht erinnerte an das Judasohr, das aus morschem Holz sprießt. Als Fan Xianyu entdeckte, trat jugendliche Eifersucht in ihren Blick, in die sich eine Spur von Groll und Spott sowie ein Hauch von Koketterie mischten.

»Du siehst blendend aus, von Tag zu Tag jünger«, übertrieb Fanhua. Doktor Fan lachte gequält.

»Ist bei euch jemand krank geworden?« fragte sie Xianyu. »Deine Frau vielleicht?«

»Was redest du?« erwiderte Xianyu. »Darf man nur bei Krankheit und Unheil zu dir kommen?«

Doktor Fan führte sie in ihr Büro und bat sie, Platz zu nehmen. »Leider kann ich euch kein Wasser anbieten, die Plastikbecher sind ausgegangen«, entschuldigte sie sich. »Gut, worum geht's?«

Xianyu plauderte eine Weile über dies und das. Bevor er die gesamte Geschichte in allen Einzelheiten erzählte, forderte er Fanhua auf, die Bescheinigung hervorzuholen. Doktor Fan betrachtete den Zettel eingehend. »Ich empfehle dir, dich nicht weiter einzumischen«, sagte sie schließlich. Fanhua erschrak. Sofort wollte sie wissen, was das zu bedeuten habe. Doktor Fan warf einen Blick zur Tür. Dann stand sie auf, um sich zu vergewissern, daß sie tatsächlich geschlossen war.

»Das hat nichts mit dem Computer zu tun«, sagte sie. »Es handelt sich doch nur um eine einfache Urinuntersuchung, bei der normalerweise keine Ungereimtheiten auftreten können.«

Xianyu zwinkerte Fanhua höchst zufrieden zu. Endlich hatten sie die richtige Person gefunden, die ihnen helfen konnte.

»Was auch immer ich hier sage«, kündigte Doktor Fan an, »sobald ihr wieder draußen seid, weiß ich davon nichts mehr.«

»Klar«, pflichtete Xianyu bei.

»Wir waren nie hier«, ergänzte Fanhua.

»Diese Person ist längst nicht mehr da – sie ist in den Himmel aufgestiegen«, begann Doktor Fan.

»Ist sie tot?« fragte Xianyu.

»Jedenfalls aufgestiegen«, erwiderte Doktor Fan. »Es könnte sogar sein, daß ihr sie kennt. Sie heißt Zhang Shiying, und ihre ältere Schwester lebt in eurem Dorf.«

»Wer?« fragte Fanhua. »Wie kommt es, daß ich sie nicht kenne?«

»Ihre Schwester ist sehr hübsch«, fuhr Doktor Fan fort. »Sie heißt Zhang Shiliu.«

»Zhang Shiliu?« sagte Xianyu. »Sie ist tatsächlich hübsch. Allerdings ist sie nur schön anzusehen, aber zu nichts zu gebrauchen. In Guanzhuang gibt es nämlich vier Frauen, die unfruchtbar sind. Und sie ist eine davon.«

»Wie dem auch sei. Ob die jüngere Schwester auch keine Kinder bekommen kann, weiß ich nicht«, sagte Doktor Fan zu Xianyu. »Könnte schon sein. Gibt es in Korea nicht eine Schauspielerin, die Jin Xishan heißt? Kennst du sie nicht?

Du warst doch immer besonders wissensdurstig. Wie kommt es denn, daß du keine Bücher und keine Zeitung mehr liest? Jedenfalls ist Jin Xishan die Miss Korea. Und von dieser Zhang Shiying sagt man, daß sie die chinesische Jin Xishan ist. Die Zeiten haben sich eben geändert, heute bringen dich schon ein paar rote Bäckchen nach oben.«

»Ist sie jetzt in der Frauenstation des Krankenhauses von Xiushui?« erkundigte sich Fanhua.

»Weiter oben«, erwiderte Doktor Fan.

»Ist sie Krankenhausdirektorin?« riet Xianyu.

»Wo denkst du hin? Nein, noch weiter oben.«

»Noch weiter oben?« Xianyu konnte es kaum glauben. »Da muß man ja schon fast zum Mond fliegen. Sie wird doch wohl nicht zur Mondgöttin aufgestiegen sein?«

»Tsss, Mondgöttin?« zischte Doktor Fan. »Wie soll das denn gehen? Als Mondgöttin müßte sie ja enthaltsam sein. Das würde sie keinen einzigen Tag aushalten. Sie hat den Sohn des Landrats geheiratet. Der Besenstiel trägt eben Kirschen. Jetzt ist sie stellvertretende Leiterin des Gesundheitsamtes.«

Eines wurde Fanhua dennoch nicht klar: wieso sollte so jemand Tiesuo helfen?

»Es gibt zwei Möglichkeiten«, sagte Doktor Fan scharfzüngig. »Entweder ist ihr einfach ein Fehler unterlaufen, weil sie nämlich strohdumm ist. Oder aber der Fehler ist absichtlich passiert, weil sich im Stroh eben immer noch ein paar Yuan verdienen lassen.«

Fanhua blieb der Mund offen. Einen Moment lang fehlten ihr die Worte. Hätte Xianyu ihr nicht auf die Sprünge geholfen, hätte sie vergessen, weswegen sie eigentlich hier waren.

»Könnte man Xuedai noch einmal untersuchen lassen, um den Fehler zu bestätigen?« fragte Xianyu.

»Das ist kein Problem«, sagte Doktor Fan. »Die Untersuchungen werden monatlich durchgeführt. Beim nächsten Mal begleitest du sie einfach her.«

»Wunderbar, wunderbar, wunderbar«, wiederholte Xianyu immerzu. »Dann machst du die Untersuchung bitte in meiner Gegenwart, und ich werde mit achtgeben. Vier Augen sehen mehr als zwei.«

Doktor Fan musterte Xianyu eine Weile und fragte plötzlich: »Das Kind in dem Bauch dieser Frau ist aber nicht von dir, oder?«

Eilig gab Xianyu Erklärungen ab und schwor hoch und heilig, nichts damit zu tun zu haben. Er zog Fanhua am Arm, damit sie den Wahrheitsgehalt seiner Worte bezeugte. Doktor Fan wandte den Blick zunächst ab. Dann musterte sie Fanhua eindringlich, als sei sie die Frau, deren Name auf dem Attest stand. Diese Frau war wirklich eine dumme Kuh, dachte Fanhua. Eigentlich hatte sie ihr noch danken wollen, ließ es dann jedoch bleiben.

Während seiner Amtszeit hatte Qingmao einen Lieblingsspruch aus der Zitatensammlung des Großen Vorsitzenden Mao gehabt, der die Bedeutung der ideologischen Arbeit hervorhob: »Wer den Besen nicht schwingt, den Staub nicht wegbringt.« Diesen Satz hatte Qingmao kurz vor der Amtsübergabe an Fanhua in Gegenwart der Gemeindekader erneut wiederholt. Er sei das Erbe der Dorfkader von Guanzhuang, das es zu bewahren gelte, hatte er hinzugefügt.

Am nächsten Tag ging Fanhua zu Xuedai, um den Spruch in die Tat umzusetzen. Sie drängte Qingshu mitzukommen.

»Eigentlich wäre es deine Aufgabe, hinzugehen. Du bist schließlich für diesen Kram verantwortlich«, sagte sie. Qingshu war wenig erfreut. »Landrat Zhang hat im Fernsehen gesagt, daß der Vorsteher eines Dorfes das Kommando übernehmen soll. Ich bin doch höchstens ein Laufbursche«, nörgelte er.

Statt daß dieser Qingshu am entscheidenden Punkt zum Angriff überging, zog er wie eine Schildkröte den Kopf ein. Fanhua kniff die Augen zusammen. Über ihrer Nasenwurzel entstanden ein paar Falten. »Überleg's dir«, sagte sie.

Qingshu murmelte einige unverständliche Laute vor sich hin, dann trottete er ihr hinterher.

Während Tiesuo nahe der Stadt Xiushui beim Straßenbau arbeitete, war Xuedai allein zu Hause. Mit Hilfe ihres Schwagers hatte Fanhua zehn Männern aus Guanzhuang Arbeit auf der Baustelle verschaffen können. Auch Tiesuo war durch Empfehlung des Dorfamtes dort untergekommen. Diese zehn Männer betrieben zwar Viehzucht, verdienten aber kaum Geld – alles Kerle ohne Zukunftsaussichten. Xuedai hielt nur noch ein Dutzend Hühner und ein Schwein. »Hühner gackern, Kinder schrei'n, und im Hof ein fettes Schwein.« Noch vor zwanzig Jahren hätte das eine blühende Entwicklung bedeutet. Heute war alles anders. Bereits zwanzig Jahre dauerte die Öffnungspolitik inzwischen an. Und wenn man heute einen Hühnerarsch bei der Bank anlegen wollte, wurde nur um so offensichtlicher, daß man ein Taugenichts war.

Das schwarzes Schwein lehnte genießerisch an einem Schnurbaum im Hof und kratzte sich. Dabei schaukelte sein kurzes dünnes Ringelschwänzchen auf und ab, um die Fliegen zu verscheuchen. Während Fanhua das Schwein betrachtete, überlegte sie, wie sie Xuedai am besten entgegentreten sollte. Die Blätter des Schnurbaumes fielen schon ab. Leuchtend lagen sie auf der Hofmauer. Das am Baum verbliebene Laub warf Schatten auf das Schwein und auf den Boden. Mit einer gesprungenen Schale voll Mais in Händen trat Xuedai aus dem Haus und rief die Hühner herbei.

»Du brauchst nicht mehr zu rufen«, begann Fanhua, »ich bin schon da, um deinen großen Farbfernseher zu bewundern.«

Mehrfach schon war Fanhua zu Ohren gekommen, daß Xuedai einen *Toshiba*-Farbfernseher besaß, den Tiesuo bei einer Verlosung gewonnen hatte. Fanhua tat so, als habe sie gerade erst davon erfahren.

»Sag, ist das der Fernseher, den Tiesuo in der Lotterie gewonnen hat?« fragte sie. »Tiesuo hat wirklich ein Händchen. Hat er sich vielleicht vorher die Hände mit teurem Sesamöl eingerieben oder mit parfümierter Seife gewaschen?«

Xuedai hob den Kopf. Sie blinzelte, als hinge sie in Gedanken einer glücklichen Erinnerung nach. »An dem Tag hat Tiesuo mit der Schaufel über der Schulter das Haus verlassen und ist auf der Straße einem Mönch begegnet. Wann kommt schon mal ein Mönch nach Guanzhuang? In hundert Jahren kommt nicht einmal einer vorbei«, schwelgte Xuedai. »Ein Mönch kann kein gewöhnlicher Mensch sein. Ist er vollkommen, wird er ein Buddha. Und da kommt einmal einer vorbei und trifft gleich auf Tiesuo.«

Fanhua widersprach nicht, wenngleich wenige Kilometer von Guanzhuang entfernt ein buddhistisches Kloster lag, in dem zwei, drei Mönche lebten. Kürzlich war sie auf der Straße selbst einem begegnet. Xuedai erzählte ihr die ganze Geschichte. An dem Tag wurde die Straße gerade bis zu dem neueröffneten Laden in Xiushui fertig. Da fiel Tiesuo ein, daß Yanan und Yadi herumgezetert hatten, weil sie unbedingt ein Mäppchen haben wollten. Nach dem Mittagessen ging er in den Laden. Die Mäppchen waren ziemlich billig, eins kostete nur vier Yuan. Tiesuo kaufte zwei für acht Yuan. Normalerweise ließ er sich nie eine Quittung ausstellen, wenn er etwas kaufte. Aber an dem Tag wünschten alle eine Quittung, also verlangte auch er eine. Die Verkäuferin riet ihm, noch etwas zu kaufen, da er für einen Einkauf von insgesamt zehn Yuan an einer Verlosung teilnehmen könne. Tiesuo wurde bleich – bleicher als Eierschale – und konnte der Verkäuferin, einem jungen Mädchen, das Geschäft nicht abschlagen. Er suchte sich noch einen Kugelschreiber aus und folgte den anderen zur Verlosung. Offenbar hatte ihm der Mönch seinen Segen gegeben. Denn die Person vor ihm zog eine Niete und die Person hinter ihm ebenfalls. Buddha hatte ausgerechnet Tiesuo einen Treffer ziehen lassen.

»Aber ihr müßt auch Yanan und Yadi danken«, sagte Fanhua. »Hätten sie keine Mäppchen gebraucht, hätten Tiesuos Fähigkeiten noch so bemerkenswert sein können, er hätte nicht das große Los gezogen.«

»Aus heiterem Himmel kommt nicht der geringste Scheiß«, fügte Qingshu hinzu.

»Wie dem auch sei«, sagte Fanhua, »eure Mädchen sind trotzdem einmalig. Baut denn Linghui nicht an der Straße mit? Er hat bestimmt auch ein Los gezogen. Wieso hat er nichts gewonnen?«

»Eben«, sagte Xuedai. »Linghui hat an dem Tag für siebzig, achtzig Yuan eingekauft und einen Scheißdreck gewonnen.«

»Na, siehst du, dann habt ihr es ja doch euren beiden Mädchen zu verdanken. Warte mal ab, bis sie groß sind. Da erwartet dich und Tiesuo noch der große Geldsegen. – Wieviel verdient Tiesuo denn an einem Tag beim Straßenbau?« fragte Fanhua kurz darauf.

Anstatt zu antworten, drehte sich Xuedai um und verschwand im Haus. Mit einem Plastikbeutel in der Hand kam sie wieder heraus. Sie stülpte den Beutel um. Zum Vorschein kamen mehrere Paar Lederschuhe. »Verdammt, das ist alles«, rief sie zornig. »Letzten Monat hat er mir fünf Paar mitgebracht und gesagt, daß ein Paar siebzig Yuan wert sei.

Außerdem sollten es Markenschuhe sein. Als ich jung war, habe ich immer Markenschuhe getragen. Ich habe mir gedacht, ist ja auch egal, die sind genauso gut wie die, die ich sonst kaufe. Dann habe ich ein Paar anprobiert. Aber nach kaum einer Woche kamen schon die Zehen vorne durch. Später habe ich erfahren, daß die Schwägerin vom Straßenbaudirektor diese Schuhe gemacht hat. Sie sind hier in Xiushui hergestellt!«

»Da hättest du besser aufpassen und sie ihr zurückgeben müssen«, sagte Fanhua. »Jetzt ist es zu spät, du hast sie schon getragen. Da bist du ihr wohl auf den Leim gegangen. Aber du bist auch einfach zu schludrig. Warum hast du dir die Schuhe nicht richtig angeschaut, bevor du sie angezogen hast?«

Schließlich kam Fanhua auf die Bescheinigung zu sprechen. »Xuedai, du bist wirklich dumm. Wenn du Sesamkörner nicht von Linsen unterscheiden kannst, ist das kein Grund zur Beunruhigung. Wenn du bei Lederschuhen nicht aufpaßt, ist das auch kein Grund, sich aufzuregen. Aber warum bist du nur bei einer ärztlichen Untersuchung so schludrig? Als du letztes Mal bei der Untersuchung im Krankenhaus warst, hat man das Formular falsch ausgefüllt, weißt du das? – Ich weiß schon, daß du nichts davon weißt. Qingshu, gib mal die Bescheinigung her und zeig sie Xuedai. Sieh sie dir genau an, Xuedai. Sie ist falsch.«

Xuedai machte ein merkwürdiges Gesicht. Es schien, als könne sie ein Lachen kaum unterdrücken. Wie zur Salzsäule erstarrt stand sie da, bewegte sich keinen Millimeter. Dennoch fielen ihr plötzlich die Haare ins Gesicht und verdeckten ihre Züge.

»Zum Glück ist das nur die von der Geburtenkontrolle vorgeschriebene Untersuchung. Wenn dabei ein Fehler unterlaufen ist, läßt er sich noch beheben«, belehrte Fanhua sie. »Wenn du aber tatsächlich krank bist und nichts davon merkst, kann es richtig schlimm werden.«

Während Xuedai die Bescheinigung betrachtete, ließ sie leise immer wieder Luft durch ihre Mundwinkel zischen. Dabei drückte sie die Zunge gegen ihre Backe, als habe sie Zahnschmerzen.

»Wenn man in Situationen schludert, in denen man nicht schludern darf, hat man hinterher nur Scherereien«, schimpfte Fanhua weiter. »Natürlich ist das nicht dein Fehler. Die Verantwortlichen sitzen im Krankenhaus von Wangzhai. Aber wenn du eine Bescheinigung entgegennimmst, solltest du sie dir immer genau anschauen. Ich denke, daß dich das Krankenhaus mit jemandem verwechselt hat. Vielleicht hat diese Person tatsächlich ein Problem, von dem sie bis heute nichts weiß. Sie übt mit ihrem Mann fleißig weiter. Aber sie können sich noch so anstrengen, es wird nicht klappen. Auf einem Erdnußfeld wachsen schließlich auch keine Kirschen.« Bei diesen Worten mußte Fanhua selbst lachen. Sie wandte sich an Qingshu. »Was sagst du dazu, Qingshu?«

Sofort pflichtete Qingshu ihr bei. »Ein Scheißdreck wächst darauf. Noch nicht einmal ein Scheißdreck.«

Um einen Fluß zu überqueren, mußte man zunächst eine Brücke schlagen, um einen Mühlstein zu ziehen, mußte man zunächst den Esel anschirren.

»Dafür brauchst du dich nicht bei mir zu bedanken, Xuedai. Wenn du jemandem danken willst, dann wende dich an Qingshu«, sagte sie und bezog ihn damit geschickt ins Geschehen ein. »Denn er ist dank seiner scharfen Augen überhaupt erst auf das Problem aufmerksam geworden.«

Qingshu wirkte auf einmal angespannt, als senge man ihm mit der Brennschere die Haare an.

»Ich, äh … ich …«, stammelte er und winkte ab. »Ich bin nicht scharf auf diese Lorbeeren.«

»Ich habe ihn natürlich beauftragt, alles noch mal zu überprüfen«, lenkte Fanhua ein. »Und bei der Überprüfung ist das Problem zutage getreten. Was dich betrifft, so hast du keine Zeit zu verlieren. Sieh zu, daß du ins Krankenhaus kommst und dich untersuchen läßt. Aber dieses Mal geht es nicht mehr so schlampig zu, da wird genau aufgepaßt, egal, wie teuer das wird. Die Kosten übernimmt die Dorfkasse.«

Xuedai schob sich eine Haarsträhne hinters Ohr. Immer noch lag dieses verstohlene Grinsen auf ihrem Gesicht.

Ich kann dir auch einen roten Teppich dorthin ausrollen, dachte Fanhua, solange du dem folgst, geht wenigstens nichts schief.

Dann aber versetzte Xuedai sie in Staunen. »Der Schein ist doch in Ordnung«, sagte sie und gab Qingshu den Zettel zurück. »Ich wüßte nicht, was da nicht stimmen sollte.«

Nun war Fanhua an der Reihe, in sich hineinzulachen. Allerdings konnte sie sich das Lachen nicht lange verkneifen. »Du dumme Kuh! Es soll kein Problem sein, wenn die Eierstöcke nichts taugen?« prustete sie los.

Xuedai wurde ernst. Mit einer heftigen Bewegung schlug sie ein Bein über das andere. »Was sind Eierstöcke?« fragte sie. »Wo wachsen sie? Hol sie mal heraus und zeig sie mir.«

Fanhua konnte sich nicht mehr beherrschen. Sie hielt sich vor Lachen den Bauch.

»Woher kommt denn Yanan? Woher kommt denn Yadi?« fragte sie, nachdem sie sich ein wenig beruhigt hatte. »Sind sie aus einer Felsspalte gesprungen? Nein, oder?«

»Da, wo deine Doudou hergekommen ist, sind auch Yanan und Yadi hergekommen«, sagte Xuedai.

»Die Eierstöcke, das ist da, wo der Eisprung stattfindet«, schaltete sich Qingshu ein.

»Eisprung? Welches Ei soll da springen?« fragte Xuedai zweifelnd. »Verarschen lasse ich mich nicht. Immerhin habe ich auch einen Schulabschluß. Direktor Meng, sag ehrlich, hast du eine Frau schon einmal auf Eiern sitzen sehen?«

»Nein, habe ich noch nicht, das habe ich in der Tat noch nicht gesehen«, sagte Qingshu. »Parteizellensekretärin, hast du das vielleicht schon einmal gesehen?«

Fanhua schlug einen anderen Ton an – weder zu hart noch zu weich. »Xuedai, spiel hier nicht den Idioten. Gehorch einfach und laß dich noch mal untersuchen. Ich sage dir das im Guten.«

»Ich habe das mit den Eierstöcken aber noch nicht richtig verstanden«, sagte Xuedai beharrlich. »Wie werden die denn untersucht? Was wird überhaupt untersucht?«

»Sollen wir ins Zimmer gehen? Dann ziehst du dich aus, und ich zeige sie dir«, schlug Fanhua vor.

Wieder fuhr Xuedai mit der Zunge an der Innenseite ihrer Backe entlang und gab eine ganze Weile keinen Ton von sich. Im Hof war es still. Nur das Grunzen des schwarzen Schweins war zu hören. Fanhua beobachtete einen Hahn, der wie ein Segelflugzeug herabglitt und mit aufgestellten Flügeln einer Henne hinterherjagte. Eine getigerte Katze spazierte auf der Mauer, die den Hof umschloß, streckte sich, machte einen Buckel und miaute behaglich. Die Stimmung war zum Bersten.

»In deinem Haus sind alle ziemlich beschäftigt, Xuedai. Sogar die Hühner sind im Streß«, scherzte Fanhua, um die Atmosphäre ein wenig aufzulockern. Doch Xuedai nahm die Zwischentöne nicht wahr. Sie biß auf ihrem Zeigefinger herum und starrte vor sich hin, als sei sie alleine.

»Was ist los?« fragte Fanhua. »Meinst du, du hast es jetzt kapiert? Wenn nicht, mußt du eben die Hose ausziehen.«

Xuedai faßte sich an den Hintern und schien sich ausziehen zu wollen. Aber als Fanhua nähertrat, ließ sie wieder davon ab.

»Wenn du Cuixian wärst, würde ich die Hose runterlassen«, plapperte sie. »Aber du bist es nicht. Cuixian zieht nämlich nicht nur den Männern die Hose runter, sondern auch den Frauen. Sogar Yanan weiß schon, daß das homosexuell heißt.«

Fanhua schnalzte kopfschüttelnd mit der Zunge. Diese Xuedai hatte Gewehr und Prügel zu jeder Zeit griffbereit. Wieder begann sie, auf Xianyus Frau Cuixian loszuschlagen. Wie immer, Ablenkung und Ausflüchte, dachte Fanhua. Offenbar war Höflichkeit ein Fremdwort für sie. Bevor sie den Sarg nicht mit eigenen Augen gesehen hatte, vergoß sie keine Träne.

Fanhua unterdrückte das Lachen und setzte eine unbeteiligte Miene auf. »Xuedai, jetzt wird hier mal Klartext geredet. Bist du wieder schwanger? Ich glaube schon. Eine Schwangerschaft außerhalb der Familienplanung ist nicht zum Lachen. Sie kostet dich eine saftige Strafe. Für diese Strafe könntest du zehn Fernseher kaufen.«

Kaum hatte Fanhua zu Ende gesprochen, stand Xuedai auf. Ratlos sahen Fanhua und Qingshu ihr nach, wie sie den Hof bis zur Mitte überquerte, dort stehenblieb, sich auf den Hintern schlug und in die Höhe sprang, so daß die pickenden Hühner aufgeschreckt davonflatterten.

Unvermittelt drehte sie sich gen Westen und begann laut zu schimpfen. »Verdammt noch mal, du wagst es, mit mir Streit anzufangen? Sieh dich doch an, sieh doch dein Spiegelbild in deiner Pißlache an. Von diesem Abschaum läßt sich jemand wie ich nicht herausfordern. Ich scheiße auf deine Vorfahren, die können mich mal.«

Als sie sich in diese Richtung ausgetobt hatte, ging es in die andere Richtung weiter. Dieses Mal sprang sie fast einen Meter hoch.

»Deinen Verstand hast du wohl schon den Hunden zum

Fraß vorgeworfen. Dreckskōter, du. Hast nichts Besseres zu tun, als Ratten zu jagen. Verdammt noch mal, ich scheiße auf deine Vorfahren, denen schieb ich einen rein.«

Qingshu zwinkerte mit den Augen. »Du redest hier so leicht daher, wie soll das denn gehen?« fragte er grinsend.

Fanhua wurde ärgerlich, dieses Gerede war ihr zuwider. »Reiß dich zusammen!«

Qingshu aber fand das Schauspiel amüsant. »Schau sie dir an. Eigentlich war sie doch immer ganz in Ordnung. Und eh man sich's versieht, ist sie so eine Beißzange.«

»Mit Vernunft kommst du bei diesen Weibern nicht weit«, sagte Fanhua. »Fahr zur Baustelle und hol Tiesuo her. Und gib mir dann sofort Bescheid.«

Am Eingangstor hatte sich eine Traube aus Frauen und Kindern gebildet, die mit neugierigen Blicken in den Hof spähten. Auch Pei Zhen war dabei. Wie üblich strickte sie an ihrem Pullover.

»Gab es Streit?« fragte sie, als Qingshu aus dem Tor trat. »Was bildet sich dieser Tiesuo eigentlich ein? Meint der, es ist leicht für Xuedai, immer allein zu Hause zu sein und sich um die Kinder zu kümmern?« Dann wandte sie sich an Erlengs Frau. »Auch wenn unser Rücken zehnmal kräftiger wäre, würde er unter einer Männerfaust zusammenbrechen.«

Erlengs Frau kam aus demselben Dorf wie Xuedai. Selbstverständlich schlug sie sich auf ihre Seite. Schon Erleng ging mit Fremden recht ruppig um, aber seine Frau übertraf ihn bei weitem. Sie war noch ungehobelter als er, ein unübertrefflicher Hohlkopf.

»Pfui!« sagte sie, spuckte auf den Boden und stemmte die Fäuste in die Hüften. »Das ist doch der Vorsitzende des Frauenverbandes. Du mußt dich für die Frauen einsetzen.« Als sie sah, daß Qingshu gehen wollte, packte sie ihn am Arm. »Na, willst du dich aus dem Staub machen? Du Saftarsch!

Volksbefreiungsonkel! Du willst wohl Fahnenflucht begehen, was? Aber du kommst mir nicht davon.«

Sofort dachten die Leute, die etwas im Kopf hatten, an einen Streit übers Kinderkriegen. Die Frau von Fanhuas Vorgänger Qingmao brachte es als erste zur Sprache.

»Dieser Tiesuo ist ja vielleicht einer. Was soll denn an Xuedai nicht gut sein? Es wird ja wohl nichts damit zu tun haben, daß sie kein Kind mit Pinsel geboren hat?« sagte sie, während sie ihrem sechs Monate alten Enkelsohn Lele die Flasche gab. »Was ist schon so besonders an denen mit Pinsel? Sie ärgern einen doch nur.«

Qingmaos Frau gab sich gediegen. Die meisten Frauen hoher Funktionäre wollten gerne ernsthaft und tiefsinnig wirken und legten ein entsprechendes Verhalten an den Tag. Sie hatte sich das Fläschchen unter den Arm geklemmt, um eine Hand frei zu haben, und wedelte mit Leles Schwänzchen hin und her.

»Lele, Lele, was sagst du dazu? Du kannst nur essen, was? Und wenn du aufgegessen hast, ärgerst du uns.« Dann stimmte sie ein Lied von den Vorzügen einer Tochter an:

»Ein Töchterchen, das ist doch schön,
Aus Wassermelonen kann es Jacken nähn,
Aus Winterkürbis kommen Ärmel dran,
Aus Sommerkürbis näht es Knöpfe an.
Und mit diesen schönen Sachen
Wird es allen Freude machen,
Es heiratet auf den Tag genau
Und wird des Gartenkürbis' Frau.«

Beim letzten Ton drückte sie Lele Qingshu in den Arm und ging, bevor dieser sich zur Wehr setzen konnte, zwischen die Streitenden.

Ungeschickt hielt Qingshu den Säugling in den Armen. Wie einen Teller Tofu balancierte er das weiche Bündel vor sich her. Auf einmal wurde es in seiner Handfläche warm. Vor Schreck machte er einen Satz und ließ das Kind beinahe fallen. Hastig wollte Qingshu den Kleinen an Pei Zhen übergeben, die sich jedoch hinter Erlengs Frau versteckte. Aber er hatte seine Mittel, sie gefügig zu machen. Er neigte sich zu ihr und flüsterte ihr etwas ins Ohr. Einen Moment lang wirkte Pei Zhen verwirrt, dann übernahm sie Lele gehorsam.

»Die Partei ist dir doch dankbar für deine scharfen Augen«, hatte er gesagt.

Kaum war Qingshu fort, drängten sich die Schaulustigen in den Hof hinein. Erlengs Frau stand geschäftig in der ersten Reihe. »Komm nur raus, Tiesuo«, rief sie. »Wag es, aus deinem Loch zu kriechen. Was paßt dir an Xuedai denn eigentlich nicht? Ja, was denn? Tagsüber arbeitet sie für dich, und abends begleitet sie dich ins Bett. Ist das vielleicht nichts? Komm schon.«

Fanhua zog den Bambusvorhang auf. Mit einem Paar Lederschuhe trat sie dazu.

»Scheiße«, murmelte Erlengs Frau erschrocken. Während Fanhua auf Erlengs Frau zulief, wich diese mit immer schnelleren Schritten zurück. Am Schnurbaum, an den das Schwein gebunden war, hockte sie sich plötzlich auf den Boden und verdeckte das Gesicht mit den Händen.

Fanhua mußte lachen. »Schwägerin«, sagte sie, während sie die Frau hochzog. »Seht her«, rief sie der Menge zu und schwenkte die Schuhe. »Das sind Schuhe, die die hohen Tiere ausgegeben haben. Sie sind kaum zwei Tage getragen, schon platzen die Nähte, und die Zehen kommen zum Vorschein. Ist doch klar, daß man sich darüber ärgert. Und dafür muß das normale Volk auch noch arbeiten! Was meint ihr, soll man da nicht wütend werden?«

Xuedai war in der Zwischenzeit wieder im Haus verschwunden. »Xuedai, keine Sorge, ich helfe dir«, rief Fanhua ins Zimmer. Dann ging sie zur Haustür und schob den Bambusvorhang zur Seite.

»Das sind doch nur ein paar Schuhe«, sagte sie laut. »Du wirst dir noch schaden, wenn du so wütend wirst, und dann muß Tiesuo nach Hause kommen und sich um dich kümmern.«

Fanhua hatte alles so glaubhaft inszeniert, daß die Leute dachten, Xuedai sei tatsächlich wegen ein paar stinkender Schuhe dermaßen in Rage geraten. Damit war ihnen der Wind aus den Segeln genommen, ihr Eifer gebremst. Nach und nach liefen sie auseinander.

»War das genug Theater?« fragte Fanhua, als sie mit Xuedai wieder allein war. »Wenn nicht, dann leg noch mal nach. Ansonsten gehst du jetzt artig nach Wangzhai. Ich sage Tiesuo, er soll dich begleiten. Du brauchst keine Angst zu haben. Das Geld, das ihm dadurch bei der Arbeit verlorengeht, ersetzt ihm das Dorf. Das ist doch wohl genug Entschädigung, oder? Wir verstehen uns doch. Wir halten zusammen.« Sie sammelte die Schuhe ein und stopfte sie wieder in den Plastikbeutel. »Genug der vielen Worte, jetzt wird gehandelt. Die Schuhe nehme ich mit. Dianjun ist zurück, und ich bitte ihn, sie für dich in Ordnung zu bringen. Wenn er es nicht anständig macht, kannst du ihm eine Tracht Prügel verpassen, ich habe nichts dagegen.«

An diesem Tag bereitete Fanhuas Mutter ein besonders üppiges Mittagessen zu. Fleisch- und Gemüsesorten waren sorgfältig aufeinander abgestimmt. Mit einem Gericht hatte sie sich regelrecht selbst übertroffen – geschmorter Ochsenpenis mit Kartoffeln. Der Ochsenpenis war aus der Dose. Bei jedem Besuch schenkte ihnen der Schwager eine Kiste

Konserven. Mit den Stäbchen durchsuchte Fanhuas Vater die Platte und griff nach einem Stück Kartoffel, während Dianjun mit gerötetem Gesicht auf dem Ochsenpenis kaute. Fanhua mußte sich das Lachen verkneifen. Unter keinen Umständen wollte sie ihre Eltern bloßstellen. Es war ihr bewußt, daß sie davon träumten, einen Enkelsohn in die Arme zu schließen, und Dianjun mit diesem Essen auf die Sprünge helfen wollten.

Auch mit den Kartoffeln hatte es etwas auf sich. Man müsse viele Kartoffeln essen, wenn man einen Sohn zur Welt bringen wolle, hatte ihr die Mutter vor zwei Wochen erklärt.

»Woher hast du das denn?« hatte Fanhua gefragt.

»Das hat mir jemand erzählt, der sehr gebildet ist«, antwortete die Mutter. »Gebildete Leute haben ein großes Wissen.«

Fanhua vermutete richtig. Natürlich war diese Person Pei Zhen.

»Pei Zhen hat gesagt«, erklärte die Mutter, »daß man nicht nur Kartoffeln essen soll, sondern auch andere Sachen. Aber zu jeder Mahlzeit sollten es ungefähr zwei Kartoffeln sein. Zusammen sehen sie doch aus wie die Eier der Männer.«

Die Mutter war völlig erschüttert gewesen, weil sie von dieser einfachen Methode jahrzehntelang nichts gewußt hatte. Wie konnte sich diese Pei Zhen nur eine solch haarsträubende Geschichte ausdenken und damit eine alte Frau aufs Glatteis führen? Und du willst Lehrerin sein, Pei Zhen? Du wartest wohl darauf, daß ich einen Fehler begehe und schwanger werde?

Einige Tage später war Fanhua an der Ackergrenze auf Pei Zhen gestoßen.

»Was haben eigentlich Kartoffeln mit Söhnen zu tun?« forderte Fanhua Pei Zhen heraus. Dieses Mal sagte Pei Zhen nichts von »Kartoffeln und Eiern«, sondern berief sich hochtrabend auf einen wissenschaftlichen Hintergrund. »Durch Kartoffeln wird die Gebärmutter entsäuert. Und je basischer sie ist, um so eher kommt ein Junge zur Welt.«

Aha. Daß Fanhuas Mutter nichts von diesen Säure-und-Basen-Geschichten wußte, war selbstverständlich. Die Ähnlichkeit von zwei Kartoffeln mit den männlichen Hoden war in ihrer Vorstellung am naheliegendsten. Zudem fehlte der Mutter auch der Hinweis, daß nicht Dianjun, sondern Fanhua selbst die Kartoffeln verzehren mußte. Siehe da, mit ihren Stäbchen nahm die Mutter eine Kartoffel, um sie Dianjun ins Schälchen zu legen.

»Dianjun«, sagte der Vater, während sein Blick der Kartoffel folgte, »wie kommt es eigentlich, dass du plötzlich mal wieder zu Hause auftauchst? Es ist doch gar kein Neujahrsfest und auch sonst kein Feiertag.«

»In erster Linie, weil ich mich euch beiden gegenüber ehrerbietig zeigen wollte«, antwortete Dianjun zuckersüß.

»Ach, da fühle ich mich aber geehrt«, sagte der Vater.

Fanhua bemerkte seinen mißbilligenden Ton. »Ich habe ihn gebeten zurückzukehren, um mir zu helfen«, ergriff sie schnell das Wort. Der Vater schwieg. »Ich habe ihn geholt, damit er mir dabei hilft, eine Wahlkampfrede zu schreiben«, fuhr sie schmeichelnd fort. »Und ihr könnt ja dann beim Applaudieren den Anfang machen.«

Sofort hellte sich das Gesicht des Vaters auf. Feierlich schlug er gegen sein Schälchen und sagte zu seiner Frau: »Alle müssen klatschen, damit bloß keine peinliche Pause entsteht.«

»Genau, genau«, pflichtete Dianjun bei. »Einer rennt voraus und alle anderen hinterher.«

Ungeduldig wartete Fanhua auf Qingshu und Tiesuo. Das Essen war beendet, Schälchen und Stäbchen gespült, aber die beiden tauchten nicht auf. Allmählich wurde sie unruhig.

Um sich abzulenken, nahm sie Doudou auf den Arm und begleitete Dianjun auf einen Spaziergang. Bei dieser Gelegenheit konnte sie ihm zeigen, was sich im Dorf alles getan hatte. Die Rede würde sicher an Lebendigkeit gewinnen, wenn er einen Eindruck von ihren Errungenschaften gewann. Außerdem wünschte sich Fanhua, daß Dianjun mit seinen Kameraden wieder Verbindung aufnahm, damit sie bei der Wahl auch genug Stimmen erhielt. Es gab schließlich genügend Gründe, warum sie eine weitere Amtsperiode antreten und den Posten der Parteizellensekretärin wieder übernehmen sollte. Dennoch mußte sie auf alles gefaßt sein. Was den anderen im Kopf herumspukte, wußte man nie genau. Im schlimmsten Fall würde hinter ihrem Rücken Unfug getrieben, so daß ihr die Arbeit am Ende über den Kopf wuchs. Das hätte gerade noch gefehlt! Ihre großartigen Pläne waren noch gar nicht vollständig in die Tat umgesetzt, da konnte sie doch nicht auf halbem Wege umkehren.

Dianjun steckte eine Schachtel *Dazhonghua* ein und setzte sich die Sonnenbrille auf.

»Nimm diese Froschbrille ab!« sagte Fanhua und riß sie ihm herunter. »So kannst du die Berge, die Flüsse und auch die ›Wolken der Heimat‹, die Fei Xiang so schön besungen hat, viel besser sehen.« Sie kniff ihn in die Nasenspitze. »Gut, die Wolken erspare ich dir, aber schau dir wenigstens den Erfolg der Öffnungspolitik genau an.«

Am Ortseingang angekommen, stampfte Fanhua mit den Füßen auf die Straße. »Hast du gesehen? Diesen Straßenabschnitt habe ich teeren lassen. Weißt du noch, als du mich damals geheiratet hast, sind hier alle Autos auf dem Weg ins Dorf steckengeblieben. Schau mal, die Straße ist jetzt sogar noch breiter und ebener als unsere Tenne.«

»Täusch dich da mal nicht, du hast mich geheiratet und nicht ich dich«, sagte Dianjun.

»Du Idiot«, erwiderte Fanhua und schubste ihn zur Seite. »Ich habe dir doch gesagt, daß Doudou deinen Namen tragen wird, wenn die beiden Alten nicht mehr leben. Also, sag schon, wer hat hier wen geheiratet?«

Im Westen des Dorfes gab es einen Fluß, an dessen Ufer eine Papierfabrik lag, die bis vor wenigen Jahren noch in Betrieb gewesen war. Der Baugrund war Eigentum des Dorfes Guanzhuang, aber die Fabrik gehörte der Gemeinde. Jährlich hatte die Gemeinde zwanzigtausend Yuan Pacht an das Dorf gezahlt. Zwanzigtausend Yuan waren vor zwanzig Jahren eine beachtliche Summe gewesen, mit der man zweihundert Schweine kaufen, die Stromkosten des gesamten Dorfes decken und zwei Tanzsäle bauen konnte. Inzwischen war daran nicht mehr zu denken. Das Geld reichte heute kaum mehr für einen halben Tanzsaal. Viel mehr erboste die Leute in Guanzhuang allerdings die Ausleitung des Fabrikabwassers. Es floß gelb und klebrig in den Fluß und verbreitete den Gestank von Babywindeln. Qingmao hatte dem Volk während seiner Amtszeit immer wieder zugesichert, mit den Verantwortlichen der Papierfabrik zu verhandeln, um das Problem aus der Welt zu schaffen. Er drohte ihnen sogar damit, den Fabrikeingang zu verbarrikadieren. Die Jahre vergingen. In dieser Zeit machte er nicht nur Fotos von dem verschmutzten Wasser, sondern erneuerte und verschönerte auch das Dorftor. Die Steinlöwen am Portal – ursprünglich aus Granit – erstrahlten nun in weißem Marmor.

Während einer Sitzung des Dorfkomitees räumte er schließlich den einen oder anderen Fehler ein. »Aber die kann man mir nicht anlasten«, fügte er sofort hinzu. »Das ist doch ganz einfach. Auch wenn du ans Ende der Welt willst oder mit einem Raumschiff zum Mond fliegst, bleibt dein Arm zu schwach, um sich gegen ein Bein zur Wehr zu setzen. Das Dorf Guanzhuang ist eben nur der Arm, und die Gemeinde Wangzhai ist das Bein. Man braucht sich also nicht bei mir zu beschweren.«

»Kannst du dich noch daran erinnern, wie ich das Problem mit dem Fluß gelöst habe?« fragte Fanhua Dianjun, während sie nun am Ufer des Flusses entlanggingen. »Anfangs habe ich diese Machenschaften dummerweise gar nicht wahrhaben wollen. Aber Gemeinderat Niu ist eben, was er ist. Dieser Hornochse kann sich aufblasen, wie er will, er bleibt doch nur Gemeinderat. Auch sein Bein kann noch so kräftig sein, gegen das Bein des Staates wird er einfach nicht ankommen. Beim Staatspräsidenten hätte ich vielleicht aufgegeben, aber der ist er eben nicht.«

Fanhua hatte recht behalten. Nach ihrem Amtsantritt hatte sie die Verhandlungen mit der Papierfabrik neu in Gang gebracht. Denn bei einer so resoluten Frau halfen Schmeicheleien nicht. Zunächst überredete sie die Verantwortlichen der Papierfabrik dazu, dem Dorf Straßenlaternen und der Schule Tische, einen Diaprojektor sowie einen Computer zu stiften. Um die Beziehungen zwischen Guanzhuang und der Fabrik zu verbessern und um den Kindern der Fabrikbelegschaft den Schulbesuch zu erleichtern, regte sie darüber hinaus den Bau einer neuen steinernen Bogenbrücke über den Fluß an. Zunächst jammerten die Verantwortlichen über die hohen Kosten, stellten aber schließlich das notwendige Geld artig zur Verfügung.

Dies war zum Teil auch Meng Xiaohongs Verdienst. Denn sie hatte die entscheidende Idee gehabt. »Ich habe gehört, daß das Schulamt bald neue Gesetze machen will, um die Schüler zu entlasten«, hatte sie gesagt. »Grundschüler sollen keine Hausaufgaben mehr bekommen, dafür kannst du den Schulschluß um eine Stunde nach hinten verschieben. Die Kinder dürfen erst dann nach Hause gehen, wenn sie alle ihre Aufgaben erledigt haben. Dagegen können die hohen Tiere nichts sagen. Es wird kein halbes Jahr dauern«, fuhr sie voller Überzeugung fort, »bis einige Kinder der Fabrikangestellten bei Dunkelheit in den Fluß fallen. Spätestens dann läßt sich über alles reden.«

Xiaohong quasselte wie ein kleines Mädchen, dessen Worte nicht wirklich ernst zu nehmen waren. Doch Fanhua schätzte sie und war für nützliche Hinweise dankbar. Daher nahm sie ihren Vorschlag an. Kurze Zeit später fielen tatsächlich zwei Kinder auf einmal ins Wasser – der Sohn und die Tochter eines Kaders der mittleren Ebene.

»Nicht schlecht«, sagte Xiaohong. »Das nennt man ›Drache und Phönix verheißen Glück‹. Das Glück kommt eben selten allein.«

Wenig später wurde die Brücke gebaut. Und zu guter Letzt mußte die Fabrik auch noch eine einmalige Gebühr in Höhe von fünfhunderttausend Yuan für die Umweltverschmutzung entrichten. Nachdem die Rechnung beglichen war, nutzte Fanhua die Beziehungen ihrer jüngeren Schwester Fanrong und ließ Journalisten über das Schmutzwasser der Papierfabrik schreiben. Es dauerte nicht lange, und die Fabrik wurde auf Anordnung der Provinzverwaltung geschlossen. Fanhua hatte alles genau durchdacht. Im nächsten Schritt wollte sie die Fabrik zurückgewinnen. Denn in den Akten von damals hatte sie gelesen, daß das Bauland für eine Laufzeit von lediglich zwanzig Jahren an die Gemeinde verpachtet worden war. Als der Vertrag im darauffolgenden Januar zum Laternenfest auslief, war das ein großes Ereignis. Für die Dorfbewohner war die Herausgabe der Papierfabrik nicht weniger bedeutungsvoll als die Rückgabe Hongkongs an China durch Großbritannien und wurde in den Dorfannalen festgehalten.

»Dieser Eintrag ist mein ganzer Stolz«, sagte Fanhua nun

zu Dianjun. »Aber du darfst in der Rede weder meinen noch Fanrongs Namen erwähnen. Sonst rächt sich diese Schweinebande. Es reicht, wenn du Andeutungen machst, zum Beispiel, daß das Dorfkomitee die Volksmeinung respektiert und deshalb erfolgreich gegen die Wasserverschmutzung angekämpft hat. Wenn ich wiedergewählt werde, will ich einen Kredit auftreiben, um die Papierfabrik zurückzugewinnen und einen Neuanfang zu machen. Das kannst du vielleicht etwas mehr hervorheben.«

»Was für eine Art Fabrik willst du denn betreiben?« fragte Dianjun.

»Du hast doch ein Fernglas dabei«, lachte Fanhua. »Schau mal in die Ferne und sag, was du dir hier vorstellen könntest.«

»Eine Schuhfabrik vielleicht? Aber dafür fehlt dir ein Techniker von meinem Format. Willst du etwa einen Großhandel für Lederschuhe eröffnen? Dafür ist die Gegend aber viel zu abgelegen.«

Fanhua hob Doudou hoch und zeigte auf die Mauer der Fabrik. »Doudou, sag mal, was würdest du hier gerne sehen?«

»Einen Zoo, ich will Dinosaurier sehen«, antwortete die Kleine wie aus der Pistole geschossen.

»Siehst du, sogar Doudou weiß Bescheid«, sagte Fanhua. »Qinglin hat mir mit seinem Wolf eine gute Anregung gegeben. Mein Traum für die Zukunft ist, daß alle Dorfbewohner zu Geld kommen. Wenn es erst mal soweit ist, brauchst auch du nicht mehr nach Shenzhen zu gehen. So einen Job wie den gibt es überall. Bald kannst du mich unterstützen und hier die Verantwortung übernehmen.«

»Ich verstehe, das Ideal meiner Frau ist es, daß die Besamung durch die Viehzucht und die Viehzucht durch die Besamung gesteigert und allen zu Reichtum verholfen wird«, sagte Dianjun.

»Du Idiot, hör auf mit dem Quatsch«, sagte Fanhua.

Auf der Straße ging es lebhaft zu. Viele Menschen waren unterwegs und grüßten Fanhua freundlich. Auch wenn es sich die Leute nicht anmerken ließen, schwangen in ihren Stimmen, sobald sie grüßten, sowohl Respekt als auch Scheu mit. Dianjun überragte Fanhua um einen Kopf. Dennoch nahmen die Leute sie zuerst wahr und Dianjun auf den zweiten Blick. Kaum aber wechselten sie ein paar Worte mit ihm, waren ihre Hemmungen verflogen, und sie fielen in ihre derbe Sprache zurück. Jedesmal zückte Dianjun seine Zigaretten, so daß die Schachtel im Handumdrehen beinahe leer war. Und jedesmal, wenn Dianjun Zigaretten verteilte, ließ Fanhua den Satz fallen: »Wo hast du die Zigaretten denn her? Das sind doch keine gefälschten, oder?«

Wie ein Esel, der unermüdlich den Mühlstein zieht, antwortete Dianjun dann jedesmal: »Gefälschte Zigaretten? Leck mich am Arsch! Ich alter Zhang habe bei anderen Sorten keine Ahnung, ob sie echt oder falsch sind. Aber ob es *Dazhonghua* sind, das schmecke ich sofort.«

Hinter dem Dorf Guanzhuang erstreckte sich eine weite Berglandschaft über rund dreihundert Morgen. Früher hatten dort Obstbäume gestanden. Im Schwemmland waren Birnbäume, Aprikosenbäume und Pfirsichbäume und auf den Bergen Walnußbäume gewachsen. Mit dem Ziel, die Amerikaner zu überflügeln, hatte China Ende der fünfziger Jahre während des »Großen Sprungs nach vorn« die Stahlproduktion in erheblichem Umfang angekurbelt. Innerhalb einer Nacht war die Landschaft kahlrasiert worden. Zwar hatte man später neue Bäume gepflanzt, doch noch bevor sie Früchte trugen, begann allerorts die Kampagne »Die Landwirtschaft lernt von Dazhai«. Und das bedeutete: alles wurde weggefegt! Wieder wurde die Landschaft kahlrasiert. Vor einigen Jahren war eine Reihe neuer Bäume gesetzt worden, nun jedoch keine Obstbäume, sondern Pappeln und Ulmen. So war es besser, fanden die Dorfbewohner. Denn diese Bäume wuchsen schnell. Sollte die Situation erneut einen Kahlschlag erfordern, wären sie wenigstens ausgereift, und man brauchte sich nicht allzusehr grämen. Egal, wie schnell die Bäume auch wuchsen, die Geschwindigkeit, in der sich die Verhältnisse wandelten, erreichten sie nicht. Kaum waren die Pappeln armdick, kam ein Immobilienmakler aus Xiushui in Begleitung eines hohen Kreisfunktionärs nach Guanzhuang und erklärte, er wolle dieses Gebiet erschließen, um Villen zu bauen. Qingmao hatte sich damals ausgerechnet, daß er für dreihundert Morgen dreißig Millionen Yuan einnehmen könnte. Ein Morgen sollte hunderttausend Yuan kosten. Diese Summe Geld wäre nicht einmal aufzubringen, wenn das gesamte Dorf zehn Jahre lang auf Essen und Trinken verzichtete. Der unerwartete Reichtum würde den Weg zum Wohlstand beschleunigen. Nur ein Vollidiot konnte sich eine solch einmalige Gelegenheit entgehen lassen. Übereifrig ließ Qingmao die Bäume fällen. Aber der Immobilienmakler ward nicht mehr gesehen. Kurz darauf sprach es sich herum, daß dieser verdammte Kerl im Gefängnis saß.

Hier in den Bergen fand Fanhua Entspannung. Gleichzeitig konnte Dianjun ihr helfen, einen Nutzungsplan für die Landschaft zu erarbeiten.

Schemenhaft zeichneten sich am Horizont die Berggipfel ab. In der Ferne glitzerte das Licht auf einem See. Hier und da ragten ein paar weiße Pappeln zum Himmel empor, die aus der Ferne betrachtet wie verwaist erschienen. Eine Mulde unweit des Dorfes war mannshoch mit Beifußgewächs überwuchert. Dort hatten sich Fanhua und Dianjun vor ihrer Hochzeit einige Male verkrochen und ausgelassen herumgetollt. Zahllose Grassamen hatten sich an ihre Körper geheftet, ihre Hintern waren mit roten und schwarzen Striemen vom Beifuß überzogen gewesen. Damals hatten sie sich wie im Paradies auf Erden gefühlt, als hätte man ihnen Honig ins Herz geträufelt.

Von einer Anhöhe aus ließen sie ihre Blicke über die Senke schweifen. Ein Lächeln huschte über ihre Gesichter. Zwei Seelen, ein Gedanke: in diesem Augenblick verspürten sie beide den Wunsch, hinunterzulaufen.

»Hier könnte man Kamele züchten«, sagte Dianjun. »Kamele fressen nämlich alles.«

Als sie weitergingen, entdeckten sie mit einem Mal Li Hao, den Schafhirten. Li Hao, Fanhua und Dianjun waren zusammen in die Oberschule gegangen. Während der Schulzeit hatte Li Hao zwei Spitznamen gehabt: »Superhirn« und »Komma«. »Superhirn«, weil sein Verstand nahezu übermenschlich schnell arbeitete. »Komma«, weil er die Kreiszahl pi bis auf unzählige Stellen hinter dem Komma im Kopf hatte. Li Hao hatte sogar noch einen weiteren Spitznamen, und zwar »Eisenkrücken-Li«. Aber diesen Namen wagte niemand in seiner Gegenwart in den Mund zu nehmen. Er litt unter den Folgen einer Kinderlähmung, war also ein Hinkebein. Normalerweise aber benutzte er keine Krükken.

Aufgrund seiner Behinderung hatte er früher nur ein wenig mit dem Besen zu wedeln brauchen, schon war er zum Vorzeigeschüler erklärt worden. Dafür hatte er jedes Jahr den »Drei-Tugenden-Preis der Schüler« erhalten. Vor aller Augen war Li Hao bei der Preisverleihung am Schuljahresende mit Krücken auf die Bühne gehumpelt, um seine Auszeichnung in Empfang zu nehmen. Auf diese Weise hatte er gezeigt, daß er tatsächlich behindert war. Ja, wären die Gesundheitsuntersuchungen beim Aufnahmeverfahren für die

Hochschule damals nicht so streng gehandhabt worden, hätte er sofort das Weite gesucht. Inzwischen wäre er längst ein Beamter, der es sich vielleicht sogar mit einer heimlichen Geliebten gutgehen ließ. Aber er hatte es eben nur zum Schafhirten gebracht und noch nicht einmal eine Frau zum Heiraten gefunden. Bei der letzten Wahl wollte Fanhua ihn als Buchhalter in ihren Mitarbeiterstab aufnehmen. Er aber war gerade wieder einmal unterwegs auf Brautschau gewesen.

»Mein Hauptproblem ist mein Schwanz«, hatte er zu Xiangsheng gesagt. »Wenn mein Schwanzproblem erst beseitigt ist, lösen sich alle anderen Probleme wie von selbst.«

Das Ende vom Lied war, daß sein Schwanzproblem nicht gelöst war und er zudem auch noch die Wahl verpaßt hatte. Später, so wurde gemunkelt, habe er dies bedauert und vor Wut mehrere Schafe verprügelt. Doch gegen den Katzenjammer half keine Medizin der Welt, verpaßt war eben verpaßt. Glücklicherweise sollte es eine zweite Chance geben. Denn Fanhua wollte ihn auch nach der nächsten Wahl in ihre Mannschaft holen.

Im Dorf lebten über ein Dutzend Behinderte. Außer zwei Schwachsinnigen war einer gescheiter als der andere. Li Hao war ihr Anführer. Wenn er Fanhua unterstützte, würde das restliche Dutzend ihr ebenfalls die Stimmen geben. Auf dem erträumten Bauernhof könnten die Behinderten gute Dienste leisten. Wer mehr Grips hatte, würde die Aufsicht führen, die dümmeren würden kehren, Telefondienst und Postabwicklung übernehmen. Die beiden Schwachsinnigen, die ohnehin Duft nicht von Gestank unterscheiden konnten, würden den Mist wegschaufeln.

Wie weiße Wölkchen am Himmel standen die Schafe in der Berglandschaft. Als Doudou die Schafe entdeckte, zappelte sie auf Dianjuns Arm hin und her und wollte unbedingt mit ihnen herumtollen. Ein Schaf kam herbeigelaufen. In seinem Fell blitzten stachelig wie kleine Ährenborsten schillernde Grassamen. Aus Sorge, Doudou könnte sich daran verletzen, zupfte Fanhua sie dem Schaf aus der Wolle. Doudou zeterte und wollte auf dem Schaf reiten.

Li Hao hob den Kopf und warf ihr einen flüchtigen Blick zu. »Verdammt«, brummte er und drehte sich wieder um. Fanhua lachte.

Behinderte legen sehr viel Wert auf Höflichkeit und haben ein ausgeprägtes Ehrgefühl. Grüßte man Li Hao nicht, ließ er einen links liegen.

Mit seiner Jacke über dem Gesicht hatte er es sich auf einem Erdhügel bequem gemacht. Offenbar wollte er schlafen. Eine Ulme in der Mitte des Hügels überragte das beinahe mannshohe Gras. Viele Jahre hatte der kahle Baum schon überdauert, und es war kaum zu erkennen, ob er tot oder lebendig war. Bei diesem Anblick fiel Fanhua ein, daß der Erdhügel eigentlich eine Grabstätte war, in der eine einsame alte Frau ihre letzte Ruhe gefunden hatte.

Der Sohn der alten Frau, Kong Qinggang, war Anfang der fünfziger Jahre durch den Yalu-Fluß an der chinesisch-koreanischen Grenze gewatet, um sich als Freiwilliger am Widerstandskrieg gegen die Amerikaner zu beteiligen. Damals war die alte Frau Mutter eines Helden geworden. Bumm, bumm – schallte es, wenn sie auf ihren Maulbeerbaumstock gestützt durch Guanzhuang lief. Stets wölbte sich eine Wange, weil sie Kandis lutschte. Alljährlich zum Nationalfeiertag wurde die rote Fahne als erstes in Qinggangs Hauseingang gehißt, wie Fanhuas Vater erzählte. Qinggang aber war nach der Schlacht nicht zurückgekehrt. Erkundigte sich jemand nach ihm, so antwortete die Frau, er sei zu Ehren des Vorsitzenden Mao gestorben. Erst während der Kulturrevolution erfuhren die Leute, daß Qinggang damals keineswegs gestorben, sondern in amerikanische Kriegsgefangenschaft geraten und später nach Taiwan ins kapitalistische Feindesland geflohen war. Eines Tages, nachdem sich die Alte wieder einmal hatte beschimpfen lassen müssen, nahm sie den Strick. Fanhuas Mutter hatte zu jener Zeit gerade in Guanzhuang eingeheiratet. Sie war zum Haus der alten Frau geeilt, um zu schauen, was der Tumult dort zu bedeuten hatte. Wie einem brünstigen Hund hing der alten Frau die Zunge bis zum Kinn aus dem Mund. Weil sie zum Zeitpunkt des Todes ein Stück Kandis gelutscht hatte, überzog eine dunkle Schicht Ameisen ihre Zunge. Ihre Familie lebte im Nachbardorf. Zhaoyuan machte sich höchstpersönlich auf den Weg, um den Angehörigen Bescheid zu geben, daß sie die Tote bestatten sollten. Die Familie war jedoch mit der Revolution beschäftigt und hatte keine Zeit dafür.

»Die paar alten Knochen könnt ihr an die Hunde verfüttern«, sagten sie auf Zhaoyuans Drängen hin.

Zhaoyuan wurde wütend. »Ich sag euch eins«, brüllte er. »Unsere Hunde in Guanzhuang sind proletarische Hunde. Sie fressen lieber proletarische Scheiße, als an den Knochen eines Kapitalisten zu nagen.«

Daraufhin drehte er sich um und ging. Was sollten sie nun tun? Schließlich konnten sie den Leichnam nicht einfach den Maden überlassen. Die Leute aus Guanzhuang wickelten ihn in zerschlissene Matten und begruben ihn. Da Angehörige der Familie Kong zur damaligen Zeit nicht das Recht auf ein Ahnengrab hatten, mußten sie die alte Frau in der freien Natur bestatten. Damals war die Grabstätte ein entlegener Ort, an dem sich allenfalls streunende Hunde einfanden. In den folgenden Jahren hatte die Familie der alten Frau regelmäßig jemanden in die Berge geschickt, um Erde aufzuschütten. So war der kleine Erdhügel entstanden.

Vor zwei Jahren war in Xiushui die Feuerbestattung eingeführt worden, damit die Toten den Lebenden Platz machten. Um die Ackerfläche zu erweitern, mußten die Dörfer ihre Grabhügel einebnen. Kein einziger durfte übersehen werden. Der Parteizellensekretär hatte Sorge dafür zu tragen, daß kein Grab unberührt blieb. Andernfalls mußte er seinen Hut nehmen. Tatsächlich hatte Fanhua das Grab von Qinggangs Mutter vollkommen vergessen. Das hatte ihr gerade noch gefehlt. Doch offenbar war sie nicht die einzige. Die gesamte Dorfbevölkerung hatte es vergessen und die Leute aus dem Nachbardorf auch.

Daß Li Hao ebenfalls keinen Gedanken mehr an die Tote verlor, war offensichtlich. Wie hätte er sonst seelenruhig an den Grabhügel gelehnt schlafen können?

Gerade wollte Fanhua nach ihm rufen, als plötzlich die liebliche Stimme des Fernsehmoderators Zhao Zhongxiang erklang. Die Hingabe in seiner Stimme wirkte übertrieben, beinahe abstoßend. Aber Zhao Zhongxiang konnte sich unmöglich in Guanzhuang aufhalten. Und selbst wenn das so wäre, würde er jedenfalls keine Schafe in den Bergen hüten. Es war also Li Haos Stimme. Es war Li Hao, der ein Gedicht vortrug: »Die Welt schläft, nur ich wache, ein kurzer Schlummer am Frühlingsnachmittag, schon sinkt die Sonne vor meinem Fenster langsam herab.«

Fanhua mußte lachen. Dieser fast vierzigjährige Junggeselle brauchte gar nicht so geschwätzig zu sein. Die Leute wußten auch so, daß seine Sonne sank. Nun klagte er wohl der Partei sein Leid. Sein Problem wäre leicht zu lösen, dessen war sich Fanhua sicher. Er brauchte nur ihr Buchhalter zu werden. Wenn sich seine gesellschaftliche Stellung änderte und er ein festes Einkommen erhielte, würde er eine Frau finden, das garantierte sie ihm.

»Da liegst du falsch«, antwortete Dianjun, als sie ihm ihre

Gedanken verriet. »Das war ein Gedicht von Zhuge Liang. Eisenkrücken-Li hält sich nämlich für ein verkanntes Genie, wenn er glücklich ist.«

»Ja ja, du mußt es ja wissen«, sagte Fanhua und rief nach Li Hao. »Komma, dein Kamerad kommt zu Besuch.«

Li Hao drehte sich um. »Wer da?« murmelte er unter seiner Jacke. »Wer hält mich hier vom Schlafen ab?«

Dianjun riß ihm die Jacke fort und rief: »Eisenkrücken-Li!«

Wie ein Esel, der mit verbundenen Augen den Mühlstein zieht, drehte sich Li Hao einmal um die eigene Achse und setzte sich auf. Als Dianjun ihm eine Zigarette anbot, äugte er interessiert auf den Schriftzug der Schachtel. Dabei spuckte er den Grashalm aus dem Mund, der ihm als Zahnstocher gedient hatte.

»Leck mich am Arsch, du hast es ja zu Geld gebracht«, rief Li Hao. Das Wort »Geld« zog er besonders in die Länge. Eigentlich wollte er damit Anerkennung ausdrücken, aber es hörte sich nur sonderbar an.

»Geld oder kein Geld«, sagte Fanhua, »das ist doch scheißegal. Ein ruhiges Leben ist viel mehr wert. Er hat es nicht so gut wie du. Du lebst, als wärst du unsterblich. Am besten, ich nenne dich nicht mehr Komma, sondern einfach Lebendiger Unsterblicher.«

Li Hao nahm seine Eisenschippe und schaufelte seinen Schafen einen Klumpen Erde entgegen.

»Na klar!« rief er. »Schafe hüten, Blicke schweifen lassen, hoch empor zum Himmelszelt. Gib dem Vater gut zu essen, dann ist aller Hunger still.«

Obwohl dieser Li Hao eine umfassende Bildung genossen hatte, wirkte er stets wie ein Hund, der ein Stück Ziegelstein für einen Knochen hält. Man brauchte ihn nur als einen lebendigen Unsterblichen zu bezeichnen, schon erhob er seine Jacke wie einen Fächer aus Federn, fächelte sich versonnen Luft zu und sang das Lied ›Kriegslist der offenen Tore‹:

»Von der Zinne schweift mein Blick über die Flur.
Dichtes Gedränge naht sich der Stadt.
Die Fahne weht eine Saltofigur,
Der edle Vasall schickt Soldaten in Positur.«

»Du bist das unentdeckte Genie, aber ich bin bestimmt nicht der edle Vasall Sima Yi. Ich bin nur ein Schuhmacher«, sagte Dianjun.

»Selbstverständlich bist du nicht Sima Yi«, lachte Li Hao. »Bei Sima Yi ist der Sohn Kaiser geworden, bei dir ist die Ehefrau Kaiserin.«

Fanhua verzog das Gesicht. »Der Schuh ist zu groß für mich. Wir haben hier jetzt demokratische Wahlen. Da wird die Kaiserwürde im Turnus weitergereicht – morgen an mich und übermorgen schon an dich.«

Li Hao überhörte ihre Worte und senkte den Blick. »Kürzlich, als ich gerade die Schafe hütete«, begann er, »schauten ein paar alte Klassenkameraden vorbei. Genau die, die die Aufnahmeprüfung an der Universität bestanden hatten. Sie sind alle stinkreich geworden. Ja, und als sie einmal die Stadt satt hatten, kamen sie mit Bier und Konserven in die Einöde, um hier das Wochenende zu verbringen. Im Handumdrehen hatte ich für sie ein Schaf geschlachtet, über das Feuer gehängt und gegrillt. Dazu gab es wilden Knoblauch aus den Bergen. Mann, sie haben geschwelgt und geschlemmt. Sie haben auch nach dir gefragt«, fuhr er fort. »Und ich habe ihnen gesagt, daß du irgendwo auf Inspektionsreise unterwegs bist. Damals habe ich aber nicht erzählt, daß du Kaiserin bist. Ich habe nur gesagt, daß Fanhua jetzt Königin ist. Rate mal, Dianjun, wie sie reagiert haben. Sie haben gesagt: ›Ach, dann ist Zhang Dianjun ja jetzt Prinz Philip.‹ Deshalb bist du für mich nicht Sima Yi. Du bist Prinz Philip.«

»So viel Glück wie Prinz Philip hat er aber nicht«, sagte Fanhua. »Er hat ein hartes Los. Er muß alles selber machen. Ich kann ihm nicht weiterhelfen. Doudou und ich liegen ihm sogar noch auf der Tasche.« Beiläufig erkundigte sich Fanhua nach den alten Freunden. »Liu Junjie hätte eigentlich mit uns auf Inspektionsreise gehen sollen«, sagte sie, als sie erfuhr, daß der Gemeinderat von Südyuan Li Hao an jenem Tag ebenfalls besucht hatte. »Er hat gesagt, daß er zu beschäftigt sei und nicht mitfahren könne. Und dann kommt er einfach zum Vergnügen nach Guanzhuang. Wenn mir dieser Kerl unter die Augen kommt, werde ich ihm eine Abreibung verpassen.«

»Hat Liu Junjie in der Kreisstadt eigentlich auch ein Haus gekauft?« fragte Dianjun.

»Natürlich«, antwortete Li Hao. »Hat man ein Haus, kann man sich besser gegenseitig besuchen. Besucht man sich gegenseitig, kann man den Feind besser im Auge behalten. Behält man den Feind gut im Auge, kann man ihn besser aufs Kreuz legen. Und wenn man ihn aufs Kreuz legt, kann man ein höherer Kader und reich werden. Das ist eine Kettenreaktion.«

»Das interessiert mich nicht«, sagte Dianjun. »Demnächst sollten wir beide einmal so richtig einen heben, auch wenn wir daran krepieren. Ich lade dich ein.«

»Hast du schon wieder vergessen, daß ich keinen Alkohol vertrage?« fragte Li Hao.

»Dann trinkst du eben nicht soviel«, sagte Fanhua. »Ich möchte aber gern zu ein paar Dingen deine Meinung hören.«

Li Hao war klug genug, um sogleich zu wissen, was sie bewegte. Er senkte den Kopf und wurde nachdenklich.

»Da geht es doch bestimmt um die schwarzen und roten Bohnen«, meinte er schließlich. »Ohne sie zählen zu müssen, weiß ich, daß du viele rote Bohnen bekommen wirst.«

Die roten und schwarzen Bohnen, von denen Li Hao sprach, hatten ihre Bedeutung. Zum ersten Mal tauchten sie in dem alten Film ›Partisanen der Ebene‹ auf. Die Bevölkerung besaß darin eine Handvoll roter Bohnen und eine Handvoll schwarzer Bohnen. Wer dem Volk Gutes tat, bekam eine rote Bohne. Wer das Volk unterdrückte, bekam eine schwarze Bohne. Man konnte also nach Lust und Laune handeln. Die Rechnung kam am Schluß. Denn zu gegebener Zeit wurden die roten und schwarzen Bohnen gezählt. Dann lag es auf der Hand, ob man ein guter Mensch oder ein Mistkerl war.

In dem Jahr, in dem Qingmao zum Dorfvorsteher gewählt worden war, hatte er sich an diesen Film erinnert und ihn sich zunutze gemacht. Einen Monat vor der Wahl erzählte er von Verwandten, die mit Tofu handelten und für die Herstellung mehrere Säcke Sojabohnen im Nordwesten des Landes bestellt hatten. Als sie die Säcke öffneten, hatte sich tatsächlich die Henne in eine Ente verwandelt. Aus Sojabohnen waren plötzlich rote und schwarze Bohnen geworden. Wie sollte man daraus bloß Tofu machen? Qingmao konnte es nicht mit ansehen, wie sich seine Verwandten nächtelang grämten. Daher entschied er, ihnen mehrere Säcke abzukaufen. Sie zu kaufen bedeutete allerdings, sie mit nach Hause zu nehmen.

»Wenn ich sie einlagere, werden die Würmer kommen. Aber es sind viel zu viele, um sie gleich alle aufzuessen«, erklärte er. »Ich habe mich umgehört und erfahren, daß rote und schwarze Bohnen für ältere Menschen besonders gut sind, weil sie die Verdauung fördern.«

Er lud alle alten Männer und alten Frauen aus Guanzhuang ein, die Bohnen zu probieren, und verschenkte die Säkke. Kurz vor der Wahl unterbreitete er dem Dorfkomitee einen Vorschlag.

»Die Analphabeten des Dorfes brauchen keine Stimmzettel auszufüllen«, sagte er. »Wer ihre Stimme bekommen soll, erhält eine rote Bohne in die Urne, wen sie nicht als Dorfvorsteher sehen wollen, eine schwarze.«

Kong Jisheng, Dorfältester in Guanzhuang, war in früheren Jahren vor einer Hungersnot in die Provinz Shanxi geflüchtet. Dort hatte er die Wahl des Warlords Yan Xishan miterlebt. »Das nennt sich Bohnenwahl«, hatte er erklärt. »Auch Yan Xishan hat damals eine Bohnenwahl veranstaltet. Dazu gab es einen Abzählreim: ›Goldene Bohnen, silberne Bohnen soll'n nicht ohne Grund belohnen. Wenn der Gute tut gut Ding, macht's in seiner Schale pling.‹«

Diesen Reim veränderte Qingmao ein wenig und paßte ihn seinen roten und schwarzen Bohnen an:

Rote Bohnen, schwarze Bohnen
Soll'n nicht ohne Grund belohnen.
Wenn der Gute tut gut Ding,
Macht's in seiner Urne pling!

Erst nach der Wahl wurden sich die Leute bewußt, daß die Alten, die zuvor Qingmaos Bohnen gegessen hatten, allesamt Analphabeten waren. Deshalb ging das Gerücht, daß er überhaupt nur dank der roten Bohnen Dorfvorsteher geworden sei und sich sein Amt andernfalls hätte an den Hut stecken können.

Fanhua mußte lachen, als ihr Li Hao nun von roten und schwarzen Bohnen erzählte. »Du bist gut, dir bleibt auch nichts verborgen«, sagte sie. »Genau darüber wollte ich mit dir sprechen.«

»Ich richte mich nach deinem Befehl, ist das in Ordnung?« sagte Li Hao. »Aber manche Dinge schafft man nicht mit wenigen Leuten und auch nicht mit vielen.«

Sie war verdutzt und verstand davon so wenig wie jeder normale Mensch von Mönchsgesängen.

»Das sagte der Militärberater Wu Yong in dem Roman ›Die Räuber vom Liangshan-Moor‹«, klärte Li Hao sie auf. »Es bedeutet soviel wie ›Viele Köche verderben den Brei‹.«

»Ich lade doch kein überflüssiges Personal ein«, sagte Fanhua schnell. »Nur wir drei alten Schulkameraden setzen uns zusammen.«

Auf dem Rückweg aus den Bergen machte Fanhua einen Abstecher in die Dorfschule. Direktor Xu war neu in Guanzhuang. Er war aus dem Gemeindeschulamt hierher versetzt worden. Man erzählte sich, daß er wegen seines frivolen Lebenswandels am Schopf gepackt und in die Dorfschule verbannt worden sei. Fanhua kam nur selten mit Direktor Xu in Berührung – nicht, weil sie das Gerede der Leute fürchtete, sondern weil Xiangsheng für die Schule zuständig war. Wenn die Klassen jährlich mit neuen Tischen, Stühlen und Bänken ausgestattet und Unterrichtsmittel gekauft wurden, war damit unter der Hand immer ein kleiner Reibach zu machen. Daran wollte sie nicht rühren.

Direktor Xu schlenderte gerade mit den Händen auf dem Rücken über den Sportplatz. Vielmehr stolzierte er mit gestreckten Beinen wie ein Ballettänzer umher. Als Fanhua ihn rief, blieb er wie angewurzelt stehen. Er machte eilig kehrt, hob beide Hände und trabte zu ihnen herüber.

»Herr Zhang«, sagte Direktor Xu übereifrig, nachdem Fanhua ihm Dianjun vorgestellt hatte, »ich wollte Sie längst einmal bitten, in der Schule Unterricht zu halten.«

»Und was sollte er da unterrichten?« fragte Fanhua.

»Er muß über die großartige Öffnungspolitik sprechen. Wer von den mehr als tausend Dorfbewohnern ist schon so welterfahren wie Herr Zhang?«

»Ein wenig weiß ich schon«, erwiderte Dianjun. »Aber das ist alles völlig ungeordnet. Ich bin ja nur ein einfacher Ingenieur.«

Fanhua warf Dianjun einen abfälligen Blick zu. »Alter Xu«, sagte sie, »hör nicht auf seine Schaumschlägerei.«

Mit ernstem Gesichtsausdruck begann Direktor Xu, Fanhua zu kritisieren. »Parteizellensekretärin Kong, ich bin ein paar Jahre älter als Sie, da darf ich es mir erlauben, Sie zu kritisieren. Herrn Zhangs Leistungen liegen doch auf der Hand. Er ist eine erfolgreiche Persönlichkeit und ein Wegbereiter zukunftsweisender Neuerungen. Schließlich arbeitet Herr Zhang in Shenzhen!« schulmeisterte er. »Und was ist Shenzhen für ein Ort? Es ist der Nabel der Welt – dort findet die Öffnungspolitik statt. Niemand in ganz Xiushui wird es wagen, das Wort Öffnungspolitik überhaupt nur in den Mund zu nehmen, wenn Herr Zhang nicht darüber spricht. Er hat diesen weiten Horizont, der entscheidende Punkt ist sein weiter Horizont. Zeit ist Geld, und ein weiter Horizont ist ein großer Gewinn. Im Erziehungswesen ist ein weiter Horizont ein besonderer Bonus. Deshalb, Parteizellensekretärin Kong, dürfen Sie ihn nicht verstecken. Oder wollen Sie sich sein Wissen vielleicht ganz alleine zunutze machen?«

So ein Schleimscheißer, dachte Fanhua, da hätte sein Vorgesetzter doch gut daran getan, ihn bei sich zu behalten. Offenbar war es nicht nur um die Frage des Lebenswandels gegangen.

»Direktor Xu, darüber reden wir später noch einmal«, sagte Fanhua. »Ich habe gehört, daß ein paar hohe Tiere beim Unterricht zuhören wollen. Es gibt doch so viele Dörfer, wieso haben sie ausgerechnet Guanzhuang ausgewählt? Vielleicht, weil man sich bei Dattelpflaumen auch immer die weichen heraussucht?«

Direktor Xu schnaubte durch die Nase. »Weiche Dattelpflaumen?« fragte er. »Wer hat schon festere Dattelpflaumen als wir? Du bist die große Botschafterin des Landkreises. Unter einem starken General gibt es keine schwachen Soldaten. Wenn auf Dorfebene alles in Ordnung ist, hat auch die Schule kein Problem. Sie machen die Runde in den Dorfschulen. Glaub mir, unser Dorfschulniveau ist erstklassig. Um so besser, daß wir es einmal zeigen können.«

»Müssen wir diese Leute bewirten?« fragte Fanhua.

»Das kommt darauf an, wer die Delegation leitet«, erwiderte Xu. »Wenn der Direktor des Schulamtes den Ausschuß anführt, ist ein Essen unumgänglich. Sollte der Stellvertreter kommen, muß es nicht unbedingt sein.«

»Der Stellvertreter ist also unbestechlich?« fragte Fanhua.

Direktor Xu lachte. »Unbestechlich? Wo denkst du hin? Im Grunde verbirgt er nur seine wahren Absichten. Er wartet, bis seine Zeit gekommen ist, um richtig aufzutrumpfen.«

»Ja, wenn das so ist, sollten wir ihn auf jeden Fall zum Essen einladen«, sagte Dianjun und stemmte wie eine erfolgreiche Persönlichkeit die Faust in die Hüfte. »Auch wenn sich der Berg nicht dreht, der Lauf des Wassers dreht sich dennoch«, fügte er hinzu. »Man muß die Dinge auf lange Sicht betrachten. Fanhua, auf diese paar Kröten kann das Dorf doch allemal pfeifen.«

Sofort zeigte Direktor Xu mit dem Finger auf Dianjun. »Siehst du«, sagte er erfreut, »das nenne ich einen weiten Horizont. Im Erziehungswesen ist ein weiter Horizont das Allerwichtigste. Herr Zhang braucht nur den Mund aufzumachen, schon merkt man, daß er anders ist als die anderen.«

Fanhua ärgerte sich insgeheim, daß sie Dianjun überhaupt

mitgenommen hatte. Er hatte leicht reden, weil er sich kein bißchen in ihre Lage versetzen konnte. Diese Kerle waren aalglatt und außerordentlich durchtrieben. Ohne Schmiergeld biß man bei ihnen auf Granit. Und hohe Schmiergelder waren ausgeschlossen. Eine Mahlzeit kam ohnehin schon auf mehrere hundert Yuan – soviel gab ein Bauer im ganzen Jahr nicht aus. Entsetzlich, wenn davon etwas nach außen dringen würde. Fanhuas Blick schweifte in die Ferne.

»Warten wir, bis Xiangsheng zurückkommt, und überlegen dann noch einmal«, sagte sie. »Ist denn eigentlich schon beschlossen, wessen Unterricht sie besuchen?«

»Laut Vorgabe«, setzte Direktor Xu an, »sollen sie Lehrer prüfen, die nicht beim Staat angestellt sind. Offenbar wollen sie zwei, drei besonders gute auswählen und bei nächster Gelegenheit in den Staatsdienst übernehmen. Deshalb habe ich entschieden, daß Lehrer Shangyi den Unterricht hält. Lehrer Shangyi hat großen Einsatz gezeigt, krempelt die Ärmel hoch und gibt alles.«

»Sehr gut«, sagte Fanhua. »Das ist ja wirklich das große Los. Wie ist denn Shangyis Hochchinesisch?«

»Es ist verdammt gut«, antwortete Yu begeistert. »Zhao Zhongxiang hat er bald überflügelt.«

Als sie nach ihrer Runde durch das Dorf wieder zu Hause eintrafen, ließ Fanhua Dianjun nicht mehr aus den Augen. Sie taxierte ihn pausenlos, so daß er glaubte, er habe etwas im Gesicht. Mehrere Male wischte er sich mit der Hand über Mund und Kinn. Schließlich betrachtete er sich eingehend im Spiegel, während Fanhua ihn unablässig anstarrte.

»Ist schon in Ordnung«, sagte sie. »Alles in Ordnung.«

Dianjun platzte der Kragen. »Wenn es etwas gibt, dann heraus mit der Sprache. Was soll diese ewige Anstarrerei?«

»Es ist doch alles in Ordnung«, wiederholte Fanhua.

»Wann hast du denn eigentlich mit den Fingern geschnipst und dich in einen Ingenieur verwandelt?«

Schamröte huschte über Dianjuns Gesicht, feine Schweißperlen legten sich auf seine Stirn. Dianjun räusperte sich. »Menschen brauchen Ansehen und Anerkennung genauso wie Bäume ihre Rinde«, schwafelte er.

»Was auch immer für eine Rinde das sein soll, du bist ja wohl zu gar nichts zu gebrauchen. Bis jetzt habe ich jedenfalls noch nicht gemerkt, daß du etwas anderes beherrschst außer anzugeben«, schimpfte Fanhua. »Bei dir weiß ich nie, was wahr und was gelogen ist. Dianjun, verheimlichst du mir irgend etwas?«

»Wie kommst du denn darauf?« erwiderte Dianjun. »Ich bin dir absolut treu ergeben. Wirklich, da gibt es nichts. Dein Ideal ist es, die Bewohner von Guanzhuang in den Wohlstand zu führen. Mein Ideal ist es, Ingenieur zu sein und Kapitalist zu werden. Was ist schon dabei?«

Fanhua, die weitaus direkter war als er, schmiß ihm den Beutel mit Xuedais Schuhen hin. »Gut, Herr Ingenieur, bitte reparier doch mal diese Treter.«

Im Westen schob sich die Sonne durch die Wolken. Schmale Strahlen drängten sich wie blutgetränkte Messerspitzen durch einzelne Ritzen, schwebten immer tiefer vom Himmel herab. Das Blut färbte sich dunkler.

Stille lag über Guanzhuang. Nur die Eselin schnaubte und wälzte sich geräuschvoll. Sobald die Eselin der Familie Xinqiao zur Ruhe käme, würde es im Dorf hoch hergehen, soviel wußte Fanhua.

»Esel«? Wie sagte man dazu doch gleich auf Englisch? Einen Augenblick lang stockte sie. Doch im nächsten Moment fiel ihr wieder ein, daß Esel im Englischen *dang kei* – »die Partei rügt« – hieß. Während *dang kei* immer noch herumpolterte, machte sich im Dorf bereits Geschäftigkeit breit. Erwachsene erhoben ihre Stimmen, Kinder lärmten. Am lautesten waren die Tiere, die von der Weide ins Dorf heimkehrten – ein buntes Durcheinander von Muhen, Wiehern und Meckern war zu hören. Schnatternd watschelte eine Schar Enten die Straße entlang. Mit rauher, heiserer Stimme gaben sich die Erpel zu erkennen. Aus den Schnäbeln der Entendamen erklangen glockenhelle Laute. Den Enten folgte eine Kolonne Gänse, die wir kleine Wölkchen vorbeizogen. Die Gänse gehörten zu Lingwens Familie. Lingwens Frau trieb die Gänse mit einem Stock an. Es war wirklich ein Kreuz: Wer einmal von einer Schlange gebissen worden war, fürchtete sogar die Brunnenwinde. Erschrocken bemerkte Fanhua, daß der Bauch von Lingwens Frau ziemlich dick war, machte sich jedoch sofort klar, daß es zwischen Lingwens Frau und Xuedai einen großen Unterschied gab, auch wenn ihr Bauch ebenso hervorstand. Denn so wie sich ein Herrchen nach einem Jahr seinem Hund anglich, paßte sich Lingwens Frau ihren Gänsen an. Wirklich, die Kämme der Gänse sind rot wie Dattelpflaumen und haben die Struktur von Achatsteinen. Und die Spange, mit der Lingwens Frau ihre Haare hochsteckt, war tatsächlich mit Achat verziert, mit Achat aus Plastik.

Eine Limousine brauste herbei, ein *Hyundai*. Das war wohl der Schwager, dachte Fanhua. Denn er besaß auch ein Auto dieser Marke. Wie besessen begann der Fahrer zu hupen. Doch vergebens, die Gänse machten den Weg nicht frei, so daß er schließlich ausstieg. Es war nicht der Schwager, sondern ein Fremder im Anzug, der das Dorf passierte. Im Auto saß eine weitere Person, die nun die Fensterscheibe herunterkurbelte, um den Kopf herauszustrecken. Sie trug einen bis zum Kinn zugeknöpften eleganten Sunyatsen-Anzug und die gleiche Sonnenbrille wie Dianjun. Der

Fahrer schnaubte vor Wut und trat nach einer Gans. Zwar wirkte die Gans ein wenig einfältig, beobachtete den Fahrer in Wirklichkeit jedoch scharf. Kaum daß er ihr Hinterteil berührte, schnappte sie nach seinem Fuß. Aufgeregt schnatternd flatterte die gesamte Gänseschar zum Ort des Geschehens. Der Chauffeur wurde bleich.

»Setz dich schleunigst in dein Auto«, rief Fanhua ihm zu. Auch als er wieder im Wagen Platz genommen hatte, ließ die Gans nicht von ihm ab. Sie spurtete ihm hinterher, um noch einmal nachzulegen. Mit einem Mal flatterte sie in die Höhe und ließ sich auf der Motorhaube nieder. Sie schnappte nach der Windschutzscheibe und riß einen Scheibenwischer ab. Immer noch streckte der Mann auf dem Rücksitz seinen Kopf zum Fenster heraus. Nun nahm er seine Sonnenbrille ab, stützte den Ellenbogen auf den Fensterrahmen und verfolgte den Kampf aufmerksam.

»Mann, bist du lebensmüde?« rief Fanhua zu ihm hinüber. »Mach sofort das Fenster zu.«

Unterdessen flatterte eine zweite Gans auf das Autodach, um mit allem, was ihr zur Verfügung stand, einen Sturmangriff zu starten. Vor lauter Anstrengung legte sie plötzlich ihre Eier, die wie Kanonenkugeln vom Autodach zu Boden kullerten. Auch die getigerte Katze, die zuvor bei Xuedai auf der Mauer umherspaziert war, schoß herbei und machte einigen Wirbel. Sie sprang auf das Autodach, setzte sich und kratzte sich mit der Vorderpfote erst am einen, dann am anderen Ohr. Fanhua verkniff sich das Lachen.

»Los, lauf schnell weg«, rief sie Lingwens Frau zu, damit sie die Gänse fortbrachte.

»Einverstanden«, sagte Lingwens Frau, ließ jedoch wider Erwarten die Gänse zurück und machte sich alleine auf den Weg. Mehr und mehr Leute versammelten sich auf der Straße, um dem Spektakel beizuwohnen.

»Toll!« rief der eine, »Weiter so!« der andere, als befürchteten sie, das Chaos könnte ohne ihr Zutun ein allzu schnelles Ende nehmen. Der Fahrer wagte es nicht mehr, die Hupe zu betätigen. Er wendete den Wagen und fuhr denselben Weg zurück, den er gekommen war. Dabei stürzte die Gans wie ein Raubvogel vom Autodach zu Boden. Mit dem Scheibenwischer als Trophäe im Schnabel watschelte die andere Gans eilig Lingwens Frau hinterher.

Eigentlich hatte Fanhua nach Qingshu Ausschau gehalten, nun aber war sie Zeugin einer Auseinandersetzung der besonderen Art geworden. Als sich die Leute zerstreut hatten, sah sie sich erneut nach ihm um. Er war weit und breit nicht zu entdecken. Sie tippte seine Nummer in ihr Handy. Merkwürdigerweise hatte er das Telefon ausgeschaltet. Das war noch nie vorgekommen. Seine Handyrechnungen waren enorm hoch.

»Entweder er spricht mit seinem Handy oder mit den Papageien«, beschwerte sich seine Frau. Einmal, als sie auf dem Hof die Schweine fütterte, läutete das Telefon. Es läutete und läutete, aber Qingshu, der sich gerade hingelegt hatte, nahm das Gespräch nicht entgegen.

»Ich rannte ins Haus und griff nach dem Hörer. Und rate mal, wer dran war. Qingshu war am Apparat«, erzählte sie. »Nicht einmal ein paar Schritte kann er machen.« Vom Bett aus hatte er seine Frau im Eßzimmer per Handy daran erinnert, die Papageien zu füttern.

Als Fanhua ihn nun anrief, wurde ihr bewußt, daß dieser Qingshu, der noch nie zuvor sein Handy ausgeschaltet hatte, tatsächlich nicht erreichbar war.

Kurz bevor es dunkel wurde, rief Fanhua Meng Xiaohong, die Sekretärin der Parteizellengruppe, an und bat sie, die Kader von einer Sitzung nach dem Abendessen zu benachrichtigen. Schon lange hatte Fanhua Meng Xiaohong in ihr Herz geschlossen. Zwischen ihnen gab es eine besondere Übereinstimmung, die nicht vieler Worte bedurfte. Doch seit Xiaohong die Idee gehabt hatte, die steinerne Bogenbrücke zu bauen, hielt Fanhua noch größere Stücke auf sie.

Im Jahr der großen Überschwemmungskatastrophe hatte Xiaohong ihren älteren Bruder verloren. Er war damals in den Fluß gesprungen, um Brennholz herauszufischen, als ihn ein vorbeitreibender Holzbalken in die Tiefe riß. Aufgedunsen und kugelrund wie eine Dreschwalze, mit der man Reis schält, trieb er einige Zeit später an der Oberfläche. Da Xiaohong nun das einzige Kind ihrer Eltern war, wollte sie später in Fanhuas Fußstapfen treten. Sie wollte auch einen Mann finden, der in ihre Familie einheiratete. Sie bildeten gewissermaßen eine Schicksalsgemeinschaft. Denn wie Fanhua war auch Xiaohong mit dem Gesicht nach unten auf die Welt gekommen. Dem Volksmund nach war das ein sicherer Hinweis darauf, daß sie in ihrem Elternhaus sterben würde.

Lingpei mochte Xiaohong sehr. Aber was ihren familiären Rang betraf, waren sie zu weit voneinander entfernt. Und außerdem hatte Lingpei als Langfinger keine Erfolgsaussichten bei Xiaohong. Sie war ein goldener Phönix, der sich auf einem Phönixbaum niederlassen wollte. Lingpei war hingegen ganz und gar kein Phönixbaum, sondern eine Trauerweide – kleingewachsen und mit herabhängenden Zweigen. Xiaohong hatte eine schnelle Auffassungsgabe und war ein kluges Mädchen.

Vor einiger Zeit hatte das Dorf den Bau einer Landstraße geplant. Dafür mußten mehrere Häuser abgerissen, Bauland mußte neu aufgeteilt werden. Zahlreiche Leute in Guanzhuang wollten die Gelegenheit nutzen, um ihre Wohnsituation zu verbessern. Auch von Xiaohongs Familie lag ein Antrag auf Umsiedlung vor. Ihr Vater bestand darauf, in den

Osten des Dorfes zu ziehen, weil diese Gegend nach Gesichtspunkten des Fengshui besonders günstig war. Einige andere Leute sahen das genauso und wollten sich ebenfalls im Osten niederlassen, so daß Fanhua schließlich ärgerlich wurde. Xiaohong gegenüber machte sie nur eine leise Andeutung, woraufhin diese die Bittschrift ihrer Familie sofort zurückzog.

»Die geplante Autobahn muß im Westen des Dorfes verlaufen«, erklärte Fanhua ihr, »dann kann die Regierung ihre Zahlungsverpflichtungen nicht abstreiten. Dieses Geld ist nämlich bereits vom Staat bewilligt worden. Du bist doch nicht wie die anderen Mädchen, du willst dich doch später nicht auf deinen Mann verlassen.«

Xiaohong begriff sofort, daß der Staat für den Autobahnbau Entschädigungen zahlte, weil er die Bauern enteignete. Tatsächlich würde eine beträchtliche Summe fließen. Nach den »Nutzungsvorschriften für Baugrund« mußte das Dorf vorrangig das Wohnungsproblem der Menschen lösen. Daher fand sich das Dorfkomitee zu Beratungen zusammen und plante, im Osten des Dorfes neues Bauland zu erschließen. Damit könnte Xiaohong zwei Fliegen mit einer Klappe schlagen. Zum einen nähme sie eine Vorbildrolle ein, wie es sich für Parteimitglieder gehörte. Zum anderen könnte sie im Osten des Dorfes ein neues Haus bauen und obendrein Gewinn machen.

Es gab noch ein anderes Ereignis, bei dem Fanhua von Xiaohong beeindruckt war. »Du solltest dich in Meng Zhaohong, die Brillante, umbenennen«, hatte sie zu ihr gesagt.

»In klassischen Theaterstücken ist Xiaohong immer die Dienerin. Mein Schicksal ist es also, Dienerin zu sein. In unserer Truppe bin ich deshalb deine Dienerin«, war Xiaohongs Antwort gewesen.

Wer sollte sich über solch ein Angebot nicht freuen? Das

war keine Anbiederei, denn sie stand zu ihrem Wort. Andere Mädchen konnten Xiaohong nicht das Wasser reichen. Sie hatten nur Flausen im Kopf, schäkerten herum und waren eitel. »Wir sind eine Schicksalsgemeinschaft«, hatte Fanhua damals zu Xiaohong gesagt. »Hua Hong, Hua Hong – Blumen sind bunt, Blumen sind bunt. Denn wo gibt es schon Blumen, die keine Farbe haben? Sie wären keine Blumen. Du bist noch jung und feuerrot. Das ganze Leben liegt vor dir. Wenn du dich richtig anstrengst, werde ich dir bald mehr Verantwortung übertragen.«

»Im Dorf gibt es viele fähige Leute«, hatte Xiaohong in aller Bescheidenheit erwidert. »Du solltest sie zuerst bedenken. Ich bin ja noch zu unerfahren und kann diese Last gar nicht schultern.«

Das war gut gesagt und hatte genau den Kern getroffen. Offensichtlich war sie sich ihrer Stärken und Schwächen genau bewußt. Nicht zu vergleichen mit diesem Idioten Qingshu, der stets in aller Unverfrorenheit die Hände nach einem höheren Posten ausstreckte und keine Ahnung davon hatte, was es bedeutete, zu warten, bis seine Zeit gekommen war.

Fanhua dachte darüber nach, zu ihrer Entlastung den Familienplanungsbereich nach der Wahl einfach Xiaohong zu übertragen. Sie hatte bereits bewiesen, daß sie die Fähigkeit und auch die Durchsetzungskraft für die Bewältigung dieser Aufgabe besaß.

Im Dorf gab es eine überaus dumme Gans. Sie war die Frau von Fanchuan und hieß Guo Linna. Ihr Name klang ausländisch und vermittelte eine gewisse Weltläufigkeit. Dennoch war sie so ungeheuer dumm, daß sie einen halben Tag dazu benötigte, die fünf Finger ihrer Hand zu zählen. Diese Guo Linna hatte bereits einen Sohn und eine Tochter, wollte aber unbedingt noch ein Kind bekommen. Damals war Qingshu zu ihr gegangen, um sie davon abzubringen. Zunächst sprach er mit ihrem Mann Fanchuan. Als dieser verstanden hatte, worum es ging, wandte sich Qingshu seiner begriffsstutzigen Frau zu. Aber wie sollte man bei einem solchen Spatzenhirn ideologische Arbeit verrichten? Das war genauso überflüssig wie Lampenöl für einen Blinden.

Guo Linna kaute gerade an einem Maiskolben herum. Kaum hatte sie ihn abgenagt, machte sie sich über den nächsten her, ohne Qingshu eines Blickes zu würdigen. Qingshu wurde ungeduldig. Er griff sie am Arm, um sie kurzerhand zur Sterilisation nach Wangzhai zu schleppen. Auch wenn Guo Linna an Dummheit kaum zu übertreffen war, beißen konnte sie. Sofort stürzte sie sich auf Qingshu und biß ihm beinahe ein Stück Fleisch aus der Hand.

Letztendlich erledigte Xiaohong die Arbeit mit der Verrückten.

»Schwägerin Linna, meine liebe Schwägerin«, redete Xiaohong ihr zu, »dabei wird deinem Körper nichts weggenommen. Dein Körper bekommt etwas dazu.«

»Und was ist das?« fragte das Mondkalb.

»Dein Sohn spielt doch bestimmt gerne mit Reifen, oder? So etwas ist das. Wenn du das Teil später herausnimmst, kann dein Sohn ja damit spielen«, erklärte Xiaohong.

»Es ist so groß wie ein Metallreif?« fragte die Dumme. »Wie soll der denn eingesetzt werden?«

»Er ist kleiner«, antwortete Xiaohong. »Und besser.«

Obwohl die Dumme wirklich dumm war, war sie ziemlich gescheit, wenn es darum ging, sich Vorteile zu verschaffen. Kaum hatte sie gehört, daß er kleiner war, stellte sie sich stur. Sie bewegte ihren Hintern nicht mehr vom Fleck und stampfte trotzig mit den Füßen auf.

»Eine Armbanduhr ist auch kleiner als eine normale Uhr, aber teurer«, sagte Xiaohong. »Hör zu, es gibt welche aus Plastik, aus Metall, aus Silber und aus Gold. Du kannst es dir aussuchen.«

»Ich will Gold«, sagte Guo Linna.

»Gold ist Gold, da gibt es nichts zu deuteln«, stimmte Xiaohong ihr zu. »Wenn das Teil nach zwei Jahren herausgenommen wird, kannst du daraus einen Fingerring machen. Und wenn sie uns Silber andrehen wollen, nehmen wir es nicht. Wozu brauchen wir auch einen silbernen Armreif?«

»Was ist denn ein goldener Fingerring?« fragte Guo Linna.

Über soviel Dummheit war sogar Xiaohong überrascht. »Dann sagen wir eben, das ist ein Fingerhut, den man benutzt, um die Schuhsohlen festzunähen«, antwortete sie.

»Einen Fingerhut will ich«, sagte das Mondkalb, »und einen silbernen Armreif will ich auch haben. Wenn es mir doch zusteht.«

»Gut, dann bekommst du einen Fingerhut und einen silbernen Armreif«, sagte Xiaohong.

Nach der Unterhaltung nahm sie Guo Linna mit. Fanhua hatte von weitem alles mit angehört und war voller Hochachtung für Xiaohong.

»Gut, gut, setz ihr zwei ein«, sagte Xiaohong im Krankenhaus besonders laut zum Arzt. »Einen goldenen und einen silbernen.« Später machte jemand daraus einen Reim:

Die Sonne stürzt in den Osten hinab,
Der Granatapfelbaum trägt Kirschen.
Ohne Schall rollen Donner vom Himmel herab,
Linnas Spalte verbirgt einen Schatz.
Wenn der Blick in Fanchuans Zimmer schweift,
Steigt sein Schwanz empor – silbern bereift.

Als die Krankenschwester Guo Linna an jenem Tag ins Behandlungszimmer begleitete, sagte Xiaohong zu Fanhua:

»Sollen wir dem Arzt nicht einen Hinweis geben und sie einfach sterilisieren lassen?«

»Das wäre zwar leicht erledigt, aber wie erklären wir es später Fanchuan?« gab Fanhua zu bedenken.

Ohne diese Warnung hätte Xiaohong Guo Linna damals tatsächlich kurzerhand sterilisieren lassen. Sie hatte es faustdick hinter den Ohren, die Jugend hatte es wirklich faustdick hinter den Ohren.

»Du kannst Teller von Eßschälchen und Schüsseln von Trinkbechern haargenau unterscheiden und behältst in jeder Situation den Durchblick«, lobte Fanhua sie für ihre gute Arbeit. »Im großen und ganzen triffst du damit genau den Kern des Marxismus.«

»Verschon mich damit. Kern, Kernpunkt, Kernproblem, das ertrage ich nicht«, klagte Xiaohong. »Ich bin auch nicht die Gescheiteste, kaum klüger als Fanchuans Frau. Die Sachen, auf die die Klugen nicht kommen, fallen mir ein, weil ich dämlich bin und deshalb auch dämliche Ideen habe.«

Hört euch das an, hört euch das an, das nennt man Selbsterkenntnis. Ja, Qingshu, davon solltest du dir mal eine Scheibe abschneiden. Zwischen euch gibt es einen himmelweiten Unterschied.

Für Fanhua war es beschlossene Sache: Nach der Wahl würde sie Xiaohong die Arbeit der Familienplanung übertragen, die frischen Wind gut vertragen konnte. Nach ein paar Jahren wäre sie dann reif für eine große Aufgabe. Ich stehe noch für eine zweite Amtszeit zur Verfügung, überlegte Fanhua, danach höre ich auf. Bis dahin wird mir schon etwas einfallen, wie ich Xiaohong den Posten zuschustern kann. Xiaohong ist mein Schatten. Ob ich verantwortlich bin oder sie, ist fast dasselbe.

»Ich nehme nicht das Megaphon. Ich bin schon fertig mit Essen und gehe schnell bei jedem einzeln vorbei«, sagte Xiaohong nun, als sie hörte, daß es in der Sitzung nach dem Abendessen um die Familienplanung gehen sollte. »Die Bauerngruppenleiter brauche ich doch nicht mehr zu unterrichten, oder?«

Sie war einfach schlau, man brauchte bei ihr kein Wort zuviel zu verlieren. Selbstverständlich war das Megaphon für diesen Anlaß nicht zu gebrauchen. Hatte nicht auch Li Hao gesagt, daß zu viele Leute ungeeignet seien? Wäre die Vertreterversammlung zu groß, würden alle wie Hühner und Enten wild durcheinandergackern und -schnattern. Das durfte nicht passieren. Fünf Bauerngruppenleiter waren fast schon zuviel.

Völlig unvermittelt rückte Xiaohong noch mit einer Neuigkeit heraus – einer »Information«, wie Qingshu sagen würde. Am Nachmittag habe sie Qingshu und Xiangsheng zusammen in Gongzhuang gesehen. Qingshu sei mit einem Auto unterwegs gewesen und habe vor der Schule von Gongzhuang gehalten. Den Kopf auf seinen Ellenbogen am offenen Autofenster gestützt, habe er mit dem Parteizellensekretär des Dorfes geplaudert.

»Xiangsheng?« fragte Fanhua überrascht. »Ist er nicht in Xiushui? Wieso ist er denn in Guanzhuang?«

»Woher soll ich das wissen«, erwiderte Xiaohong. »Auf jeden Fall haben sie sich angeregt unterhalten. Xiangsheng hat dem Parteizellensekretär eine Zigarette nach der anderen angeboten, sehr freundschaftlich. Ich habe Qingshu und Xiangsheng zugewunken«, fuhr Xiaohong fort. »Aber sie haben so getan, als würden sie mich nicht sehen.«

Guanzhuang und Gongzhuang waren Nachbardörfer, sie gingen ineinander über, so daß jeder jeden kannte. Der Parteizellensekretär von Gongzhuang hieß Gong Weihong und hatte von Kindheit an den Spitznamen »Magerer Hund«. Inzwischen hatte er sich allerdings fett gefressen und einen

Bierbauch angetrunken, den er weit herausstreckte. Er war von einem mageren Hund zu einem fetten Hund geworden. Gong Weihong hatte wie Qingshu beim Militär gedient, seinen Dienst aber ein Jahr früher angetreten.

»Der Kerl ist ein echter Glückspilz«, hatte Qingshu einmal gesagt. »In seinem ersten Jahr als Soldat gab es eine Flutkatastrophe. So konnte er mit der Hochwasserbekämpfung eine Notsituation abwenden und ist darüber auf direktem Weg in die Partei gerutscht.«

Qingshu hingegen hatte sich mit harter, dreckiger Arbeit abmühen und Geschenke machen müssen, um gerade noch kurz vor seinem Abschied von der Armee einen Parteiposten zu ergattern.

»Schau dir diesen Qingshu an«, sagte Xiaohong. »Tut so, als hätte er mich nicht gesehen. Das ist ein schöner Kollege. Was für eine Schmach.«

»Ist Qingshu denn inzwischen zurück?« fragte Fanhua.

»Ja«, antwortete Xiaohong, »gerade als ich ankam, rollte sein Wagen ins Dorf. Er kann richtig gut Auto fahren.«

Eilig wandte sich Fanhua an ihre Eltern und fragte, ob Qingshu vorbeigekommen sei.

»In so jungen Jahren schon so vergeßlich!« antwortete der Vater spitz. »War er nicht erst gestern abend da? Er hat doch die Orangen gegessen, die im Kühlschrank lagen, oder?«

»Hey!« hörte Fanhua Xiaohong rufen. »Benutzt ihr eigentlich Waschpulver oder Seife?«

»Manchmal Waschpulver und manchmal auch Seife«, antwortete Fanhua verwundert. »Was soll das?«

»Ach, nur so«, erwiderte Xiaohong.

Fanhua war verärgert. Wenn Qingshu auftauchte, würde sie ihm gehörig den Kopf waschen. Er wurde wohl langsam etwas übermütig. Obwohl er ganz genau wußte, daß sie auf ihn wartete, kam er einfach nicht vorbei, um ihr zu berichten.

Während sie zu Hause ausharrte, suchte Dianjun in sämtlichen Schränken und Schubladen nach seinem alten Schusterwerkzeug. Er war eingeschnappt und polterte lautstark herum.

Fanhua saß im Wohnzimmer und sah fern, um sich die Zeit zu vertreiben. Ihren Unmut reagierte sie an der Fernbedienung ab. Im ersten Programm lief »Brennpunkt Reportage«. In einem Kohlebergwerk hatte es eine Gasexplosion gegeben. Die Leichen wurden in den Korb der Grubenwinde gelegt und wie Süßkartoffeln aus dem Vorratskeller aus der Mine heraufbefördert. Eine Süßkartoffel wurde auf die andere gestapelt – grauenerregend. Normalerweise sah Fanhua »Brennpunkt Reportage« sehr gerne. Auch wenn sie nur Dorfvorsteherin war, mußte sie sich schließlich mit Staatsangelegenheiten, familiären Geschichten und der Weltpolitik befassen. Nichts durfte sie außer acht lassen. Doch dieses Mal schaltete sie um. Im Dragon TV trat Song Zuying mit ihrem Lied ›Heute ist ein wundervoller Tag‹ auf. Es hieß, daß die hohen Funktionäre Song Zuying alle sehr verehrten. Ob das stimmte, vermochte Fanhua nicht zu beurteilen. Sie bewunderte die Sängerin jedenfalls sehr. Ihre Stimme klang so lieblich, daß sie einem sogar die Einnahme einer bitteren Medizin versüßte. Sobald sie einem ins Ohr drang, war es, als füllten sich die Zähne mit Zucker. Aber Fanhua mochte nicht nur die Stimme, auch die Augenbrauen der Sängerin gefielen ihr. Sie waren zwei nach oben gerichtete Striche. Wenn Song Zuying ihr Gesicht mal zur einen, mal zur anderen Seite neigte, hüpfte mal der linke, mal der rechte Strich unter ihren Pony. Von den Herren brauchte man gar nicht erst zu sprechen, aber auch den Damen ging das Herz auf, wenn sie sie sahen. Sie hätten sie nur zu gerne zur Tochter gehabt. Und diese Augen – bezaubernd! –, zwei Glühwürmchen, die die dunkle Nacht erhellten. Fanhua liebte es, ihr zu lauschen, wenn sie ›Heute ist ein wundervoller Tag‹ sang. Aber ebenso mochte sie die Lieder ›Kleiner Korb‹ und ›Die Frau, die weiß, was sie will‹. Eine Frau, die weiß, was sie will, ist forsch, eine Frau, die weiß, was sie will, ist hübsch.

Im Grunde war Fanhua auch eine Frau, die wußte, was sie wollte. Wie könnte sie sonst diesen Haufen ihr untergebener Herren auf Trab halten? So hübsch wie früher war sie freilich nicht mehr. Aber unter den Kadern des Landkreises Xiushui war sie als einzige Frau am schönsten anzuschauen. Landrat Zhang hatte gesagt, sie sei die Blume des Landkreises. Sie schob ihre Gedanken über Song Zuying beiseite. Sie brachten sie auch nicht weiter, einen Scheißdreck brachten sie ihr. Fanhua stampfte mit dem Fuß auf und versetzte dem Berg Schuhe, der sich auf dem Boden türmte, einen solchen Tritt, daß die alten Latschen auseinanderstoben. Ein Schuh hätte beinahe Dianjun getroffen.

»Doudou, sieh nur«, sagte Dianjun, »deine Mutter ist zur Prinzessin Huanzhu geworden.«

Auch die Eltern schimpften, daß sie derart die Kontrolle verlor. Fanhua schmiß die Fernbedienung aufs Sofa.

»Hier, ihr könnt ja schauen. Ich gehe zur Sitzung«, verabschiedete sie sich.

Zu jeder Sitzung nahm Fanhua ihr in schwarzes Leder gebundenes Notizbuch mit. Laut Dianjun war es aus echtem Rindsleder wie das Obermaterial von Schuhen. Fanhua hatte es von ihrer Schwester Fanrong geschenkt bekommen, nachdem es der Schwager von einer Sitzung in der Provinz mitgebracht hatte. In den ledernen Einband waren die Zeichen »Finanzministerium der Provinz« eingestanzt. Aber nun war das Buch einfach nicht auffindbar.

»Hast du mein Notizbuch gesehen?« fragte sie Dianjun. Dianjun, der sich gerade um ein Paar von Xuedais Schuhen kümmerte, lachte spöttisch.

»Was gibt's da zu lachen?« fuhr Fanhua ihn an.

Sofort winkte er ab und beschwichtigte sie. »Ich lache doch nicht über dich, sondern über die Schuhe – falls man das überhaupt noch Schuhe nennen kann.«

Fanhuas Mutter wußte schließlich, daß sie es in der Küche hatte liegen sehen. Dort fand es sich tatsächlich und darauf zwei Orangenschalen. Richtig, gestern abend während ihres Gesprächs mit Qingshu und Pei Zhen hatte sie das Notizbuch herbeigeholt.

Sie ging zurück ins Wohnzimmer und klopfte Dianjun mit dem Buch auf die Schulter.

»Ob sie nachher besser aussehen oder nicht, zumindest machst du einmal die Finger krumm. Soldaten unterhält man tausend Tage, um sie dann für eine einzige Schlacht einzusetzen. Und Xuedai wartet schon darauf.«

In dem Moment klopfte es am Hoftor. Das konnte nur Qingshu sein. Wutentbrannt öffnete Fanhua die Tür. Allerdings stand Xiangsheng vor ihr.

»Ach, Xiangsheng, du bist zurück?« fuhr sie ihn an. »Du kommst einfach so zurück? Hast du keine Angst, daß dir ein Geschäft durch die Lappen geht?«

Ihr Tonfall war vermutlich etwas zu forsch, denn Xiangsheng biß sich auf die Lippen und lachte. Er blieb am Eingang stehen.

»Wer hat denn meine Tante geärgert, daß sie so zornig ist?« rief er ins Zimmer hinein. »Ach, Dianjun? Welches Lüftchen hat dich zurückgeweht? Du bist ja ganz schön mutig, kaum zurück, schon bringst du Fanhua in Rage.«

Eine Weile witzelten Xiangsheng und Dianjun herum.

Draußen seufzte Xiansheng tief. Fanhua konnte sich nur vorstellen, daß er tatsächlich Sorgen mit seinem Geschäft hatte. »Stell dich doch nicht so an, nur weil du ein paar Schüsseln Nudeln weniger verkauft hast«, sagte sie.

Xiangsheng schnalzte mit der Zunge und stampfte auf den Boden. »Quatsch«, sagte er. »Ich stöhne über das Dorfkomitee und darüber, daß deine Mitarbeiter zu spät dran waren.«

Was sollte das, deine, meine. Fanhua war ahnungslos. Sonnenstrahlen fielen auf Xiangshengs Rücken, sein in die Luft gestreckter Zeigefinger zitterte. Eine ganze Weile hielt er inne.

»Leck mich am Arsch«, fuhr er dann fort, »hast du wirklich keine Ahnung, oder tust du nur so? Xuedai ist abgehauen. Dieses billige Flittchen namens Yao Xuedai ist einfach durchgebrannt.«

Was? Xuedai war weggelaufen? Fanhuas Stirn glühte. In ihren Ohren rauschte es. Sie zeigte keine Regung, sondern machte sich strammen Schrittes auf den Weg, fast trabte sie. Erst nach ein paar hundert Metern fiel ihr ein, daß Xiangsheng ja hinter ihr herlief. Sie blieb stehen und wartete, bis er sie erreichte, schluckte dann einige Male, um sich zu sammeln. »Immer mit der Ruhe«, sagte sie zu sich selbst. »Verschwunden, wohin soll sie verschwunden sein? Der Mönch kann fliehen, aber der Tempel bleibt an seinem Platz.«

Noch bevor sie den Hof des Dorfkomitees betraten, hörte Fanhua jemanden brüllen. »Wenn sie lebt, will ich sie zurückhaben, wenn sie tot ist, will ich ihre Leiche.«

Wem gehörte diese durchdringende Stimme, die wie Eselsgeschrei klang? Daß es Li Tiesuos Stimme war, überraschte Fanhua. Was war nur in ihn gefahren? Tiesuo war ein mitleiderregender Tropf, der keiner Fliege etwas zuleide tun konnte. Aber nun kannte er offenbar keine Grenzen. Was nahm er sich heraus? Schließlich hatte er seine Frau selbst laufenlassen.

Fanhua ging bis zum Eingang des Sitzungssaales, trat jedoch nicht ein, sondern blieb an den Türrahmen gelehnt stehen. In aller Ruhe beobachtete sie Tiesuos Schauspiel. Zigarettenrauch stand im Saal, Qualm drang aus der Tür. Ihre Augen begannen zu tränen.

Auch Tiesuo nahm eine Zigarette, rauchte sie jedoch nicht, hielt sie lediglich zwischen den Fingern. Ein solches Gehabe sah Fanhua zum ersten Mal an ihm: Tiesuo trampelte auf den Holzbänken herum, krempelte die Ärmel seiner Jacke hoch, reckte den Hals und erinnerte damit an die kommunistischen Untergrundkämpfer, die man aus alten Filmen kannte. Als er Fanhua entdeckte, verstummte er, fuhr in seinem gespielten Wutanfall jedoch fort, kaum daß sie einen Fuß in den Raum setzen wollte. Mit der Zigarette zwischen den Fingern zeigte er auf Qingshu.

»Ich sage euch eins: wenn Xuedai in drei Tagen nicht zurück ist, werde ich euch die Hütte anzünden. Ich habe nichts mehr zu verlieren.«

Sofort streckte sich Qingshu so weit nach hinten, daß er beinahe mitsamt dem Stuhl umgekippt wäre.

»Morgen komme ich zu dir zum Essen«, rief Tiesuo. »Danach gehe ich zu dem da und danach zu Kong Fanhua. Schließlich läßt die Kommunistische Partei doch niemanden verhungern.«

Tiesuo wurde immer wütender. Wo er schlafen würde, hatte er genau durchdacht und bis zum Winter geplant.

»Wenn es kalt wird, muß mir einer von euch ein warmes Bett geben. Überlegt euch schon mal, bei wem ich als erstes unterkomme. Ich brauche ein rotes Bettlaken zum Unterlegen und eine rote Steppdecke zum Zudecken, meinen Kopf lege ich auf ein besticktes Kissen und meine Füße auf den Nachttisch.«

Bei diesen Worten war Fanhua sofort klar, daß er üblicherweise mit dem Kopf am Fußende schlief. So konnte er seine Füße auf dem Nachttisch ablegen.

»Tiesuo«, rief Xiangsheng, »erschreck doch Xiaohong nicht so.« Xiaohong kauerte mit einem Buch in einer Ecke und schien Tiesuos und Xiangshengs Wortwechsel nicht gehört zu haben. Aber Fanhua war sich sicher, daß sie in Wirklichkeit alles mitbekam. Denn wenn Xiaohong während der Sitzungen vorgab, unbeteiligt zu sein, hatte sie die Angewohnheit, Kaugummi zu kauen und in einem Buch herumzublättern.

Tiesuo setzte sich und legte seine Beine auf den Tisch.

»Ich bin übrigens nicht so leicht zufriedenzustellen. Ich will jeden Tag zwei Eier essen. Ein Ei ist auch in Ordnung, aber nur wenn es zwei Eigelb hat«, fügte er verschmitzt hinzu.

Direktor Xu hatte recht gehabt damit, daß ein weiter Horizont der entscheidende Punkt war. Nur ein paar Tage hatte Tiesuo auswärts die Straße geteert, schon hatten sich sein Horizont erweitert und seine Kenntnisse vermehrt.

Vom Zwillingseigelb kam er auf seine Stinkfüße zu sprechen und zog dabei sein Hosenbein hoch.

»Und außerdem sollt ihr wissen, daß ich mir noch nie selbst die Füße gewaschen habe. Das macht immer Xuedai für mich.« Tiesuo argumentierte sehr geschickt. Nicht nur, daß er dabei kein bißchen stotterte, auch Gestik und Tonfall waren genau aufeinander abgestimmt. Ein richtig verschlagener Kerl trat in Erscheinung. Darauf mußte er sich gut vorbereitet haben, dachte Fanhua, denn dieses Auftreten war ohne Zweifel einstudiert. Aber was hatte das zu bedeuten? Wie konnte es sein, daß sein Aufbegehren gegen die Partei von langer Hand vorbereitet war?

Du Dummkopf, je besser du spielst, um so deutlicher bringst du alles ans Licht! Kein Wunder, eh man sich's versah, hatte sich dieser Idiot schon selbst ein Bein gestellt. Er wollte offenbar gerade fortfahren, als er auf einmal bemerkte, daß niemand sonst einen Ton von sich gab. Also schwieg er. Mit zitternder Hand steckte er sich seine Zigarette hinters Ohr.

Fanhua ergriff die Gelegenheit, um einzutreten. Sofort nahm Tiesuo den Fuß von der Bank. »Laß deine Treter ruhig, wo sie sind«, sagte Fanhua, als sie mit dem Notizbuch auf den Tisch schlug. Bevor Tiesuo etwas erwidern konnte, fuhr sie fort: »Die Besprechung findet in Qingshus Büro statt. Tiesuo bleibt erst einmal hier. Xiaohong, bleib ruhig auch hier und lies dein Buch weiter. Wenn junge Leute gerne lernen, ist das eine gute Sache.«

Mit einem Blick gab sie Xiaohong zu verstehen, daß sie es ernst meinte und Xiaohong wieder Platz nehmen sollte.

»Du brauchst keine Angst zu haben«, beruhigte sie sie. »Er ist nicht Kong Zhaoyuan. Als Kong Zhaoyuan das Haus angesteckt hat, ist er dem Aufruf der Partei gefolgt, Lin Biao und Konfuzius zu kritisieren. Sollte Tiesuo es wagen, das Haus in Brand zu setzen, spielt er mit seinem Leben.« Abermals klopfte Fanhua mit ihrem Notizbuch auf die Holzbank. »Tiesuo«, sagte sie, »eine Sache, die du vorhin erwähnt hast, hat mir gut gefallen: ›Wenn sie lebt, will ich sie zurückhaben, wenn sie tot ist, will ich ihre Leiche.‹ Genau das ist es, was das Komitee von dir erwartet.«

Fanhua ging als erste hinaus. Einen Moment lang blieb sie im Hof stehen. Obwohl es dämmerte, waren die beiden Tierköpfe auf dem Dachfirst des Theaters gut zu erkennen. Im Lauf der Jahre war zwischen den Ziegeln dichtes Gras gewachsen. Die Halme wiegten sich im Wind. Längst war das Grün des Sommers verdorrt und raschelte bei jeder Bewegung, als gehe ein Raunen durch eine Menschenmenge. Der Wind trug das erschrockene Gejaule eines Hundes herüber, das klang, als habe er sich den Schwanz eingeklemmt.

»Der Himmel zieht sich zu, es wird bestimmt regnen«, sagte Fanhua.

Niemand reagierte.

»Es wäre dringend nötig«, fuhr sie fort. »Es würde den Pflanzen guttun.«

Jemand hustete. Niemand sagte auch nur ein Wort. Als sie Qingshus Büro nebenan betraten, lachte Fanhua auf.

»Du kümmerst dich zu Recht um Frauenangelegenheiten«, neckte sie Qingshu. »Dieses Büro ist so farbenfroh eingerichtet und so sauber und hübsch. Ich erinnere mich noch gut an Lingwens Büro, eine richtige Räuberhöhle war das.«

Mit ihren Worten gab Fanhua einen Warnschuß ab, denn sie hatte Lingwen, Qingshus Vorgänger, aus der Dorfverwaltung entlassen, weil er seine Arbeit nicht bewältigt hatte. Nun verwaltete er seine Enten.

»Dieses Büro ist sogar noch schöner als das Amtszimmer von Gemeinderat Niu«, sagte jemand. »Vom Gemeinderat?« rief ein anderer. »Häng doch einfach noch eine Weltkarte auf, dann kannst du es sogar mit dem amerikanischen Präsidenten aufnehmen!«

»Für Qingshu ist das ein Muß«, sagte Fanhua. »Schließlich ist seine Verantwortung groß.«

»Wenn das Dorf zu Geld gekommen ist«, sagte Xiangsheng, »stellst du Qingshu einen Computer zur Verfügung. Dann braucht er diese Tabellen und die roten Fahnen an der Wand nicht mehr.«

»Meine Schwester Fanrong hat einen Computer zu Hause«, erwiderte Fanhua. »Sie tippt mit zehn Fingern – hier einer, da einer, wie Flöhe, die umherhüpfen.«

Nachdem sie ihr Notizbuch auf den Tisch gelegt hatte, kam sie zur Sache.

»Qingshu, berichte dem Dorfkomitee bitte, was passiert ist.«

Qingshu machte ein ernstes Gesicht und nahm die Antenne zur Hand. Dieses Mal ließ er sie nicht über die Wand gleiten, sondern schlug sich unablässig damit auf die Handfläche, als applaudiere er.

»Ich weiß sehr wohl, daß meine Verantwortung groß ist«, begann er. »Deshalb habe ich auch den Befehl der Parteizellensekretärin erhalten, schleunigst nach Xiushui zu fahren. Bei der Armee bin ich immer die offenen Jeeps gefahren, habe aber seitdem nicht mehr hinter dem Steuer gesessen. Um die Aufgabe so schnell wie möglich zu erfüllen, bin ich mit dem Auto hingefahren, mit Xiangmins Auto.« Xiangmin, von dem Qingshu sprach, war Xiangshengs älterer Bruder, der zum christlichen Glauben übergetreten war.

»Das war auch richtig so«, warf Fanhua ein, »schließlich bezahlt das Dorf Xiangmin das Benzingeld und die Miete. Qingshu, bitte erzähl zuerst die wichtigen Dinge. Alles andere regeln wir später in der Buchhaltung.«

»Als ich in Süd-Xiushui ankam«, fuhr Qingshu fort, »Mann, das ist eine einzige große Baustelle, da ist die Hölle los. Dort steht sogar ein Baukran. Dieser riesige Baukran ist ein Wahnsinn. Er packt etwas und zieht es einfach in die Luft.«

»Tatsächlich?« fragte Fanhua. »Was hat er denn gepackt?«

»Was es genau war, habe ich nicht gesehen«, antwortete Qingshu. »Ich hatte auch gar keine Zeit, so genau hinzuschauen. Auf jeden Fall sah das sehr schwungvoll aus. Aber dann wurde die Sache ziemlich übel. Man kann dort einfach niemanden finden. Das kannst du dir nicht vorstellen. Meine Schuhsohlen sind völlig abgelaufen.«

»Leider bist du nicht beim Militär«, warf Fanhua ein, »sonst würdest du jetzt eine Medaille bekommen. Was ist also passiert, nachdem du Tiesuo gefunden hast?«

»Schließlich habe ich Tiesuo an einer Kalkgrube entdeckt«, erzählte Qingshu. »Er schaufelte gerade den Kalk durch ein Sieb. Sein Bart und seine Augenbrauen waren total weiß. Er sah aus wie der Weihnachtsmann.« Nicht schlecht, dieser Qingshu hatte wirklich etwas drauf, er kannte sogar den Weihnachtsmann!

»Komm auf den Punkt«, sagte Fanhua.

»Nachdem ich Tiesuo also endlich aufgegriffen hatte«, setzte Qingshu fort, »habe ich ihm sofort den Marsch geblasen und ihn über die Lage der Nation und die Grundlagen der Regierungspolitik aufgeklärt. Tiesuo hat den Kopf gesenkt und allem Anschein nach genau zugehört. Ich habe Tiesuo auch gefragt, was er darüber denke. Er sagte, daß er den ganzen Tag gearbeitet habe und hungrig sei. Ihm sei schon schwindlig, und er müsse etwas essen. Also sind wir zusammen in die Stadt gefahren und haben etwas zu essen gesucht. Wir haben Xiangsheng getroffen und bei ihm ein Schälchen kalte Nudeln gegessen. Sie waren mit Sesamsoße angemacht und mit gestampftem Knoblauch bestreut. Mann, das war lecker – aromatisch und frisch, mit Biß.« Dann wandte er sich an Xiangsheng. »Da waren doch wohl keine Opiumkapseln drin?«

Xiangsheng sah zu Fanhua und stieß Qingshu an. »Klar, du Idiot, habe ich extra für dich reingetan.«

»Hör mit dem Blödsinn auf«, sagte Fanhua. »Xiangsheng, was kostet ein Schälchen kalte Nudeln?« erkundigte sie sich. »Ich unterschreibe die Rechnung, damit man dir das Geld zurückerstattet.«

»Nicht so förmlich, nicht so förmlich!« rief Xiangsheng. »Das waren doch bloß ein paar kalte Nudeln.«

»Während wir die Nudeln aßen«, fuhr Qingshu fort, »hat Xiangsheng Tiesuo ganz schön zurechtgestutzt. Beinahe hätte er ihm die Nudeln um die Ohren gehauen.«

»Leck mich am Arsch, ein Schälchen Nudeln kostet drei

Yuan. Die haue ich doch niemandem um die Ohren«, empörte sich Xiangsheng. »Ich habe ihm ins Gewissen geredet und ein paar strenge Sätze von mir gegeben, das war's.«

»Ja, und dann bin ich zusammen mit Xiangsheng zurückgefahren«, berichtete Qingshu weiter. »Unterwegs haben wir beide unentwegt auf Tiesuo eingeredet und geschimpft, bis er immer weiter zusammensackte, sich nicht mehr rührte und nur noch auf seinen Hosensaum starrte.«

Nach diesen Ausführungen legte Qingshu die Antenne nieder und ahmte Tiesuo nach, wie er auf seinen Hosensaum starrte.

»Gut, gut«, sagte Fanhua. »Und nun erzähl endlich, was passiert ist.«

Qingshu nahm die Antenne wieder zur Hand. Dieses Mal schob er sie in seinen Kragen, um sich am Rücken zu kratzen.

»Als wir im Dorf zurück waren, ist er nach Hause gegangen, und ich auch. Das war's«, schloß Qingshu.

»Wie, das war's? Und Xuedai? Haben sich Xuedai und Tiesuo getroffen? Hast du Xuedai gesehen?« fragte Fanhua entgeistert.

»Ich sollte Tiesuo abholen«, sagte Qingshu, während er sich weiter am Rücken kratzte. »Du hast mir nicht gesagt, daß ich Xuedai sehen muß.«

Fanhua atmete schwer. »Wann hast du denn davon erfahren, daß Xuedai weggelaufen ist?«

»Als ich nach Hause kam«, begann Qingshu, »habe ich mir das Gesicht gewaschen und schnell etwas gegessen. Ich hatte nicht einmal Zeit, die Papageien zu füttern. Da habe ich schon erfahren, daß heute abend eine Sitzung stattfindet. Unterwegs kam ich an Tiesuos Haus vorbei. Ich habe gehört, wie einige Leute mit Qinglin über die Besamung sprachen. Andere erzählten kichernd von dem Krieg zwischen dem

Auto und der Gans. Es standen jede Menge Leute herum. Auch ich bin einen Moment stehengeblieben. Ich wollte einfach mal hören, was es Neues gibt, Parteizellensekretärin.«

»Ich sag dir's noch mal, ich bin nicht die Parteizellensekretärin!« mahnte Fanhua.

»Stimmt, Dorfvorsteherin«, berichtigte sich Qingshu. »Als ich gerade gehen wollte, kam Tiesuo heraus. Er fragte mich, ob ich schon gegessen hätte, ich sagte, ja. Er fragte mich, was ich gegessen hätte. Ich sagte, Nudeln. Er sagte, daß Nudeln seine Leibspeise seien. Da sagte ich, daß Xuedai ihm doch welche machen könnte. Genossen alt und jung, ratet mal, was er geantwortet hat? ›Einen Scheißdreck kann sie‹, sagte er, ›ich weiß nicht, wo Xuedai ist.‹ Das traf mich wie der Blitz, der Schreck fuhr mir durch den ganzen Körper. Sofort rannte ich zu seinem Haus. Dort sah ich nur die beiden Töchter. Die Große weinte, die Kleine zeterte.«

Fanhuas Gesichtsausdruck wurde immer grimmiger, aber Qingshu erzählte unbeirrt weiter. »Die Kleine wälzte sich wie ein trächtiger Esel auf dem Boden. Ein langer Rotzfaden hing ihr aus der Nase.«

Wieder legte Qingshu die Antenne zur Seite, um die Länge des Rotzfadens anzuzeigen.

Nun hatte Fanhua genug. Sie nahm die Antenne und knallte sie voller Wucht auf den Tisch.

»Schluß jetzt!« brüllte sie, daß alle erstarrten. Sie atmete tief durch und legte die Antenne zur Seite.

»Das war doch Yadi, oder? Sie muß wohl hexen können. Ich weiß nicht, wie sie sich auf dem Boden wälzen soll und gleichzeitig einen langen Rotzfaden aus der Nase ziehen kann. Qingshu, nicht daß ich dich tadeln will, aber es ist allerhöchste Eile geboten, und du führst immer noch eine Schmierenkomödie auf. Nennst du das schnelle Information? Liefere mir doch endlich mal eine einzige brauchbare Information. Was habe ich dir gesagt? Sobald du zurück bist, sollst du mir Tiesuo bringen. Und du? Was machst du statt dessen? Du bringst ihn direkt zu Xuedai. Ich garantiere dir, Tiesuo hat Xuedai weggeschickt. Sag schon, wie nennt sich dein Posten gleich noch?«

»Parteizellensekretärin, ich bin …«

Qingshu brachte seinen Satz nicht zu Ende, schon fiel Fanhua ihm ins Wort: »Vorstandsgenosse, du nennst mich Fanhua!«

Qingshu bekam einen roten Kopf. »Ich bin auch nicht der Vorstand des Frauenverbandes, sondern nur ein Mitglied des Komitees für öffentliche Sicherheit …«

Wieder unterbrach Fanhua ihn. »Ein Mitglied des Komitees für öffentliche Sicherheit, das noch nicht einmal eine einzige Frau überwachen kann? Für eine Tür reicht auch ein Wachhund.«

Diese Worte hatten gesessen. Doch wie auch immer, unruhige Zeiten erforderten harte Maßnahmen.

Fanhua schwieg einen Moment lang, dann sagte sie: »Was hast du gerade gesagt? Du berichtest mir? Nein, du berichtest dem Dorfkomitee, weißt du das? Und ehrlich gesagt, du trägst einen Teil der Verantwortung dafür, daß Xuedais Bauch dick geworden ist. Die Genossen halten zu dir, sie stehen dir zur Seite, ist dir das klar? Und du? Weißt du ihren Beistand überhaupt zu schätzen? Frag die Genossen mal, wem gegenüber du dich würdig erwiesen hast.«

Natürlich gab niemand einen Ton von sich. Qingshu warf flehende Blicke in die Runde. Aber sein Flehen half nichts. Langsam erhob er sich, beugte sich bedächtig zur Seite. Er erweckte den Anschein, als wollte er mit dieser Geste seinen Fehler eingestehen. Helles Hundekläffen ertönte. Welcher Familie dieser Hund gehörte, war nicht auszumachen. So wie er sich anhörte, wedelte er bestimmt mit dem Schwanz. Qingshu neigte sein Gesicht zur Seite, als nehme ihn das Hundegebell ganz in Anspruch. Wahrscheinlich aber fielen ihm in diesem Moment Fanhuas strenge Worte wieder ein, denn er wurde erneut rot. Rasch richtete er sich auf und streckte sich, so daß sein Bierbauch hervortrat. Unentwegt fuhr er mit den Händen über seine Hüften, fast so, als wollte er eine Waffe zücken. Alle erwarteten nun einen Wutanfall und waren überrascht, als Qingshu sich kurzerhand wieder auf seinen Stuhl setzte und seltsam grinste. Sein Gesicht schien wie erstarrt. Als er die Sprache endlich wiedergefunden hatte, schienen seine Worte aus tiefer Kehle zu dringen. In ihrem sonoren Klang lag Häme.

»Auch ich«, sagte er, »auch ich habe meine Würde.«

He he, jetzt teilte er aber aus.

»Hör mit dem Geschwafel auf«, fuhr Fanhua ihn an. »Sag lieber, wann du mit Xuedai zur Abtreibung gehst. Das ist das einzige, was ich von dir wissen will.«

Wieder schwieg Qingshu. Hätte Kong Fanqi nicht schlichtend eingegriffen, hätte der Streit wohl kein Ende genommen. Fanqi war sehr redegewandt. Denn so wie Yadi von Geburt an eine Rotznase besaß, hatte Fanqi seine spitze Zunge geerbt. Seine Mutter war zu Lebzeiten im Umkreis von vielen Kilometern die bekannteste Kupplerin in Xiushui gewesen und wurde Schwadronierkönigin genannt. Mit ihrer Zunge konnte sie Dolche schärfen und Blumen sprießen lassen, gute Ehen redete sie kaputt und aussichtslose schön. Das Gerücht machte die Runde, daß Zhaoyuan während seiner Amtszeit niemanden mehr gefürchtet habe als Fanqis Mutter, weil sie alle Frauen des Dorfes gegen ihn aufbringen konnte. Wenn sie ihren Stock in den Boden stieß, geriet Zhaoyuan ins Stottern, noch bevor sie auch nur ein Wort gesagt hatte. Als Qingmao an die Macht kam, war seine erste Amtshandlung, Fanqi ins Dorfkomitee zu berufen. Später hatte Qingmao behauptet, man habe unbeschreibliches Glück gehabt, daß Fanqis Mutter in China zur Welt gekommen sei. Wäre die alte Schrulle in Amerika geboren, hätte sie es spielend zu einer Verhandlungsführerin der WTO auf amerikanischer Seite gebracht. Das hätte für China einen folgenschweren Ausgang nehmen können. Einfuhrzölle? Kein Gedanke daran. Ein Beitritt Chinas wäre nicht in Frage gekommen.

Auch wenn diese Darstellung ein wenig überspitzt war, legte sie doch das entscheidende Problem offen: Fanqi war zwar der Beste im Komitee, dem Vergleich mit seiner Mutter hielt er aber nicht im geringsten stand. Ein Meister war er nicht, gut genug aber, um sich über lange Zeit hinweg als Mitglied im Vermittlungsausschuß zu halten. Was war nun aber seine Aufgabe? Fangi war, kurz gesagt, ein Schlichter, der seine spitze Zunge zum Einsatz brachte.

»Wir sind doch alle nur aus Fleisch und Blut«, so lautete ein Lieblingsspruch, und der war, darauf hatte Li Hao einmal hingewiesen, nicht zu unterschätzen. Obwohl er sich nach Phrasendrescherei anhörte, hatte er einen tieferen Sinn.

»In der Außenpolitik nennt man das ›Differenzen zurückstellen und nach Gemeinsamkeiten suchen‹«, meinte Li Hao, »und das ist der wichtigste Punkt der ›Fünf Prinzipien der friedlichen Koexistenz‹.«

Allerdings hielt sich Fanqi für gewöhnlich zurück, wenn sich Fanhua und Qingshu stritten. Er saß in seiner Ecke, hielt eine Zigarre zwischen den Fingern, die er von oben bis unten ableckte, als habe er einen Auftritt in einem billigen Pornostreifen.

Dieses Mal aber mischte er sich ein.

»Die hat Xiangchaos Frau aus Peking mitgebracht«, sagte

er und zog seine Zigarren aus der Tasche. »Sie rauchen sich wie die Blätter der Süßkartoffel. Sie sind aus Kuba importiert, Xiangchaos Frau will mir damit Ehre erweisen. Auch Mao hat diese Sorte geraucht, und der amerikanische Präsident ebenfalls.«

Er schwieg einen Moment lang, sein Blick wanderte zur Decke.

»Und ich habe gehört, daß auch Ermao sie raucht.«

Alle lachten.

Ermao war der Dorfzwerg, den man in Guanzhuang eine halbe Portion nannte. Vor mehreren Jahren hatte in Wangzhai ein Jahrmarkt stattgefunden, bei dem eine Theatergruppe aufgetreten war. Auf dem Programm stand eine Vorführung mit Affen. Nachdem die Plakate schon geklebt waren, kündigte der Darsteller des Affenkönigs Sun Wukong seinen Ausstieg an, weil er mit seiner Gage unzufrieden war. Voller Sorge kratzte sich der Leiter der Theatergruppe am Kopf. Einer der Dorfbewohner ging auf ihn zu und empfahl ihm, Ermao zu engagieren. Ermao habe zum Laternenfest einmal genau diesen Affenkönig Sun Wukong gespielt. Er pries ihn als einen hervorragenden Mimen von großer Glaubwürdigkeit. In dieser Situation blieb dem Leiter nichts anderes übrig, als dem Rat zu folgen. Für zwei Pfund Zuckerrohr nahm er Ermao unter Vertrag. Wer hätte gedacht, daß er mit seinem Auftritt alle begeisterte und tosenden Beifall erntete, sogar mehr als sein Vorgänger?

»Das nennt man Sesamkörner verlieren und mit Melonen heimkehren«, sagte der Leiter der Theatergruppe überglücklich. Er gab Ermao den Spitznamen »Dreikäsehoch« und nahm damit Bezug auf einen berühmten Darsteller aus der Peking-Oper. Kurz darauf zog Ermao mit ihm von dannen. Später erzählte man sich, daß Ermao es zu großem Reichtum gebracht habe. Einmal entdeckten ihn einige

Leute aus Guanzhuang in einem Fernsehfilm, in dem er einen Nachtclubangestellten spielte. Im Anzug und mit Baskenmütze ausgestattet, sorgte er dafür, daß die aufreizenden Damen aus Amerika mit Tee versorgt wurden und ihre Zigaretten immer glühten.

Bei einer Sitzung in Xiushui schließlich erfuhr Fanhua, daß man Ermao in Macao gesehen hatte. Berühmt, wie er inzwischen war, hatte er mit übereinandergeschlagenen Beinen auf der Sofalehne gesessen und darauf gewartet, daß ihm jemand Feuer anbot.

Als Fanqi ihn nun erwähnte, kam die Idee auf, mit Ermao in Verbindung zu treten und ihn einzuladen.

»Wir sind doch aus demselben Dorf. Wie angesehen er auch sein mag, seine Heimat wird er wohl nicht vergessen haben.«

»Über Ermao reden wir später«, sagte Fanhua. »Bitte Ruhe jetzt, und hört Fanqi zu.«

Fanqi hielt seine Zigarre zwischen den Fingern.

»Xiangchaos Frau hat mir einen Enkelsohn geschenkt«, fing er an. »Ich habe verlangt, daß sie ihn hierherbringt. Aber sie weigert sich, weil die Ausbildung in Peking angeblich so gut ist. Ein Scheißdreck ist sie! Wieso sind denn sonst alle Kaiser aus einer anderen Gegend? Kann mir das einer erklären? Diese blöde Kuh, ich habe keine Lust mehr, überhaupt noch mit ihr zu reden. Aber wir sind ja alle nur aus Fleisch und Blut. Die Zigarren hat sie mir von weither mitgebracht, und ich kann einfach nicht auf sie verzichten. Probiert doch alle mal.«

Bevor er sie verteilte, bot er zunächst Qingshu eine an. Auch Fanhua nahm eine Zigarre.

»Dianjun soll sie probieren.«

»Dianjun?« fragte Fanqi. »Ist Dianjun zurück? Er hat doch bestimmt schon sämtliche Tabaksorten geraucht.«

»Ja, er hat schon ziemlich viele Schachteln mitgebracht«, erwiderte Fanhua. »Eine Sorte heißt, glaube ich, *Dazhonghua* und ist rot verpackt. Das sind gute Zigaretten, sagt er. Ich habe keine Ahnung, ob das stimmt oder ob er nur so tut. Er prahlt jedenfalls gerne damit.«

»Das ist keine Prahlerei«, sagte Xiangsheng, »es sind wirklich gute Zigaretten.«

»Na, dann soll er euch in den nächsten Tagen mal einladen. Wenn die Zigaretten weg sind, kann er mich nicht mehr damit einräuchern.«

Dieser Aufgabe wollten alle gerne nachkommen, nur Qingshu schwieg.

»Was ist, Qingshu?« fragte Fanhua. »Willst du nicht kommen?«

»Nur zum Rauchen?« fragte er. »Was ist mit Schnaps?«

»Den Schnaps habe ich«, sagte Xiangsheng und schlug sich auf die Brust.

»Aber der Schnaps wird nicht dem Dorf in Rechnung gestellt«, scherzte Fanhua.

Mit einem Mal war es lebhaft geworden, und das war auch wichtig, denn es war ohnehin nicht leicht, die Leute zusammenzutrommeln. Jeder war sehr eingespannt und mit seiner Arbeit beschäftigt. Eine langweilige Sitzung wäre tödlich. Wenn in Peking oder Shanghai eine Sitzung stattfand, meldeten sich alle Teilnehmer zu Wort und traten in hitzige Debatten, das sah man täglich im Fernsehen. So mußte es in einer Versammlung zugehen. Fanhua wußte, wie sie die Stimmung weiter anheizen könnte. Den Weg hatte ihr Landrat Zhang am Vortag geebnet. Landrat Zhang, für die Familienplanung zuständig, hatte ein Gesicht voller Pockennarben und war dafür in ganz Xiushui bekannt. Hinter vorgehaltener Hand nannten ihn die Leute Pocken-Landrat. Seine Narben allerdings rührten nicht von einer Krankheit her, sondern stammten aus der Zeit des »Großen Sprungs nach vorn«. Damals hatte sich das gesamte Volk mit der Stahlschmelze geplagt. Landrat Zhang, Aktivist der Bauernjugend, war Tag für Tag vor dem rotglühenden Ofen einer Stahlschmelzerei gestanden. Selbst leichte Verletzungen hielten ihn von dieser Knochenarbeit nicht ab, und die stiebenden Funken schmolzen auf seiner reinen Gesichtshaut wie zu Pocken. Im beißenden Rauch und durch die sengende Glut des Ofens begannen Landrat Zhangs »Pocken« wie ein Syphilisgeschwür zu eitern und zu nässen. Die Führer waren glücklich. Von den Parteifunktionären wurde er mit Lob überschüttet und durch den großen Lautsprecher zum »Vorbild« ausgerufen, ein junger Bauernaktivist, der auf direktem Weg zum Kader in der Verwaltung aufstieg. Allerdings mangelte es ihm an heimlichen Drahtziehern, so daß er lange Zeit in der Gemeinde Südyuan ausharren mußte. Bis vor wenigen Jahren noch war er gerade einmal Ortssekretär gewesen. Schließlich ergab sich aber doch die Gelegenheit, ihn zum stellvertretenden Landrat zu befördern, denn er hatte sich in der Familienplanung besondere Verdienste erworben.

Neun von zehn Pockennarbengesichtern sahen eigentlich sehr ansprechend aus. Daß Landrat Zhang eine so ansprechende Persönlichkeit war, lag nicht nur an seiner Redeweise und seiner Gestik, sondern auch an seinen Narben, die seinem Gesicht großen Ausdruck verliehen. Wenn er sich freute, färbten sich die Narben rot und schwollen sichtlich an. Wurde er wütend, färbten sie sich schwarz. Mit seinem Mienenspiel bewies er komödiantisches Talent, so daß er es nahezu mit Qingshus Lichtgestalt Zhao Benshan aufnehmen konnte.

Als Fanhua nun den Pocken-Landrat erwähnte, verzogen ein paar der Anwesenden das Gesicht. »Einige von euch haben wahrscheinlich schon gehört, daß der Pocken-Landrat in der letzten Sitzung eine lange Rede gehalten und ein Beispiel geliefert hat, das Xuedais Geschichte sehr ähnlich ist. Er ist nicht einmal davor zurückgeschreckt, sich ziemlich lächerlich zu machen«, sagte Fanhua. »Er erzählte folgendes: ›Ein Mann und seine schwangere Frau aus einem Dorf im Osten reisten durch die Lande. Sie kehrten erst nach der Niederkunft nach Hause zurück und behaupteten, sie hätten das Kind unterwegs aufgelesen.‹ Dazu ruderte Landrat Zhang mit den Händen, als steuerte er einen Zweier durch die Wellen – und links, und rechts, und eins, und zwei!«

»Das war wohl eher ein paddelnder Hund«, warf Fanqi ein. Alle lachten.

»›Wie ich sehe‹«, fuhr Fanhua fort, den Landrat zu zitieren, »›kann man Kinder also an jeder Straßenecke auflesen. Das Landratsamt wird deshalb den Kontakt zu einer Adoptionsstelle im Ausland herstellen. Ausländer mögen unsere Kinder. Sie finden unsere chinesischen Kinder intelligent und hübsch – schwarze Haare mit einer roten Schleife, schwarze Augen und eine gelbe Haut, dazu ein rotes Lätzchen und Tigerschühchen wie eine Stoffpuppe. Richtig süß. Und sie gehorchen auch, wenn sie größer sind. Unter diesen Umständen können wir mehr Kinder in die Welt setzen und sie dann verschenken, oder?‹ Landrat Zhang unterstrich seine Rede mit einer formvollendeten Geste. Sie erinnerte an eine Figur des Loyalitätstanzes aus den Zeiten der Kulturrevolution: Während er den Körper reckte, faltete er die Hände vor der Brust zu einer Blume. Mit einem Mal öffnete er die Hände, streckte die Arme aus und verharrte in der Erwartung, daß jemand das Kind in Empfang nähme. »Mann, wenn Lingwen jetzt noch da wäre«, sagte Fanhua. »Er tanzte den Loyalitätstanz am allerbesten, auf jeden Fall nicht schlechter als der Landrat.«

In dem Moment trat Xiaohong in die Tür, um mitzuteilen, daß Tiesuo eingeschlafen sei und laut schnarche.

»Er ist eingeschlafen und schnarcht?« versicherte sich Fanhua. »Hat er denn noch Spucke im Mund? Na wunderbar, wenn er so seelenruhig schläft, plagen ihn wohl keine allzu großen Sorgen. Fehlte von Xuedai tatsächlich jede Spur, könntest du ihm eine ganze Flasche Schlafmittel verabreichen, und er würde kein Auge zumachen.«

Xiaohong hob den Schlüssel in die Höhe, um anzudeuten, daß sie die Tür bereits abgesperrt habe.

»Kannst du nicht hereinkommen«, rief jemand, »und uns den Loyalitätstanz vorführen? Es ist so reizend, wenn die Jugend tanzt.«

»Was ist denn ein ›Loyalitätstanz‹?« fragte Xiaohong.

»Vergiß es, du gefällst ihnen einfach«, antwortete Fanhua. »Leg den Schlüssel hierhin und geh schnell nach Hause. Sonst macht sich deine Mutter Sorgen. Es ist schon spät.«

Nachdem Xiaohong gegangen war, griff Fanhua erneut Zhangs Rede auf. »Der Landrat lief, während er sprach, unablässig auf der Bühne auf und ab. Seine Schritte waren graziös wie die eines Mädchens. Er rollte die Papiere in seiner Hand zusammen und zeigte damit auf die Landkarte an der Wand. Es handelte sich um eine Karte von Xiushui, der Landrat aber machte im Eifer des Gefechts eine Weltkarte daraus. Er fuhr auf der Karte hin und her und sagte: ›Glaubt bloß nicht, daß wir sie nur nach Amerika oder Europa verschenken. Das wäre ja noch schöner. Die Welt ist groß. Außer Europa und Amerika gibt es auch noch Asien, Afrika und Lateinamerika. Wenn man Afrika und Lateinamerika gegeneinander abwägt, so ist Afrika bedeutender. In all den menschenleeren Gebieten können die Kinder als Viehersatz dienen.‹ Landrat Zhang machte vor, wie das Vieh angetrieben wurde, hü, hott, brrr. ›Die männlichen Findelkinder heißen ›Hü‹ und werden durchnumeriert. Hü eins, Hü zwei, Hü drei, Hü vier. Die Mädchen heißen Hott eins, Hott zwei, Hott drei, Hott vier. Was? Diese Namen gefallen euch nicht? Sie sollen geändert werden? Ausgeschlossen, auf gar keinen Fall, das geht nicht. Wollt ihr sie etwa nur Eins, Zwei oder gar Null nennen? Das geht nicht.‹«

Die Leute lachten über Fanhuas Vorstellung. »Wahrscheinlich hatte Zhang schon ein paar Schnäpse getrunken«, fuhr sie fort. »Er war ausgelassen und hörte gar nicht mehr auf. Eine witzige Bemerkung folgte der anderen, und er unterhielt uns vorzüglich.«

»Leck mich am Arsch«, sagte Li Xueshi, Mitglied des Sozialausschusses, und trat seine Zigarette aus. »Wenn Xuedai ein Kind zur Welt bringt, hat es nicht einmal einen Namen.«

Fanhua bat um Ruhe. »Ihr kennt den Pocken-Landrat – er ist aufmerksam, ernsthaft und lebendig zugleich. Trotz der Späße machte er plötzlich ein ernstes Gesicht, hustete und klopfte an das Mikrofon. Auf einmal stand ein vollkommen anderer Mensch auf dem Podium. Von einer Sekunde auf die andere war sein Gesichtsausdruck furchterregend. Die Narben färbten sich schwarz. Niemand wagte mehr zu lachen. Alle spitzten die Ohren und lauschten der Schelte des Landrats. Er übertraf sich beinahe selbst. ›Die Familienplanung ist nicht nur eine Frage des Unterleibs, sie steht ebenso in Zusammenhang mit der wirtschaftlichen Lage unseres Landes und dem Lebensstandard der Bevölkerung. Sie ist für das Versiegen der Ressourcen, für eine diskontinuierliche Entwicklung, für die Erderwärmung und eine ganze Reihe anderer Probleme von großer Bedeutung. Deshalb werden die Dorfkader in Zukunft geschlossen zurücktreten, wenn so etwas noch einmal passiert. Die Hauptverantwortlichen brauchen nicht noch einmal als Kandidaten zur Wahl anzutreten. Und keiner soll glauben, er könnte einfach zurücktreten, sich den Hosenboden abklopfen und verschwinden. So einfach geht es nicht. Ein Kader ist schließlich kein Mönch, der die Glocke läutet und dem kein einziges Gebet mehr über die Lippen kommt, sobald er sich vom Kloster verabschiedet. So nicht! Es gibt Richtlinien von oben. Legt ein Kader sein Amt nieder, bekommt er die Rechnung. Und den wegen der Familienplanung abgetretenen Kadern wird besonders genau auf die Finger geschaut. Alles wird umgekrempelt. Auch wenn es einen nicht umbringt, seines Lebens wird man nicht mehr froh. Was man ausgegeben und was einer gegessen hat, muß man nicht nur vor dem Volk vertreten, sondern vor allem vor der Partei. Und was passiert, wenn man es nicht mehr genau weiß? Kein Problem. Wenn es oben nicht herauskommt, scheißt man es halt hinaus. Und was passiert, wenn es auch unten nicht herauskommt? Ich sage nur, auch kein Problem. Dann wird man in Gewahrsam genommen. Und wenn jetzt einer kommt und behauptet, der Kader hätte Hintermänner und wäre ein tausendarmiger Buddha, man könnte ihm beide Arme fesseln, und er hätte immer noch neunhundertachtundneunzig übrig, dann probieren wir das aus. Am Ende werden wir ja sehen, wer stärker ist, der tausendarmige Buddha oder das Gesetz der Atheisten.‹«

An dieser Stelle ergänzte Fanhua, daß Landrat Zhang im Nebenberuf Polizeichef war und als solcher auf Festnahmen geradezu spezialisiert. Mit einem Strick von einem Meter Länge hatte er im Handumdrehen drei Leute am Wickel.

Einige lachten, andere senkten nachdenklich den Kopf, und manch einer starrte auf die Tabelle an der Wand. Das war eine gute Sitzung, dachte Fanhua. Alles, was gesagt werden mußte, war gesagt. Schaden und Nutzen waren deutlich geworden. Fanhua schlug ihr Notizbuch zu.

»Auf unser Dorf bezogen bedeutet das«, fuhr sie fort, »daß unser Hauptproblem derzeit Xuedais Bauch ist. Jeder sollte einmal überlegen, wohin sich Xuedai geflüchtet haben könnte. Wir sitzen alle im selben Boot. Wir müssen alle darüber nachdenken und geschlossen vorgehen. Es führt zu nichts, wenn jeder sein eigenes Süppchen kocht und wie Qingshu vorhin aus der Reihe tanzt.«

Qingshu war einer von denen gewesen, die den Kopf nachdenklich gesenkt hatten. Doch als Fanhua seinen Namen nannte, durchfuhr ihn ein Schauder. Er richtete sich auf. Im nächsten Augenblick legte sich erneut dieses wirre Grinsen auf sein Gesicht. Diesen Vorwurf wollte er anscheinend nicht im Raum stehenlassen, dachte Fanhua. Kurzerhand sprach sie ihn an.

»Qingshu, hör auf zu lachen. Ich weiß, daß dir der Vorfall peinlich ist. Du wirst ja ganz rot. Das zeigt, daß du deinen Fehler einsiehst. Besser spät als nie. Also, zieh einfach einen Tisch heran und stell ein Bett auf. Du schläfst im Bett und überläßt Tiesuo den Tisch. Qingshu, du bist Mitglied des Komitees für öffentliche Sicherheit, und du wirst Tiesuo nicht noch einmal entwischen lassen. Und Xiangsheng«, fügte Fanhua hinzu, »du gehst zu Xiangmin und sagst ihm, daß wir morgen den Wagen brauchen.«

»Und du?« fragte Qingshu langgezogen.

Fanhua wurde ernst und tippte Qingshu mit ihrem Zeigefinger an die Schläfe, als wollte sie sich bei ihm einschmeicheln. »Du Esel«, sagte sie. »Du hast wohl Angst, daß ich mich vergnüge. Ich werde Tiesuos Töchter zu mir holen und gewissenhaft und ehrerbietig für sie sorgen. Bist du damit zufrieden?«

Ehrerbietig für sie sorgen, das war natürlich eher unwahrscheinlich. Aber es mußte einfach gesagt werden. Wenn sich Qingshu schon nicht bereiterklärte, die Kinder zu sich zu nehmen, mußte Fanhua die Mädchen beherbergen. Dienst war das eine, Menschlichkeit das andere. Ihr Amt verlangte ihr ein eisernes Pflichtbewußtsein ab. Aber auf der anderen Seite mußte sie auch Mitgefühl und Verständnis zeigen, damit die Leute nicht enttäuscht waren. Mit der Menschlichkeit war es das gleiche wie mit der Hefe, die man für gedämpfte Brötchen verwendete. Obwohl das Zeug nichts kostete, war es sauer und durfte nicht eingespart werden. Andernfalls gingen die Brötchen nicht auf.

»Ich muß zu Tiesuo gehen«, sagte Fanhua, nachdem die Versammlung beendet war. »Hat jemand eine Taschenlampe? Hat Xiangsheng eine? Du brauchst sie gar nicht hinter deinem Rücken zu verstecken, ich habe sie schon gesehen.«

Den Nachhauseweg wollte sie gemeinsam mit Xiangsheng antreten. So konnte sie die Gelegenheit nutzen, um über die Ausländer zu sprechen, die in Xiushui erwartet wurden.

Während der Sitzung soeben war ihr auch der Gedanke gekommen, Qingshu und Xiangsheng voneinander fernzuhalten. Ihre Mauscheleien auf Kosten des Dorfes mußte sie in Zukunft unterbinden. Qingshu könnte sie einfach auf die Suche nach Xuedai schicken. Wenn er sie nicht aufspürte, wäre das allein seine Verantwortung. Er würde zur Rechenschaft gezogen werden.

Xiangsheng allerdings war weniger leicht zu fassen. Aber auch ein heißer Kopf mußte rasiert werden. Zurücklassen konnte sie ihn keinesfalls.

Rühmte er sich nicht häufig damit, daß sein Laden floriere und immer größer werde, weil er Schutz von oben genieße? überlegte Fanhua. Gut, dann würde sie ihm nun etwas zukommen lassen, so daß er sich ins Zeug legen und diese Ausländer nach Guanzhuang locken könnte. Daß es ein vergebliches Unterfangen wäre, lag ja auf der Hand. Natürlich würde es ihm nicht gelingen, die Ausländer nach Guanzhuang zu holen. Xiangsheng jedenfalls ließ sich von Fanhua täuschen.

»Ich begleite dich nach Hause, damit dich unterwegs keine Schweine beißen«, bot er sich an.

O je, das Schwein gab es ja auch noch.

»Qingshu, ruf Hongmei an und sag ihr, sie soll Tiesuos Schwein füttern«, rief Fanhua.

Xiangsheng schaltete die Taschenlampe an und folgte Fanhua. »Ich möchte gerne mal ein bißchen mit Dianjun quatschen«, sagte er. »Oder störe ich euch? Nach so einer Trennung auf Zeit ist man ja wahrscheinlich noch berauschter als kurz nach der Hochzeit, oder?« Xiangsheng lachte.

»Hör auf, so mit deiner Tante zu reden! Sonst setzt es was«, sagte sie und drosch ihm ihre Tasche über den Kopf.

»Die Nacht ist lang, da spielt ja ein kurzer Moment keine Rolle. Ich halte euch nur ein paar Minuten auf«, erwiderte Xiangsheng.

Nur selten machte er in Fanhuas Gegenwart solche Witze. Immerhin war sie ihm, was die Rangfolge der Generationen anging, überlegen. Dieses Mal aber war er nicht kleinzukriegen.

Fanhua war überzeugt, daß ihn die Arbeit in der Stadt von Grund auf verdorben hatte. Anständige Händler waren die Ausnahme. Um nicht zum Außenseiter zu werden, mußte man diese Schweinereien mitmachen.

»Ich muß zu Tiesuo, um die beiden Mädchen zu holen«, sagte Fanhua.

»Vielleicht kann dich Xiaohong begleiten«, schlug Xiangsheng vor.

»Junge Leute brauchen ihren Schlaf. Xiaohong schläft wahrscheinlich längst«, erwiderte Fanhua.

Aber prompt in diesem Augenblick läutete Fanhuas Handy.

»Ich hatte Angst, daß es bei der Sitzung spät wird, und habe Yanan und Yadi schon abgeholt. Sie sind bei dir zu Hause«, meldete sich Xiaohong. »Eigentlich wollte ich bei ihnen übernachten, aber die beiden haben sich hartnäckig gewehrt. Sie sind genauso störrisch wie ihr Vater. Nichts kann man ihnen recht machen. Sie quengeln nur herum. Deshalb habe ich sie mitgenommen.«

Schließlich drängte sie Fanhua, bald Feierabend zu machen. In diesem Augenblick fiel Fanhua das schwarze Schwein ein. Xiaohong aber kam ihr zuvor: »Tiesuos Schwein hat zu fressen. Der Kübel ist randvoll. Das ist mehr als genug.«

Sieh einer an, sogar an das Schwein denkt Xiaohong. Sie hat, wie es sich für eine Dienerin gebührt, wirklich alles im Blick.

Xiangsheng leuchtete Fanhua mit der Taschenlampe den Weg. »Da gibt es noch etwas«, begann Fanhua, »was ich bei der Sitzung nicht angesprochen habe. Es sollen Ausländer nach Xiushui kommen. Das hat jedenfalls der Parteizellensekretär bei der Kreistagssitzung erzählt. Ob sie Investitionsbedingungen oder die Wahlen in den Dörfern unter die Lupe nehmen, wußte der Sekretär auch nicht so genau. Ich habe mich umgehört. Die meisten Leute sagen, daß sie sich für die Investitionsbedingungen interessieren. Du hast doch Kontakt zu einem der hohen Tiere. Kannst du nicht mal vorfühlen, ob diese Ausländer auch nach Guanzhuang kommen?«

»Na ja, ich bin schon ziemlich vertraut mit ihnen, aber lange nicht so wie du.« Xiangsheng zögerte.

»Nicht so vertraut wie ich? Ich weiß doch von Fanrong, daß die Kerle beim Gewerbesteueramt deine alten Kameraden sind«, drängte Fanhua.

»Na gut, ich könnte sie vielleicht bitten, der Sache nachzugehen und schon einmal vorzuheizen«, wiegelte Xiangsheng ab. »Das Problem ist nur, was gibt es in Guanzhuang überhaupt zu sehen?«

»Mit dir haben wir doch einen Geschäftsmann. Und vergiß die Papierfabrik nicht. Sie ist zwar stillgelegt, aber wenn diese Ausländer etwas zuschießen, könnten wir die Fabrik mit einem Schmutzfilter ausstatten, und die Maschinen würden wieder losrattern.«

Xiangsheng schien begriffen zu haben, worum es ging. Er schwieg eine Ewigkeit. Da das Eisen geschmiedet werden mußte, solange es heiß war, nutzte Fanhua die Gelegenheit und fügte hinzu: »Über kurz oder lang brauchen wir ohnehin jemanden, der die chinesische Seite vertritt, das ist so offensichtlich wie Läuse auf einer Glatze. Und es müßte jemand sein, der etwas von Wirtschaft versteht. Wer von uns eignet sich für die Aufgabe eines chinesischen Vertreters? Könntest du das nicht vielleicht sein? Wir dürfen nicht mehr lange warten. Wer das Essen am Vorabend zubereitet, braucht sich am nächsten Tag nicht darum zu kümmern.«

Damit schien sie Xiangsheng gepackt zu haben. Er holte tief Luft und atmete langsam wieder aus. Dann sog er erneut Luft ein, füllte seine Lungen, als wollte er seine Kräfte sammeln, um sofort loszulegen.

»Das bleibt aber unter uns«, sagte Fanhua. »Es ist doch so: mit dem Verkauf von Nudeln verdienst du zwar Geld. Aber richtig weit bringst du es damit nicht. Vielleicht kannst du ja deinen Nudelverkauf trotzdem weiterlaufen lassen, auch wenn du unser Vertreter bist. Du kannst den Stand doch bestimmt verpachten.«

»Keine schlechte Idee«, räumte Xiangsheng ein, »das Problem aber ist ...«

Fanhua stieß ihn in die Seite. »Was zierst du dich so? Laß den Furz einfach raus, wenn er drückt. Was gibt es denn?«

»So ein gutes Verhältnis habe ich nicht zu diesen Arschlöchern. Sie werden sich nicht für uns einsetzen, wenn wir ihnen nichts zuschustern«, sagte Xiangsheng.

»Wenn Zuwendungen notwendig sind, dann machst du sie eben«, erwiderte Fanhua.

»Und was ist, wenn es mir doch nicht gelingt?« fragte Xiangsheng.

»Ob es klappt oder nicht, wir müssen nach vorne schauen und die Sache anschieben. Sieh zu, was du machen kannst, dann sehen wir weiter«, ermutigte Fanhua ihn.

»Okay, aber wenn es schiefgeht, dann ist das Geld weg«, wandte Xiangsheng noch einmal ein.

Fanhua verstand, was er sagen wollte. Sofort hatte es bei ihm zu rattern begonnen. Er wollte, daß Fanhua ihn ermächtigte, Geld auszugeben, aber verhindern, daß andere ihn überwachen könnten. Er war wirklich durch und durch Geschäftsmann. Bevor er nur einen Finger krumm machte, dachte er darüber nach, ob für ihn etwas dabei heraussprang.

»Um Datteln zu schlagen, mußt du dir selbstverständlich erst einen Stock besorgen. Dafür kannst du ruhig Geld ausgeben. Du kannst es doch später abrechnen, ja?« sagte Fanhua.

»Gut, ich werde es versuchen«, erwiderte Xiangsheng.

»Wie du die Sache anstellst, bleibt dir überlassen«, fügte sie hinzu. »Wie heißt es noch in den alten Geschichten? Sobald der General hinauszieht, erreichen ihn die Befehle des Herrschers nicht mehr. Wenn du Erfolg hast, wirst du in Guanzhuang als großer Wohltäter gefeiert.«

Zwei Rinder wurden über die Straße getrieben. Das Läuten der Glocken, die ihnen um den Hals hingen, drang hell durch die Nacht. Qingshe kam wohl nach Hause, dachte Fanhua.

Qingshe war ein Kuhhändler. Allerorts kaufte er Kühe, um

sie an die Moslems in Xiushui weiterzuverkaufen. Diese schlachteten das Vieh und boten das Fleisch feil. Die Rinder und er, hatte Fanhua Qingshe einmal sagen hören, seien wie Katz und Maus. Sobald sie ihn sahen, machten sie sich auf und davon. Konnten sie nicht entkommen, stießen sie ihn mit den Hörnern. Aber Qingshe hatte ein Mittel, sie zu beruhigen. Er zog Glocken aus seiner Tasche, schwenkte sie einige Male vor den Kühen hin und her, und schon wurden sie zahm. Fanhua wollte unbedingt wissen, wie das möglich war.

»Die Kühe mögen Glocken so gern wie junge Mädchen ihre schönen Schals«, hatte Qingshe erklärt.

»Wer ist das?« fragte Xiangsheng, der Qingshe nicht kannte.

»Wer soll es schon sein? Qingshe natürlich.« Dann rief sie laut: »Qingshe, bist du noch reicher geworden?«

»Danke der Nachfrage, Parteizellensekretärin«, antwortete er. »Ich habe wieder zwei gekauft.« Im Vorbeigehen raunte er ihr zu: »Die Kuhverkäufer waren wirklich blind. Sie haben nicht einmal gesehen, daß eines der Tiere trächtig ist.«

»Du Glückspilz«, sagte Fanhua.

»Tja, da haben sie Pech gehabt«, erwiderte Qingshe.

»Du bist eben ein Spezialist. Ein Kenner braucht nur einmal die Hand auszustrecken, schon weiß er, ob oder ob nicht«, sagte Fanhua.

»Den Göttern sei Dank«, sagte Qingshe. »Wenn mir jeden Tag solche Idioten begegnen, kann ich bald eine Rinderzucht aufmachen.«

»Wenn dir das gelingt, dann gibt es wirklich etwas zu feiern«, sagte Fanhua.

Als sich der Klang der Glocken entfernte, kam Xiangsheng noch einmal darauf zu sprechen, daß er gerne Dianjun besuchen würde.

»Eigentlich will ich ein paar Erfahrungen mit ihm austauschen«, fügte er hinzu.

»Was für Erfahrungen?« fragte Fanhua spitz. »Viel mehr als prahlen kann er doch nicht.«

»Prahlen, das ist auch eine Gabe«, erwiderte Xiangsheng. »Sag mir mal, ich soll prahlen. Es würde mir nicht gelingen. Ich besitze diese Fähigkeit nicht.«

Kurz darauf blieb Xiangsheng plötzlich wie angewurzelt stehen. »Mann!« rief er. »Ich wollte dir ja noch etwas sagen. Keine große Sache, sie fällt mir nur gerade ein.«

»Was denn?«

Xiangsheng lachte. »Ich habe es fast vergessen. Wer behält auch schon solch einen Blödsinn?«

»Sag schon«, drängte Fanhua.

»Würde ich nichts davon sagen, würdest du dich mit Sicherheit gar nicht mehr an diesen Blödsinn erinnern.«

Fanhua schwieg und wartete. Mit der Taschenlampe leuchtete Xiangsheng in den Himmel. »Verdammt, kein einziger Stern steht am Himmel«, fing er schließlich an.

Fanhua schwieg noch immer. »Ich habe heute«, begann er endlich, »als ich durch Gongzhuang gekommen bin, jemanden getroffen. Rate mal, wer es war?«

»Gongzhuang hat über tausend Einwohner, woher soll ich das wissen?« erwiderte Fanhua. »Hast du vielleicht Caixia getroffen?«

Caixia war vor einigen Jahren Xiangshengs Freundin gewesen. Weil ihre Familie nicht sehr angesehen war, hatte Xiangshengs Vater das glückliche Paar mit aller Macht auseinandergerissen.

»Caixia?« fragte Xiangsheng überrascht. »Ihr Arsch ist dicker als eine Regentonne. Was habe ich mit der noch am Hut? Nein, ich habe den Parteizellensekretär Gong Weihong getroffen.«

»Das ist doch der magere Hund, oder?« fragte Fanhua.

»Genau«, bestätigte Xiangsheng, »das ist der magere Hund. Allerdings ist er inzwischen fett wie ein Schwein. Er hat eine Ewigkeit lang von einer Person geredet. So lange, daß ich schon gar nicht mehr wußte, um wen es ging. Warum sollte man sich auch solch ein Geschwätz merken? Du würdest dich bestimmt auch nicht mehr daran erinnern.«

Fanhua fragte sich, worauf Xiangsheng eigentlich hinauswollte. Er hatte es schon spannend genug gemacht, jetzt konnte er die Katze endlich mal aus dem Sack lassen.

Xiangsheng blieb stehen. Er leuchtete mit der Taschenlampe in alle Himmelsrichtungen und hustete einige Male. »Erinnerst du dich noch an das Grab am Ende des Dorfes?« fragte er mit gedämpfter Stimme.

Hätte er zwei Tage früher danach gefragt, Fanhua hätte sich wirklich nicht mehr erinnert. Jetzt ging ihr nicht nur das Grab in den Bergen durch den Kopf, sondern auch das mannshohe Unkraut auf dem Grabhügel. Sie fröstelte, als sie jetzt, mitten in der Nacht, an das Grab dachte. Kalter Schweiß brach ihr aus. Nicht so sehr, weil sie an die Tote dachte, vielmehr, weil sie die Gesetzesvorgabe kannte, die besagte, daß die Toten den Lebenden Platz machen mußten. Ein Grab zu behalten, das war niemandem erlaubt.

Was hatte es zu bedeuten, daß Xiangsheng plötzlich davon anfing? Was führte er im Schilde?

»Hör mir bloß mit dem Grab auf«, sagte Fanhua. »Du weißt, ich bin abergläubisch und bekomme es bei Gruselgeschichten mit der Angst zu tun.«

»Ich wußte doch, daß du dich nicht mehr daran erinnerst«, sagte Xiangsheng. »Ich hatte es ja auch vergessen.«

»Was ist das denn für ein Grab? Was hat es damit auf sich? Und wer liegt da begraben?« fragte Fanhua, entriß Xiangsheng die Taschenlampe und leuchtete umher, als fürchtete sie tatsächlich böse Geister.

»Gong Weihong hat gesagt, daß das Grab von Qinggangs Mutter bis heute nicht eingeebnet ist«, erklärte Xiangsheng.

»Qinggang?« erwiderte Fanhua ungläubig. »Er lebt doch gar nicht mehr hier.«

»Er ist schon vor zig Jahren gestorben«, sagte Xiangsheng. »Es wird behauptet, er sei in Korea gestorben, manche sagen, in Taiwan. Dieser Idiot, weiß der Teufel, wo er wirklich gestorben ist.«

»Na ja, wahrscheinlich habe ich deshalb keinen blassen Schimmer«, sagte Fanhua. »Du bist ein paar Jahre älter als ich. Wenn es jemand wissen muß, dann wohl du.«

»Gong Weihong hat gesagt, daß man die Mutter ausgraben und einäschern und dann in Gongzhuang bestatten sollte«, fügte Xiangsheng noch hinzu.

Fanhua konnte sich keinen Reim darauf machen. Was wollte er mit einer Person, die vor zig Jahren gestorben war, deren Knochen schon verrottet waren?

»Was hat der Parteizellensekretär denn vor?« fragte Fanhua.

»Erst jetzt habe ich von ihm erfahren, daß er der Großneffe von Qinggangs Mutter ist«, sagte Xiangsheng. »Sein Vater und Qinggang waren Vettern.«

»Wie? Plötzlich sollen Leute unseres Dorfes in Gongzhuang begraben werden?« fragte Fanhua aufgebracht. »Immerhin stammen die großen Denker Meister Kong und Meister Meng von hier. Wir machen uns doch nicht zum Gespött der anderen Dörfer!«

»Aber was ist, wenn er es anzeigt?« fragte Xiangsheng und versetzte Fanhua damit einen Hieb. Fanhua leuchtete Xiangsheng mit der Taschenlampe ins Gesicht. Er hielt dem Lichtstrahl stand und blinzelte nur. Speichel spritzte aus seinem Mund und traf Fanhua wie kleine Geschosse. »Ich habe ihn auch gefragt, seit wann es überhaupt Bestattungen gibt«, fuhr Xiangsheng fort. »Schließlich war das erste Grab landesweit das Grab von Meister Kong. Und er ist immerhin ein Vorfahre der Leute hier. Kaum hatte ich davon gesprochen, winkte der Parteizellensekretär auch schon ab: ›Ihr laßt sie also nicht ausgraben? Meinetwegen, aber macht euch darauf gefaßt, daß die Angelegenheit dann von höherer Stelle geregelt wird, denn ihr habt euch nicht ans Gesetz gehalten. Mit welchem Recht?‹ Und dann hat er noch diese Weisheit zum besten gegeben: ›Das Gesicht des Menschen erkennst du bei Licht, seinen Charakter im Dunkeln, und an den Grabhügeln erkennst du, daß man in Guanzhuang mit allen Wassern gewaschen ist.‹ Du ahnst gar nicht, wie sehr er uns ärgern kann. Ich war auf jeden Fall stinksauer.«

Die Taschenlampe erlosch. Rundherum war es so schwarz wie der Boden eines verrußten Kochtopfes. Peng! – Mit lautem Getöse schlug eine Stange gegen einen Metalleimer und jagte Fanhua einen Schrecken durch die Glieder. Ein Hund bellte, es hörte sich an wie Donnergrollen, und wieder durchfuhr sie ein Schreck. Das Hundegebell führte dazu, daß ein Eingangstor in grelles Licht getaucht wurde. Fanhua fiel ein, daß Xiangshengs Bruder Xiangmin hier wohnte. Xiangmin warf mit dem Geld nur so um sich. An seinem Tor hatte er einen Geräuschmelder angebracht, der dafür sorgte, daß das Licht eingeschaltet wurde. In dieser Sekunde verschwand eine Gestalt, die eine Hacke geschultert hatte, aus dem Lichtkegel. Fanhua konnte nicht mehr erkennen, wer es war. Sie erschien ihr wie ein Geist. Nahezu starr vor Schreck eilte sie zum Licht. Über dem Torbogen hing eine steinerne Gedenktafel, in die ein Spruch von Konfuzius eingemeißelt war: »Durch Selbstüberwindung zu den Riten zurückkehren«. Während der Kulturrevolution geächtet, war der Spruch jetzt wieder in aller Munde. Xiangmin war aber gläubiger Christ.

In welchem Zusammenhang konnte der Vers mit seinem Glauben stehen? Verwirrt starrte Fanhua auf die Steintafel.

»Du mußt eine Entscheidung fällen«, sagte Xiangsheng.

»Sollen wir wirklich die Überreste ausgraben lassen?« fragte Fanhua.

»Was meinst du denn?« Xiangsheng gab die Frage zurück.

Fanhua holte tief Luft. »Worauf ist der Parteizellensekretär aus?«.

»Ja, genau«, pflichtete Xiangsheng bei, »worauf ist er nur aus?«

»Ich verstehe ihn einfach nicht. Es ist nichts anderes, als eine Eselin gegen einen Esel einzutauschen«, sagte Fanhua.

»Stimmt. Wenn du eine Eselin gegen einen Esel eintauschst, bist du nämlich auch nur auf die Eier aus.«

Fanhua lachte. »Wahrscheinlich ist er wirklich auf die Eier aus«, sagte sie. »Überleg doch mal, er muß die Einäscherung veranlassen, er muß eine Begräbniszeremonie halten, das kostet.«

»Stimmt. Man hat ihm wohl ins Gehirn geschissen«, sagte Xiangsheng. Aber Fanhua wollte jetzt keinen Entschluß fassen.

»Ich habe gehört, daß Xiangmin in Wangzhai eine Kirche bauen will«, sagte sie und wechselte damit das Thema.

»Tja, er wirft eben wie immer sein Geld zum Fenster hinaus.«

»Eine Kirche soll ja gutes Geld einbringen. Die Einnahmen aus Räucherwerk scheinen beachtlich zu sein«, erwiderte Fanhua. »Aber eines verstehe ich nicht. Wieso errichtet er die Kirche denn in Wangzhai? Bei uns in Guanzhuang wäre es doch viel sinnvoller. Hier gibt es schließlich auch Christen, immerhin über hundert.«

»Aber es ist unangenehm, den eigenen Leuten das Geld aus der Tasche zu ziehen«, erklärte Xiangsheng stellvertretend für seinen Bruder. »Und es ist doch egal, wo er sie baut. Alle werden sagen, daß einer aus Guanzhuang sie gebaut hat.«

Plötzlich kam Fanhua in den Sinn, daß die erwarteten Ausländer sicherlich Christen waren.

»Ja, Xiangsheng, wenn du die Ausländer triffst, sag ihnen, daß einer aus Guanzhuang eine Kirche gebaut hat. Wenn sie beten wollen, brauchen sie sich keine Gedanken über einen geeigneten Ort zu machen.«

»Das ist ein gutes Argument«, erwiderte Xiangsheng, kam aber sogleich wieder auf den Parteizellensekretär zurück. »Bist du denn jetzt damit einverstanden, daß er das Grab öffnet? Gib schon die Erlaubnis.«

»Wann soll das denn sein?« erkundigte sich Fanhua.

»Das habe ich Gong Weihong auch gefragt. Sie wollen auf den Wintereinbruch warten. Im Winter haben die Leute Zeit«, erklärte er. Fanhua war beruhigt. Natürlich, dachte sie, die Wahlen in Gongzhuang standen ja bevor, da hatte der Parteizellensekretär, dieser räudige Köter, im Moment keine Zeit.

»Na, wir sprechen später noch einmal darüber«, beendete Fanhua das Gespräch. »Komm, wir gehen zu mir, dann kannst du mit Dianjun anstoßen.«

»Ein andermal«, erwiderte Xiangsheng nun überraschenderweise. »Hier ist doch schon Xiangmins Haus. Ich gehe rasch bei ihm vorbei und erkundige mich auch gleich nach der Kirche. Wie unsere Vorfahren schon sagten, der älteste Bruder hat die Herrschaft über seine Brüder und Schwestern.«

Es war schon nach Mitternacht, als es zu regnen begann. Der stürmische Herbstwind und der Regen brachten kühle Luft. Tiesuos Mädchen hatten sich am Abend mit Doudou zusammengekuschelt. Die Kinder waren müde gewesen, besonders die kleine Yadi. Zunächst hatte sie noch ein wenig herumgezetert, doch kaum drehte sie den Kopf zur Seite, schlief sie auch schon ein.

Fanhua stand am nächsten Morgen noch zeitiger auf als sonst. Als erstes warf sie einen Blick in das Zimmer ihrer Mutter, die in diesem Augenblick das Licht anknipste, sich aber schnell zur Seite drehte, um weiterzuschlafen. Sie wollte nicht gestört werden. Wie drei kleine Ferkel ans Muttertier geschmiegt, schliefen die Kinder tief und fest. Fanhuas Mutter lag an der Fensterseite. Während der Nacht hatte es hereingeregnet. Fanhua nahm ein Handtuch und wischte die nasse Bettkante trocken, dann schlich sie auf leisen Sohlen hinaus.

Vor dem Haus wusch sie ihre und Dianjuns Unterwäsche und hängte sie am Vordach auf. Sie kehrte den Hof und warf ein paar Büschel Gras in den Hasenstall.

Eigentlich ging sie morgens gerne durch die Straßen, um den Leuten, denen sie unterwegs begegnete, ihr Ohr zu leihen. Was sie entscheiden konnte, entschied sie gleich an Ort und Stelle, alles andere trug sie später im Dorfkomitee vor.

Bei diesem Regen waren die Straßen allerdings menschenleer. Schnell lief Fanhua zum Ortsausgang. Die Weizenkeimlinge stießen noch nicht durch die Erde, noch war der Boden nackt. Nur in einem Gemüsefeld staken bereits Bohnenstangen, deren dunkles Holz von Moos bedeckt war. Eine Zeitlang blickte sie auf das schwache Grün im Regen. Sie ging ein paar Schritte weiter. Im Graben neben dem Feld entdeckte sie ein verendetes Huhn. Hoffentlich hatte es keine Hühnerpest, dachte sie, hob es mit einem Ast hoch und schleuderte es auf das Weizenfeld, buddelte eine Mulde und vergrub das Tier.

Überrascht hörte sie irgendwo jemanden singen. Die Melodie kam aus der Richtung des Dattelpflaumenbaums, der mächtig in die Höhe ragte. Seine Äste waren schwarz wie Kohle, seine Blätter rot wie der Sonnenuntergang. Wenn der Regen auf die Blätter niederging, leuchteten sie blutrot. Unter dem Baum stand eine Strohhütte, in der der Wächter des Melonenfeldes wohnte. Die Stimme klang ein wenig rauh, doch zugleich zärtlich. Xuedai konnte es nicht sein. Ihre Stimme erinnerte an eine Trillerpfeife. Wer war es dann? Xiaohong konnte es ebensowenig sein, sie wäre niemals so verrückt, und sie sang am liebsten ›Wir wollen unsere Heimat lieben‹. War es vielleicht Qingshu? Während seiner Zeit als Soldat in Peking war sein Lieblingslied die ›Peking-Hymne‹ gewesen. Wenn er die Stimme erhob, dann ertönte ›Im goldenen Peking steigt strahlende Morgenröte empor‹.

Fanhua ging hinüber und entdeckte Lingpei, der eine Datpflaume an einen Ast gebunden hatte. Diese Konstruktion diente ihm als Mikrofon für seinen Vortrag des Liedes ›Ein Pekinger in New York‹:

»Time and time again
You ask me,
Du fragst mich, liebe ich dich?
Time and time again
I ask myself,
Ich frage mich selbst, liebe ich dich?«

Lingpei war nie in Peking und schon gar nicht in New York gewesen. Vielmehr war er gerade aus dem Gefängnis entlassen worden. Aber warum sollte er das Lied nicht singen? Seine Glatze schimmerte im Schein einer Petroleumlampe wie ein in Öl getunkter Flaschenkürbis. Wo gab es eigentlich heutzutage noch solche Petroleumlampen? Fanhua wunderte sich. Plötzlich stieg eine böse Ahnung in ihr auf. Um

Lingpei nicht zu erschrecken, entfernte sie sich langsam einige Schritte von der Strohhütte.

»Toll, eine tolle Stimme! Wer ist da?« rief sie von weitem.

Sofort brach der Gesang ab. Das Prasseln des Regens war zu hören. Dumpf blubberten die Blasen, die aus dem Sickerwasser hochstiegen. Das Geräusch klang wie Kindergebrabbel. Als Fanhua erneut die Ohren spitzte, hörte sie ein Stöhnen, als bekäme jemand vor Schmerz keine Luft. Lingpeis Kopf kam zum Vorschein. Nun sah er nicht mehr aus wie ein Flaschenkürbis, eher wie die aufgeblasene Harnblase eines Schweins. Er war pausbäckig wie das Mondgesicht eines Säuglings. Als er Fanhua sah, kam er rasch herübergelaufen und stand stramm. Fanhua fiel auf, daß er die O-Beine seines Vaters geerbt hatte. Menschen mit O-Beinen waren besonders geeignet, um mit einer Drillmaschine die Felder zu bestellen. Als sein Vater noch lebte, galt er in der Produktionsbrigade als geschickter Könner im Umgang mit der Saatmaschine. Nie hätte dieser Drillmaschinenmeister geglaubt, daß sein Sohn eines Tages als Langfinger enden könnte. Die Rückkehr eines verlorenen Sohnes aber war mit Gold nicht aufzuwiegen, Lingpei hatte die Zukunft noch vor sich. Verlegen starrte er auf seine Fußspitzen und schwieg.

»Ich war gerade auf dem Weg zu dir«, sagte Fanhua. »Was ist denn los, daß du mich gar nicht grüßt?«

»Parteizellensekretärin«, stammelte er. Fanhua schlug ihm auf die Schulter. »Eigentlich müßtest du Tante zu mir sagen«, mahnte sie und trat in die Strohhütte. Ihr Blick fiel auf sechs, sieben weitere Personen, darunter auch zwei Frauen. Das Licht der Petroleumlampe flackerte wie in der ›Reise nach dem Westen‹ und ließ die dunklen Schatten an der Wand tanzen.

»Das ist meine Tante, sie kommt uns besuchen«, stellte Lingpei sie vor.

»Dann bist du ja auch meine Tante«, sagte ein junger Kerl mit flottem Mundwerk und O-Beinen, durch die ein Basketball gepaßt hätte. »Wir sind nämlich eine große Familie.«

Fanhua rümpfte die Nase und sah sich um. »Was treibt ihr hier?« fragte sie Lingpei.

»Wir gedenken unseres Meisters«, antwortete er.

Meister? Sollte vielleicht der Alte, der ihnen das Stehlen beigebracht hatte, gestorben sein? Für das Volk von Xiushui wäre es jedenfalls ein Glück.

»Ist der Alte denn gestorben?« erkundigte sich Fanhua.

»Nein, nein, wir wünschen ihm Gesundheit und ein langes Leben«, entgegnete Lingpei.

Fanhua verstand nicht, was er meinte.

»Der Alte hat gute Verbindungen und starke Hintermänner. Uns alle hier hat er aus dem Knast geholt«, erläuterte Lingpei.

Eine Weile stand Fanhua wie angewurzelt da, dann schob sie Lingpei hinaus. Sie wußte plötzlich nicht mehr, wo sie anfangen sollte. »Woher hast du die Petroleumlampe?« fragte sie schließlich.

»Großfamilien haben ihre Familienordnung«, begann Lingpei gemächlich. »Berufe haben ihre Zunftordnung. In jedem Beruf gibt es andere Rituale. Manchmal gehören Ehrensalven dazu, für manche braucht man eine Flamme. Wir benutzen Petroleumlampen.«

Fanhua seufzte. »Läutet ihr etwa ein neues Unternehmen ein?« fragte sie besorgt. »Habt ihr euch noch nicht oft genug den Kopf angeschlagen?«

»Parteizellensekretärin, glaub mir«, erklärte Lingpei. »Ich bin geheilt und mache mir die Finger nicht mehr schmutzig.«

»Und was sind das für Mädchen?« fragte Fanhua weiter.

»Mädchen?« Einen Moment lang stockte Lingpei, dann

sagte er: »Ach, du meinst die beiden Flittchen. Das sind Freundinnen von unterwegs.«

Flittchen? Aha. Lingpei bemerkte, daß Fanhua mit dem Ausdruck nichts anfangen konnte.

»In unserem Beruf sagt man zu Mädchen ›Flittchen‹«, erklärte er und kratzte sich dabei am Kopf.

Sie stieß ihn gegen die Brust.

»Was für ein Durcheinander. Sieh zu, daß ihr euer Gelage auflöst. Ich will mit dir alleine sprechen. Es geht um eine Arbeit für dich. Ich habe mir Gedanken gemacht und will dir einen Job verschaffen. Aber du mußt mir beweisen, daß du der Richtige dafür bist.«

Bei diesen Worten kam ihr die Idee, Lingpei für die Bewachung der Papierfabrik einzusetzen. Seit die Fabrik stillgelegt worden war, kletterten häufig Diebe über die Hofmauer. Mehrfach war die Gemeindepolizei bei Fanhua erschienen und hatte sie aufgefordert, das Gelände beobachten zu lassen. Fanhua hatte die Bewohner aus Guanzhuang zwar jedesmal in Schutz genommen, in Wirklichkeit aber wußte sie genau, daß Diebe unter ihnen waren.

»Was ist das denn für eine Arbeit?« fragte Lingpei.

»Zunächst sollst du in der Papierfabrik arbeiten«, erklärte Fanhua.

»Parteizellensekretärin, mach mir nichts vor«, rief er. »Im Knast habe ich davon gehört, daß die Papierfabrik außer Betrieb ist.«

»Sie ist stillgelegt«, bestätigte Fanhua, »soll aber bald wieder in Betrieb genommen werden. Momentan steigen immer wieder Leute ein und stehlen. Bisher haben wir noch niemanden geschnappt. Ich will nicht deine Schwachstellen aufdecken, sondern deine Stärke in diesem Bereich nutzen. Dafür, daß du die Fabrik bewachst, zahle ich dir einen Lohn.«

Lingpei schnippte mit den Fingern.

»Tante, du willst dir wohl das Schauspiel anschauen, wie ich sie bestrafe«, sagte er.

»Du brauchst nichts weiter zu tun, als Protokoll darüber zu führen, wer stiehlt, was wann gestohlen wird und wer Schmiere steht. Aber du darfst mit niemandem darüber sprechen.« Fanhua warf einen Seitenblick auf die Hütte. »Die Schlampen eingeschlossen. Wehe, du plauderst etwas aus, dann schneide ich dir die Zunge ab.«

»Tante, du bist wirklich gut zu mir«, sagte Lingpei, »und du stehst meinem Meister in nichts nach.«

Auch wenn Fanhua das nicht unbedingt gern hörte, wußte sie, wie es gemeint war. »Gut, gut. Der Meister weist dir den Weg, gehen mußt du ihn alleine. Mach deine Sache also ordentlich und bereite mir keinen Ärger.«

Zu Hause angekommen, ging Fanhua gleich in die Küche und briet für Yanan und Yadi Eier. Nach dem Frühstück wollte sie die beiden höchstpersönlich in die Schule bringen. Direktor Xu sollte sich besonders um die Schwestern kümmern. Gerade als sie die Eier aus der Pfanne nahm, erschien die kleine Yadi im Türrahmen.

»Nanu, stehst du immer so früh auf?« fragte sie das Mädchen.

»Heute gehe ich nicht in die Schule«, antwortete Yadi patzig.

Hatte das Kind schlechte Laune? Obwohl sie noch so klein war, wollte sie nicht in die Schule gehen? Fanhua hob die Hand und streichelte Yadis Bäckchen. »Sei schön brav. Nach dem Frühstück gehen wir in die Schule. Und wenn du aus der Schule kommst, ist deine Mama sicher wieder zurück. Deine Mama hat dich sehr lieb. Sie ist nicht weit weg, nur bei den Verwandten.«

»Heute ist Samstag«, sagte Yadi. »Alles ist durcheinander. Du hast sogar vergessen, welcher Tag heute ist.«

»Und samstags schläfst du auch nicht aus?«

Yadi kaute auf ihrer Lippe und schwieg. Fanhua erinnerte sich, daß sie selbst als Mädchen auch so gewesen war. Sonntags war sie immer besonders früh aufgestanden, weil sie fürchtete, nicht lang genug spielen zu können, bevor es wieder dunkel wurde.

Auch Yanan erschien in der Küche. Wie ein Hündchen folgte kurz darauf Doudou, die sonst nicht aus dem Bett zu bekommen war. Doudou mochte eigentlich keine Eier. Sie fand, daß das Eigelb nach Hühnerkacke schmeckte. Aber als sie die beiden großen Mädchen Eier essen sah, verlangte sie unweigerlich auch danach. Fanhua brauchte sich nur anzuschauen, mit welchem Genuß die Mädchen die Eier verschlangen, um zu wissen, daß Xuedai den Kindern nur widerwillig Eier auftischte, obwohl sie ein Dutzend Hühner hielt.

Yanan, die ein paar Jahre älter war, aß das Eigelb anständig in kleinen Bissen. Bei diesem Anblick entsann sich Fanhua, daß Tiesuo jeden Tag zwei Eier oder aber ein Ei mit zwei Eigelb gefordert hatte. »Yanan, bring deinem Vater gleich Eier vorbei und sag ihm, daß alle Zwillingseier sind«, sagte sie.

»Wo ist mein Papa?« fragte Yadi.

»Er ist im Dorfamt«, antwortete Fanhua.

Yanan zog ihre kleine Schwester an den Haaren. »Paß auf!« zischte sie. »Papa verhaut dir sonst den Popo.«

Fanhua verstand sofort, worum es ging. Tiesuo hatte den beiden Mädchen wohl eingeschärft, nichts Falsches zu sagen.

Als die Mutter in die Küche trat, bat Fanhua sie, Yanan mit dem Essen für Tiesuo und Qingshu zum Dorfamt zu begleiten.

»Yadi, hat dir dein Papa schon mal den Popo verhauen?« fragte Fanhua, als die anderen aus dem Haus waren.

Yadi zog eine Schnute und gab keinen Laut von sich. Ihre Augen füllten sich mit Tränen.

»Das soll er noch einmal wagen, dann versohle ich ihm den Popo, daß es weh tut«, sagte Fanhua. »Und ich sage auch deiner Mama, daß sie ihm den Popo verhauen soll. Verrat der Tante, wo ist deine Mama?«

»Mein Papa hat gesagt, jedem, der fragt, soll ich sagen, daß sie bei Oma ist.« Ja, Kindermund tut Wahrheit kund. Zu ihren Eltern war Xuedai jedenfalls nicht geflüchtet.

Xiaohong erschien mit einem aufgespannten Regenschirm, einen weiteren Schirm hatte sie sich unter den Arm geklemmt. Für Yadi brachte sie einen Stoffhasen mit.

»Na ja, beide Mädchen wollen doch auch gerne Hasen haben. Wenn du Doudou zwingst, ihnen einen zu schenken, wäre sie traurig. Ihn zu behalten wäre auch gemein.«

Xiaohong dachte wirklich an alles. Nachdem sie Yadi den Stoffhasen überreicht hatte, erkundigte sie sich nach dem Termin für die nächste Sitzung.

»Soll ich die anderen benachrichtigen?«

»Ja, aber erst nach zehn«, sagte Fanhua.

Xiaohongs Blick fiel auf die Wäsche, die unter dem Vordach aufgehängt war. Sie schlug sich an die Stirn. »Ich bin so zerstreut. Fast hätte ich vergessen, daß ich dir zwei Stücke Seife mitgebracht habe.« Sie nahm die Seife aus ihrer Hosentasche. »Ich weiß nicht, ob sie gut ist. Wenn nicht, dann nimm es mir nicht übel.«

Fanhua nahm die Seife. Sie fühlte sich nicht wie normale Seife an, eher wie ein zartes Kinderbäckchen. Auch wenn sie nichts taugen sollte, die Marke war jedenfalls sehr gut. Etwas herb zwar im Geruch, aber das mochten die Bauern gern, und sie hatte den wohlklingenden Namen »Schöne Aussicht«.

Fanhua freute sich über das Geschenk und lachte, dennoch schalt sie Xiaohong.

»Xiaohong, ich muß dich tadeln. Du kannst doch hier nicht den Wohltäter spielen. Wo soll das enden? Ich bezahle sie dir. Wieviel kostet sie?«

»Wenn du mir Geld dafür gibst, dann verdiene ich ja richtig«, erwiderte Xiaohong. »Ich habe sie nämlich geschenkt bekommen. Ich habe keinen Fen dafür ausgegeben.«

»Aha«, bemerkte Fanhua vielsagend und lachte. Dann machte sie wieder eine ernste Miene. »Xiaohong«, sagte sie feierlich, »hast du sie von einem jungen Mann geschenkt bekommen? Und besitzt die Familie dieses jungen Mannes eine Fabrik? Sag schon, damit ich mich mit dir freuen kann.«

Xiaohong kaute auf ihrem Kaugummi und hob den Kopf. »Ich habe doch keine Geheimnisse vor dir«, sagte sie offenherzig. »Es war tatsächlich ein junger Mann.«

»Aus welchem Dorf?«

Xiaohong lachte und schlug Fanhua aufs Knie. »Aus Yanjiazhai. Na, klingelt es jetzt?« fragte Xiaohong. »Sie ist von meinem Vetter. Er besitzt eine Möbelfabrik und mußte Schulden eintreiben. Statt ihn zu bezahlen, hat ihm jemand eine ganze Lastwagenladung Seife geliefert. Jetzt haben wir zu Hause bergeweise Seife. Sie reicht mindestens für zwei Leben. Dafür, daß ich sie verteile, kann er mir dankbar sein. Wenn du sie magst, kannst du gerne kommen und dir Nachschub holen.«

Plötzlich hatte Fanhua eine Idee. Wieso sollte sie nicht einige Seifenstücke ankaufen und sie unter den Dorfbewohnern verteilen? Verschenkte man Geld, fiel diese gute Tat besonders den älteren Menschen nicht unbedingt auf. Drückte man ihnen aber ein Stück Seife in die Hand, das einen Dreck wert war, blieb ihnen diese Wohltätigkeit im Gedächtnis.

»Xiaohong, sag deinem Vetter, daß wir ihm einen Teil der Seife abkaufen. Sie ist ohnehin kaum etwas wert«, schlug Fanhua vor. »Er soll einen Preis nennen. Wenn er unter dem der Fabrik liegt, geht die Sache in Ordnung.«

»Sollen denn alle eine öffentliche Zuwendung bekommen?« fragte Xiaohong. Diese Xiaohong war wirklich ein Fuchs.

»So ist es. Und dein Vetter könnte noch etwas Geld einnehmen und seine Verluste verringern«, meinte Fanhua.

Auf einmal kam ihr in den Sinn, daß Xiaohong möglicherweise bereits auf diesen Hintergedanken gekommen war. Sie erwartete, daß Xiaohong sich im Namen ihres Vetters bedanken, schließlich aber aus Höflichkeit ablehnen würde. Und sie täuschte sich nicht. Xiaohong schüttelte den Kopf und wirbelte Fanhua ihre beiden langen Zöpfe ins Gesicht.

»Wie könnte ich. Mensch, Fanhua, du erschreckst mich vielleicht. Geld annehmen kann man von jedem, auch von der Allgemeinheit. Man wäre dumm, wenn man es nicht nähme. Aber das hier ist etwas anderes. Das ist nicht irgendeine öffentliche Verwaltung, sondern deine – unsere. Wenn meine Familie auf diese Weise Geld verdienen würde, könnte ich nicht mehr ruhig schlafen. Unmöglich, das kommt nicht in Frage.«

Fanhua war gerührt und wurde beinahe ein wenig sentimental. Was für eine noble Haltung. Nicht mit Xiangsheng zu vergleichen, der keinen Streit ausließ und nichts anderes im Kopf hatte, als die eigenen Taschen zu füllen. Er war wie eine raffinierte Ratte, die in ihrer Höhle saß und sich auch von mehreren Katzen nicht beeindrucken ließ. Xiaohong jedoch war ein Greifvogel, ein Sperber, der in die Lüfte aufstieg. Irgendwelchen Dreck, der ihm in den Schnabel kam, ließ er sofort wieder fallen.

Es hatte aufgehört zu regnen. Doudou und Yadi spielten im Hof. Doudou genoß es, Spielkameraden zu haben. Augelassen und von Kopf bis Fuß voller Matsch tollte sie herum.

»Laß uns ein Lied singen«, hörte Fanhua Yadi sagen.

»Ich kenne ganz viele«, rief Doudou.

»Aber eines hast du bestimmt noch nie gehört«, erwiderte Yadi.

Einen Moment lang wirkte Doudou kleinlaut und sah ihre Freundin verdutzt an. Mit beiden Händen hob Yadi den Stoffhasen in die Höhe und begann mit ernster Miene zu singen:

»Doudou empfängt eine Weisung,
Der Himmel ist des Kaisers Kurier:
Wisch nicht den Popo mit Papier,
Nimmst du Papier, dann keine Zeitung.
Nimmst du die Zeitung, droht Fernsehverbot
Bis zum Erstickungstod an der Scheiße.
So geht des Kaisers Weise.«

Yadi hatte noch nicht zu Ende gesungen, schon sprang Doudou kreischend auf.

»Du erstickst selber an der Scheiße!« rief sie.

Fanhua kannte das Lied bereits von Doudou. Vor einigen Tagen, als sie gerade mit dem Essen beginnen wollten, hatte Doudou voller Begeisterung gesungen: »Großvater empfängt eine Weisung« und »Großmutter empfängt eine Weisung«. Den Großeltern war die Luft weggeblieben. Immerhin galt es den Respekt zu wahren. Aber sie wurden kein bißchen ärgerlich, freuten sich vielmehr an Doudous schauspielerischem Talent und verglichen sie sogar mit der kleinen Schwalbe aus der Fernsehserie ›Prinzessin Huanzhu‹.

Doudou war so übermütig, daß sie den Bogen völlig überspannte. Sie sprang auf den Tisch und schrie: »Mama empfängt eine Weisung.« Fanhua zog Doudou herunter und gab ihr mit strengem Blick zu verstehen, daß sie diesen Unsinn nicht noch einmal hören wollte.

Aber Doudou beachtete sie nicht und rief erneut: »Mama empfängt eine Weisung.«

Da packte Fanhua sie und gab ihr einen Klaps auf den Hintern.

Seitdem war das Lied nicht mehr über Doudous Lippen gekommen. Als Yadi nun damit anfing, hatte Doudou den Klaps offensichtlich wieder vergessen. Sie hüpfte herum und sang »Yadi empfängt eine Weisung« bis zur letzten Zeile.

Wo lernten sie nur solche Dummheiten? dachte Fanhua. Xiaohong dagegen hielt sich die Hand vor den Mund und brach in Gelächter aus.

»Ordentliche Sachen lernt Doudou nicht, aber dummes Zeug lernt sie spielend«, sagte Fanhua. Xiaohong schüttete sich inzwischen vor Lachen aus.

»Was lachst du?« fragte Fanhua erstaunt.

»Mir fiel gerade mein Vetter ein«, antwortete Xiaohong nach einer Weile und richtete sich wieder auf. »Obwohl er nicht einmal die ersten Klassen der Mittelschule bestanden hat, lernt er jetzt Englisch. Er sagt nicht mehr Seife, sondern ›*sao po*‹ – ›freche Schwägerin‹.« Wieder krümmte sie sich vor Lachen. »Seine Frau, unsere Schwägerin, hat sich schon beschwert«, fuhr Xiaohong glucksend fort. »Seit sie bei der Familie ihres Mannes lebte, sagt sie, war sie gehorsam gegenüber den Eltern und hilfsbereit gegenüber den Kindern. Sie kümmert sich um die Schweine und Hühner, und sie hat sich sogar die Zeit genommen, die Möbel zu lackieren. Frech ist sie bestimmt nicht. Darüber mußte ich lachen.«

Fanhua schlug Xiaohong auf die Schulter. »Hör auf zu lachen«, sagte sie. »Englisch zu lernen, das hat ihr Dorfvorsteher angezettelt. Was bleibt ihnen schon übrig, wenn der Dorfvorsteher sie dazu anhält, sich lächerlich zu machen?«

»Mach keine Witze«, sagte Xiaohong. »Den Dorfvorsteher kenne ich. In der Oberschule war er zwei Klassen über mir. Englisch hat er gehaßt.«

»Da ist übrigens noch etwas«, fuhr Fanhua fort. »Ich hatte ganz vergessen, dir davon zu erzählen. Bei der letzten Sitzung haben die hohen Tiere angekündigt, daß irgendwelche Amerikaner nach Xiushui kommen sollen. Eine Art internationaler Austausch, bei dem sie unsere Arbeit beobachten wollen. Jeder Dorfvorsteher hat ein Englischbuch bekommen, um beim Englischlernen den Anfang zu machen. Besser spät als nie. Aber wer weiß, ob die Ausländer überhaupt nach Xiushui kommen. Und wenn sie den Landkreis besuchen, bleibt es immer noch fraglich, ob sie die Gemeinde Wangzhai beehren. Und sollten sie tatsächlich nach Wangzhai kommen, wissen wir nicht, ob sie sich auch in Guanzhuang blicken lassen. Trotzdem, da es um einen internationalen Austausch geht, müssen wir alles daransetzen, mit ihnen in Kontakt zu treten. Diese Aufgabe habe ich Xiangsheng übertragen. Xiangsheng soll nichts unversucht lassen, um die Ausländer nach Guanzhuang zu locken.«

Xiaohong sprang auf. »Ist das wahr? Ausländer kommen?« rief sie.

»Meinst du, ich verarsche dich?« erwiderte Fanhua.

»Nein, natürlich nicht«, sagte Xiaohong. »Als mein Vetter davon erzählte, dachte ich, er will mich an der Nase herumführen. Du kannst dir gar nicht vorstellen, was er für ein Maulheld ist. Aber nun sieht es ganz danach aus, als hätte er die Wahrheit gesagt.«

»Stimmt«, bestätigte Fanhua. »Und Xiangsheng soll die Sache in die Hand nehmen, oder gibt es irgendwelche Bedenken?«

Xiaohong riß die Augen auf. »Was? Du hast wirklich ihn damit beauftragt?« Sie war fassungslos.

»Ja,« erwiderte Fanhua. »Xiangsheng macht seit Jahren Geschäfte. Er redet die Leute in Grund und Boden. Genau das braucht man für den Kontakt mit Ausländern. Ich werde ihm dafür einen Sonderlohn bezahlen.«

»Meinst du nicht, daß du da den Bock zum Gärtner machst?« fragte Xiaohong. Fanhua war überrascht. Den Bock zum Gärtner machen? Würde Xiangsheng vielleicht zusammen mit den Ausländern das Land verlassen?

»Hat er selbst nach einer Bezahlung gefragt?« begann Xiaohong vorsichtig.

Nun begriff Fanhua. Xiaohong befürchtete, daß Xiangsheng das Geld in die eigene Tasche stecken könnte. Eigentlich sollte Fanhua sie einmal dafür auszeichnen, daß sie stets das Beste für das Dorf im Sinne hatte. Doch in dieser Situation tat sie lieber so, als würde sie ihre Mitarbeiterin nicht verstehen. Insgeheim dachte sie: Ach, Xiaohong, genau das will ich doch. Ich müßte mir Sorgen machen, wenn er die Investition, die ich ihm zur Verfügung stellen will, nicht in die eigene Tasche steckte. »Gibt es heute noch irgend etwas«, sagte sie dann, »das kein Geld kostet? Selbst eine Hündin zu decken kostet Geld. Nur sollte man das Geld an den richtigen Stellen ausgeben. Und ›sollen‹ heißt hier ›müssen‹.«

»Wenn du aber den Bock zum Gärtner machst, ist das Geld verloren«, bemerkte Xiaohong.

»Auch wenn es verloren scheint, manchmal muß man Geld investieren«, erwiderte Fanhua. »Wir müssen uns auf jeden Fall darum bemühen. Es würde in die Dorfgeschichte eingehen, wenn diese Ausländer nach Guanzhuang kämen.« Und eines war klar: Natürlich würde der Besuch in die Annalen eingehen, viel wichtiger aber war, daß diese Ausländer Fanhuas zweite Amtszeit als Dorfvorsteherin in ihrem Untersuchungsbericht erwähnen und diese Information mit nach Amerika nehmen würden.

»In Amerika ist der Hauptsitz der Vereinten Nationen«, sagte Fanhua. »Wenn sich Guanzhuang einen Namen gemacht hat, brauchen wir uns nicht mehr den Kopf darüber zu zerbrechen, wie wir ausländische Investoren anlocken. Das alles aber bleibt uns verwehrt, wenn sie nicht herkommen. Man kann dem Ochsen den Kopf nicht in den Trog drücken, wenn er kein Wasser trinken will. ›Den Bock zum Gärtner machen‹ – sag so etwas nicht. Hier gilt: ›Wer gut schmiert, der gut fährt‹.«

»Auch wenn wir nicht genau wissen, ob sie kommen, sollten wir alles tadellos vorbereiten«, sagte Xiaohong.

»Dafür ist noch genug Zeit«, erwiderte Fanhua. »Wenn es soweit ist, werden wir einfach Spruchbänder aufhängen.«

»Genau«, pflichtete Xiaohong bei. »Wir hängen Spruchbänder auf und kleben Parolen an die Hauswände. Alle müssen bei der Reinigung der Straßen helfen.«

»Hast du noch mehr Ideen?« fragte Fanhua.

»Ich weiß nicht, ob mir noch etwas einfällt«, erwiderte Xiaohong. »Aber ich kann mich um deine Vorschläge kümmern. Doudous Vater war doch in der Schule in Englisch sehr gut.«

»Na und?« entgegnete Fanhua spöttisch. »Er hat seit Jahren nicht mehr gesprochen und alles wieder vergessen.«

»Doudous Vater ist so intelligent, er begreift bestimmt schnell«, meinte Xiaohong. »Könnte er uns nicht helfen und unter die Parolen die englische Übersetzung schreiben?«

»Vergiß Dianjun«, sagte Fanhua. »Wir lassen das lieber Fanqis Sohn Xiangchao machen. Er unterrichtet doch in Peking Fremdsprachen.«

»Xiangchao?« fragte Xiaohong überrascht. »Ist Xiangchao zurück?«

»Ruf ihn an, dann wird er schon herkommen«, sagte Fanhua.

»Ja«, lachte Xiaohong, »und wenn er sich weigert, sagen wir, daß es Fanqi schlecht geht. Mal sehen, ob er sich dann auf den Weg macht.«

Plötzlich begann Doudou zu weinen. Zwischen den Mädchen war ein Streit um den Stoffhasen entbrannt. Jetzt rauften die Kinder und zogen sich an den Haaren. Xiaohong wollte sofort dazwischengehen, doch Fanhua hielt sie zurück. »Doudou, laß los!« rief sie von weitem. Doudou hörte zunächst auf, dann riß sie Yadi mit einem Mal erneut am Ärmel.

»Doudou ist ein richtiger Raufbold«, sagte Xiaohong.

»Großmutter und Großvater verwöhnen sie zu sehr«, sagte Fanhua. »Noch nie mußte sie jemandem den Vortritt lassen.«

»Soll ich mit Yadi und Yanan spazierengehen?« bot Xiaohong an. »Ich kann sowieso nichts mehr für dich tun.«

Sie zog ein Taschentuch hervor, um Yadi die Nase zu putzen. Als Yadi vor ihr weglaufen wollte, zeigte Xiaohong auf das mit einem Hasen bestickte Stofftuch. »Sieh mal!« sagte sie. »Hier ist auch ein Hase. Der ist ganz schön flink, hat rote Augen und eine weiße Pelzjacke. Seine Hinterbeine sind lang, und die Vorderbeine sind kurz. Wenn er losläuft, hüpft und springt er.«

Yadi schmiegte sich an Xiaohong, hob das Gesicht und ließ sich anstandslos die Nase putzen. In diesem Moment kehrte Yanan zurück. Xiaohong faltete das gebrauchte Taschentuch zusammen und steckte es Yanan in die Tasche, damit sie der kleinen Schwester später die Nase putzen konnte. Yanan biß sich auf die Lippe und warf Yadi einen wütenden Blick zu. Offenbar glaubte sie, die kleine Schwester sei ungezogen gewesen. Xiaohong wußte sogleich, wie sie Yanan wieder aufheitern konnte.

»Yanan wird immer hübscher, je älter sie wird«, sagte sie zu

Fanhua. »Schau dir die Nase und die Augen und diese schönen Augenbrauen an. Xuedai kann sich glücklich schätzen.«

Natürlich hatte sie so laut gesprochen, daß Yanan sie hören konnte. Ihr Ärger war im Nu verflogen, und ein Lächeln huschte über ihr kleines Gesicht. Dabei wurde sie rot wie eine Kirsche.

Auf einmal hellte sich Xiaohongs Gesicht auf. »Ich hab's, ich hab's!« rief sie.

»Was hast du?« fragte Fanhua.

»Ich weiß, wie wir die Ausländer empfangen.«

Schon wieder hatte Xiaohong eine einzigartige Idee. »Ich werde die Dorfkinder zusammentrommeln und mit ihnen ein Lied einstudieren. Welches Lied sie singen, muß ich mir noch überlegen.«

Fanhua lachte unmerklich in sich hinein, denn Xiaohong schien es vollkommen ernst zu meinen. Um sie nicht zu enttäuschen, ließ sie ihr freie Hand.

»Gut, mach nur. Ich habe volles Vertrauen. Das ist jetzt deine Aufgabe.«

Der Regen hielt an. Xiaohong spannte den Schirm auf und rief Yanan zu sich. »Kommt, meine Süßen. Ihr bekommt beide einen eigenen Schirm.«

Fanhua begleitete Xiaohong ein Stück.

»Xiaohong, Lingpei ist aus dem Gefängnis entlassen. Wußtest du das?« erkundigte sich Fanhua, als sie am Kuhstall der Familie Fanxin vorbeigingen.

Stürmisch warf Xiaohong ihre Zöpfe zurück.

»Ist er im Knast nicht verreckt?« platzte es aus ihr heraus.

»Er ist ziemlich lebendig, und er ist sogar etwas dicker geworden«, erwiderte Fanhua.

Xiaohong verzog verächtlich den Mund. »Wie kommt es, daß er nicht krepiert ist?«

Fanxin trieb seine schwarzweiß gefleckten Milchkühe

hinaus. Die schwarzen Flecken erinnerten an Baumwollkapseln, die weißen an Wattebäusche. Wie ein richtiges Mädchen, bei dem alles reinlich sein mußte, hielt sich Xiaohong die Nase zu und lief mit den Kindern davon. Fanhua ging lachend zum Dorfamt.

Tiesuos Appetit war bemerkenswert. Nicht einen Krümel hatte er vom Frühstück übriggelassen. Fanhua blickte auf seinen Teller und wollte gerade eine bissige Bemerkung machen, als Tiesuo sagte: »Hey, ihr habt euren Hühnern wohl etwas ins Futter gemischt. Die Eier schmecken zum Kotzen, nach Hühnerkacke.«

Fanhua hielt gar keine Hühner. Die Eier hatte sie im Dorf gekauft, auch von Tiesuo selbst waren welche darunter. Sie beachtete ihn nicht und öffnete das Fenster, um zu lüften. Sie hob das Kissen vom Boden auf und schlug es, Tiesuo den Rücken zugewandt, am Fenster aus.

»Dann ißt du sie eben nicht und verhungerst, kein Problem«, sagte sie beiläufig.

»Ich habe also Hausarrest«, sagte Tiesuo.

»Qingshu, haben wir ihm Hausarrest erteilt?« fragte Fanhua und warf Qingshu das Kissen zu.

»Leck mich am Arsch«, erwiderte er. »Er hat so tief geschlafen, daß er im Traum geredet hat. Er hat geplappert und gelacht. Ich habe kein Auge zugetan.«

»Na, Tiesuo, im Traum hast du wohl einen Sohn bekommen, was?« sagte Fanhua schnippisch.

»Wer hat einen Sohn bekommen? Mann, da habe ich ja genau im richtigen Moment angestoßen.«

Sogar am hellichten Tag mimte er Schlaftrunkenheit. Fanhua konnte ihre Wut nicht mehr zügeln und machte sich einfach Luft. »Stell dich nicht blöder, als du bist«, brüllte sie. »Xuedai ist schwanger, das weißt du genau!«

»Davon weiß ich nichts«, sagte er.

Mit einem Mal sprang Qingshu auf. »Wie? Du weißt davon nichts?« schrie er.

»Ich weiß es nur von dir«, sagte Tiesuo ruhig.

»Das ist doch deine Privatangelegenheit. Was hat Qingshu damit zu tun?« fragte Fanhua.

»Auf jeden Fall hat es Qingshu mir gesagt, und ich weiß nichts davon«, beharrte Tiesuo.

»Ja, sag bloß, ist etwa jemand für dich eingesprungen?« spottete Fanhua. »Wenn Xuedai wüßte, was du für ein dummes Zeug daherredest, würde sie dir die Hölle heiß machen. Du bringst sie in eine beschissene Situation. Die Leute zerreißen sich nachher das Maul über sie.«

Tiesuo wurde unruhig. Zuerst begannen seine Hände zu zittern, dann ohrfeigte er sich vor Aufregung plötzlich selbst.

»Ich … ich … ich«, stammelte er. »Ich habe doch gar nichts gesagt.«

Mit einem Blick forderte Fanhua Qingshu auf, sich Notizen zu machen. Anstelle eines Notizblocks zog Qingshu ein Aufnahmegerät in der Größe eines Kartenspiels aus der Schublade.

»Jetzt darfst du reden«, sagte Fanhua zu Tiesuo.

»Was soll ich denn sagen?« fragte er. »Wie Xuedai schwanger geworden ist, brauchst du nicht zu erzählen«, sagte Fanhua. »Das wissen wir. Wie sie es geschafft hat, sich vor der Untersuchung zu drücken, brauchst du auch nicht zu erklären. Das finden wir schon heraus. Es reicht, wenn du uns verrätst, wo sich Xuedai versteckt. Ich werde sie dann persönlich dort abholen.«

»Wenn ich es wüßte, würde ich es nicht verschweigen. Aber ich weiß es wirklich nicht«, entgegnete Tiesuo.

Offensichtlich wollte Tiesuo mit dem Kopf durch die Wand. Er hielt an seinem Starrsinn fest. Schade, daß ich eine

Frau bin, dachte Fanhua, und dazu noch eine Beamtin von Rang oder zumindest eine Staatsdienerin. Sonst würde ich ihm richtig Dampf machen.

Sie setzte sich auf die Schreibtischkante. So war sie ein paar Zentimeter größer als Tiesuo und konnte ihre Macht unterstreichen. Als sie ihren Worten gerade freien Lauf lassen wollte, kam ihr Xuedais Geschichte von dem Mönch in den Sinn.

»Tiesuo, ist eigentlich bei euch kürzlich ein Mönch vorbeigekommen?« fragte sie ihn.

»Ein Mönch? Was für ein Mönch?« entgegnete Tiesuo. »Du willst doch wohl nicht behaupten, daß Xuedai es mit einem Mönch getrieben hat?«

»Wenn ich Xuedai wäre, würde ich dich wirklich in der Luft zerreißen. Ich frage dich, ob du einem Mönch begegnet bist.«

»Ja«, antwortete Tiesuo nach einer Weile.

Fanhua schlug sich auf den Schenkel und stieg in sein Spiel ein.

»Dann bist du erledigt, du bist total am Ende«, sagte sie. »Wofür steht ein Mönch? Gehört es zu seiner Verantwortung, die Familie zu erhalten und die Ahnenreihe fortzusetzen? Wohl kaum. Und du trittst zur Tür hinaus und triffst auf einen Mönch. Das kann nichts Gutes bedeuten.«

Tiesuo kicherte. »Also, nur weil du sagst, daß es nichts Gutes bedeutet, muß es noch lange nicht so sein. Wie habe ich denn meinen Fernseher gewonnen?« entgegnete er.

Auf die Schnelle hatte Fanhua keine Antwort parat. Auch Qingshu wirkte verstört. Er sah in die Ferne. Von Tiesuo allerdings ließ sich Fanhua nicht einschüchtern. Sie wechselte den Platz und lehnte sich an die Wand. Mit einem Kissen polsterte sie sich den Rücken, als stünde ein langer Kampf bevor.

»Es wäre besser für dich, du hättest den Fernseher nicht gewonnen.« Sie bemühte sich nach Kräften, Ruhe zu bewahren. »Jetzt hast du den Salat. Du bist mit Sesamkörnern zurückgekehrt und hast Melonen verloren. Denn ein Unglück kommt selten allein, und das Glück gibt's nicht doppelt. Kapierst du das? Es wäre gut, wenn du es verstehen würdest. Es geht dabei nämlich um dich. Und du willst noch einen Sohn haben? Träum ruhig weiter.«

»Aber Doudou ist doch auch ein Mädchen«, sagte Tiesuo. »Bist du auch einem Mönch begegnet?«

»Ich habe nicht so großes Glück wie du. Ich bin keinem Mönch begegnet«, sagte Fanhua. »Aber ich habe bekommen, was ich wollte. Ich wollte ein Mädchen und habe Doudou bekommen. Mädchen sind gut. Sie hören auf die Alten, wenn sie groß sind.«

Tiesuo atmete heftig durch die Nase und schwieg. »Alles, was zu sagen ist, habe ich gesagt«, schloß Fanhua. »Laß dir die ganze Sache noch einmal durch den Kopf gehen, und dann sag uns, wo Xuedai steckt.«

Was aber tat Tiesuo? Als beträfe ihn das alles nicht, hob er einen Zigarettenstummel vom Boden auf, zündete ihn mit Qingshus Feuerzeug an und sog genußvoll den Rauch ein.

Qingshu nahm ihm das Feuerzeug ab und klopfte angespannt damit auf den Tisch – klack, klack, klack. »Haha, Lateinamerika«, lachte er. So unvermittelt drangen die Worte aus seinem Mund, daß Fanhua völlig verwirrt war. Einen Moment später fiel ihr ein, daß Qingshu wahrscheinlich einfach den Landrat nachahmte.

»Afrika«, fügte Qingshu nun hinzu. Er wollte Fanhua wohl darauf aufmerksam machen, wie sie Tiesuo einen Schrecken einjagen könnte. Dieser Gedanke aber war vollkommen abwegig. Nicht einmal ein dreijähriges Kind konnte man damit erschrecken.

Während Fanhua darüber nachdachte, was sie als nächstes tun sollte, warf Tiesuo den Zigarettenstummel fort.

»Genau, Afrika«, sagte er. »Die alte Schlampe ist einfach nach Afrika abgehauen und hat uns im Stich gelassen.«

Es war wirklich, als würde man Perlen vor die Säue werfen. Fanhua war es überdrüssig, weiter auf ihn einzugehen. Gelangweilt nahm sie eine Zeitung und begann zu lesen. Nach einer Weile holte sie ihr Handy hervor und wählte Xiaohongs Nummer.

»In der Sitzung nachher kannst du ankündigen, daß ich einverstanden bin, wenn in diesem Monat jeder fünfzig Yuan mehr für sein Handy bekommt«, sagte sie zu Qingshu, während das Telefon am anderen Ende läutete. Xiaohong nahm nicht ab. Wahrscheinlich war sie noch mit Tiesuos Töchtern unterwegs. Sie schleppte die beiden wohl von einem Haus zum anderen, um die Kader von der bevorstehenden Sitzung zu benachrichtigen.

Fanhua ertrug Tiesuos Anblick nicht länger. Sie verließ den Raum. Es roch nach Urin und dazu nach Fisch, und der beißende Gestank drehte ihr fast den Magen um. Der Uringestank kam von den Tieren. Der fischige Geruch dagegen ging eindeutig auf schmutzige Hosen zurück. Wenn die Tiere nach Urin stanken, dann ging es ihnen gut. Sie waren rege und gesund. An den Tieren zeichnete sich ab, was Fanhua erreicht hatte, sie brachten ihr Stimmen ein. Wenn es nach Fisch roch, dann waren irgendwo Mann und Frau zusammen, die sich die Geburtenkontrolle aus dem Hirn fickten und für Nachkommen sorgten. Für Fanhua bedeutete das ein Scheitern auf politischer Ebene. Ihre Wiederwahl war damit gefährdet. Wie es kam, daß ihr an Regentagen immer dieser Fischgeruch auffiel, wußte Fanhua selbst nicht. Er rief bei ihr einen gewissen Ekel hervor, der merkwürdigerweise eine Art Erregung und ein schamloses Wohlbehagen mit sich brachte. Und müßte sie sich nicht um Tiesuos Schwanzangelegenheiten kümmern, würde sie jetzt mit Dianjun ins Bett gehen.

An solch einem Regentag war sie mit Doudou schwanger geworden. Bei dem Gedanken an Doudou und daran, daß sie nur die Hasen als Spielkameraden hatte, wurde ihr Herz weich wie eine zurückgelassene Baumwollblüte, die vom Regen durchtränkt verloren auf einem kahlen Stengel sitzt. Natürlich glaubte sie selbst nicht, was sie Tiesuo soeben erzählt hatte. Solch einen Unsinn redete sie daher, weil sie sich dazu gezwungen sah. Im Grunde hätte sie selbst gerne noch einen Sohn. Wäre sie nicht die Vorsitzende des Dorfkomitees und müßte den anderen ein Vorbild sein, würde sie einen Scheißdreck auf irgendwelche Vorschriften geben und einfach noch ein Kind bekommen.

Die Sitzungsteilnehmer trafen ein. Auch Xiangmin war unter ihnen. Nachdem er seinen *Xiali* in den Hof gefahren hatte, warf er Fanhua den Autoschlüssel zu.

»Wie läuft es mit dem Kirchenbau?« fragte sie.

»Alles in trockenen Tüchern. Es gibt nur einen Schönheitsfehler.«

»Was ist passiert?«

»Es fehlt jemand, der predigen kann. Im Grunde könnte auch ich irgendeinen Blödsinn erzählen, aber ich bin Einheimischer. Und der Prophet gilt nichts im eigenen Vaterlande. Amen.«

Fanhua mußte lachen. »Und woher soll der Prediger kommen?« fragte sie.

»Aus dem Osten, Westen, Norden. Nur aus dem Süden, das ist nicht möglich.«

Xiangmin hatte beachtliche Verbindungen. Warum er allerdings niemanden aus dem Süden holen konnte, dafür hatte er seine ureigene Erklärung.

»Der Süden, das klingt viel zu sehr nach Sünden, das ist nicht zu überhören.«

Fanqi trat zu ihnen. »Meine Frau will Kartoffeln essen, aber nur echte Shanxi-Kartoffeln«, sagte er zu Xiangmin. »Wann fährst du wieder hin?«

»Ich mag gar nicht mehr nach Shanxi fahren«, erwiderte Xiangmin. »Wenn die Kerle dort mein Auto sehen, schlagen sie jedes Mal darauf ein, weil ich ihnen die Frauen weggeschnappt habe, wie sie sagen. Ich weiß nicht mehr, wie oft ich schon die Scheiben austauschen mußte.«

»Wenn man füreinander bestimmt ist, durchtrennen auch tausend Meilen nicht das unsichtbare Band, das einen verbindet«, sagte Fanhua. »Was regen sie sich denn auf?«

»So kann man das auch wieder nicht sehen«, erwiderte Xiangmin. »Was würde denn mein Onkel Dianjun machen, wenn ich dich nach Shanxi verkaufen würde? Würde er mich dann nicht zum Krüppel schlagen?«

Fanhua nahm den Autoschlüssel und tat so, als wollte sie Xiangmin schlagen. »Wenn du so weitermachst, wirst du noch als Krüppel enden.«

Sofort hinkte Xiangmin davon. Durch die Nässe war der Boden schlammig, so daß er nach wenigen Schritten ausrutschte, als sei er auf eine Melonenschale getreten, und der Länge nach hinschlug. Alle lachten und konnten sich auch dann kaum beruhigen, als sie längst im Sitzungsraum saßen. Unter das Gelächter mischte sich eine rege Unterhaltung über Xuedais Versteck.

Nachdem die Waffen eine Nacht lang geruht hatten, war Qingshu wieder guter Dinge. Er feuerte den ersten Schuß ab, indem er die Sprache auf Xuedais Elternhaus brachte, das in einem kleinen Weiler namens Yao acht Kilometer entfernt lag.

»Wenn Frauen etwas verbrochen haben, rennen sie gleich

nach Hause, das gehört sich schließlich so«, erklärte Qingshu.

Xiangsheng erzählte von der Familie von Tiesuos Onkel im Dorf Shuiyun etwas südlich von Yao. »Wie die Hunde kommen die Neffen zum Essen und Trinken zu Hause vorbei. Und dann lassen sich die Herren auch noch etwas einpacken«, erklärte er. »Wenn die Frau des Neffen einen dikken Bauch hat, kümmert sich der Onkel um sie. Alles andere wäre undenkbar. Wir sollten unbedingt einmal dort vorbeischauen.«

»Auch zu Xuedais Onkel sollten wir gehen«, schlug Li Xueshi vor.

Fanhua klopfte mit dem Bleistift auf ihr Notizbuch.

»Gut«, sagte sie. »Auch Xuedais Onkel statten wir einen Besuch ab.«

Xiangsheng verwies auf das Pumpenhaus in den Bergen. Es war in der Zeit gebaut worden, als man in der Landwirtschaft von dem Modelldorf Dazhai lernen sollte, und wurde seither nicht mehr benutzt.

»Ich werde Li Hao danach fragen«, sagte Fanhua. »Er hütet in dieser Gegend oft seine Schafe. Gibt es sonst noch Wortmeldungen?«

Tiesuo stand die ganze Zeit über in der Tür. Fanhua hatte ihm befohlen, sich so hinzustellen, daß er vor dem Regen geschützt war. Doch er blieb mitten im Regen stehen und war inzwischen durch und durch naß. Ja, dieser Tiesuo konnte richtig amüsant sein. Nachdem er offenbar mit der letzten der sechsunddreißig Kriegsstrategien, »Weglaufen ist bei völliger Aussichtslosigkeit das beste«, gescheitert war, ging er nun zur »Strategie des leidenden Fleisches« über. Er täuschte Selbstaufopferung vor, um das Vertrauen des Feindes zu gewinnen. Wenn du hier ein Spielchen treiben willst, ich bin dabei, dachte Fanhua.

Etwa zur Halbzeit der Sitzung fragte Xiangsheng Fanhua, ob sie Tiesuo nicht hereinrufen sollten.

»Soll er sich ruhig noch eine Weile abduschen«, erwiderte sie. »Das bringt ihn wieder zur Vernunft.«

Kurz vor Schluß forderte Fanhua Qingshu auf, ihn hereinzuholen. Als Tiesuo seinen Fuß in den Raum setzen wollte, riß Fanhua das Tischtuch vom Tisch und warf es ihm über den Kopf.

»Hier, trockne dich erst mal ab.« Dann fügte sie hinzu: »Tiesuo, was ist der Kern unserer Arbeit hier? Das weißt du ja wohl.«

»Die Wirtschaft voranzubringen«, antwortete Tiesuo.

»Hut ab. Du bist ja doch nicht so dumm, wie ich dachte«, sagte Fanhua. »Unser Tiesuo versteht sogar etwas von Politik. Aber! Deinetwegen, nur deinetwegen und wegen Xuedais Bauch hat sich unsere Arbeit von ihrem Kern entfernt. Und das ist ein großes Vergehen.«

Nun wurde Tiesuo nervös. Er schlug sich auf den Kopf, als überprüfe er, ob seine Mütze richtig saß.

»Ich gebe dir noch eine einzige Chance«, brüllte Fanhua los. »Du brauchst nur zu sagen, wo Xuedai abgeblieben ist, dann hat es diese Sache nie gegeben.«

»Habt ihr nicht gesagt, sie ist in Afrika?« entgegnete Tiesuo.

»Habt ihr es alle gehört?« fragte Fanhua in die Runde. »Er will mit dem Kopf durch die Wand.«

Fanhua bekam von allen Seiten Zustimmung. Jeder wunderte sich über Tiesuos Starrsinn.

»Die Kosten für die Suche kann das Dorf nicht aufbringen«, erklärte Fanhua. »Wer am Ende dafür bezahlt, ist ja klar. Die Schafe sorgen schließlich auch selbst für ihre Wolle.«

Nun ergriff Qingshu das Wort. »In diesem Monat werden bestimmt die Handykosten steigen.«

»Auch das muß hier besprochen werden«, ergänzte Fanhua. »Was meint ihr, wie sollen wir damit umgehen? Xiangsheng, was denkst du?«

»Darüber hast du zu entscheiden«, wich Xiangsheng aus.

»Trotzdem, sag doch deine Meinung dazu«, forderte Fanhua ihn auf.

»Ich habe keine Meinung«, sagte Xiangsheng matt, als sei er vollkommen überlastet.

Fanhua lachte. »Jedenfalls wird das Dorf keine weiteren Kosten übernehmen«, sagte sie. »Wir machen es so, jeder erhält zunächst fünfzig Yuan. Und das Schaf wird auch diese Summe übernehmen.«

Nebel stieg aus den Weizenfeldern. In den Schwaden hatte sich ein Schwarm Krähen niedergelassen. Als der Wagen vorüberfuhr, flatterten die Vögel in die Luft und wirbelten den Nebel auf. Auf den ersten Blick sah es aus, als seien sie miteinander verkettet. Fanhua lotste die kleine Gruppe direkt auf den Weiler zu. Qingshu saß am Steuer. Eigens für diese Unternehmung hatte er sich einen Waffengurt umgelegt, für den Fall, daß er jemanden festnehmen mußte. Natürlich wußte Fanhua, daß sich Xuedai nicht dort versteckt hielt. Trotzdem hatte sie beschlossen hinzufahren. Der Weiler grenzte an einen anderen Weiler namens Kaufmann Zhang. Dort lag das Elternhaus des Landrats Zhang. Beide Dörfer gehörten zur Gemeinde Südyuan. Liu Junjie, Fanhuas alter Schulkamerad und ein enger Freund des Landrats, war Gemeinderat von Südyuan. Sollte sie Xuedai nicht finden, überlegte Fanhua, könnte Liu Junjie beim Landrat ein gutes Wort für sie einlegen und ihm mitteilen, daß sie ihr Bestes getan habe. Sie holte ihr Handy heraus und rief Liu Junjie an. Damit ihr der Kerl nicht entwischte, meldete sie sich nicht mit ihrem Namen.

»Hallo, hallo, hallo«, plärrte Liu Junjie wichtigtuerisch in den Hörer. »Wer spricht da?«

»Sie mögen bitte über Ihre derzeitige Stellung Bericht erstatten«, antwortete Fanhua förmlich und traf damit genau den Tonfall der Parteifunktionäre. Mit einem Mal gab sich Liu Junjie überaus zuvorkommend. Fanhua konnte sich lebhaft vorstellen, wie er seine Augenbrauen hoch- und den Hals einzog. Er befinde sich gerade auf dem Sprung, wolle aufs Land hinausfahren. Urplötzlich hätten Regen und Wind eingesetzt. Daher müsse er die Bewässerungsgräben der Äcker inspizieren. Seiner Überzeugung nach, fügte er hinzu, müßten die Gräben, sobald die nächste Ernte eingebracht war, unbedingt instand gesetzt werden, denn die Entwässerung der überfluteten Felder, aber auch die Bewässerung der ausgetrockneten Felder stehe bevor. Sicher würde sich Buddha auf den letzten Drücker nicht mehr erbarmen.

Sobald Liu Junjie den Mund öffnete, kam nur eine Großspurigkeit nach der anderen heraus. Fanhua verkniff sich das Lachen. »Gut, sehr gut«, sagte sie. »Heute nachmittag um zwei komme ich zu Ihnen ins Büro, das paßt gut.« Sie beendete das Gespräch und freute sich diebisch. Dann aber stieg plötzlich Bitterkeit in ihr auf. Hätte sie sich damals nicht auf Dianjun eingelassen, nicht mit ihm die Schule geschwänzt und sich herumgetrieben, stünde sie jetzt sicherlich noch besser da als Liu Junjie. Warum habe ich mich damals nur so blenden lassen? Warum haben mich noch nicht einmal die Mückenschwärme im Dickicht abgeschreckt? Tja, es war eben alles Schicksal.

Auch Xiangsheng saß im Auto. Er wollte in Wangzhai abgesetzt werden, um von dort aus weiter nach Xiushui zu fahren. Er trug einen Anzug mit Krawatte, als sei er tatsächlich in diplomatischer Mission unterwegs, hatte jedoch vergessen, sich zu rasieren. Mit seinen Bartstoppeln sah er aus, als trage er eine Räubermaske. Fanhua und Xiangsheng saßen auf dem Rücksitz. Xiangsheng wollte diese Gelegenheit nutzen, um mit Fanhua über die Ausländer zu sprechen. Aber Fanhua legte den Zeigefinger auf ihre Lippen und gab ihm so zu verstehen, daß der Zeitpunkt dafür nicht geeignet war.

»Ich habe gehört, daß du ein paar Frauen aus dem Dorf in die Stadt mitgenommen hast, damit sie dir beim Nudelverkauf helfen«, bemerkte Fanhua.

»Sie haben mich darum gebeten«, erwiderte Xiangsheng. »Ich hatte keine andere Wahl.«

»Und hast du ihnen auch einen Gewerbeschein beschafft?« fragte Fanhua weiter.

»Scheiße, so leicht bekommt man keinen Gewerbeschein. Ohne Schmiergeld rücken die nichts raus«, sagte Xiangsheng. »Das läuft alles auf meine Genehmigung. Die Stände sind sowieso miteinander verbunden. Es ist mehr oder weniger ein großer Stand. Ich habe die Kontrolleure schon satt gefüttert. Sie gehen mit einem Augenaufschlag vorbei.«

»Leck mich«, sagte Xueshi vom Beifahrersitz aus, »dann bist du jetzt so etwas wie ein Flugzeugträger, was?«

»Das kann man so nicht sagen«, erwiderte Xiangsheng. »Mehr als ein schaukelndes Boot auf den Wellen ist es nicht.«

»Na, kein Wunder, daß alle von deinem Harem sprechen«, meinte Qingshu nach hinten gewandt.

»Ach, Qingshu, Qingshu, aus einer Hundeschnauze wie deiner wächst eben kein Elfenbein«, sagte Xiangsheng.

»So ist es«, pflichtete Fanhua bei. »Wer schaufelt sich schon sein eigenes Grab oder bringt sich selbst in Teufels Küche? Xiangsheng, das ist eine gute Sache. Du löst damit das Problem der überzähligen Arbeitskräfte und erweist dem Dorf einen großen Dienst. Soll ich mal mit Fanrong reden, daß sie dich in die Zeitung bringt?«

Xiangsheng winkte hastig ab. »Nicht doch, nicht doch, nicht doch, nicht doch. Es ist doch nur ein Nudelstand, ein Kleingewerbe. Dafür lohnt es sich nicht, Werbung zu machen. Das lohnt sich nicht«.

Xiangsheng ist ein Schlitzohr, dachte Fanhua. Werbung wäre tatsächlich tödlich für ihn, weil seine Machenschaften dadurch auffliegen würden. Fanhua hatte nämlich von Xueshi erfahren, daß Xiangsheng anderer Leute Besitz an sich gerissen hatte. Ursprünglich gehörte sein Stand irgendwelchen Leuten aus Shaanxi. Mit Hilfe einiger Gauner von der Straße hatte er die rechtmäßigen Besitzer aus der Stadt vertrieben.

»Xiangsheng«, ergriff Xueshi wieder das Wort, »wenn meine Tochter dieses Jahr nicht die Aufnahmeprüfung an der Fachhochschule besteht, soll sie auch bei dir arbeiten.«

»Ich werde der Karriere des Mädchens nicht im Wege stehen«, antwortete Xiangsheng. »Wenn sie die Prüfung schafft, schieße ich etwas zu.«

»Ich sage dir im Namen von Dianjun, daß auch er etwas dazugibt«, sagte Fanhua.

In Wangzhai angekommen, verabschiedete sich Xiangsheng.

»Daß einer im Anzug Nudeln verkauft, das gibt es wohl auch nur in Xiushui«, sagte Xueshi, nachdem Xiangsheng ausgestiegen war. Fanhua lachte nur.

Bei dem Regen waren sie stundenlang unterwegs. Sie verließen die asphaltierte Straße und bogen in einen schlammigen, unbefestigten Weg ein. Das Auto schlitterte bedenklich.

»Noch nicht einmal ein Panzer holpert so«, sagte Qingshu.

Langsam tauchte aus dem Nebel ein Bauernhaus auf. Der Geruch von Schnaps lag in der Luft. Die Szenerie erinnerte an das Aprikosenblütendorf alter Gedichte. Das war der Weiler Yao. Verglichen mit Guanzhuang wirkte er altertümlich und arm. Je ärmer ein Ort, desto stärker roch es nach Alkohol, desto mehr wurde getrunken.

»Es ist schon richtig, wenn Fanhua sagt, daß man auf die überzähligen Arbeitskräfte achtgeben muß«, sagte Xueshi betroffen. »Ein ernstes Problem, genauso schwerwiegend wie die Geburtenkontrolle. Nach dem Essen keine Tätigkeiten, du verpißt dich und suchst Geselligkeit. Erst gehst du auf ein Glas zum rechten Nachbarn, dann zum linken auf eine Partie Mayong bei Dunkelheit. Du liebe Zeit.«

Alle lachten. In der Ferne war ein hämmerndes Geräusch zu hören. Das Klopfen, das wohl von Trinkspielen herrührte, drang aus einem Hof hinter einer Lehmmauer. Mit Kalkfarbe waren Sprüche an die Mauer gepinselt, die, ganz in des Landrats Stil, für die Geburtenkontrolle warben. »Mit dem Mut der Verzweiflung werden die beiden Stränge zertrennt«. Natürlich waren damit Samenleiter und Eileiter gemeint. Darunter lag ein Haufen aus Müll. Aus einem mit Ästen umzäunten Plumpsklo rannen Exkremente. Eine schwarze Schicht Schmeißfliegen bedeckte die Äste.

Ein Stück weiter war ein anderer Spruch zu lesen: »Der Strick wird nicht gelöst, wenn du dich erhängst, die Flasche wird dir nicht entrissen, wenn du Gift trinkst.« Das hieß: Nicht einmal wenn der Tod bevorstand, konnte man auf Hilfe hoffen. Kein Wunder, daß die Geburtenkontrolle in Südyuan so gut funktionierte. Der Gemeinderat legte die Axt an und machte kurzen Prozeß. Die Schriftzeichen waren mannshoch. Manchmal erstreckten sich die Parolen über die gesamte Hofmauer, den Schweinekoben, die Viehställe, den Heuschober bis hin zur Mauer des nächsten Hofes.

»Das sieht sehr fortschrittlich aus«, meinte Qingshu. »Kann Shangyi nicht auch gut mit dem Pinsel umgehen? Er soll bei uns auch ein paar Sprüche aufschreiben.«

Hinter einer der Mauern, die beschrieben waren, befand sich Yao Xuedais Elternhaus.

Xuedais Mutter war zu Hause. Sie trug eine dunkelgrüne Bluse und hatte ihre Haare zu einem Dutt hochgesteckt – eine ordentliche alte Dame. Als sie hörte, daß Leute aus Guanzhuang eingetroffen waren, raffte sie ihre Schürze und wischte sich die Hände ab. Sie schwieg. Wahrscheinlich fürchtete sie, man überbringe ihr eine Todesnachricht. Ihr Mund zitterte unaufhörlich. »Wir haben unterwegs hier angehalten«, beruhigte Fanhua sie schnell, »weil wir wissen, daß Tiesuos Schwiegereltern hier wohnen. Ich wollte Sie nur um ein Glas Wasser bitten.«

Die alte Frau schien erleichtert. Sofort krempelte sie die Ärmel hoch, um in der Küche Nudelteig auszurollen. Fanhua hielt sie hastig zurück.

»Wir bleiben nur ein paar Minuten.«

»Wer ist denn älter von euch beiden, du oder Xuedai?« fragte die Alte.

»Ich bin die ältere Schwester und Xuedai ist die jüngere«, antwortete Fanhua. Die alte Frau warf zweifelnd den Kopf zurück.

»Aber Xuedai sieht viel älter aus als du«, erwiderte sie.

»Xuedai läßt sich von den Kindern viel zu sehr beanspruchen«, erklärte Fanhua. »Sie laufen ihr ständig hinterher, wollen hier zu essen, da zu trinken, müssen in die Schule. Es ist nicht leicht, so einen Haushalt zu versorgen.«

»Zwei Kinder!« entfuhr es der Alten empört. »Xuedai und ihre Geschwister waren zu viert. Die haben wir mühelos groß gekriegt. Xuedai, die Kleinste, hing mir mit drei Jahren immer noch an der Brust. Und wenn keine Milch mehr da war, hat sie keine Ruhe gegeben. Sie ist einfach zu verwöhnt. Deshalb ist sie auch heute zu nichts zu gebrauchen.«

Offenbar war Xuedai von klein auf halsstarrig gewesen.

»Wie oft kommt Xuedai denn zu Besuch?« erkundigte sich Fanhua.

»Ach«, seufzte die Alte, »erwachsene Töchter sind wie verspritztes Wasser. Sie kommen kaum mehr zurück. Zur Reisaussaat war sie das letzte Mal hier.«

»Xuedais Töchter machen sich richtig gut und haben gute Noten«, sagte Fanhua. Sie nahm einen Schluck Wasser.

»Ob gut oder schlecht, es geht doch darum, daß sie keinen mit Pinsel zur Welt gebracht hat«, sagte die Frau.

»Was ist schon an denen mit Pinsel?« erwiderte Fanhua. »Als Kinder sind sie Lausbuben, und später mußt du eine Schwiegertochter bei dir aufnehmen.«

»Das haben wir ihr auch gesagt«, erklärte die Alte. »Aber sie hört ja nicht. Wenn sie noch eins bekommt, muß sie Strafe zahlen, und ihr Haus wird abgerissen. Außerdem muß die Familie aushelfen. Bei ihren drei Brüdern führt überall die Frau den Haushalt. Da braucht sie sich nicht blicken zu lassen, um nach Geld zu fragen.«

»Die alte Dame hat einen sehr klaren Verstand«, sagte Fanhua zu Xueshi. »Nicht wie meine Schwiegermutter, die strohdumm war. Den ganzen Tag beschwerte sie sich darüber, daß ich ihr keinen mit Pinsel zur Welt gebracht habe.«

Xueshi war ebenso schlau wie die Spulwürmer in seinem Darm, und er begriff allmählich, daß Fanhua die Alte loben wollte.

»Dianjuns Mutter ist doch schon lange tot«, sagte er mit gedämpfter Stimme. »Du kannst so viel über sie schimpfen, wie du willst, sie hört dich sowieso nicht.«

Während sich Fanhua mit der alten Frau unterhielt, trat Qingshu ins Haus und drehte eine Runde. Er machte sich zum Narren. Nicht einmal die Hühnernester ließ er aus. Fanhua erhob sich, um aufzubrechen.

»Das Brunnenwasser von Guanzhuang ist doch wohl nicht vergiftet, oder?« fragte die Alte ganz unvermittelt.

Fanhua war verblüfft. »Wieso soll das Brunnenwasser vergiftet sein?«

»Das Brunnenwasser in unserem Dorf ist vergiftet«, sagte die Alte. »Jedes Jahr nach der Weizensaat. Das ist so merkwürdig. Haben wir den alten Drachenkönig vielleicht verärgert?«

Hastig spuckte Xueshi den Schluck Wasser, den er gerade im Mund hatte, auf den Boden. »Kaum lobe ich deine Klugheit, alte Dame, schon bist du völlig verwirrt und bringst sogar den Drachenkönig in Verlegenheit.«

Als sie wieder an die Mauer gelangten, auf die das Wort »Flasche« gepinselt war, sagte Fanhua zu Qingshu und Xueshi, daß die beiden sich in jedem Fall auch noch bei Yao Xuedais drei älteren Brüdern umschauen sollten.

»Und was ist mit dir?« fragte Qingshu.

»Ich muß nach Südyuan fahren«, erwiderte Fanhua. »Auch ein starker Drache kann eine Schlange in ihrem Nest nicht angreifen. Wenn wir sie in den eigenen vier Wänden schnappen wollen, führt kein Weg daran vorbei, daß ich den Häuptling begrüße. Sonst wird es Probleme geben.«

Gegen halb drei erreichte Fanhua den Hof des Gemeindeamtes von Südyuan. Anders als in Wangzhai waren neben dem Pförtner auch Wachposten im Hof aufgestellt. Der Pförtner begleitete Fanhua ins Büro, wo der »Häuptling« Liu Junjie wie geplant auf sie wartete. Natürlich harrte er genaugenommen eines hohen Tieres. Fanhua mußte sich das Lachen verkneifen, als sie ihn stehen sah. Er hielt eine Regenplane in Händen, über seinen Augenbrauen hingen Wassertropfen, die Hosenbeine hatte er bis zu den Knien aufgeschlagen, am Boden lagen zwei Matschklumpen. Es sah tatsächlich alles danach aus, als sei er gerade von seiner Inspektion zurückgekehrt.

Auf seinem Schreibtisch herrschte ein geordnetes Chaos. Er hatte eine kleine rote Flagge von der Größe eines Halstuches drapiert. Fanhua wußte von ihrem Schwager, daß auch die Schreibtischdekoration der Beamten wohldurchdacht war und Rangunterschiede zutage treten ließ. Das geordnete Chaos hier zeugte von höchstem Niveau und hob hervor, daß der Beamte vielbeschäftigt war. Die Ordnung darin zeigte, daß seine Gedanken klar und Ergebnis reiflicher Überlegung waren.

Als Liu Junjie Fanhua eintreten sah, riß er den Mund weit auf. Nicht einmal zur Begrüßung wollte er die Regenplane zur Seite legen. Er griff zum Telefon und rief seine Sekretärin herbei.

»Ich erwarte Besuch«, sagte er zu Fanhua. »Meine Sekretärin wird dir etwas zu trinken anbieten. Ich komme dann gleich zu dir.«

»Was ist los? Bist du mit einem Auto zusammengestoßen? Wieso bist du über und über voller Matsch?« fragte Fanhua.

Liu Junjie behauptete allen Ernstes, daß er ausgerutscht sei. Er rieb sich die Knie, verzog dabei das Gesicht und sog Luft durch die Zähne. Vielleicht schmerzten sie tatsächlich. Liu Junjie schien sie noch immer nicht zu durchschauen, und so konnte Fanhua nicht mehr mit der Wahrheit herausrücken. Sie mußte das Theater weiterspielen.

»Willst du nicht zum Arzt gehen?« fragte sie.

»Ach was, da muß man eben die Zähne zusammenbeißen. Es geht schon vorüber. Kannst du bitte unten warten?«

Fanhua folgte der Sekretärin. Mit einem Blick auf deren gepflegte Kleidung erkundigte sich Fanhua, ob sie Gemeinderat Liu nicht aufs Land begleitet habe.

»Aufs Land?« fragte die Sekretärin zurück. »Gemeinderat Liu hat doch bis gerade eben den Vorsitz einer Versammlung geführt.«

Fanhua wechselte das Thema und plauderte über den Hof. »Er ist so wundervoll begrünt. Und obwohl es schon kühl geworden ist, blühen immer noch Blumen«, sagte sie anerkennend.

»Diese Blumen und Bäume«, erklärte die Sekretärin, »die hat Landrat Zhang damals gepflanzt. Jetzt haben wir jemanden, der sich ausschließlich darum kümmert. Der Dünger wird sogar eigens aus dem Gebirge hergebracht.«

Fanhua wunderte sich.

»Essen und Ausscheidungen der Bergbevölkerung sind nicht belastet«, erklärte die Sekretärin. »Scheiße und Pisse, die von dort kommen, sind sehr sauber. Wenn man die Pflanzen damit düngt, gibt es kaum Schädlingsbefall. Was gut ist, ist eben gut. Nur die Transportkosten sind zu hoch. Teurer als für Coca Cola«, fuhr die Sekretärin fort. »Hinter diesem Hof gibt es noch ein Waldstück. Im Frühling stehen die Pfirsichbäume in voller Blütenpracht. Wo das Auge hinblickt, japanische Kirschblüten, sogar der Palmfarn blüht.« Die Sekretärin zeigte sich richtig begeistert, fast schien es Fanhua ein wenig übertrieben. Vielleicht täuschte sie sich, aber sie hatte das Gefühl, einen spöttischen Unterton herauszuhören.

»Du bist ja Gemeinderat Lius alte Schulkameradin und deshalb mit Sicherheit ein ehrenwerter Gast«, sagte die Sekretärin. »Wenn du willst, sorge ich dafür, daß du heute abend im Wald übernachten kannst.« Und sie erzählte, daß es dort einige Holzhütten gebe, die von außen zwar kläglich aussähen, innen jedoch bestens ausgestattet seien. Gewöhnliche Leute kämen dort nicht unter. Lediglich hohe Funktionäre oder Gemeinderat Lius alte Freunde würden empfangen, räumte sie bereitwillig ein. Alle auf einer Linie in der Partei wäre große Hexerei, hatte der Vorsitzende Mao gesagt. Diese Sekretärin, dachte Fanhua, war ganz bestimmt nicht auf einer Linie mit Gemeinderat Liu.

»Bloß keine Umstände, keine Umstände«, sagte Fanhua.

»Sind Männer zu Besuch«, erklärte die Sekretärin mit verstohlenem Lächeln, »dann macht das ziemlich viele Umstände. Da wollen sie angeblich dies nicht und das nicht. Sie sind ja schließlich unbestechlich. Aber du als Frau machst wirklich keine Umstände.«

Fanhua wagte keine Erwiderung. Hätte sie weiter an dieses Thema gerührt, wären möglicherweise die Motten aufgeflattert. Die Frau hätte sich um Kopf und Kragen geredet und Fanhua gleich mit in den Schlamassel gezogen.

»Wie lange arbeitest du schon hier?« fragte sie deshalb.

Die Sekretärin hob drei Finger. »Drei Amtsperioden«, sagte sie, und Fanhua war überrascht. Nachdem sie eine Weile im Hof gestanden hatten, gingen sie in das Büro. Auf dem Schreibtisch war ein rotes Seidentuch ausgebreitet, das mit einer Parole bestickt war. Fanhua schauderte. Die Parole bestand aus zwei Zeilen, die obere war auf Chinesisch, die untere auf Englisch geschrieben.

»Was hat es denn damit auf sich?« erkundigte sich Fanhua. »Hat das mit den Amerikanern zu tun, die nach Südyuan kommen? Steht das denn schon fest?«

Die Sekretärin lachte und faltete das rote Seidentuch zusammen. »Gemeinderat Liu hat allen eingeschärft, nicht unvorbereitet in den Kampf zu ziehen«, antwortete sie. »Sollten die Amerikaner nach Xiushui kommen, legen wir uns natürlich mächtig ins Zeug. Ihr Besuch in Südyuan ist dann nämlich zu siebzig Prozent Glückssache und zu dreißig Prozent der Lohn unserer Bemühungen. Ob eine Zusammenarbeit entsteht, zeigt sich später. Unser Gemeinderat Liu hat zwei Wahrsager aufgesucht – einen Blinden und einen Professor. Der Blinde hat sein Tierkreiszeichen ausgezählt, der Professor hat das ›Buch der Wandlungen‹ benutzt. Tja, jeder spinnt auf seine Weise, der eine laut, der andere leise. Aber stell dir vor, beide sind zum gleichen Ergebnis gekommen: Uns wird eine ehrenwerte Person zur Seite stehen, und die Ausländer werden mit Sicherheit hier auftauchen.«

»Und was tragt ihr dazu bei?« fragte Fanhua.

Die Sekretärin schwieg und zeigte mit dem Zeigefinger zur Wand. Dort hing ein riesiges Foto vom Landrat, bevor er Parteifunktionär geworden war. Er war zusammen mit einigen Kadern der Gemeinde abgebildet und wirkte sehr reserviert. In dieser Zurückhaltung lag etwas Aristrokratisches. Hinter ihm war Junjie zu sehen. Er trug einen traditionellen Mao-Anzug, in dessen Brusttasche ein Füller steckte. Liu Junjie wirkte schüchtern, er zog sein Kinn ein, als wage er nicht, den Blick auf die Kamera zu richten. Fanhua verstand, daß mit der ehrenwerten Person, von der die Sekretärin sprach, der Landrat gemeint war. Es sah so aus, dachte sie, als bemühte sich Xiangsheng vergeblich. Erst einmal würde sie ihm das selbstverständlich verschweigen. Sollte er sich ruhig ein wenig anstrengen.

Während Fanhua noch das Foto betrachtete, trat Liu Junjie ins Zimmer. Er kam höchstpersönlich, um Fanhua abzuholen. Im Handumdrehen hatte er sich wieder zurechtgemacht und trug nun einen westlichen Anzug.

»Es tut mir leid«, sagte Fanhua. »Ich hätte vorher anrufen sollen.«

»Wie war denn deine Inspektionsreise auf dem Land?« fragte Liu Junjie.

»Ich habe unterwegs nur schmutzige Witze zu hören bekommen. Einer anstößiger als der andere«, antwortete Fanhua.

»Zeig sie an, zeig sie an wegen sexueller Belästigung.«

»Du bist auch nicht besser.«

»Im Gegenteil, ich hätte es nicht bei leeren Worten belassen. Ich wäre da schon zu ein paar praktischen Übungen übergegangen und hätte Dianjun Hörner aufgesetzt.«

»Du Idiot«, rief Fanhua, »was bildest du dir ein?«

Während sie die Treppe hinaufgingen, fragte Liu Junjie, was sie auf dem Herzen habe. »Nichts, nichts«, erwiderte sie. »Ich war gerade in der Gegend und dachte, ich könnte einmal bei meinem alten Schulkameraden vorbeischauen.«

Liu Junjie neigte den Kopf wie ein Huhn zur Seite und sah stur nach vorne.

»Ist wirklich nichts?« wiederholte er. »Nicht, daß ich nachher die Schuld abkriege.«

»Nein, es ist wirklich nichts.«

Liu Junjie strich sich die Krawatte glatt. In seinem Büro angekommen, setzten sie sich an seinen Schreibtisch.

»Heute abend gebe ich ein Essen. Ich lade alle ehemaligen Schulkameraden aus Südyuan ein«, sagte er.

»Das schwache Geschlecht verträgt keinen Schnaps«, erwiderte Fanhua. »Sobald wir einen Tropfen zu uns nehmen, geht alles drunter und drüber.«

Liu Junjie richtete sich auf und malte mit einem blauroten Buntstift Punkte auf den Tisch. »Ich merke doch, daß irgend etwas nicht stimmt. Sag schon. Solange es im Verantwortungsbereich von Südyuan liegt, kann ich dir bestimmt helfen.«

»In diesem Fall nicht«, erwiderte Fanhua.

»Willst du mich herausfordern?« rief Liu Junjie. »Es geht wohl um den Schulbesuch eines Verwandten, was? Ich kann dir sagen, in der Mittelschule von Südyuan gibt es noch zwei, drei freie Plätze, die für bestimmte Leute reserviert sind.«

Schließlich gab Fanhua nach und verriet ihm, daß es um die Geburtenkontrolle ging.

»Ein Kind zuviel? Ist es jemand aus deiner Verwandtschaft?« fragte Liu Junjie. »Das ist ja eine schöne Scheiße. Ich kann alles für dich regeln, nur bei so einem Schlamassel kann ich nicht helfen. Da muß ich passen.«

Die ganze Zeit schon versuchte Fanhua die Fassung zu bewahren und ihr Spiel fortzusetzen. Lange allerdings würde sie nicht mehr durchhalten. Bald würde sie explodieren. Einfach laut loszulachen, so unverfroren war sie nicht. Sie gluckste, einmal, zweimal, dann beherrschte sie sich wieder.

»Leck mich am Arsch«, sagte Liu Junjie. »Wolltest du mir nur einen Schrecken einjagen?«

»Einen Schrecken einjagen? Wozu?« erwiderte Fanhua. »Das ist die Wahrheit. In meinem Dorf gibt es eine Schwangere, die schon zwei Kinder hat. Sie stammt aus Yao. Ich bin mit ein paar Leuten hergekommen, um die Frau zu suchen. Als ich an eurem wunderbaren Ort vorbeikam, bin ich kurzerhand abgebogen, um dir einen Besuch abzustatten.«

»Yao?« sagte Liu Junjie nachdenklich. »Dieser Weiler gehört erst seit kurzem zu den zivilisierten Dörfern.« Das Wort »zivilisiert« sagte er auf Englisch. Weil er jedoch befürchtete, Fanhua könnte es nicht verstanden haben, lieferte er die Übersetzung nach. Offenbar war Junjie sich aber selbst nicht ganz sicher, ob er das Wort richtig verwendet hatte, denn er zog die Schreibtischschublade auf und nahm ein Buch heraus. Obwohl das Buch keinen Umschlag hatte, war Fanhua sofort klar, daß es sich dabei um ›Englische Konversation in 300 Sätzen‹ handelte. Liu Junjie schlug nach.

»Was heißt hier Zivilisation, wenn überall Scheiße und Pisse durchsickern«, sagte Fanhua.

»Nun übertreib mal nicht«, entgegnete Junjie, während er in dem Buch blätterte. »Gibt es in diesem Jahr keine stinkende Scheiße, gibt es im nächsten keinen duftenden Reis. Los, erzähl, habt ihr sie gefaßt?«

»Einen feuchten Dreck haben wir«, erwiderte Fanhua.

»Die Frauen hier aus Südyuan laufen scheinbar schneller als Hasen.«

»Aber die Hasen paaren sich nur, wenn sie flach auf dem Boden liegen«, sagte Liu Junjie und schloß die Schublade. »Daß sie rammeln, während sie laufen, habe ich noch nie gehört. Also, wenn du jemanden zur Rechenschaft ziehen willst, dann als erstes den Rammler. Ist der Kerl etwa aus deiner eigenen Familie? Hast du ihn nicht richtig im Griff?«

»Er heißt Li, ich heiße Kong, von wegen eigene Familie«, sagte Fanhua. »Da gibt es keinen Zusammenhang.«

»Dann bestraf ihn doch einfach. Und alles ist in Ordnung«, empfahl Liu Junjie. »Erst verpaßt du ihm eine saftige Strafe und läßt ihn richtig bluten. Danach läßt du ihn kastrieren.«

»Bestrafen?« sagte Fanhua ungläubig. »Bei dem ist nichts zu holen. Wie soll ich ihn denn bestrafen? Versuch mal einem nackten Mann in die Tasche zu greifen. Viel wichtiger ist im Augenblick, diese Frau zu finden und sie zur Abtreibung zu bringen. Bald ist es dafür zu spät. Ihr Bauch ist schon dick.«

»Eines verstehe ich aber nicht«, bemerkte Liu Junjie. »Es findet doch eine monatliche Untersuchung statt. Man kann mit bloßem Auge erkennen, daß sie schwanger ist, aber das Gerät erkennt nichts, oder wie? Ist die Maschine kaputt?«

»Wer weiß das schon«, erwiderte Fanhua. »Auf jeden Fall ist ihr Bauch dick.«

»Aber wenn tatsächlich eine Maschine kaputt ist«, wandte Liu Junjie ein, »dann gibt es wohl mehr als ein oder zwei Kinder zuviel. Das wäre schon eine Blamage für die Gemeinde Wangzhai. Euer Gemeinderat Niu heißt ja nicht umsonst Niu, er, der größte Angeber von ganz Xiushui. Aber bei der Geburtenkontrolle hat er sich wohl zu weit aus dem Fenster gelehnt. Er hat groß getönt, daß eure Gemeinde die Vorgabe spielend erfülle. Dieses Mal ist der Luftballon dann wohl geplatzt. Wer weiß, wohin man ihn jetzt versetzen wird?«

Auf Liu Junjies Gesicht traten drei rote Wölkchen. Zwei ließen sich auf seinen Wangen nieder, eines auf seiner Stirn. Sein Gesicht dampfte. Aus tiefstem Innern trat dieser Dampf hervor und verlieh ihm einen blutdürstigen Ausdruck.

»Wie ist denn dein Verhältnis zu Gemeinderat Niu?« fragte er plötzlich. »Kommt er häufig bei dir vorbei?«

»Wieso sollte er bei mir vorbeikommen?«

»Sag bloß, er mischt sich nicht unters Volk?«

»Ich bin doch nicht das Volk.«

»Wenn das so ist, brauchst du von ihm keine Hilfe zu erwarten.«

»Ich habe sowieso nicht auf ihn gezählt«, entgegnete Fanhua. »Ach, es wäre alles viel besser, wenn du in Wangzhai wärst.«

»Das ist wahr, wir haben schließlich zusammen die Schulbank gedrückt und kommen aus demselben Stall. Aber im Augenblick wäre es am besten, du würdest fremden Rat annehmen.«

Als Fanhua wissen wollte, ob es denn überhaupt eine Lösung gäbe, nahm Liu Junjie seine Brille ab und putzte mit der roten Flagge die Gläser. Erst jetzt nahm sie die zweite kleinere Fahne wahr, das amerikanische Sternenbanner, das sie aus dem Fernsehen kannte.

»Ich habe auch keine passende Lösung parat«, sagte Liu Junjie, nachdem er seine Brillengläser blank gewischt hatte. »Ich habe viel um die Ohren. Ich muß in sämtliche Dörfer fahren und die Arbeit dort unter die Lupe nehmen. Außerdem muß ich bei einigen wichtigen außenpolitischen Sitzungen zugegen sein. Ich habe keine Zeit, mich mit solch einem Firlefanz zu beschäftigen. Ein paar Anregungen aber habe ich. Früher, als ich auf der Parteischule war, habe ich gehört, wie sich einige Gemeinderäte aus dem Norden darüber unterhielten, wie sie die Geburtenkontrolle durchführen.«

Natürlich wollte Fanhua sofort wissen, wie diese fortschrittliche Vorgehensweise aussah.

»Es ist allerdings so«, räumte Liu Junjie ein, »daß damit unter Umständen auch Schaden angerichtet wird. Und schriftlich festgehalten wird natürlich nichts. Wie gesagt, die Geburtenkontrolle in Südyuan funktioniert ja gut. Ich sehe keine Notwendigkeit, darauf zurückzugreifen. Deshalb habe ich damals auch nicht genau aufgepaßt. Ich habe nur in etwa mitbekommen, worum es ging.«

Er machte Fanhua den Mund ganz wäßrig, und es entfuhr ihr ein schmatzendes Geräusch. »Eigentlich ist die Methode sehr einfach«, erklärte Liu Junjie. »Es geht nur darum, bei Schwangeren einen Brechreiz hervorzurufen. Verstehst du? Nicht körperlich, sondern seelisch. Im Klartext heißt das: Die Frauen müssen selbst zu dem Entschluß kommen, daß sie das Kind nicht haben wollen. Solange sie nicht zur Abtreibung gehen, werden die Alpträume mit jedem Tag schlimmer. Was dieser Mann von sich gab, war wirklich kaum zu glauben. Er behauptete tatsächlich, daß die Frauen schließlich aus eigenem Antrieb ins Krankenhaus liefen und sich durch nichts mehr aufhalten ließen.«

Gab es auf Erden tatsächlich eine Methode von solch unschätzbarem Wert? dachte Fanhua. Wieso hatte sie davon noch nie gehört? Kein Wunder, daß Dianjun sagte, sie sei dumm.

Liu Junjie goß Tee nach. »Und? Hast du das verstanden?« fragte er.

Fanhua war verdutzt. »Du hast doch noch gar nichts gesagt, was es zu verstehen gilt.«

»Wer einigermaßen intelligent ist, versteht sofort, was ich meine«, erwiderte Liu Junjie.

»Zu lange schon kümmere ich mich um die Angelegenheiten des Dorfes. Mein Gehirn ist schon richtig eingerostet«, sagte sie und machte sich insgeheim Vorwürfe.

»Was fürchten Schwangere denn am allermeisten?« fragte Liu Junjie und beantwortete seine Frage sogleich selbst. »Eine Mißgeburt – ein Kind mit zwei Köpfen oder so.«

Mit beiden Händen deutete er einen zweiten Kopf an, der an seinem rechten Ohr hervortrat. »Du fragst sie einfach, ob sie während der Schwangerschaft eine Erkältung hatte«, fuhr er fort. »Ich bin sicher, daß sie irgendwann einmal erkältet war. Also fragst du sie, welche Medizin sie eingenommen und welche Spritzen sie bekommen hat. Dann setzt du eine beunruhigte Miene auf, stehst schweigend auf und gehst. Je mehr sie dich zurückhält und anfleht, mit der Sprache herauszurücken, desto beharrlicher schweigst du. Damit treibst du sie in den Wahnsinn. Ein paar Tage später schickst du dann den Dorfarzt zu ihr. Er soll sich erkundigen, wie es ihr in der letzten Zeit gegangen ist und warum sie so schlecht aussieht. Den Arzt kannst du einfach bestechen.«

Das hörte sich doch alles nach dem Landrat an, dachte Fanhua.

»Es kann ja sein«, fuhr Liu Junjie fort, »daß die Schwangeren deinen Worten keinen Glauben schenken, aber einem Arzt müssen sie glauben. Ein Arzt läßt Menschen leben oder sterben, wie es ihm paßt. Wer heute bei ihm seine Schuhe auszieht, zieht sie morgen nicht wieder an. Sobald ein Arzt den Mund aufmacht, kommt großes Wissen heraus. Kapierst du?«

Nun hatte Fanhua wirklich verstanden. Das Problem war nur, daß zwischen Theorie und Praxis Welten lagen. Einige Leute im Dorf zum Beispiel gingen niemals wegen einer leichten Erkrankung zum Arzt. Wie eine Leiche lagen sie zwei Tage lang ausgestreckt im Bett. Danach standen sie wieder auf und arbeiteten weiter. Zu ihnen gehörte Xuedai. Als sie im letzten Jahr auf dem Feld Setzlinge gepflanzt hatte, war sie in einen Eisendraht getreten, der sich tief in ihren Fuß gebohrt hatte. Aber sie weigerte sich standhaft, ins Krankenhaus zu gehen. Und weil sie mit Xianyu zerstritten war, brauchte dieser erst gar nicht mit ihr zu reden. Sie hätte sich von ihm ohnehin nichts sagen lassen.

»Was macht man denn mit solchem Geschmeiß?« fragte Fanhua.

»Es bleibt dir nichts anderes übrig, als ihr ein Bein zu stellen und etwas zu finden, was den Brechreiz bei ihr auslöst.« Liu Junjie wurde allmählich ungeduldig. »Zum Beispiel Wasser. Wasser kann doch verschmutzt sein, oder? Du sagst einfach, daß das Brunnenwasser verschmutzt sei. Um glaubhaft zu wirken, läßt du es offiziell entgiften. Spätestens dann wird sie dir glauben. Es ist ja wohl noch nicht so weit gekommen, daß sich euer großartiges Dorf kein desinfiziertes Wasser leisten kann?«

Plötzlich fiel Fanhua ein, daß die alte Frau aus Yao sich erkundigt hatte, ob das Brunnenwasser von Guanzhuang Gift enthalte. Was hatte das zu bedeuten? Für den Augenblick aber stellte Fanhua diese Frage zurück.

»Aber für ein frisch verheiratetes Paar, das ein Kind erwartet, wäre das ein großes Unglück«, wandte sie ein.

Abermals führte Liu Junjie diesen Gemeinderat aus dem Norden an. »Ein berechtigter Einwand, der damals auch gemacht worden ist. Rate mal, was unser Kamerad entgegnet hat? ›Lieber tausend zu Unrecht töten, als eines durchgehen lassen‹.« Liu Junjie tippte sich mit dem blau-roten Buntstift ans Kinn, vornehm und lässig zugleich. »Diese Vorgehensweise ist schon ein wenig grausam«, räumte er ein. »Ich habe auch eine Abneigung dagegen. Aber manche Leute stellen zu Recht die Frage, welche Reformen schon reibungslos verlaufen?«

Wenn Xuedai allerdings nicht gefunden wurde, dann konnte man sich auch die trickreichste List sparen. Fanhua legte die Stirn in Falten, sackte fast in sich zusammen.

»Oder du läßt sie das Kind einfach bekommen«, seufzte Liu Junjie. »Wenn sie nachweisen kann, daß eines ihrer Kinder einen Herzfehler hat oder ein Schwachkopf ist, dann darf sie ja ein weiteres bekommen. Damit sie im Alter versorgt ist und ihr jemand am Sterbebett beisteht.«

»Ich weiß, daß das früher so gehandhabt wurde«, sagte Fanhua.

»Na, siehst du. Fanhua ist also doch nicht so dumm«, erwiderte Liu Junjie. »In ein paar Tropfen Pisse wirst du doch nicht gleich ertrinken? Es gibt immer eine Lösung.«

»Vielleicht sollte man das wirklich ausprobieren«, meinte Fanhua. »Wenn ich dir so zuhöre, bin ich gleich besser gelaunt. Schade, daß du nicht Gemeinderat in Wangzhai bist, sonst könnte ich dich häufiger um Rat fragen.«

Liu Junjie winkte bescheiden ab.

»Sag doch so etwas nicht. In Wangzhai gibt es eine Menge Leute, die gut sind. Da bist du auf mich nicht angewiesen.«

Liu Junjie erhob sich. Fanhua verstand die Andeutung und verabschiedete sich. Er hielt sie nicht zurück, schlug ihr aber, als sie aus der Tür trat, auf die Schulter.

»Meine Gute«, sagte er ernst, »manche Dinge kannst du wirklich auch unseren Kameraden Li Hao fragen. Ich bitte ihn selbst häufig um Rat. Er ist ein seltsamer Vogel mit seltsamen Einfällen. Er hütet nicht einfach nur die Schafe. Seine Schäfchen haben Titel: Amtsleiter, Abteilungsleiter, Kreisbeamter oder Hoher Offizier. Das wußtest du nicht? Vielleicht hast du dich nicht genug unter das Volk gemischt. Das schwächste Tier seiner Schafherde heißt Untersekretär, Untersekretär Song. Alle sind vertreten – aus der Vergangenheit, der Gegenwart, dem Inland und dem Ausland. Den Kopf der Herde nennt er Präsident und seine Tochter Prinzessin. So hieß sie zumindest, denn als ich kürzlich in Guanzhuang war, haben wir die Prinzessin gegrillt und gegessen.«

Liu Junjie ließ einen Wagen kommen, der Fanhua nach Hause bringen sollte. Es war ein Auto der Marke *Rote Fahne*. Dem Anschein nach hatte es in der Provinz und im Landkreis ausgedient, bevor es in den Besitz von Südyuan übergegangen war. Als sie hinaustraten, übergab Liu Junjie Fanhua eine Flasche Fünf-Ähren-Schnaps, eine Flasche Bordeaux und eine Stange Marlboro als Geschenke für Dianjun. Unterwegs kaufte sie auf dem Markt einige kalte Gerichte, gebackenes Hähnchen und geräucherten Hasen. Sie hatte ohnedies vorgehabt, Li Hao auf ein paar Schnäpschen einzuladen. Nun aber wollte sie ihn nicht mehr nur auf Schnäpschen zu sich einladen, sondern ihm persönlich einen Besuch abstatten.

Der Fahrer legte eine Kassette ein. Die Musik erinnerte an Gebetsgesänge und klang sehr schön. Das Lied erzählte eine Geschichte von Hirten. Wie für Li Hao gemacht, dachte Fanhua. Sie fragte den Fahrer, wo er die Kassette gekauft habe.

»In der Kirche«, antwortete er. Der Fahrer glaubte offenbar auch an Jesus.

»Wie bist du denn zu dem Glauben an Jesus gekommen?« fragte Fanhua.

»Ich bin Chauffeur. Da umschließen nichts als ein paar Blechteile ein Stück Fleisch. Manche glauben an Buddha, manche an Jesus und bitten um Schutz.«

Sie entdeckte ein kleines Kreuz, das er im Auto aufgehängt hatte. Warum sollte sie nicht auch ein paar dieser Kreuze und Kassetten kaufen, um sie den Christen im Dorf zu schenken? dachte sie. Außerdem konnte es nicht schaden, wenn sie selbst einmal zum Beten ginge.

»Es ist nicht weit«, sagte der Fahrer. »Von Nordyuan aus ist die Kirche schon zu sehen.«

Nordyuan hatte eine Kirche? Das war Fanhua neu. Wie konnte es sein, daß sie sie noch nie gesehen hatte? Sie bat den Chauffeur, an der Kirche vorbeizufahren.

Die Gemeinde Nordyuan war klein, das Dorf Nordyuan jedoch sehr groß. Es dauerte eine Weile, bis sie das Dorf umfahren hatten und im Westen vor einem zerfallenen Haus hielten. Hier hatte früher eine Grundschule gestanden, daran erinnerte sich Fanhua. Aber nachdem die Decke des Unterrichtsraumes eingestürzt war und einige Kinder unter sich begraben hatte, war die Schule in den Süden des Dorfes verlegt worden. Fanhua war davon ausgegangen, das Gebäude sei längst abgerissen worden. Wer konnte schon ahnen, daß sich die alte Henne im Handumdrehen in eine Ente verwandelte und aus einer Schule eine Gemeindekirche wurde.

Das eingefallene Gemäuer war bereits wieder hochgezogen, bestand zur Hälfte aus Backstein. Ein Holzstamm, der sich nach oben stark verjüngte und als Kirchturmspitze diente, war am Dachfirst befestigt, so wie Kirchturmspitzen die es im Fernsehen häufig zu sehen gab. Vor dem Kircheneingang herrschte allerhand Trubel. Es gab Stände, die Nudeln mit geschmortem Hammelfleisch oder gefüllte Dampfbrötchen verkauften. Auch Barbiere boten ihre Dienste an. Auf einem Handkarren stapelten sich bergeweise Kassetten und Raubkopien von Büchern. Als Regenschutz bedeckte eine Plastikplane den Karren. Fanhua kaufte Kassetten und ein paar Kreuze zum stolzen Preis von zehn Pfund Eiern. Sie verstaute die Einkäufe im Auto und ging gemeinsam mit dem Fahrer in die Kirche. Die Kirche war voller Menschen, die Luft stark verbraucht. Ein Lobgesang ertönte.

Fanhua erschrak. Ganz vorne entdeckte sie eine Frau mit einem dicken Hintern und einer Kurzhaarfrisur. Aus der Ferne glich sie Xuedai. Rasch drängte sich Fanhua vor, um sie genauer zu mustern. Aber es war eine unbekannte alte Frau.

Als sie wieder im Auto saßen, übergab Fanhua dem Fahrer eine der Kassetten und bat ihn, sie abzuspielen. »Laß uns das Lied von vorhin hören, in dem irgend etwas von einem Schafhirten vorkam«, sagte Fanhua. Der Fahrer steckte die Kassette in den Schlitz. Zunächst ertönte ein Lied, das ›Im Stall in der Krippe‹ hieß:

Im Stall in der Krippe,
Gebettet auf Streu,
Legt kleiner Herr Jesus
Sein Köpfchen auf Heu.
Die Sterne am Himmel,
Sie schauen ihm zu,
Der kleine Herr Jesus
Schläft in himmlischer Ruh.

Die Kassette wollte sie Li Xinqiao schenken, dachte Fanhua. Li Xinqiao war zwar kein Christ, aber er hatte ein Pferd und eine Pferdekrippe. Das nächste Lied hieß ›Stechpalme und Efeu‹:

Stechpalme und Efeu in prächtiger Gestalt,
Sind von allen Bäumen die Krönung im Wald.
Sonnenstrahlen steigen empor,
Der Hirsch spitzt das Ohr,
Mit süßen Orgelklängen
Hebt an der gesamte Chor,
hebt an der gesamte Chor.

Wunderbar, dachte Fanhua. Es sah so aus, als müsse sie die Kassette auch Fanjing schenken. Fanjing war Volksgruppenleiter und gleichzeitig Leiter des Gartenbauamtes. Während sie ihren Gedanken nachhing, ertönte das Hirtenlied:

Schafe erstrahlen in silbriger Pracht
Unter Mond und Sternen der Heiligen Nacht.
Den Hirten umher wird angst und bang.
Mit hellem Licht und süßem Klang
Erscheinen Boten in des Himmels Toren,
Tun kund: Der Heiland ist uns geboren.

Li Hao wirkte selbst ein wenig gespenstisch und wäre sicher sehr glücklich, wenn er dieses Lied hören könnte. Mann, Li Hao, dachte Fanhua, ich bringe dir Essen und Trinken und auch noch diese Kassette. Für alles ist gesorgt, für das geistige und für das leibliche Wohl, prima, oder?

Der Parteizellensekretär Gong Weihong, Magerer Hund genannt, hatte seinen Besuch angekündigt. Gerade wollte Fanhua sich auf den Weg zu Li Hao machen, als es an der Tür klopfte. Sie öffnete und leuchtete mit der Taschenlampe hinaus. Ein glatzköpfiger junger Kerl stand vor ihr, in der Hand einen Regenschirm. Im ersten Moment hielt sie ihn für Lingpei. Der Junge trat allerdings nicht ein, sondern entfernte sich wieder. Fanhua sah ihm nach. Er ging zu einem an der Straße parkenden Auto und öffnete die Wagentür. Aus dem Inneren schob sich eine dicke Gestalt und hob die Hand, um sich vor dem grellen Schein der Taschenlampe zu schützen. »Ich bin's, Gong Weihong aus Gongzhuang.«

Für gewöhnlich mied Fanhua jeglichen Kontakt mit Gong Weihong. Sie hegte keine große Sympathie für ihn. In ihren Augen fehlte es ihm gehörig an Niveau. Einmal war die Polizei kurz vor dem Neujahrsfest nach Gongzhuang gekommen, um ein paar Glücksspieler festzunehmen. Im Nu hatten sich die Beamten von einer Menschenmenge umringt gesehen, die ihnen sämtliche Auswege versperrte. Die Polizisten ließen den Parteizellensekretär rufen, damit er seiner Pflicht nachkam. Wahrscheinlich wäre es besser gewesen, er hätte gar nichts unternommen. Denn was er auch anfaßte, vermasselte er. Er trat also zu den Leuten hinaus. »Meine Herren, die Polizei hat sich das ganze Jahr über abgeplagt. Zum Neujahrsfest macht sie endlich einen Fang, und ihr laßt sie die Beute nicht abführen. Ist das recht? Kann man denn etwas, was einmal verschluckt ist, wieder ausspuken? Ein Mann von Welt schert sich nicht um solche Kleinigkeiten. Laßt sie durch.«

Er fuhr in seinen ideologischen Bemühungen fort und wandte sich mit nahezu dem gleichen Wortlaut an die Polizisten, obwohl er das Gegenteil meinte. »Genossen, die Herren haben sich das ganze Jahr über abgeplagt. Und jetzt, wo sie kaum zu spielen angefangen haben, werden sie von euch geschnappt. Wenn sie nun zum Neujahrsfest einen Fang machen, wird euch das nicht die Freude an der Feier verderben. Egal, ob ihr sie abführt oder nicht. Seid gnädig und gebt ihnen ihren Spieleinsatz zurück. Ein Mann von Welt schert sich nicht um solche Kleinigkeiten.«

Gong Weihong konnte wirklich die Worte verdrehen.

Die Polizisten allerdings beachteten seine Ausführungen nicht. Selbstverständlich konnte man Dinge, die einmal verschluckt waren, nicht mehr ausspucken. Immer mehr Schaulustige traten hinzu, so daß sich die Polizisten gezwungen sahen, ihre Pistolen zu zücken. Einer von ihnen feuerte einen Schuß auf den Tisch ab. Auch in Guanzhuang hätten sie schon Festnahmen vorgenommen, sagten sie. Aber sie seien noch niemals eingekesselt worden. Es habe zwar Leute gegeben, die ihnen den Weg versperrten hätten, doch ein Machtwort der Dorfvorsteherin habe genügt, und schon habe sich die Menge aufgelöst. Wo, um alles in der Welt, war es nötig, die Waffen zu zücken?

Fanhua hatte später davon erfahren. Sie hatte auch gehört, daß einer der Polizisten dem Parteizellensekretär einen Nasenstüber verpaßt und gesagt haben sollte, daß er es noch nicht einmal mit einem Weibsbild aufnehmen könne und zulasse, daß das Volk sein Gesicht verliere. Er solle sich schämen. Der Parteizellensekretär hatte einen Satz hinterhergeschickt, der Fanhua erst viel später zu Ohren gekommen war. »Wir können uns nicht mit Kong Fanhua messen«, hatte er gesagt. »Sie ist Wu Zetian, die einzige Kaiserin, die es je gab. Jeder Furz, den sie fahren läßt, geht in die Geschichte ein.«

Diese Worte stanken mehr als ein Furz. Hier ging es um nichts anderes als um Neid. Der Parteizellensekretär war neidisch. Und nur eigenes Unvermögen bescherte Neid. Seit Fanhua davon erfahren hatte, war ihre Abneigung gegen ihn noch größer geworden.

Als Gong Weihong nun bei ihr auftauchte, war ihr sofort klar, daß er mit ihr über das Grab sprechen würde. Aber er sagte keinen Ton davon, und Fanhua schwieg ebenfalls.

»Der Parteizellensekretär ist wohlgenährt«, sagte Fanhua.

»Kong Fanhua, du machst dich über mich lustig«, erwiderte er und strich sich über den Bauch. »Der ist nur aufgeschwemmt.«

Sie bot ihm Wasser an. Er bedankte sich, nahm aber weder an, noch lehnte er ab. Fanhua schenkte ihm dennoch ein Glas ein. Während er trank, begann er über das Wetter zu plaudern. »Es regnet wie Katzenpisse, als würde ein Schwall nach dem anderen heruntergeschüttet.«

Im Wohnzimmer liefen Nachrichten im Fernsehen und meldeten ein Erdbeben in Taiwan. Gong Weihong spitzte die Ohren.

»Taiwan, ach Taiwan«, sagte er.

»Dort hat es wohl ein Erdbeben gegeben«, erwiderte Fanhua.

Nun ging es um Amerika und den Irak. Und der Parteizellensekretär sagte: »Ach, Taiwan, Amerika, Irak. Das sieht nicht gut aus. Was meinst du, Kong Fanhua?«

»Das entspannt sich nicht«, pflichtete Fanhua bei.

»Offenbar sind in Amerika bald Wahlen«, fuhr Gong Weihong fort. »Es sieht so aus, als habe der Präsident keine erfolgversprechendere Strategie auf Lager, als Raketen auf fremde Länder abzuschießen. Es ist doch so: Im eigenen Land werden die Wähler umschwärmt, dafür wird woanders herumgelärmt.«

Was redet dieser Kerl, dachte Fanhua. Was hatten sie beide mit den Raketen zu tun? Der Parteizellensekretär quasselte weiter.

»Wenn im Mittleren Osten eine Rakete knallt, steigt die Zustimmung im eigenen Land schon bald. Sag, sind das nicht verrückte Zeiten?«

Verrückte Zeiten hin oder her, was hat das mit dir zu tun? dachte Fanhua.

»Parteizellensekretärin Kong, die ›Drei gemeinsamen chinesisch-amerikanischen Kommuniqués‹ sind in die Jahre gekommen«, sagte Gong Weihong dann unvermittelt. »Ich habe gehört, daß Kissinger den Begriff ›Chinesen beider Ufer der Meeresenge‹ geprägt haben soll.«

Ach, das sollte Kissinger gesagt haben? Fanhua mußte lachen. Was redeten sie da wie zwei Staatsoberhäupter über das Taiwan-Problem? In Geschichte war Fanhua nicht besonders gut. Sie wußte nicht, ob Kissinger den Begriff geprägt hatte oder sonst irgend jemand. »Ich glaube schon«, meinte sie. »Aber wenn ich die Quellen nicht kenne, kann ich auch nichts dazu sagen.«

Der Parteizellensekretär reckte den Hals und nahm glukkernd einen Schluck Wasser zu sich. Dabei glotzte er sie an. Ihr fiel auf, daß er große Augen hatte. In Xiushui sagte man dazu Ochseneieraugen. In Anbetracht seines Spitznamens »Magerer Hund« müßte man bei ihm eigentlich von Hundeeieraugen sprechen, ging es Fanhua durch den Kopf.

»Ganz sicher«, sagte Hundeeierauge. »Dieser Kissinger hatte wirklich etwas auf dem Kasten.«

In diesem Moment erschien Dianjun. Er schob den Vorhang an der Tür zur Seite und steckte den Kopf herein.

»Gehen wir?«

Kurz zuvor hatten Fanhua und Dianjun verabredet, gemeinsam Li Hao zu besuchen. Bevor Fanhua antworten konnte, riß Gong Weihong das Wort auch schon an sich. »Ich muß mit Parteizellensekretärin Kong etwas besprechen.« Fanhua blieb nichts anderes übrig, als die beiden einander vorzustellen.

»Ich kenne ihn«, sagte Dianjun. »Aber ein magerer ...« Er hatte das Wort Hund noch nicht ausgesprochen, als Gong Weihong auch schon Dianjuns Hand ergriff und sie schüttelte.

»Genau, das war als Kind mein Spitzname«, sagte er. »Du bist Herr Zhang, ich weiß, sehr erfreut. Ingenieur, großer Ingenieur.«

»Unterwegs auf Dienstreise ist er in Xiushui vorbeigekommen«, erklärte Fanhua. »Er ist nur auf einen Sprung heimgekehrt.«

»Xiushui hat sich in den letzten Jahren ja rasant entwikkelt«, fing Dianjun zu plaudern an.

»Erledige doch erst noch deine Sachen«, ging Fanhua

rasch dazwischen, weil sie befürchtete, Dianjun könnte wieder zu prahlen beginnen. Ihr Ton war sehr respektvoll, so als habe Dianjun tatsächlich alle Hände voll zu tun.

»Hast du viel um die Ohren?« erkundigte sich der Parteizellensekretär dann bei Fanhua.

»Solange man Mönch ist, läutet man halt die Glocken«, erwiderte sie. »Und du?«

»Wie sollte es anders sein? Aber in letzter Zeit bin ich wirklich beschäftigt wie ein Hund, der sich unentwegt in den Schwanz beißt«, sagte er. »Ich weiß nicht mehr, wo mir der Kopf steht. Und es wird immer schlimmer. Ich bin damit beschäftigt, ein pietätvoller Sohn zu sein.«

Fanhua schwieg und wartete ab, was diese Hundeschnauze noch alles ausspucken würde.

Gong Weihong seufzte. »Wir haben eine Verwandte, die in drei Jahren hintereinander drei Kinder zur Welt gebracht hat. Drei!« sagte er und streckte dazu drei Finger in die Luft. »Aber alle waren Totgeburten. Sie ist wegen dieser schlimmen Krankheit von einem Arzt zum anderen gelaufen. Niemand konnte etwas finden. Später hat sie dann einen Blinden aufgesucht, aus Shaanxi. Einen Blinden, der sehr gut weissagen kann. Ein ganz besonderer Mensch. Der Blinde hörte sich alles an, sagte aber nichts dazu. Er nannte auch keinen Preis. Er sagte, wenn sie eine Prophezeiung von ihm erwarte, müßte sie ihm verschiedene Geschenke darbringen. Rate mal, Parteizellensekretärin Kong Fanhua, was das für Geschenke waren.«

»Das errate ich nicht«, sagte Fanhua. »Ich bin ja keine Blinde.«

»Er wollte eine ganze Menge«, fuhr der Parteizellensekretär fort und begann wie der Blinde zu singen:

»Ein Liang Sterne, zwei Liang Mond,
drei Liang Herbstwind, vier Liang Wolken,
fünf Liang Dampf, sechs Liang Rauch,
acht Liang Nebel, neun Liang Klänge,
und von getrockneten Schneeblumen
wiegt mir ein ganzes Päckchen ab.«

»Der stellt aber wirklich Ansprüche«, bestätigte Fanhua, nachdem sie alles angehört hatte. »Das könnte selbst Buddha nicht so ohne weiteres aus dem Ärmel schütteln.«

»Eben«, erwiderte Gong Weihong. »Wir haben es mit allen Mitteln versucht. Am Ende haben wir ihn doch noch überredet und ihm Geld gegeben: fünfhundert Yuan. Genug, um einen Esel zu kaufen. Daraufhin verdrehte der Blinde die Augen, schnippte mit den Fingern und kam aus dem Schwafeln ewig nicht mehr heraus. Plötzlich erkundigte er sich: ›Gibt es in der Familie Gong eine Tante, die mit Kinderlosigkeit gestraft ist?‹ Mit dieser Frage verblüffte er alle. Denn niemand erinnerte sich, daß es solch eine Tante gab. Der Blinde zeigte mit dem Finger in Richtung Westen und behauptete, dort sei sie unterwegs, nicht weit, nur ungefähr zwei, drei Meilen von Gongzhuang entfernt. ›Diese Tante hält sich in der freien Natur auf, ihre Seele ist verwildert. Wenn sie den Himmel anruft, antwortet er nicht, wenn sie die Erde anruft, steht sie ihr nicht bei. Sie sucht jemanden, um ein Schwätzchen zu halten. Die Tante hat ein gutes Herz und will eigentlich einen Erwachsenen, der mit ihr plaudert. Aber die Erwachsenen müssen ihre Familien durchbringen und haben keine Zeit für sie. So schnappt sie sich kurzerhand Kinder. Solche, die gerade zur Welt gekommen sind, deren Zuneigung noch nicht auf einen bestimmten Menschen gerichtet ist. Auf einen Stock gestützt und auf Zehenspitzen macht sie ihre Besuche. Ein ums andere Mal. Dieser

Geist, der nach Leben verlangt, hat schon drei Kinder mitgenommen.‹«

Der Parteizellensekretär sprach mal laut, mal leise, seine Stimme klang heiser und dann wieder ganz klar. Während er erzählte, wie die Tante vorbeikam, klopfte er mit dem Zeigefinger auf den Tisch – tack tack tack, tack tack tack –, so täuschend echt, daß Fanhua ein kalter Schauer über den Rücken lief.

»Als der Blinde gerade geendet hatte«, fuhr Gong Weihong fort, »schrie meine Tante: ›Diese Alte gibt es wirklich, sie ist tatsächlich gestraft, sie ist nämlich die Mutter von Kong Qinggang aus Guanzhuang!‹«

Fanhua wollte gerade anmerken, daß sie von dieser Sache nichts wisse. Aber bevor sie ein Wort sagen konnte, machte Gong Weihong eine Handbewegung wie der Schiedsrichter beim Basketball, der eine Spielunterbrechung anordnet. Sie sah zwei Tränen in seinen Augenwinkeln. Er biß sich auf die Lippe, sein Gesicht war vor Anstrengung verzerrt, als wolle er die Tränen zurückdrängen. Sie kullerten dennoch herab. War das nicht etwas übertrieben? dachte Fanhua. Für eine Tote, die seit Jahrzehnten unter der Erde lag?

»Als meine Tante das gehört hatte, bückte sie sich, las einen Maiskolben vom Boden auf und schlug ihn mir schimpfend und fluchend über den Kopf. ›Du verdammter Kerl‹, schrie sie. ›Dich interessiert nichts weiter als dein Beamtenposten und dein Geld. Aber von deinen Vorfahren willst du nichts wissen. Was nützt es schon, ein hoher Beamter zu sein? Was nützt es schon, immer mehr Geld zu haben? Nur die Sache mit Qinggangs Mutter bringst du nicht in Ordnung. Du wirst deine Vorfahren eines Tages um Verzeihung bitten müssen. Auch deine Nachkommen wirst du um Verzeihung bitten. Scher dich doch zum Teufel und leiste der Alten selbst auf ein Schwätzchen Gesellschaft!‹ Kong Fanhua«, fuhr er zerknirscht fort, »wenn ich auf meine Tante höre, soll ich mich aufopfern, um die anderen zu schützen. Nicht einmal mein eigenes nacktes Leben kann ich mehr retten.«

Er machte ein gequältes Gesicht. Eilig versuchte Fanhua, ihn zu beruhigen.

»Was sie sagt, hat Hand und Fuß«, fuhr Gong Weihong fort. »Das mußt du glauben. Wir sind zwar Parteimitglieder und Materialisten, die nicht an solche Schauermärchen glauben. Aber Not kennt kein Gebot. Und wie soll ich in diesem Notfall dem Volk gegenübertreten? Hm?«

Fanhua fiel Xiangshengs Warnung ein, der Parteizellensekretär könnte sie anzeigen, wenn sie ihn nicht das Grab ausheben ließe. Er würde behaupten, daß Guanzhuang damals nur vorgetäuscht habe, der politischen Anweisung »die Toten sollen den Lebenden Platz machen« Folge zu leisten, aber diese nicht gewissenhaft in die Tat umgesetzt habe. Bei diesen Gedanken stieg Wut in ihr hoch. Nichts haßte sie mehr als die noch aus der Zeit der Kulturrevolution stammende Sitte, Kollegen zu denunzieren. Das würde sie sich nicht gefallen lassen.

»Du hast recht, jetzt fällt es mir wieder ein, daß es diese Frau in Guanzhuang tatsächlich gegeben hat«, sagte sie. »Aber wo genau sie begraben liegt, weiß ich nicht. Das Grab ist doch längst eingeebnet. Oder sieht man bei euch in Gongzhuang etwa noch Gräber? Für eine solch skrupellose Straftat wird man doch zur Rechenschaft gezogen.«

»Sie sind eingeebnet, sie sind alle eingeebnet. Das ist kein Scherz«, erwiderte Gong Weihong rasch.

»Also, wenn du sie einebnen mußtest, dann mußte ich das wohl auch«, sagte Fanhua. »Wie soll man das Grab denn finden?«

»Du mußt nur zustimmen. Wie wir es finden, das laß meine Sorge sein. Darum brauchst du dich nicht weiter zu kümmern.«

»Nicht ungeschickt«, sagte Fanhua. »Bei der Gelegenheit kannst du in unserem guten Boden einen Spatenstich hier und dort machen und noch ein paar Süßkartoffeln ausbuddeln, was?«

»Fanhua, du kannst mir vertrauen«, beruhigte der Parteizellensekretär sie. »Ich versichere dir, man wird nichts merken. Sonst will ich nicht mehr Gong heißen.«

Um ihn noch ein wenig aufzuziehen, sagte Fanhua: »Übrigens, was ist denn dann mit den Bäumen und Gräsern? Das ist doch alles Eigentum des Dorfes. Du drehst dich nach getaner Arbeit einfach um und gehst. Aber ich muß dem Volk erklären, was geschehen ist. Ich werde in der Spucke der Leute ertrinken. Schließlich bin ich nicht Wu Zetian, der man alles glaubt.«

Gong Weihong lachte. »Wenn man einen Schaden anrichtet, hat man dafür aufzukommen. So lautet die offizielle Vorschrift. Ich habe eine Vorbildrolle. Wenn ich nicht mit gutem Beispiel vorangehe, verrohen die Leute. Männer fangen an zu stehlen, Frauen beginnen, sich zu prostituieren.«

Was für ein Blödsinn, wer sollte seinetwegen schon zum Dieb oder zur Hure werden?

»Ja, da habe ich außerdem noch eine Kleinigkeit, die ich dich höflichst bitte anzunehmen«, sagte der Parteizellensekretär mit verstohlenem Lachen.

Er legte die Tasche, die er unter den Arm geklemmt hatte, auf den Tisch und warf einen Blick zur Tür. Dann öffnete er den Reißverschluß. Er will mir doch wohl kein Geld anbieten, dachte Fanhua. Gong Weihong holte eine edle Schachtel hervor, die in rote Seide eingeschlagen war. Offenbar also kein Geld. Fanhua war beinahe ein wenig enttäuscht. Aber was sollte es dann sein? Mondkuchen vielleicht? Die Schachtel verrutschte auf seinem Schoß, so daß sich der Deckel einen Spalt weit öffnete und Fanhua einen heimlichen Blick hineinwerfen konnte.

»Was ist das für ein Schatz?« fragte sie. »Aber was es auch immer sein mag, du kannst es genauso wieder mitnehmen, wie du es hergebracht hast.«

»Das ist kein Schatz. Nur so ein Ding, einfach ein Ding. Daß Parteizellensekretärin Kong unbestechlich ist«, sagte Gong Weihong provokativ, »weiß ja wohl jeder. Mit Zhao Benshan gesprochen: Jeder Mensch auf dem Erdenrund weiß Bescheid. Das ist kein Geschenk von mir«, fuhr er fort, während er den Deckel öffnete. »Es ist von der Mutter der toten Kinder. Sie sagte, sie werde sich den Kopf an der Wand zerschmettern, wenn du es nicht annimmst.«

In der Schachtel lagen Gedenkmünzen, Münzen zum Gedenken an die Rückgabe Hongkongs, akkurat in der Vertiefung eines Etuis angeordnet. Jede Münze hatte den Wert eines Yuans. Insgesamt waren es fünfzig Yuan, nicht einmal genug, um Doudou ein Lämmchen zu kaufen.

»Und wenn du Sterne vom Himmel pflücken würdest«, wehrte Fanhua ab, »könnte ich sie auch nicht annehmen.«

Gong Weihong hielt die Schachtel mit beiden Händen fest. »Gefallen sie dir nicht?« fragte er. »Wenn sie dir nicht gefallen, packe ich sie wieder weg. Ach, Kong Fanhua, du bist zu hartherzig. Hast du denn gar kein Mitleid mit der Frau?«

»Wir machen es so«, sagte Fanhua. »Morgen in der Sitzung werde ich die Meinung der anderen dazu einholen. Du bist doch mit Qingshu gut befreundet. Er wird dir übermorgen eine Antwort geben.«

Eigentlich hätte sich der Parteizellensekretär nun verabschieden müssen. Aber er machte keine Anstalten zu gehen.

»Was hast du gesagt? Qingshu soll mich benachrichtigen?

Mein alter Kriegskamerad?« sagte er, während er die Schachtel auf dem Tisch ablegte.

»Ach ja, richtig«, antwortete Fanhua. »Qingshu hat mir erzählt, daß ihr zusammen in einem Schützengraben wart.«

»Sprich nicht davon. Ich habe mich für ihn lächerlich gemacht.«

Fanhua war überrascht. »Lächerlich gemacht? Was meinst du?«

Aus Verlegenheit knetete sich Gong Weihong erst die Nase und anschließend das Kinn. »Man soll einen Menschen nicht nach seinem Äußeren beurteilen«, sagte er schließlich.

Fanhua begriff nicht, was er meinte. »Ich verstehe nicht,« sagte sie ungeduldig.

»Man soll einen Menschen nicht nach seinem Äußeren beurteilen«, wiederholte er. Allmählich dämmerte es ihr: Qingshu mimte gerne den ungehobelten Kerl, aber in Wirklichkeit führte er etwas im Schilde.

»Das kann nicht sein«, sagte sie. »Qingshu ist ein aufrichtiger Mensch.«

Gong Weihong schnaubte durch die Nase und lachte. »Aufrichtig«, sagte er gedehnt. »Hunde, die beißen, bellen nicht, und Hunde, die bellen, beißen nicht«. Damit schien er eine Anspielung machen zu wollen.

»Wenn man kleinlich ist, läßt sich bei Qingshu natürlich einiges finden«, wiegelte Fanhua ab. »Aber im Grunde seines Herzens ist er aufrichtig.«

Gong Weihong schnaubte erneut. »Ha, damals in der Rekrutenkompanie hat er für uns immer die Pisse weggegossen. Er tauchte seine Finger in den Nachttopf und sagte, er lerne von Lei Feng. Aber wer sollte das schon glauben? Sobald er seinen Arsch hob, wußten wir, daß er irgendwo einen Scheißhaufen abgesetzt hatte. Er schüttete unsere Pisse weg, weil er wußte, daß er sich eines Tages um die Pisse der hohen Tiere würde kümmern dürfen, und dann wiederum müßten andere seine Pisse wegschütten.«

Fanhua lachte. »Von Lei Feng zu lernen heißt eben, von Lei Feng zu lernen. Da brauchst du nicht so gehässig zu werden«, sagte sie.

Gong Weihong schüttelte den Kopf. Mit einem verächtlichen Lächeln gab er ihr zu verstehen, daß er anderer Ansicht war und Fanhua für naiv hielt. »Ach, Kong Fanhua, man lernt von der Vergangenheit, um die Zukunft besser zu begreifen«, sagte er und fuhr mit der Hand durch die Luft.

Diesen Spruch hatte Fanhua schon häufiger im Fernsehen gehört. Welchen Furz hielt dieser Kerl eigentlich zurück? Glaubte er allen Ernstes, sie wisse nicht, was Qingshu für ein Mensch war? dachte Fanhua. Und ausgerechnet er wollte sie darüber aufklären? Aber sein folgender Satz ließ sie erstarren.

»Qingshu hat gesagt, daß er inzwischen schon ziemlich fest im Sattel sitze, in Prozenten ausgedrückt, zu fünfzig. Durch seine Bemühungen könne er noch weitere zehn bis zwanzig Prozent gutmachen, denn er habe ein Bravourstück auf Lager.«

Nun schnaubte Fanhua durch die Nase. »Ach ja?« sagte sie. »Dann soll er doch Dorfvorsteher werden, und ich ruhe mich einfach etwas aus.«

»Muß ich denn noch deutlicher werden? Ich sollte nicht so geschwätzig sein und mich nicht in anderer Leute Angelegenheiten einmischen. Aber was ich in jeder Hinsicht verabscheue, ist, daß jemand von unten anfängt, sein eigenes Süppchen zu kochen. Eine Kröte möchte eben gerne auf dem Kaiserthron sitzen. Wenn man diese ungesunden Tendenzen aber nicht im Keim erstickt, breiten sie sich aus, und am Schluß herrscht in sämtlichen Dörfern das Chaos.«

»Wer meint, sich so verhalten zu müssen, soll es tun. Qingshu ist nur ein Dorfkader, er sitzt nicht im Thronsaal des Kaiserpalastes«, sagte Fanhua.

»Aber immerhin in einem Palast«, erwiderte Gong Weihong. »Möchtest du denn nicht wissen, welches Stück er gerade aufführt?«

»Das ist doch nicht Qingshu«, sagte Fanhua ungläubig.

»Bildest du dir etwa ein, immer zu wissen, was er tut, sobald er den Arsch hebt? Ich wage zu behaupten, daß du es dieses Mal nicht weißt. Du kannst sogar davon ausgehen, daß du nicht einmal weißt, wann er seinen Arsch hebt. Und wie willst du dann wissen, was für einen Scheißhaufen er abgesetzt hat? Wenn du abwartest, bis du es erfährst, ist es schon zu spät. Das Problem ist doch ganz einfach: wenn er zu Ende geschissen hat, ist der Boden gedüngt, und die Kirschen sind gewachsen. Schenk mir bitte noch Wasser nach – ganz voll.«

Das war eine Neuigkeit. Lachend schenkte sie ihm Wasser ein und dachte: Da will ich doch mal hören, was du sonst noch auf Lager hast.

Gong Weihong nahm zwei Schlucke hintereinander. »Dorfvorsteherin Kong«, sagte er herablassend und schnalzte mit der Zunge, »wenn du nichts hören willst, schere ich mich jetzt davon.«

»Trink doch erst aus«, sagte sie, »dann kannst du ja immer noch gehen.«

Gong Weihong stellte das Glas auf den Tisch. »Weißt du, warum ich dir davon erzählt habe?« fragte er.

»Hast du nicht gesagt, weil du fürchtest, diese ungesunden Tendenzen könnten auch Gongzhuang erfassen?« erwiderte Fanhua.

Wie ein Schüler bei der Prüfung hob der Parteizellensekretär den Zeigefinger. »Das ist das eine, und das andere?« fragte er.

Beiläufig nahm Fanhua einen Porzellanlöffel und malte damit eine Zwei auf den Boden. »Sag schon.«

»Das zweite hat auch mit mir zu tun«, sagte Gong Weihong mit gesenktem Kopf, als fühle er sich schuldig. »Niemals, niemals hätte ich Qingshu von den toten Kindern erzählen dürfen. Der Sprecher war absichtslos, aber der Zuhörer führte etwas im Schilde. Kaum hatte ich es Qingshu gegenüber erwähnt, verriet er mir, daß auch in Guanzhuang einige Kinder gleich nach der Geburt gestorben seien. ›Könnte es sein, daß das mit Qinggangs Mutter zu tun hat?‹ hat Qingshu mich gefragt. Immerhin war es ein großes Unrecht, wegen dem sich Qinggangs Mutter damals aufgehängt hat. Und obendrein gibt es auch noch das Problem, daß alle Gräber eingeebnet wurden, nur das von Qinggangs Mutter nicht.«

Gong Weihong machte eine Pause. »Eigentlich war es mir vorhin sehr unangenehm, dir etwas vorzuspielen«, fuhr er fort. »Ich weiß nämlich nicht nur, daß das Grab von Qinggangs Mutter nicht eingeebnet wurde. Ich weiß sogar, daß eine Ulme darauf steht. Das hat mir alles Qingshu erzählt.« Wieder schüttelte er den Kopf. »Beachtlich, beachtlich. Eigentlich gibt es ja an Qingshu nicht viel zu bewundern, aber seine Umsicht ist wirklich erstaunlich. Damals konnte er perfekt den Nachttopf mit der Hand balancieren, jetzt scheint sein Gehirn perfekt zu arbeiten. Sogar an die Frage, wie tief unter der Erde liegende Tote bei ihren Nachbarn vorbeischauen, hat er gedacht. Qingshu hat nämlich den Blinden aufgesucht und ihn um eine Weissagung gebeten. Ich und dieser Xiangsheng aus eurem Dorf, der kalte Nudelgerichte verkauft, waren dabei. Nachdem Qingshu die Lage geschildert hatte, quasselte der Blinde ohne Unterlaß. Dabei verdrehte er die Augen, riß sie auf und schlug sie wieder zu wie ein Huhn sein Arschloch, nachdem es ein Ei gelegt hat.

Schließlich sagte er, daß es selbstverständlich einen Zusammenhang gebe. ›Nur der Teufel wagt es, bei ihr vorbeizugehen. Außer ihr hat niemand mehr ein Grab. Auf ihrem Grab steht eine Ulme – ein toter Baum, der darauf wartet, daß sich jemand an ihm erhängt. Wer sollte schon wagen, dorthin zu gehen? Wer will schon ein zweites Mal sterben? Hm? Deshalb ist ihre verwilderte Seele allein und findet niemanden zum Plaudern. Ihr bleibt also nichts anderes übrig, als die Aufmerksamkeit der Lebenden zu erregen. Das Dorf Gongzhuang ist ihr Heimatdorf, das Dorf Guanzhuang ist das Dorf ihres Mannes. Sie spaziert durch beide Dörfer und hält sich in verborgenen Winkeln auf. Wenn du nach ihr Ausschau hältst, wirst du sie nicht sehen, wenn du ihr den Weg versperrst, wirst du sie nicht aufhalten können.‹ Ich bin mit meinem Latein am Ende.«

Der Parteizellensekretär reckte seinen Hals und warf einen Blick zur Tür. Dann legte er einen Finger auf die Lippen, als horche er, ob Qinggangs Mutter draußen mit ihrem Stock vorbeiging. Fanhua fiel der Porzellanlöffel aus der Hand und brach klirrend entzwei.

»Qingshu sagte«, fuhr Gong Weihong fort, während er sich niederbeugte, um die Scherben aufzulesen, »daß er den Blinden vor der Wahl nach Guanzhuang holen wolle, um den Dorfbewohnern Weissagungen zu machen. Xiangsheng bestärkte den Wahrsager, ruhig alles auszusprechen und mit nichts hinterm Berg zu halten. Dorfvorsteherin Kong, überleg doch mal, wer vergessen hat, das Grab einzuebnen. Du kannst später noch so viele Münder haben, du wirst es nicht erklären können. Wo auch immer ein Kind stirbt, das Volk wird dir die Verantwortung dafür zuschieben, ob es mit Qinggangs Mutter zu tun hat oder nicht. Jeder hat mehrere Verwandte, und die Verwandten haben wieder Verwandte, es ist eine Kettenreaktion. Einer trägt es zum anderen. Du wirst, meine Schwester, in der Spucke der Leute ersaufen. Daran wird man nichts ändern können. So sind die Leute, da läßt sich nichts machen. Es nützt auch nichts, zu schimpfen und wütend zu werden. Die Verantwortung kannst du nicht abwälzen. Ach, meine Schwester, ich mache mir Sorgen um dich.«

»Dann grab sie eben aus, mach schon, beeil dich«, sagte Fanhua mit einer Handbewegung, als wollte sie eine Stubenfliege verscheuchen.

»Erst muß das Wetter besser werden«, erwiderte Gong Weihong in aller Ruhe, »dann kann ich mit dem Graben beginnen. An Regentagen versinkt man im Schlamm. Man kann kaum einen Fuß vor den anderen setzen, eine einzige Schweinerei, alles ist voller Matsch.«

Sie gingen hinaus.

»Hast du Yao Xuedai gefunden?« fragte der Parteizellensekretär beiläufig, kurz bevor sie die Haustür erreichten.

»Ach, das weißt du auch schon?« erwiderte Fanhua. »Dir bleibt wohl gar nichts verborgen.«

»Es gibt eben keine Mauer auf der Welt, durch die der Wind nicht dringt. Trotzdem, meine Schwester, du kannst dich auf mich verlassen, ich erzähle nichts weiter. Und wenn ich sie in Gongzhuang zu Gesicht bekomme, lasse ich sie festnehmen. Das kannst du mir glauben. Ein stinkendes Weibsstück, das das friedliche Zusammenleben stört, die Dorfwahl behindert, sich gegen die Obrigkeit auflehnt und Unruhe stiftet, hat eine Tracht Prügel verdient.«

Fanhua spannte den Regenschirm auf und begleitete Gong Weihong zum Wagen. Als er im Auto saß, kurbelte er die Fensterscheibe herunter und winkte Fanhua noch einmal zu. Seine Hand war schwammig, aber kraftvoll, die Hand eines ehemaligen Soldaten eben.

Weil der Fahrer ihnen zuhören konnte, sprachen sie nicht

mehr – fast so, als hätten sie sich verbrüdert, als sei jedes weitere Wort überflüssig. Auch nachdem das Auto davongefahren war, rührte sich Fanhua für eine Weile nicht vom Fleck.

Plötzlich nahm sie einen dunklen Schatten wahr. Sie erschrak. Beinahe hätte sie aufgeschrien. Der Schatten hustete.

»Ich habe alles gehört«, sagte der Vater.

»Was hast du gehört?« fragte Fanhua. »Bist du nicht mehr schwerhörig?«

»Qingshu, dieser Schweinehund. Der ist genauso hinterhältig wie sein Vater«, sagte der Alte. »Sein Vater hat damals auch die Hand gebissen, die ihn fütterte. Er hat als Knecht für Tiesuos Großvater gearbeitet. Nach der Befreiung schimpfte er ihn einen Großgrundbesitzer. Mit allen Mitteln, die ihm zur Verfügung standen, bekämpfte er ihn und brachte ihn durch seine Hartnäckigkeit schließlich um. Die Hand zu beißen, die einen füttert, ist wohl erblich.«

Wieder im Haus, entdeckte Fanhua das Hörgerät in der Hand ihres Vaters.

»Da gibt es einen Störenfried, der nichts Gutes im Schilde führt. Es sieht so aus, als müßten wir eine Familienkonferenz einberufen«, fuhr er fort.

Fanhua mußte lachen, als sie seinen Vorschlag hörte. Früher hatten sie tatsächlich häufiger Familienkonferenzen abgehalten. Der Vater war stets Vorsitzender und Sprecher gewesen. Meistens hatte er das letzte Wort gehabt. Damals, als Fanhua sich entscheiden mußte, ob sie bei der Dorfvorsteherwahl kandidieren sollte, zum Beispiel hatten sie eine Konferenz einberufen. Zwei Aspekte, die sie kurz »Kopfnuß« nannten, waren damals ausschlaggebend gewesen. Erstens: auch ein noch so heißer Kopf mußte kalt rasiert werden, und zweitens: auch eine noch so harte Nuß mußte geknackt werden.

Auf dieser Basis waren sie sämtliche Schwierigkeiten im Detail durchgegangen. Die gesamte Familie wurde einbezogen. Fanrong war für die Propagandaarbeit auf höherer Ebene zuständig. Außerdem verfaßte sie unter einem Decknamen einen Zeitungsartikel. In diesem Artikel lobte sie Fanhua für ihre gute Arbeit und hob insbesondere ihre Vorbildrolle hervor. Immerhin hatte sie nur ein Kind bekommen. Wenn sie es als Dorfbewohnerin, insbesondere als eine, deren Ehemann in ihr Elternhaus gezogen war, bis zur Vorsteherin brächte, dann wäre das eine Premiere in ganz Xiushui, nur zu vergleichen damit, wenn eine Jungfrau die Sänfte besteigt, um zu ihrer Trauung getragen zu werden. Wessen Name im Dorf war schon je in der Zeitung erschienen? Das hatte noch keiner erlebt. Fanhua war die erste.

Fanrongs Ehemann war für die Kapitalbeschaffung verantwortlich gewesen, damit sie nach der Wahl den Straßenbau voranbringen konnte. Außerdem besorgte er Saatmaschinen aus dem landwirtschaftlichen Maschinenlager in Xiushui, die die Leute in Guanzhuang, wo es an Arbeitskräften in der Familie mangelte, bei der Aussaat entlasteten. Auch der alte Vater faßte mit an. Er hatte, wie er selbst behauptete, die härteste Nuß zu knacken. Denn seine Aufgabe war es, Qingmaos Schwachstellen aufzudecken. Dies durfte allerdings nur unter folgender Spielregel geschehen: Wenn du jemanden schlagen willst, darfst du ihm nicht ins Gesicht schlagen, wenn du jemanden entlarven willst, darfst du nicht seine Schwächen aufdecken. Am schwierigsten war es, den richtigen Zeitpunkt zu finden. War die Zeit noch nicht reif, erzielte man keine Wirkung. War die Zeit überschritten, konnte es leicht zu einer nicht überwindbaren Familienfehde kommen.

Der Alte entschloß sich dazu, Qingmao zu loben: »Alles, was Qingmao in die Hand genommen hat, war von langer

Dauer. Auch wenn es nicht von Erfolg gekrönt war, hat er sich sehr bemüht. Das zählt. Zwar hat er die Angelegenheit mit der Papierfabrik nicht besonders gut gelöst, und die Bewohner haben Beschwerden vorgebracht. Dennoch hat Qingmao seine ganze Kraft dafür eingesetzt. Der Grund für sein Scheitern liegt darin, daß Qingmao ein großartiger Mensch ist, der fürchtet, seine Vorgesetzten nicht zufriedenzustellen. Hat Qingmao vielleicht irgendwelche Vorteile aus der Papierfabrik gezogen? Manche Leute sagen ja, andere nein. Ich bin davon überzeugt, daß er keine hatte. Und sollte er tatsächlich etwas davon gehabt haben, waren es bestimmt nicht mehr als drei Walnüsse und zwei Datteln. Ist es denn nötig, ihn dafür am Schlafittchen zu packen? Natürlich nicht.«

Was der Alte da sagte, war vernünftig und zugleich ein Pulverfaß. Alter Ingwer war eben schärfer als frischer. Wollte er nun noch einmal von der Kopfnuß anfangen?

»Wozu sollen wir eine Konferenz einberufen?« fragte Fanhua. »Es ist schon spät, und Fanrong ist nicht hier.«

»Wir können sie ja anrufen und eine Telefonkonferenz abhalten«, sagte der Alte.

»Und Dianjun?« fragte Fanhua.

»Der ist zu Li Hao gegangen, um ihm Schnaps vorbeizubringen«, antwortete der Alte. »Er sagte, daß du ihn geschickt hast.« Er machte eine Pause. »In den nächsten Tagen werde ich selbst einmal den Blinden aufsuchen. Diesen heißen Kopf werde ich schon kalt rasieren. Mit Geld bekommst du sogar den Teufel dazu, den Mühlstein zu ziehen, ganz zu schweigen von einem Blinden. Hör nicht auf den Blödsinn von diesem Blinden, drei Liang Herbstwind, vier Liang Wolken. Du kennst doch Xianfa aus unserem Dorf. Er hat früher auch das Wahrsagen gelernt. Sobald er den Mund aufmachte, kam genau dasselbe heraus. Das hat ihm alles sein

Meister beigebracht. Er denkt an nichts anderes als daran, dir das Geld aus der Tasche zu ziehen.«

Xianfa war ebenfalls blind. Als Kind war sein Gesicht von Pocken übersät gewesen, von denen er eine Pustel aufgekratzt hatte. Dabei war ihm ihre giftige Flüssigkeit ins Auge geraten und hatte ihn erblinden lassen. Xianfa konnte nicht nur wahrsagen, er konnte auch die Erhu spielen. Während der Kulturrevolution war er mit seinem Instrument in Mao Zedongs Propagandatruppe umhergezogen und eines Tages nicht mehr in die Heimat zurückgekehrt. Jemand hatte ihn später in Peking am Eingang eines U-Bahn-Schachtes stehen sehen, wo er unentwegt die beiden Saiten strich und Weissagungen machte. Jahrelang hatte Fanhua nichts mehr von ihm gehört. Sie wußte nicht einmal, ob er überhaupt noch lebte.

»Gong Weihong hat dem Blinden fünfhundert Yuan gegeben«, begann der Alte wieder. »Wir haben fünfhundertfünfzig bezahlt. Die hätte man auch gleich den Hunden zum Fraß vorwerfen können.«

Fanhua mußte lachen, weil sich der Vater so ungeheuer darüber ärgerte, fünfzig Yuan mehr bezahlt zu haben. Er geriet zunehmend in Fahrt. Aber dieses Mal brauchte er nicht in die Schlacht zu ziehen. Qingshus Kopf würde sie schon alleine rasieren.

»Beruhige dich«, sagte Fanhua. »Du brauchst dir keine Sorgen zu machen.«

»Mache ich mir aber«, rief der Vater und stampfte mit dem Fuß auf. Seine Stimme war so laut, daß Doudou vor Schreck hinfiel und plötzlich auf dem Boden saß.

»Was regst du dich denn so auf?« fragte Fanhua.

»Wenn ich den Blinden sehe«, fuhr der Alte aufgebracht fort, »werde ich ihn als erstes weissagen lassen, wie Qinggangs Mutter gestorben ist. Wenn er das nicht weiß, sage ich ihm, daß sie zu Tode verunglimpft wurde. Dann soll er mir sagen, von wem. Wenn er auch das nicht weiß, werde ich ihm sagen, daß es kein anderer als Qingshus Vater war, daß Qingshus Vater sie in den Tod getrieben hat.«

Fanhua drückte ihn zurück auf seinen Stuhl. »Hast du früher nicht immer gesagt, daß Qingmaos Vater damit angefangen hat?« bemerkte sie.

»Habe ich das gesagt? Nein. Ich erinnere mich genau, daß es Qingshus Vater war. Qingshus Großvater war ein Spezialist darin, Leute anzuschwärzen. Und wenn du von der Familie vorbelastet bist, liegt es dir im Blut. Qingshus Vater war ein Meister im Leuteanschwärzen. Wenn du es nicht glaubst, frag einfach Qingmao. Qingmao weiß ganz sicher, daß es Qingshus Vater war. Dieses Arschloch war es. Und wer es wagt, zu behaupten, es sei Qingmaos Vater gewesen, der bekommt es mit mir zu tun.«

Li Hao wohnte im Westen des Dorfes. Innerhalb und außerhalb seiner Hofmauer häufte sich Viehfutter. Noch bevor Fanhua Li Haos Haus erreichte, hörte sie die Schafe blöken. Ihre Laute klangen angenehm, zärtlich und hatten etwas Kindliches an sich, wie Kinder, die nach Milch schrien.

Als sie in den Hof trat, sprach Dianjun gerade mit Li Hao über Kamele.

»Völlig abgemagerte Kamele«, erklärte Dianjun, »sind größer als Pferde, Pferde sind größer als Rinder und Rinder größer als Schafe. Ein Kamel ist soviel wert wie eine ganze Schafherde. Wenn du kein Kamel halten willst, werde ich es eben tun. Aber sei nachher bloß nicht neidisch.« Nach einer kurzen Pause fuhr er fort: »Ich will nicht mehr als Ingenieur arbeiten und suche jemanden, mit dem ich Kamele züchten kann.«

Irgend etwas hatte sich verändert, seit Dianjun nach Hause gekommen war. Er mußte sich einen Nerv eingeklemmt haben, daß er nur noch von Kamelen redete, sobald er den Mund aufmachte. Fanhua hustete. Sofort war Dianjun still. Als sie eintrat, wechselte er das Thema. Er zeigte auf ein Plakat an der Wand und fragte Fanhua, ob sie die Person darauf kenne. Auf dem Plakat war eine Frau abgebildet. Sie war nicht unbedingt schön, hatte aber etwas Erotisches an sich. Ihren prallen Busen streckte sie weit hervor, so daß die Knöpfe ihrer Bluse spannten. Ihre Brüste wirkten wie zwei Hasen, die gerade zum Sprung ansetzten.

»Dieser Film ist klasse«, sagte Dianjun. »Den sollten wir mal in Guanzhuang zeigen, um das kulturelle Leben im Dorf anzuregen.«

»Hast du den Film gesehen?« fragte Li Hao.

»Leck mich am Arsch, das hättest du mir wohl nicht zugetraut, was?« entgegnete Dianjun. »Er heißt ›Titanic‹, die Frau spielt diese Rose.«

Li Hao lächelte verstohlen. »Da mußt du dir das Bild aber noch mal genauer anschauen«, forderte er Dianjun auf.

Wie ein Gecko klebte Dianjun an der Wand und drückte seine Nase auf das Gesicht der abgebildeten Frau. »Es ist Rose«, bestätigte er. »Das ist diese Blume auf Englisch. Sie hat schon einen Oscar gewonnen.«

»Titanic?« fragte Li Hao. »Selbstverständlich muß man diese Katastrophe erforschen. Schließlich war es eine der größten der Menschheit. Aber das ist nicht Rose.«

»Wollen wir wetten?« fragte Dianjun. »Wenn ich verliere, kannst du die Flasche Fünf-Ähren-Schnaps alleine trinken, und ich trinke den Xiushui-Fusel.«

»Du verlierst sowieso. Sie ist nicht Rose«, wiederholte Li Hao. »Ich interessiere mich nämlich nicht für Hollywood. Sie ist Le-wins-ky. Du erinnerst dich doch. Das war die, die Clinton die Hose aufgemacht hat. Dieses Mädchen hat etwas. Sie ist nicht ohne und könnte es glatt mit der Schönheit

Xishi aufnehmen, die damals Fu Chai, den König von Wu, aus dem Sattel geworfen hat.«

Fanhua war es überdrüssig, sich ihre Plänkeleien anzuhören. Sie zog die Kassette hervor.

»Ich habe ein kleines Geschenk für dich. Es wird dir bestimmt gefallen«, sagte sie zu Li Hao.

»Christliche Musik? Gut, ich werde sie mir aufmerksam anhören«, erwiderte er.

»Es sind Lieder über Hirten«, erklärte Fanhua. »Sie haben mir sehr gefallen. Und ich dachte, das muß doch für Li Hao gesungen sein. Es gefällt dir bestimmt.«

Während sie sprach, trug sie die kalten Gerichte auf, die sie mitgebracht hatte. Das Brathähnchen und den geräucherten Hasen riß sie in Stücke.

»Gewöhnliche Leute verstehen nichts vom Christentum«, sagte Li Hao beim Essen. »Dafür braucht man Ruhe und darf sich nicht stören lassen.«

»Du hast doch hier alle Ruhe der Welt«, sagte Fanhua. »Nicht so wie bei mir zu Hause, wo die Alten krakeelen und die Kinder lärmen.«

»Alles hat seine guten Seiten«, erwiderte Li Hao. »Dieser Hase steckt mir zwischen den Zähnen. Ich mache schnell ein paar Zahnstocher.«

Wegen seiner Behinderung folgte ihm Fanhua mit der Taschenlampe hinaus. Im Innenhof nahm er einen Besen und schlug damit einige Bambuszweige ab. Schafköttel, die aussahen wie Rehmannia-Wurzelstücke, rollten über den Boden.

»Wie hältst du das nur aus«, sagte Fanhua, »ohne eine Frau, die so etwas für dich erledigt? Das geht doch nicht. Du brauchst doch jemanden.«

»Schafkot ist nicht schmutzig«, sagte Li Hao. »Schafe sind sehr sauber. Sonst wären sie im Westen nicht so beliebt, daß man Lieder für sie singt.«

Auch Fanhua trank an dem Abend ein wenig Schnaps.

»Wenn ich wiedergewählt werde, bist du dieses Mal sicher dabei«, sagte sie und stieß mit Li Hao an. »Dann hütest du keine Schafe mehr. Ich möchte, daß du dich um die Dorffinanzen kümmerst, um den Haushalt und die Sozialausgaben. Du sollst alles verwalten. In meiner Mannschaft fehlt mir eine Person, der ich vertrauen kann. Künftig muß im Dorf eine kleine Abteilung gebildet werden, die das Geld demokratisch verwaltet. Diese soll, wenn es soweit ist, unter deiner Leitung stehen.«

»Und was ist mit Xiangsheng?« fragte Li Hao, während er zwischen seinen Zähnen herumstocherte.

»Xiangsheng?« Fanhua tat überrascht. »Xiangsheng ist in der Stadt mit seinem Geschäft zugange. Ihm ist Geld wichtiger als das Leben. Ich glaube, er hat schon das Handtuch geworfen.«

»Wieso denn?« fragte Li Hao.

Fanhua lachte und zuckte mit den Schultern. »An Sitzungen nimmt er nur selten teil. Weißt du, wie die hohen Tiere solche Leute nennen? Sie nennen sie Gastkader. Das kam schon während einer Sitzung zur Sprache. Und nach der Sitzung wurde über ihn hergezogen. Man sagte, er sei ein Nestflüchter, ein aus dem Nest geflüchteter Kader.«

Li Hao spuckte ein paar Bröckchen aus, die er sich aus den Zähnen gepult hatte. Dann stocherte er weiter.

»Was soll er deiner Meinung nach denn sonst vorhaben?« bohrte Fanhua nach.

»Man kann einem Menschen nicht ins Herz schauen«, sagte Li Hao.

Gerade hatte sich Fanhua eine Hühnerkralle gegriffen, legte sie jedoch gleich wieder ab. »Soll das heißen, Xiangsheng will Dorfvorsteher werden?« fragte sie erstaunt.

Was Li Hao zu sagen hatte, brachte er immer genau auf den

Punkt, und er war nicht bereit, auch nur ein Wort hinzuzufügen.

»Was meinst du denn?« fragte er zurück.

Fanhua nahm erneut ihre Hühnerkralle. Dieses Mal, um damit auf den Teller zu schlagen. »Du Spinner, nun sag schon!« forderte sie ihn auf. »Du warst wohl zu lange mit deinen Schafen zusammen und hast unsere Sprache verlernt?«

Schließlich bequemte sich Li Hao doch noch dazu, ein paar Worte zu verlieren. Er sagte jedoch nichts über die Menschen, sondern über die Schafe.

»Mit den Schafen kann ich mich den ganzen Tag lang unterhalten und werde nicht müde davon. Die Schafe sind gut, sie sind liebenswürdig. Sie hören dir genau zu.«

»Du bist wirklich schon ein halber Gott geworden, Li Hao«, schaltete sich Dianjun ein. »Trink.«

»Es sieht aber gar nicht danach aus, als führe Xiangsheng etwas im Schilde«, wandte Fanhua ein.

Li Hao hob sein Glas und trank schlürfend. »Warte einfach noch einen Moment, bald kommt Xiangsheng hier vorbei«, sagte er.

Was? Xiangsheng war aus der Stadt zurückgekehrt? Wieso hatte er sie nicht benachrichtigt? dachte Fanhua.

»Mach dir keine Sorgen, die Schafe werden mir Bescheid geben«, sagte Li Hao. »Eines meiner Schafe hat den Spitznamen Nachrichtenchef, es ist besonders schlau. Es erkennt Xiangsheng an seinen Schritten. Sobald er eintrifft, gibt es ein Zeichen. Es ist anders als die anderen Schafe. Außer mäh, mäh zu machen, stößt es mit seinen Hörnern gegen die Tür – tatata, tatata –, wie ein Funkgerät.«

»Läuft Xiangshengs Geschäft nicht mehr? Das kann doch nicht sein. Ich habe gehört, daß er Leute als Hilfskräfte angestellt hat«, sagte Fanhua.

»Seine Angestellten sind alle aus unserem Dorf«, erwiderte Li Hao. »Mit ein bißchen Schmiergeld schart er Leute um sich und schmiedet Pläne für den Entscheidungskampf.«

Li Hao sprach mit tiefer Stimme, die wie der kalte, grün gleißende Stahl von Stichwaffen im Mondschein klang.

Fanhua fuhr ein Schauer über den Rücken.

»Leute um sich scharen? Entscheidungskampf?« wiederholte sie.

»Überleg doch mal«, sagte Li Hao. »Was sind das denn für Leute, die er beschäftigt?«

»Ist es nicht eine Gruppe Frauen?« erwiderte Fanhua. »Die Frau von Sanhu, die Frau von Xianqiang, die Frau von Qingxi und die Frau von Tiedan. Das ist doch wohl eine Gruppe Frauen.«

»Und dann überleg weiter, welche von ihnen dir nahesteht«, sagte Li Hao. »Allen hast du schon mal auf die Finger geklopft: eine wurde von dir zur Abtreibung gezwungen, eine andere zu einer Geldstrafe verdonnert, weil sie einen Baum gestohlen hatte. Und Qingxis Frau hatte gerade mal eine Ähre vom neuen Mais geklaut, schon hast du in der Sitzung über sie geschimpft.«

»Aber ich habe dabei noch nicht einmal ihren Namen erwähnt«, wandte Fanhua ein.

»Du hast aber gesagt, daß diese Person eine Wespentaille hat«, sagte Li Hao. »Und wir alle wissen, daß Qingxis Frau keine Kinder bekommen kann und bis heute eine Wespentaille hat. Hinter jeder Frau steht ein Mann, und hinter jedem Mann steht eine ganze Sippschaft. Das sind doch wohl Wählerstimmen. Zu gegebener Zeit werden die Finger befeuchtet, und dann wird ausgezählt. Wer die meisten Stimmen hat, kommt an die Macht.«

Fanhua zuckte zusammen. Ihre Kopfhaut fühlte sich wie elektrisiert an. Sie hörte es leise rascheln. In diesem Augenblick begann das Schaf zu blöken. Wenn Xiangsheng kommen sollte, dachte Fanhua, würde sie von dem Pumpenhaus in den Bergen anfangen, wo Xuedai ein Versteck gefunden haben könnte. Das hatte sie bereits in der Komiteeversammlung erwähnt. Anschließend würde sie sich erkundigen, wie Xiangsheng mit der Ausländersache vorankam.

»Das ist nicht der Nachrichtenchef«, sagte Li Hao. »Das ist Mai Dangna. Mai Dangna hat die lauteste Stimme der Herde und die verführerischste. Sogar im Schlaf bewegt sie ihren Hintern auf und ab wie der Leiter des Kulturprogramms beim Fernsehen. Dieses Fräulein Mai ist bestimmt gerade dabei, den Leithammel zu verführen.«

»Leck mich am Arsch«, meldete sich Dianjun zu Wort, »das ist ja bei dir hier wie bei der UNO, was?«

»Wie bei der UNO?« fragte Li Hao zurück. »Hier wohnt sogar auch die Mondgöttin.«

»Das ist ja interessant, wirklich interessant«, sagte Dianjun.

So war es, wenn Männer zusammensaßen. Sie brachten keine drei Sätze über die Lippen, ohne auf Frauen zu sprechen zu kommen. Fanhua war mit ihren Gedanken woanders. Sie seufzte besorgt und genervt.

»Wie kommt es, daß Xiangsheng noch nicht da ist?« fragte sie, als erwartete sie ihn sehnlichst.

»Er wird gleich eintreffen«, antwortete Li Hao. »Er hält sicher noch ein Schwätzchen mit Shangyi.«

»Was hat er denn mit Shangyi zu schwatzen?«

Li Hao lehnte sich zurück. »Das sage ich dir nur, weil wir alte Schulkameraden sind. In Shangyis Tintenfaß steckt ein Marschallstab. Er kann entscheiden, welche Schüler mit den ›Drei Tugenden‹ ausgezeichnet werden, welche Schüler ein Stipendium erhalten, welche zum Schulsprecher ernannt werden. All das liegt in seiner Hand. Zum ehrenvollen Titel des Schulsprechers kann bei der Aufnahmeprüfung in eine höhere Schule noch eine Geldzuwendung hinzukommen. Und das ist schon einiges wert. Zwischen dreitausend und zehntausend Yuan. Welches Familienoberhaupt verzichtet schon darauf? Doudou geht ja noch nicht in die Schule. Deshalb hast du damit nichts am Hut. Du bist doch im Jahr des Drachen geboren, oder?« fuhr Li Hao fort. »Xiangsheng ist im Jahr des Tigers geboren. Ihr tragt also den Kampf zwischen Drache und Tiger aus.«

Unterdessen spülte Dianjun seine Sorgen hinunter. Und im Nu hatte er zuviel getrunken. Als er Li Hao von dem »Kampf zwischen Drache und Tiger« reden hörte, glaubte er, es ginge ums Essen.

»Hast du dieses berühmte kantonesische Gericht schon mal gegessen?« fragte er.

Obwohl Li Hao ein wandelndes Lexikon war, hatte er von diesem Gericht noch nie gehört. Dianjun nahm Eßstäbchen in die Hand und begann, damit herumzufuchteln. »Der Drache ist Schlange, der Tiger ist Katze. Wenn sie zusammen geschmort werden, spricht man vom ›Kampf zwischen Drache und Tiger‹«.

»Halt die Klappe«, sagte Fanhua und schlug nach ihm. Die Stäbchen fielen zu Boden.

»Und Xiaohong?« setzte Fanhua ihr Gespräch mit Li Hao fort.

»Xiaohong ist ein goldener Phönix. Ihr beide tanzt den Drachen-Phönix-Tanz. Drache und Phönix verheißen Glück, so wie das gemeißelte Bild im Theater. Sie ist deine natürliche Nachfolgerin.«

Fanhua freute sich, als sie das hörte. Doch sie wollte es genauer wissen. »Warum denn ›natürliche‹?« hakte sie nach.

Zwar war Li Haos Erklärung für Fanhua eine Genugtuung, dennoch beschlich sie ein unangenehmes Gefühl.

»In unserem Dorfkomitee haben die Frauen den Vorsitz«,

fuhr Li Hao fort. »Dafür sind wir in ganz Xiushui bekannt. Frauen sind gut! Erstens haben sie in diesem Umfeld Seltenheitswert, und zweitens läßt man den Frauen den Vortritt. Das ist ihr Vorteil. Denn daß sich Männer mit Frauen streiten, gehört sich doch wohl nicht, oder? Das Dorf Wangzhai ist wohlhabender als unser Dorf, weil dort der Sitz des Gemeindeparteikomitees und der Gemeinderegierung ist. In den Bergen leben die Menschen von den Bergen, am Wasser leben sie vom Wasser, im Parteikomitee leben sie vom Parteikomitee. Du aber bist die große Vertreterin des Landkreises, und der Dorfvorsteher von Wangzhai ist nichts. Deshalb führt die Beliebtheit der Frauen bald noch zum Matriarchat.«

»Was für ein Matriarchat?« fragte Fanhua kleinlaut. »Davon steht doch nichts in den Parteistatuten.«

»Das ist nicht so einfach«, sagte Li Hao. »Das kann man nicht in ein oder zwei Sätzen erklären. Im groben bedeutet es: Auch wenn früher abgemacht war, daß den Frauen nur die Hälfte des Himmels gehört, vollziehen sie jetzt einen Sinneswandel. Die Hälfte des Himmels ist ihnen nicht genug, sie brauchen mehr. Aber wieviel, darüber äußern sich die Frauen nicht eindeutig. Sie nehmen auf jeden Fall das, was sie bekommen können.«

»Du machst mich verrückt«, sagte Fanhua. »Du denkst dir wohl immer wieder etwas Neues aus, um mich zu kritisieren?«

»Kritisieren? Das würde ich niemals wagen«, erwiderte Li Hao. »Das einzige, was ich sagen will, ist, daß die Frauen sehr hoch im Kurs stehen und ihre Sache gut machen. Wenn Xiaohong später deine Nachfolgerin wird, wäre es bestimmt die beste Lösung.«

Das sagst du mir? dachte Fanhua. Ich bin wohl durchsichtig.

»Gut, gut«, wehrte sie ab. »Reden wir nicht mehr über Xiaohong. Was ist mit Xueshi?«

»Ach, Xueshi, der ist ›der Abhang tausend Fuß unterm Eis‹, der dir, ›Schönheit des erblühten Zweiges‹, als Boden dient. Den kannst du ruhig außer acht lassen«, erklärte Li Hao.

»Und Fanqi?« fragte Fanhua weiter.

»Er sagt ja, daß wir alle nur aus Fleisch und Blut sind. Dann ist er sicher auch nur aus Fleisch und Blut. Er hat ein weiches Herz und ist nicht zu großen Dingen geboren.«

»Und was ist mit Onkel Qingmao?«

Li Hao schnalzte abschätzig mit der Zunge. »Er hat es doch schon selbst gesagt: Ein alter Gaul kennt den Weg. Heute ist Eselsfleisch teurer als Rindfleisch, Rindfleisch ist teurer als Pferdefleisch. Er wartet nur darauf, daß er nach seinem Tod als Eselsfleisch verkauft wird. Manche Leute sind gestorben, aber leben in den Herzen der Menschen weiter. Andere Leute leben, als wären sie bereits tot. Qingmao ist tot, auch wenn er natürlich nicht wirklich gestorben ist. Sobald er tatsächlich stirbt, mußt du für ihn eine triumphale Trauerfeier ausrichten.«

Dianjun hatte sich in ein Zimmer zurückgezogen und hingelegt. In diesem Moment aber polterte er plötzlich los. »Leck mich am Arsch, das ist echt gut.«

Li Hao glaubte, daß Dianjun ihm damit Anerkennung für seine Ausführungen zollte, und bemerkte bescheiden: »Wenn Hirten zuviel trinken, reden sie nur noch Blödsinn.«

Dianjun kam mit einem Buch in der Hand herein. Der Einband war verklebt wie eine schmutzige Windel. »Hast du dich wirklich mit dem Feminismus beschäftigt?«

»Das Buch gehört Junjies Freundin«, sagte Li Hao. »Als wir letztes Mal gegrilltes Lamm gegessen haben, hat sie es hier vergessen. Ich habe es als Bettlektüre benutzt.« Er nahm das Buch und steckte es sich unter den Hintern.

»Junjies Freundin?« fragte Dianjun. »Ist er geschieden?«

»Quatsch«, erwiderte Li Hao. »Das ist seine Geliebte.«

»Leck mich am Arsch, Junjie schlägt sich gut durch«, sagte Dianjun. »Er häuft wohl immer mehr Geld an, daß er sich schon Konkubinen leisten kann.«

»Du bist wohl neidisch, was? Schau dich doch mal an«, fuhr Fanhua genervt dazwischen. »Wo bleibt nur Xiangsheng?«

»Im Moment ist er noch bei einer Sitzung«, antwortete Li Hao.

»Was für eine Sitzung?« fragte Fanhua erschrocken.

»Ein Treffen«, sagte Li Hao kurz angebunden.

Fanhua schwieg und ließ eine peinliche Gesprächspause entstehen. Je mehr man Li Hao anbettelte, desto mehr spielte er sich auf. Zwei Minuten des Schweigens ertrug er allerdings nicht. Er räusperte sich.

»Qingshu hat doch schon mit dir über die Erweiterung seines Verantwortungsbereichs gesprochen, oder?« fuhr Li Hao fort.

Fanhua gab keine Antwort. Sobald ihr Qingshu in den Sinn kam, mußte sie würgen, als habe sie eine Fliege verschluckt.

»Weißt du eigentlich, was Qingshu für Bücher liest?« fragte Li Hao weiter, denn er wußte ja nicht, daß Fanhua eine Fliege verschluckt hatte.

Fanhua spuckte auf den Boden. »Was soll der schon für Bücher lesen?«

»Die Bücher leiht er sich alle von mir«, fuhr Li Hao fort.

»Lesen ist doch eine gute Sache«, erwiderte sie.

»Sämtliche Bücher, die er sich ausleiht, sind über Lin Biao, über das Jinggang-Gebirge, den Pingxing-Paß, den Liaoning-Shenyang-Feldzug, die Lushan-Konferenz; von Lin Biaos Erfahrungsschatz, über seine Fehler, die ihm zu denken geben, den langen Kampf der Roten Revolution bis dahin, wie man Chinas Präsident werden kann. Den ganzen Tag beschäftigt sich Qingshu mit nichts anderem. Wenn er den Arsch hebt, weiß ich sofort, was er für einen Scheißhaufen hinterlassen wird. Lin Biao wollte Vorsitzender des Landes werden, und Qingshu will Vorsitzender des Dorfkomitees werden.«

»Vorläufig scheint er noch nicht an der Reihe zu sein«, sagte Fanhua. »Nach dem, was du gerade gesagt hast, ist erst Xiaohong dran, wenn ich abtrete. Und Xiangsheng ist auch noch da.«

Li Hao biß den Hühnerkopf entzwei und bohrte mit seinem selbstgebastelten Zahnstocher im Hirnmark. Er sagte nichts mehr. Eigentlich war Hirnmark weiß, aber beim Kochen wurde es schwarz wie die Schafköttel.

Li Haos Gesichtsausdruck verdüsterte sich. »Xiangsheng ist der Steuermann, Qingshu nur der Ruderer. Der eine wird Parteizellensekretär, der andere nur Dorfvorsteher.«

Offenbar hatte Li Hao zuviel getrunken. So ein Quatsch, in allen Dörfern des Landkreises Xiushui oblag das Amt des Parteizellensekretärs und das des Dorfvorstehers derselben Person, dachte Fanhua. Vor einigen Jahren hatten ein paar Dörfer die Ämter getrennt mit der Folge, daß sich der Parteizellensekretär und der Dorfvorsteher ineinander verbissen wie zwei Hunde, die ihre Schwänze jagen. Ein hoffnungsloses Durcheinander war entstanden. Daraufhin wurden beide Posten wieder einer Person übertragen. Die Sache war klar: Entweder wurde Xiangsheng Parteizellensekretär und Dorfvorsteher in einer Person, oder er setzte seine Arbeit als Komiteemitglied für Kultur, Bildung und Gesundheit fort.

Soviel zunächst zu diesem Thema. Aus Furcht, Xiangsheng könnte jeden Moment auftauchen, brachte Fanhua das Gespräch auf Xuedai.

»Kann man sich eigentlich im Pumpenhaus in den Bergen verstecken?« fragte sie. »Während der ganzen letzten Tage konnte ich mich überhaupt nicht um die Wahl kümmern. Ständig drehte sich alles um Xuedais Bauch.«

»Im Auge des Taifuns ist es friedlich«, erwiderte Li Hao.

»Du meinst also ...«

»Was nicht vom Scheinwerferlicht erfaßt wird, bleibt im Dunklen.«

Was nicht vom Scheinwerferlicht erfaßt wird, bleibt im Dunklen? Fanhua war verwirrt.

»Was ist den Augen am nächsten?« fragte Li Hao.

»Die Wimpern«, sagte Fanhua.

»Blödsinn. Die Wimpern zählen nicht. Sie sind Teil des Auges. Es ist die Nase!« rief Li Hao aus. »Die Nase ist den Augen am nächsten. Aber kannst du deine eigene Nase sehen? Nein, es sei denn, du bist ein Elefant.«

Plötzlich sprang er auf. Er wischte sich die Hände an den Haaren ab und noch einmal an der Hose. Dann öffnete er die Tür. Lautes Regengeprassel drang herein, Äste knackten geräuschvoll. Wie schreiende Säuglinge im Kreißsaal begannen die Schafe zu blöken. Qinglins Wolf heulte. Wimmern und Schluchzen wie von Witwen, die die Gräber beweinten, war zu hören. Li Hao legte den Zeigefinger auf die Lippen und blies zischend Luft durch die Zähne. »Xiangsheng ist da.«

Jemand drückte das Hoftor auf und kam herbeigelaufen. Mann, er kam doch nur zu Besuch. Warum hatte er es denn so eilig? Mit seiner Geschäftigkeit wollte er wohl einen Top-Manager imitieren? dachte Fanhua verächtlich.

Die Person rannte bis zum Haus und hielt inne. Kurz darauf klopfte es rhythmisch gegen die Tür.

Bewegungslos saß Fanhua da. Li Hao öffnete. Nicht Xiangsheng, sondern Shangyi trat ein. Fanhua hier anzutreffen hatte er nicht erwartet. Mit offenem Mund stand er vor ihr und brachte keinen Ton heraus. Er roch nach Alkohol. Fanhua nahm an, er wolle Li Hao zum Trinken abholen. Vermutlich schickte ihn Xiangsheng. Sie ergriff das Wort, verkniff sich jedoch eine Bemerkung dazu.

»Lehrer Shangyi, willst du dem Familienoberhaupt eines Schülers einen Besuch abstatten? Hier bist du falsch. Das ist Li Haos Haus.«

Shangyi schluckte. »Ich bin nicht falsch«, erwiderte er. »Ich bin gekommen, um Bücher auszuleihen.«

Shangyi kam, um sich Bücher für das Ratespiel auszuleihen. Er wollte die ihm von Fanhua übertragene Aufgabe besonders gut erfüllen. Ja, was für ein mustergültiger Staatsdiener, der sogar mitten in der Nacht jede Lauferei in Kauf nahm und kein Auge zutat. Was aber, wenn er nun doch kein mustergültiger Staatsdiener war? Fanhua forderte ihn auf, neben ihr Platz zu nehmen.

»Ich habe noch nicht ausreichend Material«, sagte Shangyi. »Deshalb will ich mir ein paar Bücher ausleihen.«

»Willst du Lehrer Shangyi nicht endlich einen Willkommenstrunk anbieten?« sagte Fanhua zu Dianjun.

»Ich schätze gebildete Menschen sehr«, sagte Dianjun, während er ein Glas einschenkte.

Es war unübersehbar, daß Shangyi schon einiges getrunken hatte. Zunächst lehnte er ab, ließ sich allerdings nicht lange bitten, das Glas entgegenzunehmen.

»Aber nur ein Glas«, sagte er. »Ich habe wieder Magenbeschwerden. Da kann ich nicht soviel trinken.« Dabei stellte er das Glas ab und tastete auf seinem Bauch herum. »Ich habe schon einige Themen ausgearbeitet«, sagte er. »Wenn es dir nichts ausmacht, kannst du sie ja einmal durchsehen.«

Er zog zwei Blätter aus der Jacke seines Anzugs und überreichte sie Fanhua mit feierlicher Geste.

Fanhua nahm sie zwar entgegen, würdigte sie jedoch keines Blickes. »Setz dich doch erst einmal«, sagte sie. »Ich muß schnell zur Toilette. Ich leihe mir deinen Schirm aus.« Auf diese Weise brauchte sie nicht zu fürchten, daß er sich davonstahl.

Während Fanhua auf der Toilette hockte, wählte sie Xiaohongs Handynummer. Sie wollte sie bitten, zu Xiangsheng zu gehen und in Erfahrung zu bringen, ob er tatsächlich ein opulentes Gastmahl gab. Dafür brauchte Xiaohong sein Haus nicht zu betreten. Es reichte, wenn sie vom Hof aus die Ohren spitzte. Regentropfen klatschten auf den Schirm, Fanhuas Herz pochte. Warum schlich sie sich eigentlich wie ein Dieb davon? Xiaohong nahm nicht ab. Entweder schlief sie bereits, oder sie hörte nichts, weil sie den Vibrationsalarm ihres Handys eingestellt hatte. Diese Jugend hatte wirklich einen gesegneten Schlaf, dachte Fanhua. Ihr Gesicht war fiebrig. Ach, es war auch in Ordnung so. Ohnehin wäre es unangenehm gewesen, mit Xiaohong darüber zu sprechen.

Zurück im Haus, nahm Fanhua Shangyis Blätter zur Hand. »Dann will ich sie mal studieren.«

»Wenn etwas nicht paßt, dann soll die Chefin doch bitte Kritik üben.«

Shangyi hob sein Glas und nippte daran. Dann stellte er es wieder ab. Natürlich wußte Li Hao, weswegen Shangyi vorbeigekommen war und daß er am liebsten so schnell wie möglich wieder verschwunden wäre. Aber er spielte Fanhuas Spiel gerne mit und stellte sich ahnungslos.

»Fanhua«, sagte er, »für diese Bücher habe ich Geld bezahlt. Wenn Shangyi sie ausleiht, ist das in Ordnung. Denn für eine Messerklinge braucht man den besten Stahl. Aber anderen borge ich sie nicht.«

»Wir leben in einer Marktwirtschaft«, sagte Fanhua. »Du kannst doch Geld dafür nehmen.«

»Da verliere ich vor meinen Nachbarn das Gesicht«, erwiderte er. »Laß nur, damit leiste ich meinen Beitrag zur kulturellen Entwicklung des Dorfes.«

Wieder hielt Shangyi sein halb gefülltes Glas in der Hand und stieß mit Dianjun an.

»Auf meinen Freund, der von einem unendlich fernen Ort kommt. Wohl bekomm's!« sagte er und trank. Er schüttelte sich und streckte die Zunge heraus, als habe er sie sich verbrannt. »Wenn man lange nichts getrunken hat, brennt es fürchterlich in der Kehle«, fügte er hinzu.

Und wenn man etwas zu vertuschen sucht, lenkt man erst recht alle Blicke darauf, dachte Fanhua.

»Hast du ein Buch über die ungeschlechtliche Fortpflanzung?« fragte Shangyi Li Hao mit ernster Miene.

Li Hao verstand nicht recht. »Ungeschlechtliche Fortpflanzung? Was heißt das?« fragte er.

»Wie eine Henne, die ohne den Hahn Eier legt«, erklärte Shangyi.

»Ist das auch eines deiner Themen?« fragte Fanhua.

»Ich habe darüber nachgedacht«, erklärte Shangyi und rieb sich die Hände, »was man macht, wenn sich Mann und Frau haben sterilisieren lassen, dann jedoch ihr Kind stirbt und sie noch eines bekommen wollen.«

»Wenn sich einer sterilisieren läßt, reicht das doch. Was soll das, daß sich beide sterilisieren lassen?« sagte Fanhua.

»Xiangning ist ein solches Beispiel«, sagte Shangyi. »Xiangning hat sich sterilisieren lassen und seine Frau auch.«

Xiangning war der Schlachter im Westen des Dorfes. Seine erste Frau war schwach und kränklich gewesen, so daß sie sich keiner Operation hatte unterziehen können. Daher hatte sich Xiangning sterilisieren lassen müssen. Wenig später war seine Frau gestorben. Als hätte sich alles gegen ihn verschworen, verging kaum ein halbes Jahr, bis seine beiden

Kinder auf dem Rückweg vom Markt in Wangzhai von einem Kohlelastwagen überfahren wurden. Xiangning heiratete daraufhin eine Witwe. Erst nach der Hochzeit erfuhr er, daß sie sich ebenfalls hatte sterilisieren lassen. Im Dorf sagten die Leute, daß der Totengott Anspruch auf das Leben seiner Familie erhob, weil Xiangning zu viele Lebewesen zur Strecke brachte.

»Unter Zehntausenden ist das ein Einzelfall«, sagte Fanhua. »Mitglieder der Kommunistischen Partei müssen an den Nutzen der Masse denken. Über Xiangnings Problem reden wir ein anderes Mal.«

»Der Meinung bin ich auch«, stimmte Shangyi zu. »Aber Xiaohong hat mich gebeten, Xiangning etwas in Aussicht zu stellen. Er soll wissen, daß es für alles eine Lösung gibt. Deshalb habe ich mir Gedanken gemacht.«

Xiaohong war einfach umsichtig, dachte Fanhua, nicht einmal Xiangnings Situation entging ihr.

Während sich Fanhua Shangyis Vorschläge durchlas, nahm sie sich vor, Xiangning demnächst einen Besuch abzustatten. Die ungeschlechtliche Fortpflanzung war nicht mehr als ein Papiertiger. Aber eine andere Möglichkeit wäre, Xiangning bei einer Adoption zu unterstützen. Schon jetzt legte sich Fanhua ihre Worte zurecht. Ich habe leider nur eine Doudou. Wenn ich zwei hätte, würde ich dir eine zur Adoption geben. Denn Kinder sind wie Hündchen: wer sie großzieht, den lieben sie, wollte sie zu Xiangning sagen, wenn sie ihn traf.

Fanhua mußte über Shangyis Aufgaben lachen. Er begann mit der Frage: »Warum dürfen Frauen im gebärfähigen Alter auf dem Land zwei Kinder zur Welt bringen, in der Stadt jedoch nur eines?« Vier Antworten standen zur Auswahl:

A. Der Bauer sorgt für seine Nahrung in der Sommerfrische, für den Städter stehen bereit gedeckte Tische.
B. Der Anbau erfordert Körperkraft, damit ein zweites Kind ihn nicht hinwegrafft.
C. Regierung und Bauern verbindet eine Liebelei, gebiert er eins, bekommt er zwei.
D. Kinder auf dem Land großzuziehen ist ein lohnendes Ziel. In der Stadt kostet es doppelt soviel.

Nicht einmal »eines bezahlen, eines gratis« hatte er ausgelassen. Ging es hier vielleicht um einen Räumungsverkauf? Dennoch, es las sich alles flüssig und eingängig. Nur, was war eigentlich die richtige Antwort? Fanhua war unschlüssig.

»Lehrer Shangyi, du bist wirklich sprachbegabt«, lobte Fanhua ihn. »Aber im Grunde ist keine der Antworten falsch.«

»Wir streben doch nach Vollkommenheit«, erwiderte Shangyi. »Eine Antwort ist natürlich am richtigsten.«

Fanhua lachte. »Es ist sehr gut. Nur an ein paar Formulierungen müßte noch gefeilt werden. Denn so, wie es jetzt heißt, rafft die Städter doch ein zweites Kind hinweg, oder? Ist die Regierung mit den Städtern denn nicht besonders verbunden?«

»Im wesentlichen wollte ich für die Bauern sprechen«, sagte Shangyi. »Bauern können zwei Kinder bekommen. Aber können Städter vielleicht zwei bekommen? Können sie nicht. Bauern können ihren Dorfvorsteher wählen. Können Städter vielleicht ihren Bürgermeister wählen? Können sie nicht.«

»Damit sprichst du nicht nur für die Bauern, sondern du hebst auch ihren ganzen Stolz hervor«, sagte Fanhua.

»Genau«, pflichtete Shangyi ihr bei. »Ihren Stolz, den Stolz der Bauern des neuen Jahrhunderts.«

Sein zweites Thema betraf die Wahl. Es ging um das »Organisationsgesetz der Dorfkomitees der Volksrepublik China«, das den Wahlen auf Dorfebene zugrunde lag. In den Kursen für ländliche Kader hatte sich Fanhua damit beschäftigt. »Wann hat die Volksrepublik China denn eigentlich das ›Organisationsgesetz der Dorfkomitees‹ gemacht?« Fanhua erinnerte sich selbst nicht mehr genau.

Shangyi gab den Hinweis, daß hier eine Lücke zu füllen sei. »Bei dieser Aufgabe stecken Frage und Antwort in einem Vers«, erklärte er.

»Was? In einem Vers? In welchem Vers?« fragte Fanhua.

Shangyi erhob gewichtig die Stimme:

»Wann hat die Volksrepublik China
denn eigentlich das Organisationsgesetz
der Dorfkomitees gemacht?
Im Jahr Eins-neun-neun-acht.

Hör doch«, sagte Shangyi. »Wenn man die Frage zügig liest, kommt die Antwort wie von selbst.«

»Leck mich am Arsch, ich verstehe«, meldete sich Li Hao zu Wort. »Beim letzten Mal war die Lösung 1-8-1-8, und dieses Mal ist es 1-9-9-8. Du hast es wohl mit der Acht. Aber das ist auch gut so, schließlich ist die Acht eine Glückszahl, die Wohlstand und gute Fügung verheißt.«

»Nicht dumm«, stimmte Fanhua zu. »Lehrer Shangyi ist nicht dumm.«

»Ach was«, wehrte Shangyi in aller Bescheidenheit ab. »Ihr habt die Große Mauer errichtet, und ich? Ich reiche euch doch nur ein paar Backsteine.« Er hob den Arm und schaute auf die Uhr. »Ich muß gehen. Wenn ich so spät komme, macht sich Pei Zhen Sorgen.«

»Warte noch einen Moment«, hielt Fanhua ihn zurück. »Ich begleite dich.«

Erschrocken winkte Shangyi ab. »Wie könnte ich dir solche Umstände machen, wie könnte ich.«

»Dann bringt Dianjun dich nach Hause«, beharrte Fanhua.

»Herr Zhang?« rief Shangyi. »Erst recht nicht. Der Schuldirektor sagt, daß er der Vorreiter der Marktwirtschaft sei. Wie könnte ich Herrn Zhang bemühen?«

Kurz zuvor war Fanhua noch darauf bedacht gewesen, daß Dianjun nicht zuviel trank. Nun hielt sie ihn dazu an, noch einmal mit Shangyi anzustoßen.

»Lehrer Shangyi«, sagte Dianjun, während er sein Glas hob, »was hältst du von der Kamelzucht?«

Schon wieder, irgendein Nerv mußte ihm quer sitzen, daß er immer wieder von Kamelen anfing.

»Ich bin nur ein Dorfschullehrer und mit Blindheit geschlagen«, entgegnete Shangyi. »Davon verstehe ich gar nichts. Ich weiß nur, daß Marktwirtschaft so funktioniert: Wenn zwei Leute nach einem Stein greifen, der gerade den Fluß hinabgespült wird, macht sich der eine dabei vielleicht nicht einmal die Schuhe naß, während der andere ertrinkt.«

Dianjun hatte sich kaum gesetzt, schon war sein Glas leer. »Wenn es keine Kamele gäbe, wäre ich schon tot«, sagte er. »Es war ein Kamel, das mich auf seinem Rücken aus der Wüste getragen hat.«

Fanhua war erstaunt. Irgend etwas stimmte nicht mit Dianjun. Wenn jemand von Wasser redete, machte er daraus eine Wüste, war von Schuhen die Rede, machte er daraus ein Kamel. War er vielleicht traumatisiert? Mit einem Mal wurde sie unruhig. Sie beobachtete Dianjun, der mit der Zunge schnalzte und sich unaufhörlich am Kopf kratzte. Ihr fiel die Narbe wieder ein. Sicher konnte die Narbe darüber Auskunft geben, ob Dianjun vielleicht etwas verschwieg.

Dianjun stand auf, wankte zur Tür und verschwand mit den Worten: »Ich muß Wasser lassen.«

Jeder andere hätte »Ich muß pissen« gesagt. Als er die Tür öffnete, fegte ein Windstoß die kleinen Knochen und Li Haos selbstgebastelte Zahnstocher vom Tisch.

Wenige Augenblicke später kam Dianjun zurückgewankt. Obwohl alles aufgegessen war, nahm er seine Eßstäbchen zur Hand und griff damit ins Leere. Anschließend führte er sie zum Mund. Erneut öffnete er die Schnapsflasche. Wir sollten den Abend beenden, dachte Fanhua. Shangyi war zwar noch nicht betrunken, aber Dianjun hatte genug. Für die Leute wäre es ein schönes Spektakel, wenn er sturzbetrunken durch das Dorf torkelte. Es wurde Zeit, daß sie ihn nach Hause brachte.

»Was ist eigentlich mit dir los?« fragte sie ihn und entriß ihm die Schnapsflasche. »Lehrer Shangyi, du solltest Pei Zhen nicht beunruhigen. Machen wir für heute Schluß und treffen uns ein anderes Mal wieder. Dann lade ich euch zu gutem Essen, gutem Schnaps und guten Zigaretten ein. Komm.«

Zu ihrer Überraschung gab Shangyi plötzlich einen englischen Satz von sich. »Ladies first«, sagte er. »Die Dame hat den Vortritt, nach dir.«

Dianjun schlief an diesem Abend wie ein totes Schwein. Mitten in der Nacht übergab er sich einmal und schlief anschließend wie ein totes Schwein weiter. Kurz bevor es hell wurde, fielen auch Fanhua endlich die Augen zu. Kaum war sie eingeschlafen, streckte sich Dianjun quer über das gesamte Bett aus. Einen Fuß legte er auf ihre Beine, einen auf ihren Bauch. Sein linkes Bein zitterte, als stünde es unter Strom oder würde von einem Muskelkrampf geschüttelt. Er sprach im Traum. Fanhua vernahm die Worte »Wahlkampf« und »Straßenbau«. Sie war gerührt. Offenbar bereitete er im Traum ihre Wahlkampfrede vor.

»Kamel«, sagte er dann unvermittelt. Was ein Kamel mit dem Wahlkampf zu tun hatte, war ihr allerdings schleierhaft. Auf einmal begann Dianjun zu weinen. Er weinte bitterlich und röchelte. Schleim verstopfte seine Kehle. Fanhua hielt es nicht mehr aus und rüttelte ihn wach. Mit geschlossenen Augen zitterte er wie Espenlaub, schreckte hoch und flehte um Gnade.

»Genossen«, sprudelte es aus ihm heraus. »Ein Schiff nimmt den Weg zu Wasser, ein Kamel nimmt den Landweg.«

Fanhua gab ihm eine Ohrfeige. »Mach deine Schweineaugen auf«, sagte sie. »Ich bin deine Frau.«

Dianjun atmete erleichtert auf, legte sich wieder hin und öffnete die Augen. Fanhua sah ihn grimmig an. »Sag endlich, was es mit diesem Kamel auf sich hat.«

Aber Dianjun stellte sich weiterhin stur. »Ein Kamel ist ein Kamel, es hat einen Höcker oder zwei Höcker.«

Mit grimmigem Blick zog sie ihn auf. »Könnte es nicht sein, daß du von einer Frau sprichst und sie Kamel nennst?«

Dianjun bekam es mit der Angst zu tun. Er sprang auf. »Ich habe mich bei dir für nichts zu entschuldigen«, rief er aufgebracht. »Das Kamel ist einfach ein Kamel.«

Gerade hatte Fanhua ihn geohrfeigt, also mußte sie jetzt ein wenig zärtlich zu ihm sein. Sie zog ihn zu sich heran, streichelte und küßte sein Gesicht, als wäre er ein Kind, und bat ihn, ehrlich zu sein. Da wich er endlich nicht mehr aus und legte ein Geständnis ab.

»Seit vier Monaten habe ich keinen Lohn mehr bekommen«, sagte er. »Deshalb haben alle Arbeiter ihr Werkzeug genommen und den Fabrikdirektor verprügelt.«

»Hast du auch zugeschlagen?« fragte Fanhua, während sie sein Gesicht streichelte.

»Hätte ich zugeschlagen, wäre ich wohl kaum hier«, erwiderte Dianjun. »Alle, die mit dem Werkzeug geschlagen haben, wurden festgenommen.«

Fanhua war erleichtert und legte sich wieder hin. »Dianjun«, sagte sie, »merk dir eines: Wenn sich gewöhnliche Leute gegen hohe Tiere auflehnen, nimmt das nie ein gutes Ende. Egal, ob berechtigt oder unberechtigt, am Schluß geht die Rechnung an dich. Du wirst sehen, das dicke Ende kommt noch.«

Mit aller Kraft rang sie um Besonnenheit, konnte ihre Wut aber letztendlich nicht bezwingen. »Dieser Schweinehund von Fabrikdirektor, wieso zahlt er den Arbeitern ihren Lohn nicht aus?« schimpfte sie. »Will er sein ganzes Geld mit ins Grab nehmen? Solche Leute spielen mit ihrem Leben. Denen geschieht eine Tracht Prügel gerade recht.«

»Das Geld hat er gespendet«, sagte Dianjun.

»Wie, gespendet?« fragte Fanhua. »Doch wohl nicht für Afrika.«

»Er hat es für den städtischen Straßenbau gespendet und für zukünftige Schulprojekte«, erklärte Dianjun. »Wenn die Pandabären keinen Bambus mehr zu fressen hätten, würde er auch noch für die Bambuseinfuhr aus Japan spenden. Sogar seine Konkubine hat er gespendet. Ohne Einsatz kommst du zu nichts. Wenn du nicht bereit bist, deine Kinder als Köder einzusetzen, wird dir der Wolf nicht in die Falle gehen, wenn du nicht bereit bist, deine Frau als Köder einzusetzen, kannst du dem Gauner keine Falle stellen. Die Konkubine hat er einem Behördenchef überlassen.«

Als Fanhua das hörte, wurde sie noch zorniger, blähte sich auf wie eine Kröte.

»Der Schweinehund«, fuhr Dianjun fort, »er träumt davon, Mitglied der Politischen Konsultativkonferenz zu werden. Steter Tropfen höhlt den Stein.«

»Der Schweinehund ist nicht dumm«, sagte Fanhua. »Was

er den Leuten wegnimmt, verwendet er für sein eigenes Fortkommen.«

»Kürzlich war er wieder im Fernsehen zu sehen«, sagte Dianjun. »Sein Gesicht war rot wie ein Affenarsch. Er hielt einen Blumenstrauß im Arm und eine Urkunde in der Hand. Als die Arbeiter das sahen, kochten sie vor Wut. Da steckte er dann wirklich in der Scheiße. Nach Einbruch der Dunkelheit hat dieser Schweinehund nämlich weiter geprahlt. Das Dach seines BMW hatte er mit einem Blumenkranz geschmückt. Als er das Fabriktor passierte, versperrten sie ihm den Weg. Er befahl einem Arbeiter, den Buchhalter herzuholen. Da brüllte jemand: ›Der Buchhalter ist tot.‹ Der Schweinehund fragte daraufhin: ›Wann ist er denn gestorben?‹ – ›Seine ganze Familie ist tot‹, rief der Arbeiter. ›Sie haben sich alle zu Tode gefressen.‹ Einer, der sich etwas Mut angetrunken hatte, schrie: ›Du brauchst gar nicht erst herauszukommen. Ich sehe genau, daß du dich auch zu Tode fressen wirst.‹

Der Schweinehund wurde wütend und raste einfach mit dem Auto auf den Mann zu. Dabei gingen auch ein paar andere Arbeiter zu Boden. Einer von ihnen wurde sogar in die Luft geschleudert und zerschlug beim Aufprall die Windschutzscheibe des BMW. Weil die Leute hinten nicht alles genau mitbekamen, dachten sie, die Vorderen hätten den Kampf bereits eröffnet. Also nahmen sie Prügel und Steine in die Hand und verpaßten dem Schweinehund eine gehörige Abreibung. Auch seinen BMW schlugen sie kurz und klein.«

»Das war gut. Er hat die Schläge verdient, soll er doch daran krepieren«, sagte Fanhua. »Und du hast nicht zugeschlagen?«

»Natürlich habe ich zugeschlagen«, erwiderte Dianjun. »Ich habe einen Backstein geworfen.«

Fanhua kniff ihn ins Ohr. »Du bist gut«, sagte sie. »Und du hast keine Angst, festgenommen zu werden? Was sollen Doudou und ich denn machen, wenn dir etwas zustößt? Du bist ziemlich übermütig. Da muß ich dir wohl mal ordentlich auf die Finger klopfen, daß du hinterher eine Maniküre brauchst.«

Dianjun strich Fanhua über die Brust. Ihre Brustwarzen wurden hart, so hart wie eine Peperonischote. Eigentlich wäre Fanhua nun gerne auf Dianjun gekrabbelt oder hätte Dianjun auf sich klettern lassen. Jetzt aber schob sie seine Hand zur Seite.

»Sag ehrlich, ist er für die Narbe auf deinem Kopf verantwortlich?« fragte sie.

»Quatsch«, erwiderte Dianjun. »Nachdem ich den Stein geworfen hatte, habe ich Reißaus genommen. Soll ich mich auf meine alten Tage auch noch festnehmen lassen? Ausgeschlossen.«

Fanhua preßte Dianjuns linke Hand unter ihren Körper und griff nach der rechten. »Jetzt mußt du noch von dem Kamel erzählen«, sagte sie. »Sobald du den Mund aufmachst, kommt nur ›Kamel‹ heraus. Was hat das zu bedeuten?«

»Ich habe einen Freund«, begann Dianjun. »Er ist wie ich Techniker und kommt aus Ningxia. Er hat auch einen Backstein geworfen. Aber er ist nicht besonders mutig, eigentlich ist er ein richtiger Schisser. Je länger er hinterher darüber nachdachte, was er getan hatte, desto mehr Angst bekam er. Noch in derselben Nacht ist er nach Hause geflüchtet. Eigentlich wollte ich ihn mit nach Xiushui bringen und hier verstecken. Aber er wollte lieber nach Hause. Er hat mir erzählt, daß er früher Kamele gezüchtet hat und jetzt einfach damit weitermacht. Wenn er Kamele züchten kann, warum sollte ich es nicht auch können? Also bin ich mit ihm nach Ningxia gefahren und habe mir die Kamele angeschaut.

Diese Tiere sind ein wahrer Schatz. Nur einen Nachteil haben sie – ihre Pisse, die stinkt wie die Pest.«

»Kamele, Kamele, ich will gar nicht weiter mit dir darüber reden«, sagte Fanhua. »Aber einen Satz, den solltest du dir hinter die Ohren schreiben. Ab heute sprichst du nie wieder von der Geschichte in der Schuhfabrik. Ich will nicht mein Gesicht verlieren.«

»Wieso solltest du?« fragte Dianjun. »Ich habe doch einen Stein geworfen.«

»Ein zweiter wäre dir ja wohl zuviel gewesen«, erwiderte Fanhua.

»Ich habe mich nur noch nicht getraut, es dir zu sagen«, räumte Dianjun ein, »aber in Wirklichkeit habe ich drei Steine geworfen.«

»Ich will mich nicht mit dir streiten«, sagte Fanhua. »Aber ich sage dir jetzt eines: Wenn du die Sache mit der Schuhfabrik noch einmal erwähnst, werden wir einen Dauerstreit haben.« Fanhua lag noch etwas auf der Zunge, sie schluckte es jedoch hinunter. Sie war mit Dianjun durch das Dorf gebummelt, weil sie den Leuten zeigen wollte, daß Dianjun viel Geld verdient hatte – so viel, wie er gar nicht ausgeben konnte. Die Leute sollten wissen, daß sie eine aufrechte Beamtin sei, die dem Dorf nichts unterschlug. Wenn die Dorfbewohner nun erführen, daß Dianjun in Wirklichkeit ein armer Schlucker war, wäre es um sie geschehen. Dann könnte sie eine noch aufrichtigere Beamtin als Bao Qingtian sein, die anderen würden ihr dennoch Bestechlichkeit unterstellen.

Es war schon hell geworden. Üblicherweise stand Fanhua viel früher auf. Aber sie hatte kaum geschlafen. Deshalb lag sie noch im Bett, als Doudou hereingelaufen kam und sie in die Nase kniff, bis sie aufwachte. Die Mama sollte ihre Zöpfe bewundern, die mit einer roten Schleife hochgesteckt waren.

»Von wem hast du die Schleife?« fragte Fanhua. »Von Großmutter?«

Doudou schüttelte den Kopf.

»Von Papa?«

Sie schüttelte abermals den Kopf, zeigte aus dem Fenster und rannte davon. Früher hatten die Leute Doudou häufig etwas zu essen oder Spielsachen geschenkt. Fanhua hatte Doudou beigebracht, stets zu sagen: »Danke, ich will nicht, das habe ich schon.«

Als Fanhua den Vorhang zur Seite zog, sah sie Xiaohong. Aha, Xiaohong hatte ihr also die Schleife geschenkt. Das ging nicht. Dafür verdiente Doudou einen Klaps auf den Popo.

Xiaohong war in Begleitung von zwei älteren Leuten, mit denen sie sich unterhielt. Die beiden Alten brachten Xiaohong so zum Lachen, daß sie sich krümmte. Und Doudou? Sie hing an Xiaohongs Rockzipfel und hüpfte auf und ab. Schnell warf sich Fanhua ein Kleid über und lief hinaus.

»Was gibt es denn zu lachen?« fragte sie.

»Laß es dir von Xiaohong erzählen«, sagte der alte Mann. »Es ist zum Totlachen.«

»Aber wirklich«, japste Xiaohong. »Es übertrifft noch die ›Reise nach dem Westen‹«.

»Was gibt es denn?« bohrte Fanhua weiter.

»Ermao ist zurück«, sagte Xiaohong. »Und hat eine Freundin mitgebracht.«

»Ermao? Eine Freundin?« Fanhua freute sich.

»Genau«, bestätigte Xiaohong. »Ich habe mich zuerst auch gewundert, denn einige hatten erzählt, er sei in einem Nachtclub in Peking gelandet. Andere sagten, er sei in einem Kasino in Macao. Wieder ein anderer erzählte, Ermao sei sowohl in Peking als auch in Macao und pendele zwischen beiden Städten hin und her. Das ist ja ein Leben, wie es der

Affenkönig führte, der den Tag am Huaguo-Berg und die Nacht in der Höhle mit dem Wasserfallvorhang verbrachte.«

Seit wann Xiaohong so viel Humor besaß, war Fanhua schleierhaft. »Aber wie kommt es, daß er gerade jetzt zurückkehrt?« fragte sie. »Er hat ja nicht einmal das Neujahrsfest und die Feiertage hier verbracht.«

»Das hat mich auch erstaunt«, sagte Xiaohong.

»Und obendrein hat er noch eine Freundin?« erkundigte sich Fanhua. »Hast du sie gesehen? Ist sie auch eine halbe Portion?«

»Das ist ja gerade das Komische«, erwiderte Xiaohong. »Die Frau hat ungefähr meine Größe. Sie hat die Haare so rot wie ein Affenarsch gefärbt. Wenn sie zusammen die Straße entlanggehen, sehen sie aus wie eine Affenmutter mit ihrem kleinen Affensohn.«

Bei diesen Worten brach sie wieder in Gelächter aus.

»Sind sie vielleicht gekommen, um zu heiraten? Überprüf mal schleunigst, ob halbe Portionen überhaupt heiraten dürfen«, sagte Fanhua augenzwinkernd.

»Sie sind wegen einer Aufführung hergekommen«, sagte Xiaohong. »Ich habe gehört, daß ihn viele in Xiushui gesehen haben wollen.«

Natürlich war Xiaohong nicht wegen der Nachricht von Ermaos Rückkehr aufgetaucht. »Ich habe gerade Xiangsheng getroffen. Er sagte mir, daß er mit seinen Nachforschungen allmählich vorankommt«, berichtete Xiaohong. »Dieser Ausländer ist eigentlich ein Chinese, hat er gehört, der vor der Befreiung seinen Schwanz eingezogen hat und nach Amerika geflohen ist. Jetzt ist er alt und kehrt wie ein Triumphator mit vor Stolz geschwellter Brust nach Hause zurück.«

»Gut, dann soll Xiangsheng weitere Erkundigungen einholen«, sagte Fanhua, während sie sich die Haare kämmte.

»Hast du mich angerufen?« fragte Xiaohong plötzlich.

Fanhua fiel wieder ein, wie sie gestern auf Li Haos Klo gehockt war und Xiaohong angerufen hatte. Zum Glück war sie nicht ans Telefon gegangen. Sonst hätte sie wahrscheinlich herumgestammelt. Nun tat Fanhua überrascht. »Ach, ich wollte Qingshu anrufen. Aber sein Handy ist immer abgeschaltet. Da habe ich es bei dir versucht. Wie geht denn seine Arbeit voran?«

»Ich habe gehört, daß er noch überall nach Xuedai Ausschau hält«, sagte Xiaohong. »Xuedai ist wirklich gut, ihre Kinder einfach allein zu lassen und so lange wegzubleiben. Sie ist eine Rabenmutter. Nicht einmal eine Stiefmutter könnte so grausam sein.«

Inzwischen war der Name Xuedai für Fanhua zu einem roten Tuch geworden. Sobald ihn jemand erwähnte, wurde sie zornig. »Sie ist schlimmer als die Tiere«, schimpfte sie. »Das Vieh kümmert sich wenigstens um die eigene Brut.«

»Sag bloß, Xuedai ist nicht aus Fleisch und Blut?« ertönte plötzlich eine Stimme.

Fanhua glaubte, Fanqi sei gekommen. Doch als sie sich umdrehte, sah sie Xueshi.

Auch Xueshi hatte eine Nachricht zu überbringen. »Jemand hat Xuedai gesehen«, sagte er.

Fanhuas Hand begann zu zittern. Ihr Kamm riß an einer Haarsträhne, sie beachtete den Schmerz aber nicht weiter. »Wer hat sie gesehen?« fragte sie.

»Jemand hat sie gesehen«, wiederholte Xueshi.

Mehr sagte er nicht. Das war seine Art. Stets war er bemüht, niemanden zu verletzen.

»Hier ist doch sonst keiner«, beruhigte Fanhua ihn. »Du kannst es ruhig sagen.«

»Gestern abend … hat Tiesuo das Haus verlassen«, stammelte Xueshi. »Das habt ihr wahrscheinlich gar nicht bemerkt. Während der vergangenen zwei Tage hat er gut gegessen und sich richtig ausgeschlafen. Auch seine Hormone scheinen in Schwung zu sein, denn sein Gesicht war voller Pickel.«

Xueshi sah verstohlen zur Seite. Fanhua wartete darauf, daß er weitersprach. Aber er sagte nichts mehr, sondern lachte ebenso verstohlen.

»Die Pickel kommen von der Ernährung«, sagte Fanhua.

»Auf jeden Fall hatte er Pickel«, wiederholte Xueshi.

»Das habe ich verstanden«, erwiderte Fanhua ungeduldig. »Er hat Pickel. Und weiter?«

Immer wieder sah Xueshi zu Xiaohong hinüber, wandte sich schließlich ab und sagte mit gedämpfter Stimme: »Und dann, dann sind die Pickel abgefallen.«

Jetzt begriff Fanhua. Er wollte ihr also sagen, daß Tiesuo Geschlechtsverkehr gehabt hatte. Offenbar hatte es auch Xiaohong vernommen, denn sie wurde auf einmal rot und drehte sich zur Seite.

»Ich hätte nichts gesagt«, fügte Xueshi schnell hinzu. »Aber die Pickel waren nun einmal auf seinem Gesicht, so daß sie jeder sehen konnte.«

»Weißt du, wo Tiesuo gestern hingegangen ist?« fragte Fanhua ihn.

»Ich habe ihn gefragt, wo er denn hinspaziert. Und er hat geantwortet, daß er sich ein wenig in Xiushui umsehen will. Ob das stimmt, weiß ich nicht.«

»Weiß Qingshu davon?« fragte Fanhua verärgert.

Xueshi schnaubte durch die Nase. »Qingshu?« Dann leckte er sich mit der Zungenspitze über die Zähne, als wäre Qingshu der Sand im Gemüse, der zwischen seinen Zähnen knirschte.

Fanhua gefiel sein Knirschen, es gefiel ihr sehr.

»Ich bin ja nicht der Spulwurm in seinem Bauch«, sagte Xueshi. »Woher soll ich wissen, ob er davon weiß?«

In seinen Worten schwang etwas anderes mit, auch wenn er vom Spulwurm gesprochen hatte. Man mußte gut die Ohren spitzen, denn wenn man nicht genau hinhörte, erfaßte man den eigentlichen Sinn seiner Worte nicht. In Wirklichkeit hatte er an Qingshu Kritik geübt, Kritik daran, daß Qingshu nicht im Sinne der Partei handelte und keine Verantwortung für seine Aufgabe übernahm. Außerdem gab er zu erkennen, daß er nicht mit Qingshu unter einer Decke steckte. Politik bestimmte die Richtung, der Arsch bestimmte den Standpunkt. Was Xueshi sagen wollte, war, daß er mit seinem Arsch an Fanhuas Seite saß und in jeder Hinsicht ihre Sorgen und Nöte teilte.

Fanhua sah zu Xiaohong, dann wieder zu Xueshi. »Kommt, vergessen wir ihn«, sagte sie mit einem zufriedenen Lächeln. »Was soll das, sich in aller Herrgottsfrühe den Kopf darüber zu zerbrechen, was er tut? Xueshi ist wie Sand im Getriebe, brrr.«

Xiaohong hatte sich geirrt. Ermao war bereits zurück im Dorf. Offenbar gab es Neuigkeiten, die zwei Ohren nicht hörten und zwei Augen nicht sahen, wie Fanhua von Xiangnings Frau erfuhr. Kurz vor der Mittagszeit ging Fanhua unter dem Vorwand, Fleisch zu kaufen, zu Xiangning. Sie wollte ihm ihre Unterstützung anbieten. Er war nicht zu unterschätzen. Viele Leute biederten sich bei ihm an. Denn wenn sich sein Messer wenige Millimeter zur einen Seite neigte, schnitt es viel mageres und wenig fettes Fleisch ab. Neigte es sich zur anderen Seite, schnitt es wenig mageres und viel fettes Fleisch ab. Xiangnings Metzgerei war eine Nachrichtenstation, ein Klatschzentrum. Während die Leute darauf warteten, daß das Fleisch für sie geschnitten wurde, oder wenn sie auch nur Knochen kauften, unterhielten sie sich über ihre Familien und über Gott und die Welt. Deshalb verbreiteten sich Xiangnings Nachrichten wie in einem Internetportal, von dem Fanrong gesprochen hatte. Kein Wunder, dachte Fanhua, daß Xiangsheng Xiangning genau im Auge behielt. Xiangsheng zeichnete eben Weitblick aus.

Xiangning war fortgegangen. Nur die Witwe, seine neue Ehefrau, war zu Hause. Fanhua sah sie in Gummistiefeln und Plastikhandschuhen im Hof Schweinedärme waschen. Gerade schüttete sie Alkali in den Bottich mit dem weißschimmernden, gewundenen Darm vor ihr. Zum Därmewaschen benötigte man diese Chemikalie. Ihr Hintern war so groß wie ein Sandsieb. Und wenn der Hintern groß war, war der Busen bestimmt auch nicht klein. Wirklich schade, daß sie keine Kinder bekommen konnte.

»Kundschaft!« rief Fanhua.

Xiangnings Frau drehte sich um. Als sie Fanhua sah, strich sie ihren Pony zur Seite. »Tante«, rief sie schüchtern. Die beiden waren etwa gleichaltrig. Daher empfand es Fanhua als unpassend, Tante genannt zu werden, und mußte sogleich darauf eingehen.

»Wenn man nach der Familie geht«, sagte Fanhua und wählte ihre Worte mit Bedacht, »müßtest du mich Tante nennen. Und wenn man danach geht, wer mehr Geld verdient, müßte ich dich Tante nennen. Ich bringe dir Geld vorbei.«

»Tante ist eben Tante«, erwiderte Xiangnings Frau. »Egal, wie man es dreht und wendet, du bleibst meine Tante.«

Fanhua lachte. »Ich bin gekommen, um Fleisch zu kaufen«, sagte sie.

Eigentlich hätte sich Xiangnings Frau über Kundschaft freuen müssen, aber sie legte ihre Stirn in Falten. Fanhua erkannte, daß sie Sorgen hatte. Zwischen ihren Augenbrauen saß Groll.

»Was ist los?« fragte sie. »Willst du mir nichts verkaufen?«

»Außer Wasser gibt es nichts mehr«, antwortete Xiangnings Frau.

»Dann läuft das Geschäft ja hervorragend«, rief Fanhua. »Der Lebensstandard in unserem Dorf ist offenbar gestiegen.«

Davon mußte sie Dianjun erzählen, damit er es in ihre Rede schrieb. Üppiges Essen mit Fisch und Fleisch war schließlich keine Selbstverständlichkeit.

»Toll«, sagte Fanhua, »daß die Leute in Guanzhuang an einem Tag ein ganzes Schwein verdrücken können. Das ist ja großartig, eine riesige Freude. Das bedeutet Wohlstand.«

Fanhua war überglücklich.

Aber Xiangnings Frau stampfte mit den Füßen auf und fuchtelte mit den Händen herum. »Wenn es nur so wäre. Aber diese halbe Portion hat alles wegschleppen lassen«, beschwerte sie sich.

Die halbe Portion? Doch nicht etwa Ermao? War Ermao doch zurück?

»War das Ermao?« fragte Fanhua.

»Das wird er wohl sein«, erwiderte die Frau. »Lingpei war auch dabei. Xiangning ist mit ihnen gut befreundet und hat die Auslieferung für sie übernommen.«

Xiangnings Frau machte eine Handbewegung, als ließe sie etwas verschwinden. »Auf der Straße erzählt man, daß Lingpei einer von denen ist«, sagte sie mit gedämpfter Stimme.

»Eine Jugendsünde«, verharmloste Fanhua. »Wenn die Jugend den falschen Weg wieder verläßt, wendet sich alles zum Guten.«

Fanhua überlegte, ob sie etwas anderes kaufen sollte, da es kein Fleisch mehr gab. Sie fragte nach Innereien.

»Es ist nur noch Dickdarm, Dünndarm und Schweineleber übrig«, sagte Xiangnings Frau. »Bis vorhin hatte ich noch Schweinelende. Aber du bist ein paar Minuten zu spät. Gerade hat Qinglin sie abholen lassen. Qinglin hat gesagt, daß Schwein und Mensch gleich sind. Was man ißt, das wird gestärkt«, erzählte sie belustigt. Dabei lachte sie.

»Gut, dann gib mir Schweineleber«, sagte Fanhua. »Unser Vater ißt gerne Schweineleber.«

»Schweineleber ist gut«, sagte Xiangnings Frau. »Schweineleber ist das Beste. Sie stärkt die Leber und die Augen.«

Während sie abwog, hielt sie die Waage weit nach oben, damit Fanhua alles genau beobachten konnte. Denn sie hatte Respekt vor ihr. Die Leute hatten verbreitet, daß die Gewichte mit ihren flinken Händen beinahe von der Waagstange glitten. Sie nahm die Leber und wickelte sie in eine Plastiktüte.

»Nimm schon und untersteh dich, von Geld zu reden«, sagte sie.

»Wenn das so ist«, sagte Fanhua mit strengem Blick, während sie ihren Geldbeutel zückte, »war ich heute zum letzten Mal hier. Sag, wieviel kostet es?«

»Was soll das? Wie könnte ich von der Tante Geld annehmen?« sagte Xiangnings Frau. »Machen wir es so, es sind ein Pfund und sechs Liang, und ich berechne dir nur eineinhalb Pfund.«

»Berechne mir soviel, wie es kostet«, sagte Fanhua. »Dann kann ich weiter Fleisch kaufen, ohne das Dorf verlassen zu müssen. Ich danke dir trotzdem.«

Xiangnings Frau nahm das Geld entgegen. Aber offenbar war es ihr unangenehm, es einzustecken. Sie legte die Scheine neben die Wanne und beschwerte sie mit einem Gewicht.

»Du hast doch schon genug Geld verdient. Was hast du denn damit vor?« fragte Fanhua.

»Ich habe gar nichts vor«, antwortete Xiangnings Frau. »Was sollte ich schon vorhaben?«

»Und Xiangning?« hakte Fanhua nach. »Männer denken ganz anders über Probleme nach als wir Frauen. Wir Frauen stellen schließlich von Natur aus viele Überlegungen an.« Plötzlich röteten sich das Gesicht von Xiangnings Frau. Sie wischte sich mit der Schürze über das Gesicht. »Tante, du bist wirklich gut zu mir.«

»Natürlich bin ich gut zu dir«, sagte Fanhua. »Aber ob ich gut zu dir bin, ist nebensächlich. Du mußt lernen, selbst gut zu dir zu sein.«

Sofort hellte sich die Miene von Xiangnings Frau auf. »Ich habe gehört, daß die Ärzte im Krankenhaus von Hanzhou große Fähigkeiten besitzen«, sagte sie. »Können sie dann auch diese dummen abgezwickten Röhren wieder zusammenflicken?«

»Von wem hast du das? Von Xianyu?« erkundigte sich Fanhua.

»Xiangsheng hat es gesagt«, antwortete die Frau.

»Was versteht der schon davon?« sagte Fanhua. »Ich habe Xianyu gefragt, aber er weiß auch nicht genau Bescheid. Wenn er schon nicht darüber Bescheid weiß, wie soll es dann Xiangsheng wissen? Kinderkriegen ist schließlich etwas anderes, als kalte Nudeln zu verkaufen. Wir machen es so, wenn ich diese arbeitsreiche Zeit überstanden habe, begleite ich dich in die Stadt.«

Fanhua ärgerte sich über Xiangsheng. Sie ärgerte sich weniger darüber, daß er zuviel redete, und auch nicht darüber, daß er allerorts Wahlkampf betrieb, sondern darüber, daß er nicht aufrichtig war. Xiangning ist doch dein Freund und Namensvetter, Xiangsheng. Wie kannst du nur vor seiner Frau diese Unterleibsgeschichten ausbreiten? dachte sie.

»Hat Xiangsheng dir das erzählt?« fragte Fanhua lachend.

»Klar, es war sehr überzeugend«, erwiderte die Frau.

»Ach, dieser Xiangsheng«, lachte Fanhua.

Xiangnings Frau schaute sie mit großen Augen an. Sie verstand nicht, was Fanhua damit sagen wollte.

»Dieser Xiangsheng ist zwar ein Mann, aber er kennt sich ziemlich gut mit Frauenangelegenheiten aus«, sagte Fanhua. »Es gibt eben nichts, was es nicht gibt. Wenn man Melonenkerne knackt, kommt schließlich auch hin und wieder eine Wanze zum Vorschein, der man die Stinkdrüsen zerbissen hat. Das kann passieren«, sagte Fanhua scherzhaft.

Auf diese Weise hatte sie sich zur Wehr gesetzt, gab den Leuten aber vor allem keinen Anlaß zu Gerede über Zwietracht innerhalb des Dorfkomitees.

»Du mußt alles sorgfältig vorbereiten«, mahnte Fanhua und machte ein ernstes Gesicht. »Als erstes gehst du ins Krankenhaus, und als zweites …« Sie brach ab, als suche sie nach Worten. Offensichtlich war das Interesse von Xiangnings Frau an diesem zweiten Punkt besonders groß. Sie kam mit ihrem Gesicht ganz nah heran.

»Man könnte ja auch mal darüber nachdenken, ob du nicht einen deiner Neffen adoptieren kannst«, sagte Fanhua zögernd.

»Wer gibt schon gern sein eigen Fleisch und Blut weg?« erwiderte die Frau.

»Was denn?« sagte Fanhua. »Du bist doch die Tante und würdest ihn niemals schlecht behandeln.«

»Ich verstehe deine freundliche Absicht, Tante. Aber darüber will ich nicht sprechen«, erwiderte Xiangnings Frau.

»Gut, dann gehen wir ins Krankenhaus. Nur, wenn du dein Geld unbedingt dafür ausgeben mußt, darfst du am Ende nicht knausern«, sagte Fanhua.

Eigentlich hätte sie sich diese Worte sparen können, denn das war schließlich eine Selbstverständlichkeit. Einen Moment lang hing Fanhua ihren Gedanken nach. Dann legte sie die Tüte mit der Schweineleber ab und zog Xiangnings Frau ins Zimmer. Fanhua setzte sich und bat auch Xiangnings Frau, Platz zu nehmen. Fanhua hielt ihre Hand fest.

»Es gibt da etwas, das ich dir schon lange sagen wollte«, begann sie.

»Sag es ruhig, Tante«, erwiderte die Frau.

»Gut, dann rede ich offen mit dir. Wenn ich etwas Falsches sage, vergißt du es sofort wieder. Dann geht es bei dir zum einen Ohr hinein und zum anderen wieder hinaus, ja?«

»Sag schon, Tante«, wiederholte die Frau.

»Wenn das Krankenhaus die Röhren zusammensetzen kann, wäre natürlich alles gut«, begann sie. »Aber wenn nicht, dann hängt es nicht an die große Glocke. Sagt einfach, daß sie geflickt worden seien. Alles geschieht doch in deinem Bauch. Wer sieht schon, ob sie zusammengeflickt sind oder nicht? Deshalb: nichts hinausposaunen. Anschließend geht ihr fort und versteckt euch für eine Weile. Nicht lange, nur vier, fünf Monate. Unterwegs adoptiert ihr ein Kind und sagt bei eurer Rückkehr, daß du es zur Welt gebracht hast. Wer erfährt schon etwas davon? Bei wem das Kind aufwächst, dem gleicht es auch. Jeder, der es sieht, wird sagen, das ist Xiangnings Ableger, ganz eindeutig.«

Xiangnings Frau blieb der Mund offenstehen, nachdem sie begriffen hatte, worum es ging.

Ein Hund sprang über die Mauer. Er schnappte sich ein Stück Darm und stob davon. Er war gefleckt. Fanhua erkannte Lingwens Hund. Auch Xiangnings Frau erblickte das Tier, verzog jedoch keine Miene. Der Hund zog den immer länger werdenden Darm hinter sich her. Wie er sich auch mühte, er konnte ihn nicht abschütteln. Aufgeregt rannte er hin und her und wickelte sich dabei ein, so daß es den Anschein hatte, er risse sich den eigenen Darm aus dem Leib. Fanhua fiel ein, daß Li Tianxius gelber Hund seit einigen Tagen vermißt wurde. Hatte er sich ebenso eingewickelt, und Xiangning hatte ihn anschließend getötet? Der gefleckte Hund wurde nervös. Er jaulte wehleidig. Schließlich zeigte Xiangnings Frau doch eine Regung. Erst lachte sie, dann begann sie zu schimpfen. »Wem gehört dieser streunende Köter?«

Schließlich gelang es dem Hund, sich selbst zu befreien. Er ließ den Darm liegen und sprang über die Mauer.

»Das soll klappen?« fragte Xiangnings Frau zweifelnd. »Ich kann es mir nicht vorstellen. Außerdem, wo sollen wir uns verstecken?«

Ja, wo sollten sie sich verstecken? Fanhua hatte auf die Schnelle keine Idee. Wenn Dianjun nach Shenzhen zurückginge, wäre es ein leichtes. Man hätte in der Schuhfabrik ein Zimmer mieten können, schon wäre das Problem gelöst gewesen. Das Problem war, daß Dianjun nicht mehr zurückging.

»Gib mir etwas Zeit, um einen Platz zu finden«, sagte Fanhua. »Wie heißt es doch so schön in der Werbung? ›Das Schiff treibt von allein zum Steg. Doch wo ein *Toyota* ist, ist auch ein Weg.‹ Mach dir keine Sorgen. Aber du darfst niemandem davon erzählen. Der Himmel weiß es, die Erde weiß es, du weißt es, und ich weiß es, das reicht.«

Xiangnings Frau fuhr sich mit der Zunge über die Lippen, von der einen Seite zur anderen. Ihr Blick war leer. Offensichtlich dachte sie nach. Schließlich hellte sich ihr Gesicht auf.

»Also, ich vertraue lieber auf das Schicksal«, sagte sie. »Wenn es meine Bestimmung ist, bekomme ich ein Kind, wenn nicht, dann verbringen wir unser Leben zu zweit.«

Als Fanhua Xiangnings Haus verließ, schüttelte sie lachend den Kopf. Xiangnings Frau war ganz schön ausgebufft, dachte sie. Was war das denn für ein Trick, hinter den Fanhua noch nicht gekommen war? Sie war sich sicher: Für Xiangnings Frau stand fest, daß kein Mensch davon erfahren durfte, wenn sie ihrem Vorschlag folgen und ein Kind adoptieren würde – auch der nicht, von dem die Idee stammte.

Mit der Schweineleber machte sie sich auf den Nachhauseweg. Unterwegs fiel ihr ein, daß sie Ermao besuchen sollte. Wo konnte er sich aufhalten? Sein Elternhaus im Dorf gab es seit langem nicht mehr. Als damals der neue Baugrund für Wohnhäuser ausgegeben worden war, war klar gewesen, daß das Lehmhaus, das seine Eltern hinterlassen hatten, genau an der Stelle einer geplanten Straße stand und abgerissen werden mußte. Wenn sie ihn traf, wollte sie ihm alles erklären. Geld hatte er genug. Sie würde ihm ein neues Grundstück anbieten, auf dem er bauen konnte, was auch immer er wollte. Die neuen Grundstücke hatten allesamt sehr große Höfe. Natürlich reichten sie nicht aus, um den Huaguo-Berg zu errichten und eine Höhle mit Wasserfallvorhang zu graben, aber sie waren groß genug für zehn Ermaos.

Fanhua hatte richtig geraten. Ermao war wie erwartet bei Lingpei untergekommen. Lingpei lebte noch in dem Haus, das er mit seinen Diebeszügen finanziert hatte. Vor dem Gebäude stand ein alter Schnurbaum. Einige Äste waren abgestorben, an anderen Stellen kamen neue Triebe heraus. Wie in der Gegend üblich, waren die Zweige mit bunten Plastiktüten behängt, durch die der Wind raschelte. Nun hatten sich ein paar Äffchen in den Baum gesetzt, und ein Hund hatte es sich darunter bequem gemacht. Natürlich waren es keine echten Affen, sondern eine Schar Kinder mit blankem Popo. Seit jeher liebten Kinder Affen über alles, und natürlich liebten die Kinder auch den Affendarsteller Ermao über alles. Um Ermao besser beobachten zu können, waren sie auf den Baum geklettert und spielten dort Affen. Fanhua zählte nach, insgesamt waren es sieben nackte Hintern. Erst wollte sie ihnen zurufen, daß sie sich herunterschwingen sollten. Doch dann fürchtete sie, daß die Kinder vor Schreck hinunterpurzeln, auf den Hund fallen und von ihm gebissen werden könnten. Also schwieg sie und ging geradewegs zum Hauseingang. Dort drängten sich ebenfalls einige Kinder und spähten durch den Türspalt. Sie schob die Köpfe beiseite, um selbst einen Blick hineinzuwerfen.

Fanhua sah Ermao, der sich auf einem Liegestuhl ausstreckte. Auch Lingpeis Räuberbande war anwesend und umringte den Liegestuhl. Die Frau, von der Xiaohong gesprochen hatte, schien ebenfalls dabei zu sein. Aber was machte sie da? Sie pulte in Ermaos Ohr. Xiaohong hatte recht gehabt, sie hatte tatsächlich einen rot gefärbten Schopf, so rot wie ein Hahnenkamm oder so rot wie ein Affenarsch. In dem großen Topf, den sie im Hof aufgestellt hatten, kochte Xiangning Fleisch. Lingpei spielte den Gastgeber. Er eilte hin und her, lauschte Ermaos Worten und half Xiangning gleichzeitig beim Kochen.

Ermao erhob seine Stimme, die ein wenig nach Erpelgeschnatter klang. »Regeln, das wichtigste sind Regeln«, sagte er. »Ohne Regeln läuft alles aus dem Ruder.«

Um welche Regeln es ging, konnte Fanhua nicht heraushören.

»Und außerdem auch Fremdsprachen«, fuhr Ermao fort. »Sogar mein Hund kann eine Fremdsprache verstehen. Sein Spitzname ist Pipi, sein richtiger Name ist Peter. P, e, t, e, r. Ich habe ihn aus Hongkong mitgebracht. Ein reinrassiger Pekinese, mit weißem Fell, kein einziges Haar hat eine andere Farbe, absolut cool. Ich wäre wohl kaum der Vierkäsehoch, hätte er auch nur ein andersfarbiges Haar.«

Fanhua lachte in sich hinein. Wenn sich das häßliche Schwein Zhubajie im Spiegel betrachtete, sah es sich auch einem richtigen Menschen gegenüberstehen. Sie schlug den Türklopfer.

Lingpei kam zur Tür.

»Tante, was führt dich hierher?« fragte er.

»Ich kam gerade vorbei und wollte einmal hereinschauen«, antwortete Fanhua. »Mann, ihr seid ja eine große Gesellschaft.« Sie warf einen Blick auf die rothaarige Frau. »Und auch Flittchen sind da«, sagte sie.

Lingpei machte eine hastige Handbewegung, um Fanhua anzudeuten, daß sie keinen Unsinn reden solle. Schließlich fiel ihr Blick auf Ermao.

»Ist das nicht …«, sagte sie.

Ermao setzte sich auf. Nun hockte er wie eine Fleischrolle auf dem Liegestuhl.

»Ermao?« sagte Fanhua. »Der Dreikäsehoch? Ich traue meinen Augen nicht.«

»Er ist es wirklich«, sagte sofort jemand neben ihm. »Es ist wirklich der Vierkäsehoch.«

»Du bist mir einer«, sagte Fanhua und streckte die Hand aus. »Warum hast du dich nicht früher bei mir gemeldet?«

Ermao strich sich über seinen Kinnbart und streckte ebenfalls die Hand aus. Sein Arm war kaum länger als der Griff eines Nudelmessers, so daß Fanhua einen halben Schritt vorwärts machen mußte, um seine Hand greifen zu können. Als sie ihm die Hand schüttelte, sprang Ermao mit einer einladenden Geste vom Stuhl, um Fanhua anzudeuten, daß er sich im Zimmer mit ihr unterhalten wollte.

»Nach dir, Parteizellensekretärin«, sagte er und ließ ihr den Vortritt.

Offenbar wußte Ermao, obwohl er sich in der Fremde herumgetrieben hatte, daß es im Dorf einen Machtwechsel gegeben hatte, dachte Fanhua. Als sie durch die Tür trat, wandte sie den Blick zu Xiangning.

»Xiangning, du kannst ja mit uns hineingehen, wenn du willst«, sagte sie.

Xiangning winkte ab. »Nein, nein«, rief er und deutete auf den großen Topf, um zu erklären, daß er mit Kochen beschäftigt sei. Lingpei und seine Freunde sprach sie nicht an. Für sie verstand es sich von selbst, daß sie draußen blieben.

Nachdem sie sich gesetzt hatten, lag es Fanhua auf der Zunge, Ermao zu fragen, wie er sich die ganzen Jahre über durchgeschlagen habe. Aber dann erkundigte sie sich doch lieber nach seiner »Karriere«. Diesen Ausdruck hatte sie im Fernsehen gehört. Filmstars aus Hongkong und Taiwan sprachen von »Karriere machen«.

»Früher haben die Leute gesagt«, begann Ermao, »wo Druck ausgeübt wird, gibt es auch Widerstand. Jetzt heißt es: Wo es Geld zu verdienen gibt, ist der Vierkäsehoch.«

»Die Leute hier haben immer viel an dich gedacht«, sagte Fanhua. »Das ganze Dorf hat deinen Film gesehen. Er war spitze.«

»Eine Kleinigkeit«, winkte Ermao ab. »Das war eine Gastrolle aus Gefälligkeit, sonst nichts.«

Auf einmal wußte Fanhua nicht mehr, wie sie sich ihm gegenüber verhalten sollte. Sie sah ihn an und schwieg. In ihrem Blick lag Mitgefühl und Bewunderung.

»Wenn du nun schon einmal heimgekehrt bist«, sagte sie schließlich, »dann bleib doch ein paar Tage. Die Heimat hat sich sehr verändert. Einmal sehen ist besser als hundertmal hören. Du kannst dich überall umschauen und herumschlendern.«

»*O. k.*«, antwortete er auf Englisch, »ich werd's versuchen.«

»Das Fleisch ist schon gar«, sagte Fanhua. »Lingpei ist wirklich großzügig. Und ein wahrhaft treuer Freund.«

»Die wollen mit mir nach Hongkong und Macao gehen, um dort Karriere zu machen«, sagte Ermao.

Fanhua war wie vor den Kopf gestoßen. Diese Bande Nichtsnutze konnte nichts als stehlen. Wenn sie nach Hongkong oder Macao gingen, mußten wohl die Leute dort dran glauben.

»Hast du zugestimmt?« fragte Fanhua. Ermao schüttelte wie eine rasselnde Handtrommel den Kopf.

»*No, no, no*, ich habe noch nichts abgenickt«, sagte er. »Das muß ich mir erst noch durch den Kopf gehen lassen.«

Das rothaarige Mädchen trat ins Zimmer und brachte Ermao ein Glas Wasser. Als sie gerade verschwinden wollte, hatte Ermao auf einmal, als ginge es nicht mit rechten Dingen zu, eine Zigarette zwischen den Lippen stecken. Das Mädchen hatte es nicht gesehen, und sofort wurde Ermao ungehalten. Peng! Er schlug mit voller Wucht auf den Stuhl. Im Handumdrehen zückte das Mädchen ein Feuerzeug und hielt Ermao die Flamme entgegen. Du lieber Himmel! Kaum hatte einer Geld, schon ließ er sich bedienen. Mit einer Handbewegung warf Ermao das rothaarige Mädchen hinaus.

»Ist das …?« fragte Fanhua vorsichtig.

»Sie gehört zu den *Fans*«, erklärte Ermao. »So etwas wie meine Freundin.« *Fans* hatte er auf Englisch gesagt, und Fanhua hatte *»fan shi«* verstanden. Weil man in Xiushui unter *»fan shi«* das Frühstück versteht, glaubte sie, er sei mit der Tageszeit durcheinandergeraten. Schließlich war er ans Nachtleben gewöhnt.

»Die Umstellung ist nicht einfach«, sagte sie. »Aber wenn du schon hier bist, regelst du am besten auch gleich deine Hochzeitsangelegenheiten.«

»Ach, zuviel Streß, dafür habe ich viel zuviel Streß«, wehrte Ermao ab.

»Auch wenn man Streß hat, muß man doch heiraten«, belehrte Fanhua ihn. »Dann hast du jemanden, der dich umsorgt. Das würde auch mich beruhigen.«

Ermao kratzte sich am Ohr. »Andy Lau ist nicht verheiratet, und Leslie Cheung ist auch nicht verheiratet«, verteidigte er sich. »Andy Lau singt eine echt coole Zeile, die lautet: ›Paß deinen Blick der Weite der Landschaft an.‹«

Fast hätte Fanhua losgelacht. Das war doch ein Zitat vom Vorsitzenden Mao, wie konnte es in Andy Laus Zitatensammlung übergegangen sein? Ermao war ziemlich anmaßend geworden, dachte sie, damit würde er noch einmal auf die Nase fallen. Im eigenen Dorf würden die Leute ihn dafür verspotten, in den anderen Dörfern aber würden sie ganz Guanzhuang deshalb verhöhnen. Das ging nicht, sie mußte ihn zur Vorsicht mahnen. Natürlich mußte sie dabei Fingerspitzengefühl beweisen, um ihn nicht zu verletzen.

»Ermao«, sagte sie, »sei bescheiden. Dieses Mädchen ist groß und hübsch. Du kannst glücklich sein, daß sie bei dir ist.«

»Willst du damit sagen, daß ich klein bin?« entgegnete Ermao. »Spielt die Größe denn eine Rolle? Ob groß oder klein, das Entscheidende ist die Geschicklichkeit.«

Was soll's, dieser Kerl würde über kurz oder lang gehörig auf die Nase fallen.

»Gut, dann lassen wir das, erledige zuerst deine Sachen. Wenn du etwas brauchst, ruf mich an«, sagte Fanhua. Als sie sich erhob, sprang Ermao aus seinem Liegestuhl auf.

»Über den Auftrag des Dorfes denke ich nach«, sagte er. »Ich werde so bald wie möglich einen Termin machen.«

Fanhua war erstaunt, wann hatte sie ihm einen Auftrag erteilt?

»Du meinst ...?«

»Xiangsheng hat mir alles erzählt«, sagte Ermao. »Er hat gesagt, daß du es angeordnet hast. Ich werde mich darum kümmern.«

Fanhua blieb nichts anderes übrig, als noch einen Moment mit ihm zu sprechen, während sie schon in der Tür stand.

Kürzlich hatte Xiangsheng erwähnt, daß man vor der Dorfwahl eine Aufführung veranstalten sollte, die von Ermao übernommen werden könnte.

»Vor ein paar Tagen habe ich meine Truppe hergeschleppt«, sagte Ermao. »Meine Truppe kann alles spielen. Außer dem Affenstück können wir auch eine Modenschau vorführen.« Er zeigte auf die Rothaarige im Hof. »Ich habe ein *model*, das viel hübscher ist als sie«, sagte er. »Gibt es in unserem Dorf nicht eine Zhang Shiliu? Zhang Shiliu ist doch schon ziemlich hübsch, oder? Wenn ich sie demnächst einmal meinem *model* gegenüberstelle, wird sie aber im Boden versinken.«

»Na, dann muß sie wohl übermenschliche Kräfte haben«, bemerkte Fanhua schnippisch. »Ich werde sie mir mal genauer anschauen.«

Fanhua trat in den Hof hinaus. Mit ölverschmiertem Mund nagte Lingpei an einem Knochen. Dieser Kerl war also nicht in der Papierfabrik, dachte Fanhua. Statt dessen lungerte er hier mit seiner Räuberbande herum. Über kurz oder lang würde auch er auf die Schnauze fallen.

»Dir scheint es ja zu schmecken«, sagte Fanhua.

Lingpei war schlau genug, um zu verstehen, was sie meinte. »Ich esse nur rasch, dann mache ich mich auf den Weg«, erklärte er.

Einer von Lingpeis Freunden zog ein »Flittchen« zu sich heran. »Wenn man arbeitet, muß man auch gut essen«, sagte er spitz. »Wenn man Brennholz schlagen will, muß man erst die Axt schärfen.«

Was war das nur für ein unflätiges Gesindel von Drückebergern.

Der Wetterbericht hatte Regen vorausgesagt. Aber als Fanhua am Morgen aufstand, empfing sie ein strahlend blauer Himmel. Tautropfen perlten vom Gras am Mauersockel und gaben den welken Halmen ihr saftiges Grün zurück. Fein wie Bohnensprossen kamen sogar einige neue, zartgelbe

Triebe hervor. Kreuz und quer lagen vom Wind abgeschlagene Zweige auf der Straße. Fanhua hob einen Ast auf, der den Weg versperrte, und warf ihn an den Straßenrand. Dann ging sie zur Dorfschule. Sie wollte Xiangshengs Rechnungen nun genau unter die Lupe nehmen. Sie glaubte nicht ganz, was Li Hao gesagt hatte. Allerdings war es auch nicht völlig von der Hand zu weisen. Wollte Xiangsheng tatsächlich das Amt des Parteizellensekretärs und des Dorfvorstehers übernehmen? Am besten, Xiangsheng, du bildest dir gar nicht erst ein, gewählt zu werden, dann kann dich auch niemand austricksen. Stolpersteine gab es nämlich immer, zum Beispiel Rechnungen. Der Landrat hatte es treffend ausgedrückt: »Soviel, wie du gefressen hast, scheißt du auch wieder heraus.«

Ihn dazu zu bringen, die ganze Scheiße von sich zu geben, war der zweite Schritt, dachte Fanhua. Als erstes wollte sie Klarheit darüber haben, wieviel er überhaupt gefressen hatte. In der Ferne entdeckte sie Xiaohong. Sie hielt Yanan und Yadi an den Händen. Die beiden Schwestern waren sehr schick in Jeans gekleidet. Schnell holte Fanhua sie ein und zog Yanan am Ärmel.

»Hast du das gekauft?« fragte sie Xiaohong.

»Wie könnte ich das denn auch noch schaffen?« antwortete Xiaohong. »Die Sachen habe ich zu meiner Schulzeit getragen und sie gerade geändert.«

Fanhua zupfte an Yadis Kragen. »Klar, wo gibt es schon Kleidung zu kaufen, die wie angegossen paßt«, sagte sie.

»Passend oder nicht, so ist sie jetzt eben«, erwiderte Xiaohong. »Zu mehr bin ich nicht in der Lage.«

»Geh bitte mal zu Qingshu und sag ihm, er soll nach Shuiyun fahren«, sagte Fanhua. »Das Dorf hat zwei Teile, weil es durch den Fluß in Süd-Shuiyun und Nord-Shuiyun geteilt wird. Tiesuos Elternhaus liegt in Nord-Shuiyun.«

Als Fanhua die Spruchbänder am Schuleingang sah, fiel ihr ein, daß die Vertreter des Gemeindeschulamts heute zum Unterrichtsbesuch kommen sollten. Am liebsten wäre sie gleich wieder umgekehrt. Aber Schuldirektor Xu mit seinen Argusaugen hatte sie bereits erspäht. Die Leute vom Gemeindeschulamt ließen noch auf sich warten. Während Fanhua mit einigen Lehrern sprach, stellte sich Direktor Xu auf die Tischtennisplatte aus Beton im Hof und begann, den Kindern eine Standpauke zu halten. Nach zwei Sätzen blies er in seine Trillerpfeife und rief: »Verstanden?«

»Ver-stan-den!« schrien die Kinder im Chor.

Direktor Xu pfiff erneut. »Flagge hissen!« rief er. »Musik!«

Die Nationalhymne erschallte. Langsam stieg die rote Flagge empor. Im Angesicht der Nationalflagge hoben die Kinder ihre rechte Hand zur Stirn. Als die rote Flagge an die Spitze des Mastes gelangte, pfiff Direktor Xu abermals und ließ die Kinder die Hände herunternehmen.

»Stillgestanden!« rief er. »Alle Schüler heißen Parteizellensekretärin Kong herzlich willkommen. Sie erteilt euch eine Belehrung.«

Auf diesen Schachzug war Fanhua nicht vorbereitet gewesen. Glücklicherweise hatte sie bereits einiges erlebt und sogar schon einmal vor dem Kreispolizeirichter das Wort ergriffen, so daß sie diese Aufgabe nicht aus der Ruhe brachte. Im Volksmund hieß es: Auf verschiedenen Bergen singe verschiedene Lieder, dachte sie.

»Rührt Euch!« rief sie, bevor sie die Kinder anspornte. »Für Guanzhuangs Zukunft, für Xiushuis wundervolle Zukunft und für Chinas glänzende Zukunft müßt ihr gewissenhaft lernen. Ihr müßt euch die gesamten herausragenden Erfolge der menschlichen Zivilisation aneignen und danach streben, im neuen Jahrhundert etwas in Bewegung zu setzen«, schloß sie.

Tosender Applaus brandete auf, der plötzlich auf einen Schlag endete, als habe ihn jemand abgeschnitten. Direktor Xu piff.

»Wegtreten!«

Ohne Zweifel hatte er den Ablauf vorher mit den Schülern einstudiert. Lediglich eine Klasse rührte sich nicht vom Fleck. Es war genau die Klasse, in der das Gemeindeschulamt dem Unterricht beiwohnen sollte und die auch Yanan besuchte.

»Wer sich nicht das Gesicht gewaschen hat, bitte Hand heben«, rief Direktor Xu, ohne eine Miene zu verziehen.

Niemand hob die Hand. Fanhua erinnerte sich an die großen Abstimmungen im Landkreis. Der Vorsitzende hatte es damals genauso gehandhabt. Bei jeder Abstimmung hatte er ins Mikrophon gerufen: »Wer dagegen ist, hebt die Hand.« Selbstverständlich hob niemals irgendjemand die Hand. Und der Vorsitzende erhielt jedes Mal die volle Stimmenzahl.

Direktor Xu änderte nun seine Wortwahl. »Wer sich das Gesicht gewaschen hat, Hand heben!« rief er. Alle Kinder streckten ihre Arme empor.

Überrascht vernahm Fanhua die Bemerkung des Lehrers neben ihr. »Siehst du das?« sagte er. »Diejenigen, die die Hände weit hochstrecken, haben sich das Gesicht gewaschen. Die fünf oder sechs, die ihre Hand nicht richtig heben, haben sich nicht das Gesicht gewaschen. Diese Kinder sind noch ehrlich. Sie haben noch nicht gelernt, mit voller Überzeugung zu flunkern. Wenn sie lügen, sieht man es ihnen sofort an.«

Das war natürlich auch Direktor Xu nicht entgangen. »Was habe ich euch vergangene Woche erklärt? Jeder muß sich das Gesicht waschen«, schulmeisterte er. »Warum haben sich einige das Gesicht gewaschen und einige trotzdem nicht?« Er ging durch die Reihen. »Warum?« schrie er plötzlich und beugte sich hinunter. Als Stichprobe überprüfte er ein Kind, das die Hand weit hochhob. Es war Xiangmins Sohn Aoyun, der direkt vor Yanan stand. Aoyun stand auf Zehenspitzen, reckte sein Kinn empor und streckte die Hand höher und höher in die Luft. Direktor Xu sah seine Hand überhaupt nicht. Er nickte kaum merklich und richtete seinen Blick auf Aoyuns Achselhöhle.

»Die Hygiene jedes einzelnen ist nicht nur eine Privatsache, sondern auch eine kollektive Angelegenheit«, sagte er. »Zwischen beiden besteht eine dialektische Beziehung. Der Schüler Aoyun ist mit dieser Beziehung sehr gut umgegangen.«

Selbstverständlich wußte Aoyun nicht, was mit der dialektischen Beziehung gemeint war. Es war, als legte sich ein Schleier über sein kleines Gesicht. Deutlich war zu sehen, daß er keinen Schimmer hatte. Kurz darauf nahm Direktor Xu ein Kind in Augenschein, das die Hand weniger hoch erhoben hatte – ein Kind, das sich nicht das Gesicht gewaschen hatte und mit der dialektischen Beziehung nicht gut umgegangen war. Es war Erlengs Sohn Moyu. Seine Hand sank unmerklich immer tiefer und war bereits auf der Höhe seines Ohrläppchens angelangt, den Kopf hatte er eingezogen, und er wagte es nicht, das Gesicht zu heben.

»Schüler Moyu«, begann Direktor Xu, »willst du absichtlich das Gesicht der Schule besudeln?«

»Morgen, morgen wasche ich mir ganz sicher das Gesicht«, rief Moyu.

Direktor Xu klopfte Moyu mit dem Finger auf den Kopf. »Morgen? Reicht das morgen noch? Hm?« Er sah auf seine Armbanduhr. »Gut«, fuhr er fort. »Für heute will ich euch nicht weiter tadeln. Die Schüler, die sich das Gesicht nicht gewaschen haben, laufen sofort zum Brunnen und waschen es.«

Auf einmal waren es mehr als fünf oder sechs – sieben oder acht Schüler rannten los.

»Auch den Hals waschen«, hörte Fanhua Shangyi rufen.

Shangyi trug einen Anzug mit Krawatte. Wenn seine Haut durch die Arbeit auf dem Feld nicht gegerbt wäre, hätte er ausgesehen wie die Universitätsprofessoren im Fernsehen. Offenbar war ihm diese Aufmachung ungewohnt. Denn er strich sich unentwegt über seine Krawatte.

»Hast du alles vorbereitet?« fragte ihn Fanhua.

»Was sollte ich vorbereiten? Es lief doch schon vorher wie am Schnürchen«, erwiderte Shangyi. Dabei tätschelte er sich den Bauch, um ihr klarzumachen, daß er mit Wissen gefüllt war.

Nachdem die Schulglocke zum Unterricht geläutet hatte, ging Shangyi in seine Klasse. Fanhua machte in Begleitung des Direktors einen Spaziergang im Schulgarten.

»Heute ist die Prüfung und morgen der Wettbewerb«, sagte Fanhua. »Da werden die Schulausgaben doch sicherlich ansteigen, oder?«

Augenblicklich zog Schuldirektor Xu einige Belege hervor. »Genosse Xiangsheng hat sie bereits abgezeichnet«, sagte er. »Wenn die Parteizellensekretärin sie ebenfalls abgezeichnet hat, kann ich zum Genossen Xiangsheng gehen, um das Geld in Empfang zu nehmen. Es sind Quittungen für Fensterglas, eine Holzbank und für farbige Kreide.«

Na prima, dachte Fanhua, als sie die Rechnungen durchsah. Eine Scheibe sollte plötzlich zwanzig Yuan kosten? Die letzte Scheibe im Büro des Dorfamtes hatte alles in allem zwei Yuan gekostet, samt Einbau war man auf zehn Yuan gekommen. Handelte es sich hier etwa um verspiegelte Scheiben oder um Panzerglas? Vor allem aber der Preis der Holzbank sprengte jeglichen Rahmen. Sie war nicht größer als ein viereckiger Schemel und überstieg die Kosten für einen

Stuhl mit Rückenlehne. Kauften sie hier einen Hocker oder einen Thron?

»Hast du das selbst gekauft, oder hat Xiangsheng es besorgt?« fragte Fanhua.

»Xiangsheng hat es höchstpersönlich gekauft«, erwiderte Direktor Xu. »Gestern haben wir noch einmal alles überprüft und festgestellt, daß zwei weitere Bänke fehlen. Shangyi hat fürs erste zwei Hocker von zu Hause herbeigeschafft und gesagt, daß er damit die Schule unterstützen wolle.«

»Das ist sehr freundlich von Shangyi. Danach werden wir ihm die Hocker aber wieder zurückbringen«, sagte Fanhua.

»Shangyis Frau, Genossin Pei Zhen, hat auch noch einen Blumenstrauß vorbeigebracht«, fügte Direktor Xu hinzu.

»Gut, sehr gut«, sagte Fanhua, »Pei Zhen ist nicht umsonst Lehrerin.«

Fanhua legte die Quittungen aufeinander und steckte sie in die Tasche. »Gibt es noch etwas, wofür Geld ausgegeben werden muß?« fragte sie den Direktor. »Sag es ruhig, wir werden dann alles in einem Aufwasch abrechnen.«

Das Gesicht des Schuldirektors hellte sich auf. Sein Kinn wippte, als hackte er gerade ein Beet.

Fanhua fiel ein Loch in der Mauer des Schulgartens auf. »Ist das für die Hunde?« fragte sie lachend.

Auch Direktor Xu lachte. »In letzter Zeit war das Plumpsklo undicht, und die Gülle lief aus«, sagte er. »Deshalb sind ein paar Schüler durch dieses Loch hinausgeschlüpft, um ihr Bedürfnis zu verrichten.«

Sogleich erinnerte sich Fanhua an das Klo in Yao und an die dicke schwarze Schicht Fliegen auf seiner Umzäunung, deretwegen sie sich beinahe hatte übergeben müssen. »Läuft sie jetzt immer noch aus?« erkundigte sie sich.

Wieder lachte Direktor Xu. »Um das zu wissen, braucht

man sich nur den Himmel anzuschauen. Bei Regen läuft sie über, wenn es nicht regnet, dann nicht«, erklärte er.

»Aber gestern hat es doch geregnet«, bemerkte Fanhua.

»Gestern hat der Regen genau gepaßt. Das Becken ist randvoll, aber nicht übergelaufen«, erläuterte er die Lage.

»Formuliere bitte einen schriftlichen Antrag und reiche ihn mir sofort ein«, sagte Fanhua. »Wenn ich ihn abgezeichnet habe, übergebe ich ihn Xiangsheng. Er soll die Sache in Angriff nehmen, sobald er für ein paar Tage in Guanzhuang ist.«

Mit Schrecken dachte sie an die hohen Kosten, die für die Reparatur der Toilette zu erwarten waren. Ja, Xiangsheng, da will ich doch mal sehen, wieviel davon in deinen eigenen Geldbeutel wandert.

In hohem Tempo und völlig außer Atem kam der Sportlehrer angeradelt. »Sie sind ins Dorf gefahren«, rief er. »Die Teufel sind im Dorf.«

Er war von Direktor Xu beauftragt worden, am Dorfeingang Wache zu stehen.

Wieder blies Direktor Xu seine Trillerpfeife. Sogleich eilten die Lehrer hinaus und standen auf beiden Seiten des Gebäudeeingangs Spalier. Eine Lehrerin hielt einen Blumenstrauß im Arm. Das mußten die Blumen sein, die Pei Zhen gestiftet hatte. Wenige Augenblicke später trafen die Vertreter des Gemeindeschulamtes ein. Auch sie fuhren ein Auto der Marke *Rote Fahne*, das noch mehr heruntergekommen war als jenes von Südyuan und auf den nächsten Metern auseinanderzufallen drohte. Direktor Xus Begrüßungsworten entnahm Fanhua, daß der Leiter des Gemeindeschulamtes selbst erschienen war und nicht der Vizedirektor, der noch auf seinen großen Auftritt wartete. Also war ein Mittagessen unumgänglich. Während der Direktor mit dem Schulamtsleiter Höflichkeiten austauschte, rief Fanhua

Xiaohong an und ließ sie ein Taxi herbeordern, das am Schuleingang warten sollte. Anschließend bestellte sie in einem Restaurant, das an der westlichen Landstraße lag und auf Wildgerichte spezialisiert war, telefonisch die Speisen.

Fanhua wohnte der Unterrichtsstunde bei, in der Shangyi die Geschichte ›Der Glockendieb hält sich die Ohren zu‹ behandelte.

»Die heutige neue Lektion ist von großer Bedeutung«, erklärte Shangyi. »Sie kann allen Schülern helfen, die richtige Lebens- und Werteeinstellung zu finden.«

Zunächst ließ er die Kinder still den Text lesen und unbekannte Schriftzeichen heraussuchen. Die Schriftzeichen waren eine der größten Hürden für sie. Dann rief er Aoyun auf, den Text im Stehen laut vorzutragen. Aoyun war aufgeregt. Er begann mit lauter Stimme und wurde immer lauter, so wie das Zirpen einer Zikade. Shangyi mußte ihn unterbrechen.

»Aoyun hat den ersten Abschnitt sehr schön vorgelesen«, sagte er. »Nun liest jemand anderes den zweiten Abschnitt. Vielleicht einmal ein Mädchen. Yanan, fahr bitte fort.«

Yanan sprach sehr verhalten und wurde nach und nach so leise wie das Summen einer Mücke.

Die Kinder waren unruhig. Aus der hinteren Reihe beobachtete Fanhua ihre geröteten Ohrläppchen. Shangyi gelang es, sie zu beschwichtigen. Sobald er zu sprechen begann, waren sie ganz bei der Sache und erlebten den Diebstahl in der Geschichte, als seien sie selbst dabeigewesen. Sogar die Zuschauer im Hintergrund vergaßen sie. Überflüssig zu erwähnen, daß Shangyi die Geschichte ausdrucksvoll und lebensecht schilderte. Vor allem der Hergang des Diebstahls hatte so viel Würze, daß er einer wahren Begebenheit in nichts nachstand. Entsprechend naturgetreu war Shangyis

Darstellung. Lingpei, der Meister dieses Gewerbes, hätte vor Neid erblassen müssen. Shangyi beugte seinen Oberkörper weit nach hinten zu einer Brücke, landete im Spagat und ließ das Kreidestück in seiner Hand ein Rad schlagen.

Die Bewegung, mit der Shangyi sich nach hinten neigte, kam Fanhua bekannt vor. Ihr fiel ein, daß sie sie häufig bei Pei Zhen beobachtet hatte. »Wenn man eine Brücke macht und das Vorderteil des Pullovers genau bis zum Bauchnabel reicht«, hatte Pei Zhen erklärt, »bedeutet das, daß die Pulloverlänge genau richtig ist.«

Wenn sich Pei Zhen nach hinten bog, lag etwas Verführerisches in ihrem Gesicht, als biete sie einen Bauchtanz dar: ein geschraubter Hüftschwung nach links, ein geschraubter Hüftschwung nach rechts. Shangyi verzichtete auf Überschwang. Jede seiner Bewegungen geschah in Respekt vor dem ehrenvollsten Beruf unter der Sonne. Gerade auf Grund seiner Würde wirkte der Diebstahl gerechtfertigt, und der Dieb erschien als ein mutiger, einsamer Held. Sicherlich beneideten einige der Lausbuben den Langfinger und hätten gerne selbst einmal ihre eigenen Fähigkeiten in dieser Hinsicht ausprobiert, dachte Fanhua. Ein Kind reagierte tatsächlich prompt und schwang mit den Beinen unter dem Tisch hin und her.

Nachdem Shangyi seine Schilderung beendet hatte, widmete er sich dem Aufbau des Textes und faßte die wesentlichen Gedanken der einzelnen Abschnitte zusammen. Anschließend ließ er die Kinder das Thema erklären.

»Es ist doch sonnenklar, daß das falsch ist«, meldete sich ein Junge zu Wort. »Wenn man trotzdem so etwas treibt, ist man ein Blödmann.«

»Sehr gut«, lobte Shangyi. »Aber das Wort ›Blödmann‹ ist nicht passend, weil man damit Leute beschimpft. Auch ›treiben‹ ist kein schönes Wort. Du mußt es anders ausdrücken.«

»Es ist doch sonnenklar, daß das falsch ist«, sagte ein anderer Schüler. »Wenn man trotzdem so handelt, ist es eine Dummheit.«

Shangyi freute sich. »*Yes, very good!*« sagte er auf Englisch. »Das hast du toll ausgedrückt. Bekommt er dafür denn keinen Beifall?«

Die Kinder klatschten. Shangyi schrieb den Satz an die Tafel, damit ihn jeder abschreiben konnte und er sich tief ins Gedächtnis brannte.

»Was lernen wir aus diesem Text?« fragte er weiter. Einige sagten, daß man dadurch zu einer richtigen Lebens- und Werteeinstellung finde. Andere sagten, daß sie dadurch kluge Kinder würden, die mit ihrer Begabung dem Heimatland dienen könnten.

Shangyi rief Moyu auf. »Wenn man eine Glocke stiehlt, darf man sich nicht die Ohren zuhalten«, antwortete Moyu.

Die Kinder lachten. Auch die Lehrer in der hinteren Reihe konnten sich das Lachen nicht verkneifen. Es war eine richtige Theatervorstellung, in der Moyu die Rolle des Narren spielte, dessen Nasenspitze mit weißer Kreide angemalt war. Für Moyu war es natürlich kein Theater. Er spielte einfach sich selbst. Zwar lachte auch Fanhua. Gleichzeitig aber dachte sie genauer über Moyus Antwort nach und fand, daß sie eigentlich nicht falsch war.

Dennoch war Shangyi mit Moyus Antwort nicht einverstanden. »Moyu, denk noch einmal ganz genau nach, zum Beispiel über die Lebenseinstellung«, sagte er.

»Man darf keine Glocke stehlen«, antwortete Moyu. »Ein Glockendieb ist kein guter Schüler.«

Fanhua fand Moyus Gedanken durchaus vernünftig. Shangyi war anderer Ansicht. Oder genauer ausgedrückt: das Unterrichtsprogramm sah es anders vor.

»Moyu, warum ist er denn kein guter Schüler?« regte

Shangyi die Gedanken des Jungen erneut an. »Ist es, weil er nicht zu einer …«

Schließlich gab Moyu dann doch noch die erwartete Antwort: »Weil er nicht zu einer richtigen Lebenseinstellung gefunden hat.«

Ein Strahlen ging über Shangyis Gesicht. Er strich sich seine Krawatte glatt. »Kinder, war Moyus Antwort richtig?« fragte er in die Klasse.

»Rich-tig!« riefen sie wie aus einem Mund.

»Ist Moyu euch allen lästig?« fragte Shangyi weiter. Einige sagten ja, andere nein. Shangyi jedenfalls schien seine Krawatte lästig zu sein. Er zog daran, um sie zu lockern. »Ich würde sagen, er ist es nicht. Vielleicht sieht es danach aus, aber in Wirklichkeit ist er es nicht«, sagte Shangyi. »Auch wenn Moyu ein wenig dumm ist, hat er durch die Hilfe der Lehrer und der Schüler schon ordentlich aufgeholt. Das ist für jeden eine gute Gelegenheit. Und was ist das für eine Gelegenheit? Die Gelegenheit, Mitschülern zu helfen. Dadurch lernt ihr, daß es Freude macht, anderen zu helfen. Sagt alle, hat Moyu einen Applaus verdient?«

Shangyi füllte die Zeit beispielhaft aus. Nicht eine halbe Minute hatte er vergeudet. Als der Beifall losbrandete, läutete die Schulglocke.

Die Vertreter des Gemeindeschulamts nahmen ihre Sache sehr ernst. Sie gönnten sich keine Pause, sondern gingen nach dem Unterricht sofort zur Bewertungsbesprechung über. Fanhua sollte als Gastdelegierte teilnehmen. Shangyi erhielt sehr gute Beurteilungen. Er habe »Wissensvermittlung, ideologischen Gehalt und Unterhaltungswert beispielhaft miteinander verbunden«.

»Um den leitenden Genossen dafür zu danken«, ergriff Fanhua das Wort, »daß sie unser Dorf Guanzhuang unterstützen, und um weiter Gelegenheit zu haben, sie um Rat zu fragen, habe ich für die leitenden Genossen einen Imbiß vorgesehen. Keine Sorge, ich werde Sie nicht in Verlegenheit bringen. Das Essen ist sehr einfach. Also lehnen Sie nicht ab. Es hätte ohnehin keinen Sinn, da bereits alles in die Wege geleitet ist. Ich schlage vor: Sie führen Ihre Sitzung fort, und ich verabschiede mich schon, um letzte Vorbereitungen zu treffen.«

Als sie aus dem Sitzungssaal trat, sah sie Shangyi wie einen Esel, der mit dem Mühlstein eine Runde nach der anderen dreht, um die Tischtennisplatte herumschleichen.

»Moyu ist wirklich eigensinnig«, sagte Shangyi. »Wegen ihm wäre beinahe alles schiefgegangen. Ich könnte ihn ohrfeigen.«

»Warum denn? Die fünf Finger einer Hand sind auch nicht alle gleich lang«, beruhigte ihn Fanhua.

»Das stimmt natürlich«, erwiderte Shangyi. »Wenigstens taugt er als abschreckendes Beispiel.«

Fanhua lachte. »Shangyi, deinetwegen habe ich mich heute in Unkosten gestürzt«, sagte sie. »Für das Mittagessen habe ich Wild bestellt. Komm jetzt mit mir zum Restaurant, um nach dem Rechten zu sehen. Heute mittag leistest du ihnen beim Essen Gesellschaft.«

»Ist das denn *okay*?« fragte Shangyi unsicher.

»Was redest du da? Wenn ich sage, es ist *okay*, dann ist es *okay*, auch wenn ich nur für einen Tag die Vorsitzende des Dorfkomitees wäre. Mach dir keine Gedanken.«

Mit dem Taxi fuhren sie über die Autobahn.

»Hast du die Frage zur Geburtenkontrolle schon ausgearbeitet?« fragte Fanhua.

»Im großen und ganzen schon«, antwortete Shangyi. »Nur an ein paar Stellen muß ich noch feilen. Die Geburtenkontrolle ist schließlich eine der Grundlagen unserer Regierungspolitik. Da darf man nicht schludern. Für dieses Thema habe ich mir übrigens nicht nur Bücher von Li Hao ausgeliehen, ich war auch mehrmals im Buchladen und habe einen ganzen Haufen Material besorgt.«

»Gib mir die Belege, dann erstatte ich dir alles«, sagte Fanhua.

»Ich glaube, daß ich auch Marx' Geburtstag noch einmal abfrage«, sagte Shangyi. »Der Marxismus-Leninismus ist schließlich immer aktuell.«

»Wenn du meinst«, lachte Fanhua.

An der Mautstelle verließen sie die Autobahn und nahmen eine unbefestigte Straße in Richtung Westen. Nach einem knappen Kilometer durchquerten sie ein Waldstück, bis sie an einen See gelangten. Zwischen Wald und Gewässer stand eine einfache Holzhütte, nicht viel mehr als ein Kuhstall. Zwei Köche schlachteten am Seeufer Turteltauben und Spatzen. Gefrorene Zikadenmaden waren zum Auftauen ausgebreitet. Einen Fasan hatten sie ausgenommen und seine Schwungfedern bereits in Klarsichtfolie gewickelt.

Diese feurige Farbenpracht wurde stets dem Ehrengast als Geschenk dargebracht. Im Arbeitszimmer von Fanhuas Schwester Fanrong hing ein solcher Federschmuck, seit sie und der Schwager mit Fanhua zusammen in diesem Restaurant getafelt hatten. Damals hatte im Speisezimmer eine Petroleumlampe gebrannt, um – mit den Worten des Schwagers gesprochen – Atmosphäre zu schaffen. Hier hatte das Wild eigene Namen. Spatzen hießen Weizenhähnchen, Turteltauben hießen Asiatäubchen, Fasane hießen Spatz des Hauses.

»Du kannst dich jetzt entspannen«, sagte Fanhua zu Shangyi. »Ich fange nicht wieder davon an, daß du das Kind damals unbedingt haben wolltest. Das hat uns alle schon genug belastet. Aber du siehst ja, wenn du weiter deinen Beruf ausüben willst, kannst du dir so etwas nicht erlauben.«

Shangyi seufzte tief. »›Mädchen sind das Wasser‹, hat Cao Xueqin einmal treffend gesagt«, erwiderte er. »Verdammte Scheiße, in meinem Leben mangelt es an Wasser.«

»Danach, woran es mangelt, sehnt man sich besonders«, sagte Fanhua. »Du hast ja gehört, daß Pei Zhen gesagt hat, Xuedai sei wieder schwanger. Sie will aber einen Jungen haben. Meinst du denn, daß tatsächlich das zur Welt kommt, was man sich wünscht?«

Shangyi wurde nervös. Es war an seinen Händen deutlich zu erkennen. Sie rissen so heftig an der Krawatte, daß sein Gesicht rot anlief. Schließlich lockerte er den Knoten und nahm die Krawatte ganz ab.

»Machst du Witze, Parteizellensekretärin? Woher soll Pei Zhen das denn wissen?« sagte er. »Ich würde darauf wetten, daß sie nichts weiß.«

»Also weißt du von der Sache?« fragte Fanhua.

Shangyi schluckte. »Ich weiß wohl ein wenig«, sagte er.

Wohl? Ein wenig? Das hörte sich schon merkwürdig an.

»Woher weißt du es?« fragte Fanhua.

Shangyis Blick wanderte zu den Baumwipfeln. »Das habe ich vergessen«, erwiderte er.

»Das hast du doch von Xiangsheng, oder?« bohrte Fanhua weiter. »Xiangsheng ist ein guter Kerl, nur sein Mundwerk hat er nicht im Griff.«

»Ja, wahrscheinlich habe ich es von Xiangsheng. Ich weiß nicht so genau«, sagte Shangyi. »In den letzten beiden Tagen war ich mit dieser Unterrichtsstunde beschäftigt. Da hatte ich nichts anderes im Kopf.«

»Die Mühe hat sich gelohnt, du hast es wirklich gut gemacht«, lobte ihn Fanhua. »Die Kinder, die bei dir Unterricht haben, können sich glücklich schätzen. Auch Direktor Xu hat gesagt, daß du besser bist als die staatlichen Lehrer. Ich hatte vorhin einen Gedanken, habe es aber noch nicht geschafft, mit Direktor Xu darüber zu sprechen. Ab nächsten Januar sollst du genausoviel wie die staatlichen Lehrer verdienen, egal, ob du beim Staat angestellt werden kannst oder nicht. Für gleiche Arbeit gibt es gleichen Lohn. Bis jetzt hast du deine Arbeit stets besser gemacht als sie, aber nicht denselben Lohn bekommen. Das ist Aufopferung genug.«

Shangyi hielt sich die Ohren zu, als er das hörte. Natürlich nicht, um den Glockendieb darzustellen, sondern um auszudrücken, daß er es gar nicht glauben konnte.

»Bevor nicht alles in trockenen Tüchern ist«, mahnte Fanhua, »solltest du aber mit niemandem darüber sprechen. Auch nicht mit Xiangsheng.«

»Vertrau mir bitte, ich werde doch nicht an dem Ast sägen, auf dem ich sitze.«

Nachdem sie die entscheidenden Dinge angesprochen hatte, wollte Fanhua mit dem Taxi wieder zurück ins Dorf fahren. Dann wiederum dachte sie, daß es Shangyi etwas merkwürdig erscheinen und er sich ausgenutzt fühlen könnte, wenn sie nun so kurzerhand umkehrte. Also kam sie erneut auf Xuedai und Tiesuo zu sprechen.

»Es kann nicht schaden, wenn du dich bei Gelegenheit einmal mit Tiesuo unterhältst«, sagte sie. »Mach ihm klar, daß er nicht den Idioten spielen soll. Lieber sollte er die Sache mit Xuedais Bauch so schnell wie möglich in Ordnung bringen. Du bist doch ein gebildeter Mensch und obendrein noch ein Vorbild, was die Geburtenkontrolle angeht. Da wird er schon auf dich hören.«

»Aber ich bin kein Arzt«, entgegnete Shangyi. »Wieso sollte er auf mich hören? Da mußt du Xianyu fragen.«

»Hat sich Xuedai denn nicht mit Xianyus Frau gestritten? Sie glaubt doch immer noch, daß er ihr Böses will wie der Fuchs, der der Henne ein glückliches neues Jahr wünscht«, sagte Fanhua.

Als sie von der Henne sprach, fielen ihr wieder die Federn des Fasans ein. »Hast du diesen Helmbusch gesehen?« fragte sie. »Der in Klarsichtfolie eingewickelt war. So ein Ding stecken sich die Generäle in alten Theaterstücken immer an den Kopf. Den schenkst du nachher dem Schulamtsleiter. Das ist ein Glücksbringer, gewissermaßen eine Feder als Rangabzeichen am Beamtenhut.«

Fanhua erhielt einen Anruf der Gemeindeverwaltung. Die »Oberhäupter« sämtlicher Dörfer sollten zu einer Sitzung antreten. Offenbar wollte Gemeinderat Niu wie so häufig sein Mitteilungsbedürfnis stillen. Nicht umsonst hieß er mit Familiennamen Rind, denn er käute mindestens genauso gerne wieder wie die Kühe. Der einzige Unterschied bestand darin, daß Kühe Gras wiederkäuten, Gemeinderat Niu dagegen die Berichte des Kreisvorstandes. Beim Wiederkäuen nutzte er natürlich jedes Mal die Gelegenheit, um einige Dinge hinzuzufügen. Ohne lange nachzudenken, erriet Fanhua, daß er auf jeden Fall sagen würde, man müsse die Kernaussagen des Kreisvorstandes auf die konkrete Praxis der Gemeinde Wangzhai abstimmen und einen für Wangzhai typischen Weg beschreiten. Dieses »Typische« äußerte sich im wesentlichen in Zahlen und Größenverhältnissen. Normalerweise betrug Wangzhais Anteil zwanzig Prozent des Landkreises. Allerdings, wenn sich der Kreisvorstand mit der Umwandlung von Wald in Ackerland befaßte und von jedem Dorf forderte, hundert Morgen bereitzustellen, wurden bei Gemeinderat Niu schnell hundertzwanzig Morgen daraus – also zwanzig Prozent mehr. Wenn der Kreisvorstand betonte, daß die Nutzpflanzen einen Anteil von dreißig Prozent der landwirtschaftlichen Kulturen eines jeden Dorfes ausmachen müßten, erhöhte Gemeinderat Niu den Anteil kurzerhand auf fünfzig Prozent. Natürlich gab er dabei nicht immer eine gute Figur ab, wie sich gerade im vergangenen Jahr wieder gezeigt hatte. Der Kreisvorstand hatte verkündet, daß die Haushaltsausgaben der Dörfer ursprünglich um zehn Prozent auf fünfundzwanzig Prozent hätten gesenkt werden sollen, um die Bauern zu entlasten. Nun sei aber nur noch eine Senkung von fünf Prozent möglich. Kaum war Gemeinderat Niu von der Sitzung zurück und stimmte die Vorgaben auf die konkrete Praxis der Gemeinde Wangzhai ab, änderte er die Zahl in fünfzig Prozent – also keine Senkung, sondern eine Anhebung der Ausgaben.

Der Landrat schimpfte ihn daraufhin eine Drecksau und sagte: »Ach, alter Niu, dir wachsen wirklich schon Hörner aus dem Kopf, und obendrein bist du ganz schön mutig. Was soll unser Volk noch essen und trinken, wenn jeder im Landkreis so weit geht wie du? Dann essen die Leute den Ostwind, was? Und trinken den Westwind, oder? Wenn jeder im Landkreis so weit geht wie du, müssen die Bauern sich auswärts Arbeit suchen, um überhaupt noch etwas vom Leben zu haben, nicht wahr?« Unter der Hand verbreitete Gemeinderat Niu später, daß der Landrat den Anteil erst erhöht, dann wieder gesenkt habe.

»Wenn der einen Furz läßt, teilt sich die Armee in zwei Kolonnen«, erklärte er. »Ich habe nur von der einen Kolonne etwas mitbekommen, von der anderen wußte ich nichts. Deshalb sind diese Querelen entstanden.«

In dieser Zeit hatte Gemeinderat Niu stets gerötete Augen gehabt, ob aus Ärger oder aus Kränkung, war unklar. Jedenfalls hatte er grauenerregend und furchteinflößend ausgesehen. Fanhua überlegte, welches Thema er wohl dieses Mal wiederkäuen würde. Bald war Wahltag. Bestimmt würde er das Sicherheitsproblem in dieser Zeit herausstreichen. Keinesfalls dürfe ein Chaos entstehen. Im Vergleich zur letzten Wahl wollte er Streitereien und Handgreiflichkeiten bestimmt um zwanzig Prozent senken.

Qingshu war wieder mit dem Auto unterwegs, um jemandem einen Besuch abzustatten. Daher mußte Fanhua ein Taxi oder einen der privaten Kleinbusse nach Wangzhai nehmen. Am Straßenrand warteten schon einige Leute aus Guanzhuang auf den Bus.

»Wohin fährst du?« fragten sie.

»Zu einer Sitzung nach Wangzhai«, antwortete Fanhua und erging sich in Beschimpfungen auf Gemeinderat Niu. »Nervtötend, das ist alles so nervtötend«, klagte sie. »Immer dieser Firlefanz. Wenn nichts los ist, muß Gemeinderat Niu unbedingt irgend etwas an den Haaren herbeiziehen.«

Gemeindekader waren in den Dörfern überaus verhaßt. In den Augen der Dorfbewohner waren sie Abschaum. Diese Halsabschneider konnten nicht mehr, als hier etwas zu fordern und da etwas zu fordern. Deshalb wurde in Sympathiefragen stets eine Hierarchieebene übersprungen: Die Bauern mißtrauten den Gemeindekadern, trauten aber dem Landrat. Die Gemeindekader mißtrauten dem Landrat und trauten wiederum dem Rat der Provinzhauptstadt. Aber wie stand es um die Kreiskader? Selbstverständlich mißtrauten sie dem Stadtrat, trauten jedoch der Provinzregierung. In der Politik war es das gleiche wie mit dem Mönch, der die schönen buddhistischen Sutras schlecht vortrug.

»Gemeinderat Niu«, fügte einer der Umstehenden hinzu, »ist eine Heuschrecke im Herbst, deren Tage gezählt sind. Früher oder später wird der Landrat ihn abservieren.«

»Genau«, erwiderte Fanhua. »Ihm bleiben nicht mehr viele Tage, um herumzuhüpfen.«

Natürlich war Gemeinderat Niu keine Herbstheuschrecke. Herbstheuschrecken hüpften völlig unbedacht umher, was man von Gemeinderat Niu nicht behaupten konnte. Er war ein erstklassiger Springer.

Als Fanhua den Hof der Gemeindeverwaltung betrat, spielte er gerade mit seiner Sekretärin Federball und sprang dem heranfliegenden Ball entgegen.

»Leck mich am Arsch«, keuchte er, während er den Ball zurückschmetterte. Er war ganz in Weiß gekleidet: weißer Pullover, weiße Hose und weiße Turnschuhe. Eigentlich hatte er auch weiße Haare, aber sie waren schwarz gefärbt. Die Zuschauer klatschten.

»Die Bälle vom Chef sind olympiareif«, sagte die Sekretärin abgehetzt.

Sie hielt stets Augen und Ohren offen und hatte Fanhua sofort erspäht. Ihr Blick hellte sich kurz auf, aber sie grüßte nicht. Sie meisterte die Situation dennoch vorbildlich, indem sie den Ball ins Aus schlug. Als sei er die Verlängerung ihres Blickes, landete er genau vor Fanhuas Füßen. In dem Moment gab sie vor, Fanhua gerade erst wahrgenommen zu haben.

»Du bist ja schon da«, rief sie. »Der Chef kann dich kaum erwarten.«

Merkwürdigerweise ließ sich weit und breit kein »Oberhaupt« der anderen Dörfer blicken. Lediglich Fanhua war erschienen. Gemeinderat Niu, der hier Chef genannt wurde, warf seinen Schläger fort und ließ sich von der Sekretärin ein Handtuch reichen. Sogleich trocknete er sich Gesicht und Hals ab. Mit der Fingerspitze unter dem Handtuch bohrte er in seinen Ohrmuscheln und kämmte sich die Haare. Nachdem er diese Prozedur beendet hatte, wandte er sich Fanhua zu, begrüßte sie und gab ihr ein Zeichen, ihm zu folgen. Sie gingen in sein Büro. Die Schreibkraft servierte ihm ein Glas Wasser, das er umgehend an den Mund setzte. Anstatt das Wasser zu schlucken, reckte er den Hals in die

Höhe und gurgelte. Ob er mit dem Wasser besonders haushalten mußte? Er machte keinerlei Anstalten, es auszuspukken, sondern schluckte es gluckernd hinunter. Dann drehte er sich mit durchdringendem Blick zu Fanhua, als wolle er sie verhören. Erneut nahm er einen Schluck Wasser und gurgelte wieder. Dieses Mal schluckte er es nicht hinunter. Er spuckte es aus und wischte sich anschließend den Mund ab.

»Dorfvorsteherin Kong«, begann er endlich, »wenn ich dir keinen Platz anbiete, wirst du wohl die ganze Zeit stehen bleiben, was?«

Irgend etwas stimmte hier nicht, dachte Fanhua. Vielleicht gelang es ihr, die Atmosphäre durch einen Scherz ein wenig aufzulockern.

»Ich werde es doch nicht wagen, mich hinzusetzen, wenn der hohe Gemeinderat noch steht?« sagte sie. »Auf keinen Fall.«

»Ist alles in Ordnung?« fragte er, während er Platz nahm. Die Frage war ungenau, so daß Fanhua nicht wußte, wo sie beginnen sollte.

»Alles in Ordnung«, sagte sie und spielte das Spiel einfach mit.

»Geht es auch etwas deutlicher?« sagte Gemeinderat Niu schon bedeutend ernsthafter. »Was genau ist in Ordnung, und was ist nicht in Ordnung?«

»Die zehn Finger sind auch nicht alle gleich lang«, antwortete Fanhua. »Sicher gibt es noch Stellen, an denen besser gearbeitet werden muß.«

Gemeinderat Niu schlug ein Buch auf, das aussah wie ›Englische Konversation in 300 Sätzen‹. Kaum hatte er es aufgeschlagen, schloß er es wieder.

»Bitte noch etwas deutlicher«, sagte er. »Was läuft nicht so gut?«

Fanhua befand sich in einer mißlichen Lage. Im Grunde war ihr während ihrer Amtszeit alles gut gelungen, überlegte sie. Nur diese Papierfabrik stand noch aus. Aber davon konnte sie nicht sprechen, ohne daß Gemeinderat Niu als Mistkerl dastünde. Das war ein Wespennest, in dem man nicht herumstochern sollte.

»Sag schon«, drängte Gemeinderat Niu. »Du brauchst dich nicht zu fürchten, falls es Probleme gibt. Angsthasen sehen Probleme nämlich nicht. Wenn ein Furunkel voller Eiter ist, muß er ausgedrückt werden.«

Schweinehund, dachte Fanhua, was wollte dieser Sonderling von ihr? Anstatt sich zur Wehr zu setzen, trat sie lieber die Flucht nach vorn an und forderte ihn dazu auf, seine Nase in ihre Angelegenheiten zu stecken.

»Gemeinderat Niu«, sagte sie, »hast du Guanzhuang heimlich einen Besuch abgestattet? Wenn dir dabei irgendein Problem aufgefallen ist, weise mich ruhig darauf hin. Unser Dorfkomitee wird deine Ratschläge ganz bestimmt befolgen.«

Gemeinderat Nius Hände, die halb gefaltet auf dem Tisch gelegen hatten, fuhren plötzlich mit geöffneten Handflächen in die Höhe. Als sie den unteren Saum der roten Flagge auf seinem Schreibtisch erreichten, senkten sie sich und erhoben sich sogleich von neuem. War das eine Qigongübung? überlegte Fanhua.

Der Gemeinderat unterbrach sie in ihren Gedanken. »Dorfvorsteherin Kong«, sagte er, »manche Dinge sind eben wie ein Flaschenkürbis, der sofort wieder an der Oberfläche schwimmt, sobald man ihn unter Wasser losläßt.«

An der Oberfläche schwimmen? Was gab er ihr hier für Rätsel auf? ging es Fanhua durch den Kopf.

»Wenn du einen Rat hast, werde ich ihn ganz sicher befolgen.«

Daß Gemeinderat Niu auf die Geburtenkontrolle hinauswollte, hatte Fanhua nicht erwartet. Er hatte Ohren wie ein Luchs. Sogar Yao Xuedais Namen kannte er.

»Gibt es in eurem Dorf eine Yao Xuedai, die mit dickem Bauch durchgebrannt ist?« fragte er und schlug, ohne Fanhuas Erklärung abzuwarten, auf den Tisch. »Sie überschreitet einfach die erlaubte Anzahl. Da habt ihr was am Hals!« rief er.

Verschleierung hatte keinen Sinn mehr. Fanhua mußte bekennen, daß Yao Xuedais Bauch dick geworden war.

»Ja, aber ...«

Gemeinderat Niu ließ sie nicht ausreden. »Was, ja, aber?« schrie er. »Einen Dreck, ja, aber. Der Bauch! Der Bauch! Kannst du noch nicht einmal auf einen Bauch aufpassen?«

»Ich habe doch auch gerade erst davon erfahren«, wandte Fanhua ein. »Es ist noch nicht zu spät, um alles wieder in Ordnung zu bringen. Es wird abgetrieben, fertig.«

»Das ist leicht gesagt«, erwiderte der Gemeinderat. »Gute Dinge schaffen es nicht vor die Tür, aber schlechte Dinge kommen im Nu tausend Kilometer weit, und die ganze Welt weiß Bescheid.« Klatsch, klatsch. Der Gemeinderat schlug sich ins Gesicht. »Euretwegen werde ich das Gesicht verlieren«, schimpfte er.

Wieso, das Kind hat doch Li Tiesuo gezeugt und nicht er, dachte Fanhua, wer sollte also das Gesicht verlieren? Rasch bemühte sich Fanhua, die Wogen zu glätten.

»Sicher muß die Sache auf Landkreisebene untersucht werden, wenn sie bis dorthin durchsickert«, sagte sie. »Aber wer hat schon direkten Zugang zu dieser hohen Stelle?«

»Es ist eine leidige Tatsache, daß keine Gemeinde wirklich sauber ist«, sagte der Gemeinderat. »Meine Gemeinde Wangzhai ist nicht sauber, aber die Gemeinde Südyuan ist so schmutzig, daß es zum Himmel stinkt. Und dieser Schmutz wird einfach mit einem Brokatüberwurf bedeckt, und schon ist nichts mehr von alledem zu sehen. Nur du posaunst alles in die Welt hinaus.«

Nun begriff Fanhua, worum es ging. War am Ende Liu Junjie die undichte Stelle gewesen? Liu Junjie, du Schuft, wie konntest du mir nur so schaden?

Es gab keinen anderen Ausweg, als die Sache mit großem Ehrgeiz und fest entschlossen in Angriff zu nehmen. Fanhua konnte Gemeinderat Niu nur versichern, daß sie die volle Verantwortung trage und das Problem so schnell wie möglich aus der Welt schaffen werde.

»Wie ich es anstelle, das laß meine Sorge sein«, sagte sie.

Gemeinderat Niu griff zum Telefonhörer und rief die Sekretärin herein, um Fanhua Wasser einzuschenken. Er wartete, bis sie das Zimmer wieder verlassen hatte, dann schüttelte er den Kopf und begann zu lachen. Er schien ohne jeglichen Grund zu lachen. Fanhua bekam Herzklopfen. Plötzlich nannte er sie nicht mehr Dorfvorsteherin Kong, sondern einfach Fanhua.

»Fanhua, ich werde doch nur vor meinen eigenen Leuten wütend. Andere bekommen mich so nicht zu Gesicht«, sagte er. »Nimm es dir nicht zu Herzen. Wenn es auf der Welt den Nachnamen ›Esel‹ gäbe, müßte es meiner sein«, fuhr er fort. »Ich heiße zwar Niu, also Rind, aber ich habe das Temperament eines Esels – ungeduldig und störrisch zugleich. Wenn ich merke, daß meine eigene Arbeit nicht gut ist, werde ich ungeduldig. Behauptet aber ein anderer, daß meine Arbeit nicht gut sei, werde ich störrisch. Das lasse ich doch nicht auf mir sitzen.«

Dann kam er auf Fanhuas jüngere Schwester Fanrong zu sprechen.

»Ich lese häufig Fanrongs Artikel«, bemerkte er. »Sie sind scharfzüngig, kaum zu glauben, daß sie von einem hübschen

Mädchen geschrieben sind. Sie erinnern an unseren großen Schriftsteller Lu Xun. – Ich sage es dir im Vertrauen: ich habe Angst, daß dir etwas zustößt, wenn du die Spielregeln nicht befolgst. Sich in Beamtenkreisen durchzuschlagen heißt: bloß nicht die Katze im Sack kaufen. Ob Kater oder Katze, schwarze Katze oder weiße Katze, bunte Katze oder gelbe Katze, Tigerkatze oder Perserkatze, du kannst es nicht wissen. Deshalb sei vorsichtig und sprich nicht zuviel.«

Damit wollte er ihr klarmachen, daß sie sich in Zukunft von Liu Junjie fernhalten sollte.

»Heute hast du deine Sache sehr gut gemacht«, lobte er Fanhua im Anschluß an seine Katzentirade. »Solange ich nicht ausgesprochen hatte, warum ich dich hergegeben hatte, hast du dich dumm gestellt. Das war eine gute Reaktion. Manchmal ist es notwendig, sich taub und blind zu stellen. Glaub nicht, daß ich wütend bin, nicht im geringsten, ich freue mich sogar. Warum sollte ich mich nicht freuen, wenn ich sehe, daß du Fortschritte machst? Ich freue mich wirklich! Das ist wie das Silvesterlied ›Heute ist ein Freudentag‹«, sagte Gemeinderat Niu und wechselte dabei ins Hochchinesische.

Fanhua schluckte, um sich das Lachen zu verkneifen.

»Wenn du bei der Arbeit Schwierigkeiten bekommst, sag es ruhig«, fuhr er fort. »Die Partei hilft dir, sie zu bewältigen.« Dann erkundigte er sich, welche Chancen sie sich bei der Wahl ausrechne.

»Wenn ich gewählt werde, bleibe ich eine weitere Periode im Amt, wenn nicht, dann eben nicht«, antwortete Fanhua.

»Es ist gut, dem Gebot der Stunde zu gehorchen«, lobte er sie wieder. »Aber ich bin mir sicher, daß du weiter im Amt bleiben wirst. Ob es sich um ein Maultier oder ein Pferd handelt, sieht man sofort, wenn man sie nebeneinander laufen läßt. Daß Guanzhuang an einen anderen übergehen sollte, glaube ich nicht. Du kannst nicht mehr als tausend Leute einfach im Stich lassen.«

»Na ja«, erwiderte Fanhua, »ich habe jedenfalls schon Vorkehrungen getroffen. Bei einer Wahlniederlage gehe ich nach Shenzhen. Mein Mann macht dort Geschäfte und kann Hilfe gebrauchen.«

Gemeinderat Niu blieb der Mund offenstehen.

»Was sagst du da? Hör auf mit dem Unsinn«, sagte er. »Vor ein paar Tagen habe ich im Fernsehen ›Horizont des Ostens‹ gesehen. Darin gab es einen wirklich guten Satz. Er lautet: ›Wenn nur eine Person reich ist, dann ist das kein Reichtum, wenn aber das ganze Dorf reich ist, bedeutet das wahren Reichtum‹. In dem Moment dachte ich, das könnte Fanhua gesagt haben. Deshalb glaube ich nicht, daß du es übers Herz bringst, alles hinzuschmeißen und dich nicht mehr um das Dorf zu kümmern, nur um selbst reich zu werden.«

Diese Worte klangen wie Musik in ihren Ohren und konnten nur bedeuten, daß er Gründe dafür hatte, von ihrem Wahlsieg auszugehen. Sonst würde er so etwas nicht sagen. Gleich zu Beginn der neuen Amtszeit, dachte Fanhua, werde ich mir die Papierfabrik vorknöpfen. Mal sehen, ob du dann immer noch deine schützende Hand über sie hältst.

Als Fanhua zurückkehrte, waren in den Straßen bereits Spruchbänder angebracht, die im Dorf Wahlkampfatmosphäre verbreiteten. Ein Band hing quer über der Mauer ihres eigenen Kuhstalls: »Das Volk wählt die Dorfkader des Volkes – tierisch gut!« Nebenan lag das Haus des Dorffriseurs Linghui. An seinem Eingang hing das ganze Jahr über eine Holztafel. Früher stand darauf »Friseursalon Stiller Ozean«, später hatte Linghui seinen Laden in »Atlantischer Schönheitssalon« umbenannt. Fanhua hatte Linghui einmal nach dem Grund gefragt. Und Linghui hatte erklärt, daß sich Stiller Ozean zu miefig anhöre, während Atlantik eher ein westliches Flair habe. Wieso Atlantik westlicher als Stiller Ozean klang, blieb Fanhua ein Rätsel. In tiefen Kerben hatte Linghui außerdem einen Zweizeiler auf das Schild geschrieben: »Herein kommt eine Sturmfrisur, hinaus geht ein Musterknabe«. In gewissen Abständen fuhr Linghui die Kerben mit roter Tinte nach. Der Zweizeiler war nicht schlecht. Linghui behauptete, er habe ihn selbst ersonnen, und sein Blutdruck sei dabei vor lauter Kopfzerbrechen dramatisch gestiegen. Nun hatte er diesen Zweizeiler mit rotem Papier überklebt und durch einen neuen ersetzt: »Zögernd antreten, entspannt abtreten«. Im ersten Moment wirkte er etwas seltsam und aus dem Zusammenhang gerissen. Bekäme er jedoch den letzten Schliff, dann wäre er einwandfrei. Für einen anspruchsvollen Inhalt, in dem es um die Welt der Beamten ging, hatte Linghui eine gewöhnliche Sprache gewählt. Der Friseur war keineswegs einfach gestrickt, er hatte Tinte im Blut.

Fanhua kam der Gedanke, Qingshu einmal bei ihm vorbeizuschicken, damit er den Vers überarbeitete. Linghui trat vor die Tür, um Wasser fortzuschütten.

»Linghui«, rief Fanhua, »das ist ein guter Spruch. Hoffentlich ist dein Blutdruck dieses Mal nicht gestiegen.«

Er schaute Fanhua an und wandte sich dem Zweizeiler zu. »Das habe ich für die Kinder geschrieben«, kicherte er. »Wenn die Erwachsenen den Kindern gegenüber von ›Atlantik‹ sprechen, fangen sie immer an zu weinen und zu schreien, weil sie sich nicht den Kopf scheren lassen wollen. Damit will ich den Kindern nur sagen, daß sie keine Angst haben müssen. Wenn der Kopf rasiert ist, pieksen die Stoppeln nicht. Das ist entspannend und sehr angenehm. Eine andere Bedeutung hat es nicht, wirklich, da gibt's keine andere Bedeutung.«

Aber so, wie er sich ausdrückte, bekam man erst recht den Eindruck vermittelt, daß der Spruch noch eine andere Bedeutung hatte. Fanhua lachte und ging weiter. Nach wenigen Schritten drehte sie sich noch einmal um, legte die Hände respektvoll übereinander und wünschte ihm mit seinem Laden viel Erfolg.

Im Gehen überfiel Fanhua ein seltsames Gefühl. Die Straßen waren wie leergefegt und totenstill. Keine Menschenseele war zu sehen. Nicht einmal ein Hund bellte. Als sie an Qinglins Haus vorbeikam, bemerkte sie, daß an seinem Hoftor ein Schloß hing. War im Dorf vielleicht jemand gestorben? Fanhua überlegte. Jedes Mal, wenn jemand starb, fand sich das gesamte Dorf zusammen. Den Trauernden gaukelten die Leute ihre Anteilnahme vor, aber in Wirklichkeit wollten sie etwas erleben. Vor allem wollten sie sehen, wie die Angehörigen weinten, wer echte Tränen vergoß, wer sich Krokodilstränen herauspreßte, wer am heftigsten weinte, wessen Weinen am schönsten klang. Abends wurden stets Musikanten eingeladen, vor denen sich die Hinterbliebenen zunächst tief verneigten. Kaum hatten sie sich wieder aufgerichtet, erschallten schon die Trompeten, die ohrenbetäubenden Trommelschläge und die Holzklappern, die sich unter das Klagegeschrei mischten. Die verzweifelten Trompetentöne gingen den Menschen durch Mark und Bein. Das stürmische Klappern der Hölzer brachte Herz und Lunge zum Bersten. Nach dem ersten Stück teilten sich die Musiker in zwei Gruppen und traten mit großem Radau in einen Wettstreit. Du spielst eine Elegie, ich spiel' einen Grabgesang. Zwischen den langsamen, düsteren Klängen ertönte das Wehklagen der Trauernden und das Seufzen der Zuschauer. Du spielst ›Aprikosenblüte schwingt über die Mauer‹, ich spiele ›Schneegestöber am Himmelszelt‹. Wenn die Aprikosenblüte den Mauersims erreichte, traf sie auf das

Schneegestöber und wurde wie beim Eselsritt umhergewirbelt. Erneut setzte das Wehklagen der Trauernden und das Seufzen der Zuschauer ein. Du spielst ›Die Fee verstreut Blumen‹, und ich antworte mit dem ›Allerlei herabfallender Blüten‹. Aber die Blumen der Fee wurden zu Erde und Schlamm, erst recht, wenn es um einen gewöhnlichen Menschen ging. Die Zuschauer trösteten die Hinterbliebenen. Für einen Toten gibt es kein Zurück. Durch Weinen wird niemand zum Leben erweckt. Die Musikanten schlossen mit einer Zugabe, ›Drache und Phönix verheißen Glück‹. Offenbar war der Tote bereits zum Himmel gefahren – ein Mann als Drache, eine Frau als Phönix. Die Klänge verbreiteten Frieden und Freude.

Diesen Gedankengängen nachhängend, vernahm Fanhua ein kaum hörbares Wehklagen, das der Wind zu ihr trug. Aus welcher Richtung es herüberdrang, konnte sie nicht genau ausmachen. Sie ging im Geist alle alten Menschen des Dorfes durch, aber es fiel ihr niemand ein, der gestorben sein könnte. Sie lief ein paar Schritte. Das Jammern schien von hinten zu kommen. Sie ging ein paar Schritte zurück, bis das Klagen deutlicher wurde. Das Geräusch kam aus Qinglins Haus. Merkwürdig. Langsam näherte sie sich dem Hauseingang und spähte durch den Türspalt. Im Hof war niemand zu sehen. Nur einige Knochen lagen auf dem Boden. Sie waren blitzblank und glänzten wie Jade. Der Wolf mußte sie abgeschleckt haben. Fanhua bekam einen Schrecken. Hatte der Wolf vielleicht jemanden zu Tode gebissen? Die Knochen sahen nicht so aus, als stammten sie vom Schwein oder vom Rind. Sie wagte nicht weiterzudenken und wich einige Schritte zurück. Dann besann sie sich. Nein, das war unmöglich. Auch wenn der Wolf einen noch so großen Magen hatte, konnte er doch keinen Menschen verschlingen. Und selbst wenn er einen Menschen gefressen hätte, würde er die Knochen keinesfalls säuberlich ablecken. Fanhua schlug mit dem Türklopfer gegen die Tür.

Qinglins Frau trat aus dem Haus und kam herbeigerannt. Sie lächelte unter Tränen.

»Er ist zurück! Er ist zurück! Huihui!« rief sie. Sie schien zu glauben, daß Qinglin mit Huihui zurückkehrte. Als sie durch den Türspalt sah, daß weder Qinglin noch Huihui vor der Tür standen, brach sie erneut in Tränen aus.

»Warum weinst du?« fragte Fanhua. Die Frau riß die Tür auf, sah Fanhua an und weinte noch heftiger. »Du mußt mir helfen, ich weiß nicht, was ich tun soll«, stammelte sie.

»Was ist denn eigentlich los?« fragte Fanhua.

Die Frau zeigte mit dem Finger erst gen Westen, dann gen Osten und stampfte schließlich mit beiden Füßen auf, sagte jedoch nichts. Als Fanhua abermals fragte, hockte sie sich einfach auf den Boden. Sie hielt sich die Hände vors Gesicht und schluchzte.

»Hör auf zu weinen!« schrie Fanhua sie an. »Steh auf!«

Die Frau nahm ihre Schürze und wischte sich über die Augen. Dann erhob sie sich. Ein Schwall wirrer Sätze kam völlig zusammenhanglos aus ihrem Mund. Nach einer Weile begriff Fanhua, worum es ging. Qinglin war mit Huihui an der Leine fortgegangen, um sich in einen Streit zu mischen. Um zu zeigen, wo sich der Streit ereignet hatte, zeigte die Frau wieder nach Osten, nach Westen und schließlich zum Himmel. Sollte das bedeuten, daß das ganze Dorf in den Streit verwickelt war? So still, wie es war? Von unten nach oben streifte ein kühler Luftzug über Fanhuas Rücken. Als er ihren Hinterkopf erreichte, machte er kehrt und strich an ihrem Körper entlang abwärts, bis er bei den Füßen angekommen war. Ihre Beine schienen sich nun wie von selbst zu bewegen.

Als erstes rannte Fanhua zur Papierfabrik. Von weitem sah

sie bereits, daß sich am Fabrikeingang niemand aufhielt. Trotzdem lief sie darauf zu. Am Tor strich sie immer wieder über den Löwen, der einen runden Stein im Maul hielt. Die Kinder liebten es, den Stein anzufassen, so daß er glatt wie die Perlen eines Abakus geworden war. Bei der Berührung spürte sie seinen frostigen Atem. Blätter eines Schnurbaumes waren zwischen die Tatzen des Löwen gefallen. Mit spitzen Fingern nahm sie sie heraus und betrachtete sie, bevor sie sie an ihren Platz zurücklegte. Ich sollte nach Hause gehen, dachte sie. Auch wenn das gesamte Dorf zum Streiten hinausgezogen war, ihr Vater war wohl kaum dabei. Dianjun allerdings beteiligte sich mit Sicherheit. Nach seinen Erlebnissen in Shenzhen würde er sich wahrscheinlich nicht in die erste Reihe drängen – aus Schaden wurde man immerhin klug.

Sie lief nach Hause. Seit sie Dorfvorsteherin war, war sie nicht durch das Dorf gerannt. Stets ging sie mit festem, ruhigem Schritt. In der Grundschule hatte sie täglich einen Sprint hingelegt, nach der Oberschule kaum noch, außer wenn sie Sport trieb. Beim Dauerlauf hatte sie jedes Mal das Gefühl gehabt, daß ihre Brüste anschwollen – sie dehnten sich aus wie eine Zuckermelone, die sich zwischen den rankenden Kräutern verbarg. Dabei rieb ihre Kleidung an den Brustwarzen und härtete sie wie die Jujube, die Brustbeere, die sich am Dornenzweig versteckte. Später hatte Dianjun diese Jujube im Wäldchen hinter der Schule in den Mund genommen. Doch im Augenblick empfand sie ihre Brüste beim Rennen nicht als Zuckermelonen. Eher als Flaschenkürbisse der letzten Herbsttage, die auf und ab schwangen. Völlig erschöpft gelangte sie zu Hause an. Glücklicherweise war kein Schloß vorgehängt, die Tür nur angelehnt. Sie stieß sie auf. Niemand war zu sehen. Ein Hase hob den Kopf und streckte die Brust heraus. Die beiden Vorderpfötchen hingen vor seiner Brust herab. Mit seinen roten Augen blickte er Fanhua neugierig an. Diese Person kannte er ganz offensichtlich nicht.

Kurz darauf vernahm sie Gekeife, wie man es aus dem Kindergarten kannte. Dieses Mal hörte sie deutlich, daß die Geräusche aus der Schule kamen. Rasch machte sie sich auf. Vorbei an der Schule und noch nicht in den Bergen angelangt, sah sie Li Haos Schafherde. Die Tiere blökten vor Angst. Von den Bergen her schallte ein anderes Geräusch und mischte sich mit dem Geblöke der Schafe. Fanhua vernahm den Namen Qinggangs. Auf einmal wurde ihr alles klar. Ach du meine Güte, bestimmt war ein Streit mit den Leuten von Gongzhuang entbrannt.

Als Fanhua die Berge erreichte, hatten sich die Leute aus Gongzhuang bereits zurückgezogen. Zwar dämmerte es schon, aber Fanhua konnte dennoch erkennen, daß die Gesichter vor Freude strahlten. Vor Freude über eine gewonnene Schlacht. Niemand stand mit leeren Händen da: die Männer trugen Hacken und Schaufeln, die Frauen waren mit Nudelholz und Pfannenheber ausgestattet.

Als erste bemerkte Doudou, daß Fanhua angekommen war. Auch sie hielt eine Waffe in der Hand – eine Weidenrute, mit der sie wild herumfuchtelte, während sie auf Fanhua zugehüpft kam. Schließlich stürzte sie sich auf Fanhua und wollte auf den Arm genommen werden. Fanhua hatte keine Kraft mehr, um sie hochzuheben.

»Bleib auf deinen Füßen stehen«, fuhr sie Doudou an, die laut zu heulen begann. Alle drehten sich um.

»Na, du bist auch schon da?«

Diese Bemerkung kam von Linghui, dem Friseur. Was wollte dieser Hohlkopf damit sagen? Glaubte er etwa, sie habe sich absichtlich versteckt?

»Hast du gekämpft?« fragte Fanhua.

»Als ich anfangen wollte«, sagte er und kratzte sich am Kopf, »hatten die anderen schon alles kurz und klein geschlagen.«

Ja, jetzt redete er sich heraus, weil er nur daneben gestanden und der Rauferei zugeschaut hatte.

»Sieh einer an«, sagte nun Linghuis Vetter Lingwen. »Jetzt willst du wohl die Siegesparade abnehmen?«

Das war tatsächlich noch unverschämter und klang, als käme sie, um die Lorbeeren zu ernten.

»Du bist doch nicht verwundet, oder?« fragte Fanhua.

»Meinst du, diese Arschböcke hätten mich angesprungen? Die hätte ich totgefickt«, erwiderte Lingwen. Und das hieß, daß auch er sich nicht geschlagen hatte.

»Wenn du nicht verletzt bist, um so besser«, sagte Fanhua.

Qingshu eilte herbei. Er hielt seinen Waffengurt in Händen. »Die Soldaten haben den Sieg ohne Blutvergießen eingefahren«, spielte er sich auf.

Am liebsten hätte Fanhua ihn gefragt, wie er hierherkomme, wo er doch auf der Suche nach Xuedai sei. Aber sie hielt sich zurück und lobte ihn statt dessen.

»Wenn Qingshu gebraucht wird, ist er stets zur Stelle«, sagte sie.

»Das Wichtigste ist, daß wir die große Schau des Parteizellensekretärs niedergeschlagen haben«, erwiderte Qingshu. Als er Gong Weihong erwähnte, fiel Fanhua wieder Qinglins Wolf ein.

»Was ist mit Qinglin?« erkundigte sie sich. »Und dem Wolf?«

»Der Wolf hat sich verdient gemacht«, antwortete Qingshu.

Der Wolf lag wenige Schritte von Fanhua entfernt in einem Käfig aus Metallstäben. Er versteckte seinen Kopf unter dem Schwanz und zitterte wie Espenlaub, so daß der Käfig leise schepperte. Wie hatte er sich in dem Zustand an der Schlacht beteiligen können? Ein Phönix ohne Schwanzfedern war kläglicher als ein Huhn, und ein von Furien gejagter großer grauer Wolf kam nicht einmal an einen Hund heran. Der Wolf keuchte unaufhörlich, als plagte ihn ein Asthmaanfall.

»Er hat sich verdient gemacht«, wiederholte Qingshu. »Er hat sich richtig verdient gemacht.«

Stellvertretend für den Wolf gab sich Qinglin bescheiden. »Das wäre seine Aufgabe gewesen, ja, wäre seine Aufgabe gewesen«, sagte er. »Wenn der Wolf Komplimente hört, wird er rot und hält sich mit dem Schwanz das Gesicht zu.«

»Du sagst, er hat sich verdient gemacht«, hakte Fanhua nach. »Wie hat er sich denn verdient gemacht?«

»Zu Gong Weihongs Truppe gehörten ein paar Hunde«, erklärte Qingshu. »Furchterregende Hunde. Aber kaum daß sie den Wolf witterten, bekamen sie es mit der Angst zu tun und machten kehrt.«

Fanhua verkniff sich die Frage, wie sie sie Feinde denn letztendlich geschlagen hätten. Statt dessen erkundigte sie sich bei Qingshu, ob noch andere Dorfkader vor Ort seien.

»Jeder, der kommen konnte, ist gekommen«, antwortete Qingshu.

»Was ist mit Xiangsheng?« fragte Fanhua.

»Nur Xiangsheng ist nicht da. Muß er nicht einen diplomatischen Auftrag erledigen?« erwiderte Qingshu. Gut, gut, dachte Fanhua, um so besser. Wenn er sich hier genauso aufgeführt hätte wie Qingshu, sähen die Leute womöglich noch einen Helden in ihm.

Plötzlich war lautes Geheul zu hören. Jemand weinte und schluchzte unbändig. Fanhua kannte die Stimme. Es war Xiaohongs Vater. Schnell lief sie zu ihm. Er hockte über dem geöffneten Grab von Qinggangs Mutter, in dem jemand lag.

Es war Xiaohong. Xiaohong war über und über mit Erde bedeckt und lag zusammengerollt wie eine Krabbe da. Fanhua rief ihren Namen, doch Xiaohong rührte sich nicht von der Stelle. Als Fanhua abermals rief, reckte sich Xiaohong für einen Augenblick und rollte sich gleich wieder ein. Fanhua streckte die Hand aus, um Xiaohong aufzuhelfen. Jäh stieß sie jemand zurück. Es war Xiaohongs Vater. Er riß an ihrem Ärmel.

»Du hast meine Tochter auf dem Gewissen, gib mir meine Tochter zurück!« brüllte er. »Alles deinetwegen!«

Dianjun drängte sich dazwischen. Bevor er ein Wort sagen konnte, zerrte der Vater auch an ihm.

»Warum bist du nicht hineingesprungen?« rief er. »Du bist doch der große Herr. Warum bist du nicht hineingesprungen?«

Nun begriff Fanhua, daß Xiaohong wohl in das Grab gesprungen war.

In der Abenddämmerung machte die Grube den Anschein eines schwarzen Lochs, dessen Tiefe nicht zu ermessen war. Fanhua geriet beinahe ins Straucheln. In diesem Moment machte Xiaohong den Mund auf. Sie sprach mit leiser Stimme. Fanhua konnte kaum etwas verstehen. Bäuchlings legte sie sich auf den Boden und horchte. Doch der Vater riß sie zur Seite und legte sich selbst an die Stelle. Dann packte er Fanhua am Kragen.

»Meine Tochter hat es für dich getan, sie hat es für das ganze Dorf getan«, sagte er.

»Was hat sie denn gesagt?« drängte Fanhua.

»Sie hat gesagt, daß wir dir keine Schwierigkeiten machen sollen«, erklärte er. »Und dann hat sie gefragt, ob noch jemand verletzt sei.«

Verzweifelt begann Xiaohongs Vater wieder zu weinen. Während er Fanhua weiterhin festhielt, warf er den Kopf in den Nacken und stieß einen langanhaltenden Klagelaut aus. Fanhua versuchte seinem Griff zu entkommen. Sosehr sie sich auch bemühte, seine Finger wegzuschieben, sie kam nicht frei.

»Laßt einen Arzt kommen! Schnell einen Arzt! Xianyu«, rief sie.

Der Dorfarzt Xianyu war nicht da. Weil seine Frau Cuixian quasi als Ärztin galt, wurde sie von den Leuten zu der Unglücksstelle gezerrt. Sie befühlte Xiaohongs Stirn und Nasenlöcher. Als sie ihr auch noch über die Augenlider strich, schob Xiaohong ihre Hand zur Seite. Sie landete auf Xiaohongs Mund.

»Blut, alles ist voller Blut«, schrie Cuixian plötzlich und hob mit gespreizten Fingern die Hand. Ein Handkarren wurde herbeigeschoben. Fanhua hievte Xiaohong hoch und setzte sich mit ihr auf die Ladefläche. Sogleich zog Xiaohongs Vater Fanhua wieder herunter und setzte sich selbst neben seine Tochter. Blut rann Xiaohong aus den Mundwinkeln. Als sich der Karren, von einer Menschenmenge umringt, gerade in Bewegung gesetzt hatte, ließ der Vater ihn wieder anhalten.

»Das sind zu viele Umstände für den Ingenieur«, sagte er.

Erst jetzt bemerkte Fanhua, daß Dianjun den Karren zog. Obwohl er helfen wollte, wurde es ihm nicht gestattet. Verschmäht blieb er stehen. Schon kam Lingwen herbeigelaufen und riß Dianjun den Karren aus der Hand.

Fanhua folgte dem Troß in die Klinik. Seltsamerweise war Xianyu unauffindbar. Auch seine Frau Cuixian wußte nicht, wo er war.

»Bringt sie schnell ins Krankenhaus nach Wangzhai!« rief Fanhua. Xiaohong hatte inzwischen ein paar Wörter von sich gegeben. Sie lächelte Fanhua an, ein gequältes Lächeln, das kaum merklich schwand. Fanhua stieg nun doch auf die Ladefläche, um Xiaohongs Hand zu halten.

»Ich sterbe nicht«, sagte Xiaohong.

Fanhua schossen Tränen in die Augen.

»Ich bin deine Dienerin und bringe dich bestimmt nicht dazu, dein Gesicht zu verlieren«, fuhr Xiaohong mit schwacher Stimme fort, aber Fanhua hatte es vernommen. Ihr wurde beklommen zumute, und sie sank ein wenig in sich zusammen. »Du mußt die Parteizellensekretärin um Verzeihung bitten«, sagte Xiaohong zu ihrem Vater. »Mach ihr keine Vorwürfe.«

In der letzten Zeit hatte Fanhua immer eine Anspielung herausgehört, wenn jemand sie mit Parteizellensekretärin angesprochen hatte, und war gleich in Wut geraten. Nun aber konnte sie sich keine schönere Anrede vorstellen. Sie erschien ihr viel schöner als Fanhua, Dorfvorsteherin, Vorsitzende oder Tante und klang wie Musik in ihren Ohren.

Alles war in Ordnung. Xiaohong hatte sich lediglich die Hüfte verrenkt und den Hinterkopf gestoßen. Sie trug keine ernsthaften Verletzungen davon. Eigentlich hätte sie das Krankenhaus am zweiten Tag wieder verlassen können. Aber Fanhua entschied, sie noch gründlicher untersuchen zu lassen. Zahlreiche Leute aus dem Dorf wollten Xiaohong einen Krankenbesuch abstatten. Wenn Fanhua Xiaohong fragte, ob sie jemanden sehen wolle, bekam sie zur Antwort: »Du bist der Chef.«

Also erklärte Fanhua den Leuten, daß Xiaohong schwer krank sei und der Arzt ihr absolute Ruhe verordnet habe. Vom Zimmer aus hörte Xiaohong diese Worte.

»Das dürfen wir doch nicht sagen, wirklich, so etwas dürfen wir doch nicht sagen«, mahnte sie Fanhua.

»Warum sollen wir das nicht sagen dürfen?« erwiderte Fanhua. »Sie sollen doch wissen, daß die Frauen in unserer

Mannschaft stärker sind als die Männer. Wenn etwas passiert, setzen die Frauen ihr Leben aufs Spiel, und die Männer? Die ziehen den Schwanz ein.«

Als einige Verwandte zu Besuch kamen, sagte Xiaohong zu ihnen, daß es ihr schon bessergehe.

»Ich will nicht sagen, daß es mir schlechtgeht. Sonst spricht es sich noch herum«, erklärte sie und versteckte ihr Gesicht unter der Bettdecke.

Fanhua begriff, daß Xiaohong sich schämte. Sie fürchtete scheinbar, ihre Krankheit könnte sich verschlimmern, je mehr Leute davon erführen. Und sollte sich verbreiten, daß sie Spätfolgen davontragen könnte, hätte sie später Mühe, einen Mann zu finden. Vielleicht sollte sich Xiaohong am besten in einem anderen Dorf nach einem Mann umsehen, überlegte Fanhua. Wenn sie aus dem Krankenhaus entlassen war, würde sie sie dabei schon unterstützen.

An diesem Tag erschien auch Xianyu in der Klinik, um nach Xiaohong zu sehen. Weil er Arzt war, ließ Fanhua ihn eintreten. Aber Xiaohongs Vater wollte ihn unter allen Umständen davon abhalten.

»Wo warst du?« fragte er und zeigte mit dem Finger auf Xianyu. »Du hast Xiaohong fast abkratzen lassen, ist dir das klar?«

Rasch zog Fanhua Xianyu zur Seite. »Der Alte ist ein Nervenbündel, nimm ihn nicht ernst«, sagte sie.

Xianyu lachte nur und schwieg.

»Genau«, sagte Fanhua unvermittelt. »Wo warst du eigentlich? Sonst sehe ich dich immer durchs Dorf huschen, aber wenn man dich braucht, bist du unauffindbar.«

»Ich war im Krankenhaus von Xiushui«, flüsterte Xianyu hinter vorgehaltener Hand.

»Wieso?« fragte Fanhua. »Sind noch mehr Dorfbewohner verletzt?«

Wieder hielt sich Xianyu die Hand vor den Mund. »Gong Weihong ist auch verletzt.«

»Davon habe ich ja gar nichts gehört«, erwiderte Fanhua. »Was ist ihm denn passiert?«

»Das weiß ich eben auch nicht. Jedenfalls ist er verletzt«, sagte Xianyu. »Ich bin sozusagen verschleppt worden. Sie haben mich mit dem Auto des Parteizellensekretärs nach Wangzhai gebracht. Und als wir in Wangzhai ankamen, sagten sie, daß es noch weiter nach Xiushui geht. Und so bin ich mit ihnen nach Xiushui gefahren. Du kannst mir glauben, daß er überleben wird. In zwei Tagen kommt er aus dem Krankenhaus.«

Wenn Gong Weihong eine saftige Krankenhausrechnung erhielt, überlegte Fanhua, würde er bestimmt vom Dorf Guanzhuang Erstattung fordern. Was sollten sie dann machen? Plötzlich kam ihr eine Idee, die sie wieder beruhigte. Gut, wenn du so herzlos bist, wundere dich nicht, daß ich mich zur Wehr setze. Xiaohongs Krankenhauskosten warten schon darauf, von dir beglichen zu werden. Wir werden ja sehen. Solange du nicht aus dem Krankenhaus kommst, lasse ich nicht zu, daß man Xiaohong entläßt.

Xiangsheng kam Xiaohong besuchen. Er machte eine finstere Miene, so als habe ihn jemand geohrfeigt. Erst als er Xiaohong sah, huschte ein Lächeln über sein Gesicht. Nachdem er sich später verabschiedet hatte, begleitete Fanhua ihn hinaus.

»Wie läuft die Sache?« fragte sie.

»So wie es aussieht«, antwortete er, »wird es wohl in die Hose gehen.«

»Warum?« fragte Fanhua.

Xiangsheng schwieg. Genüßlich sog er an seiner Zigarette. Dann spuckte er auf den Boden. Beinahe hätte ihn ein Arzt, der gerade vorbeikam, deshalb hinausgeworfen. Kaum war der Arzt verschwunden, spuckte Xiangsheng erneut aus, noch geräuschvoller als zuvor. Irgend etwas stimmte mit ihm nicht.

»Was ist denn passiert?« fragte Fanhua.

Xiangsheng warf seinen Zigarettenstummel in ein Blumenbeet und sagte grimmig: »Da hat sich schon jemand vor mir reingehängt.«

»Wer hat sich vor dir wo reingehängt?« bohrte Fanhua auf seine vage Aussage hin nach.

»Katzen suchen Katzenwege, Hunde suchen Hundewege, jeder sucht seine eigenen Wege. Männer stehen, Frauen hocken, jeder ist ein anderer Stratege. Das ist eine lange Geschichte.«

Xiangsheng lachte. Es war ein kaltes Lachen, und Fanhua lief eine Gänsehaut über den ganzen Körper. Xiangsheng steckte sich eine weitere Zigarette an, warf sie jedoch nach zwei Zügen fort.

»Scheiße, ich fahre zurück nach Xiushui und verkaufe meine Nudeln«, sagte er.

»Gerade angekommen, willst du schon wieder weg?« sagte Fanhua. »Es gibt ein paar Dinge, die geprüft werden müssen. Danach kannst du ja gehen.«

»Einen Scheißdreck gibt es zu prüfen«, erwiderte er. »In der jetzigen Situation gibt es für mich nichts zu prüfen. Ich gehe Nudeln verkaufen, basta.«

Fanhua wurde ärgerlich. »Das ist ja wundervoll«, sagte sie. »Xiaohong ist krank, du willst abhauen, und Qingshu? Der kann sich noch nicht einmal selbst den Arsch abwischen. Sag schon, wie soll die Arbeit weitergehen?«

Er wollte sich einfach aus dem Staub machen, dachte Fanhua. Immerhin hatte sie mit ihm noch nicht abgerechnet. Die Rechnungen der Schule waren wirtschaftlicher Natur. Sie konnten zunächst beiseite gelassen werden. Die Rechnung des Parteizellensekretärs dagegen kam aus dem politischen Bereich und würden Einfluß auf die Stabilität der Beziehungen haben. Schließlich hatte Xiangsheng ihr geraten, zuzulassen, daß Gong Weihong das Grab von Qinggangs Mutter aushob. Und jetzt? Jetzt hätte die Sache fast ein Leben gekostet.

Überall liefen Menschen umher, so daß Fanhua es nicht auf einen Streit mit ihm ankommen lassen wollte.

»Wenn du gehen mußt, dann gehst du eben morgen«, sagte sie.

Xiangsheng war einverstanden.

In diesem Moment trafen einige Dorfbewohner im Krankenhaus ein. Fanhua wollte gerade ins Dorf zurückkehren, als Xiangsheng sie zurückhielt. Zu ihrer Überraschung kam er von sich aus auf den Parteizellensekretär zu sprechen.

»Ich war im Krankenhaus in Xiushui«, sagte er. »Dieses Arschloch. Wenn keine Leute dagewesen wären, hätte ich ihm den Hals umgedreht.«

Dabei machte er die entsprechende Handbewegung und ließ keinen Zweifel daran, daß er ihm wirklich gerne an die Gurgel gegangen wäre.

Gemeinsam fuhren sie mit Qingshu im Auto zurück nach Guanzhuang. Qingshu kam aus dem Dorf Linshui, wo er Xuedais Onkel besucht hatte. Auf dem Rückweg war er zum Krankenhaus abgebogen, um nach Xiaohong zu sehen. Xueshi hatte ihn nach Linshui begleitet. Er war alt geworden und vertrug die Fahrerei schlecht. Kaum saß er im Auto, schon war er eingeschlafen. Mit seiner Jacke bedeckte er das Gesicht und schnarchte. Qingshu kam auf die Ereignisse der letzten Tage zu sprechen und erklärte, daß Verwundete bei einem Kampf nur schwer zu vermeiden seien.

»Amerika ist so mächtig, aber wann gab es jemals eine Geiselbefreiung ohne Verletzte?« sagte er.

Fanhua konnte es schon nicht mehr hören – jeden Tag Amerika, Amerika.

»Sei ehrlich, wie hat der Streit an dem Tag denn wirklich angefangen?« fragte sie.

Qingshu schlug mit den Händen rhythmisch auf das Lenkrad und begann in Erinnerungen zu schwelgen. »Als ich an dem Tag gerade aus dem Wagen stieg, hörte ich jemanden rufen: ›Leute aus Gongzhuang stehlen Bäume! Leute aus Gongzhuang stehlen Bäume!‹«, begann er. »Ich sah, wie alle hinter das Dorf rannten. Als Mitglied des Komitees für öffentliche Sicherheit konnte ich dabei natürlich nicht tatenlos zusehen. Ich habe meine Waffe geschnappt und bin ihnen nach.«

»Wer hat gerufen?« fragte Xiangsheng.

»Das habe ich nicht genau gehört«, erwiderte Qingshu. »Jedenfalls hat jemand gerufen.«

»Du Idiot, und wer gerufen hat, hast du nicht erkannt?« sagte Xiangsheng. Offensichtlich war er sehr verärgert, denn er klang harsch und grob. Man spürte, daß er vor Wut kochte. Qingshu war verdutzt, so daß er unwillkürlich auf die Bremse trat. Schlagartig ruckelte und holperte der Wagen.

Xiangsheng ließ nicht locker. »Wer hat gerufen?«

»Ich habe es wirklich nicht gehört«, sagte Qingshu. »Wahrscheinlich war es eher eine ältere Person, jemand, der seine Nase gerne in die Angelegenheiten anderer steckt.«

»Onkel«, sagte Xiangsheng und wandte sich zu Xueshi, »war es Qingmao?«

Es nützte alles nichts, Xueshi sägte geräuschvoll vor sich hin und rührte sich nicht.

»Aber die Stimme aus dem Lautsprecher habe ich genau erkannt«, ergänzte Qingshu plötzlich. Fanhua wunderte sich. Sollte die Angelegenheit durch den großen Lautsprecher verbreitet worden sein?

»Xiaohong hat durch den großen Lautsprecher gerufen: ›In den Bergen ist etwas passiert, in den Bergen ist etwas passiert.‹ Sie hat nicht gesagt, daß Bäume gestohlen werden, sondern nur, daß etwas passiert ist.«

In ihrer jugendlichen Unerfahrenheit ging Xiaohong zu stürmisch an die Dinge heran, dachte Fanhua. Aber ach, es war Fanhuas eigene Schuld, sie hätte Xiaohong vorher von ihren Absichten unterrichten und ihr sagen müssen, daß sie den Leuten von Gongzhuang ihr Einverständnis gegeben hatte. Dann hätte es die ganze Aufregung nicht gegeben. Nun war es zu spät.

Xiangsheng begann zu schimpfen. Dabei spritzte sein Speichel auf Fanhuas Hand. Die Stimmung im Auto war angespannt. Fanhua war jemand, der sich gut ablenken konnte und augenblicklich nichts mehr an sich heranließ. In solch einer Situation schweifte ihr Blick aus dem Fenster. Dabei saß sie aufrecht auf ihrem Sitz, als nähme sie draußen alles genau in Augenschein. Qingshu hingegen ertrug die Spannung nicht. Zaghaft fragte er, ob sie nicht Musik hören wollten. Obwohl er keine Antwort erhielt, spielte er ein Lied aus der ›Reise nach dem Westen‹:

Du schulterst die Last, ich zäume das Pferd,
Mit der Sonne brechen wir auf,
Bei Dämmerung legen wir ab das Schwert.
Der holprige Pfad
Wird zum großen Weg.
Nach geschlagener Schlacht, Kamerad,
Machen wir uns erneut auf den Weg,
Erneut auf den Weg.

Bei diesem Lied mußte Fanhua an Ermao denken. Qingshu schien ihre Gedanken zu lesen.

»Ich habe gehört, daß du Ermao zurückgeholt hast«, sagte er zu Xiangsheng, der nicht reagierte. »Du willst ihn doch bestimmt hier auftreten lassen, oder? Liebe Güte, wieso lädst du denn ausgerechnet Ermao ein?«

Fanhua hörte an Xiangshengs Ahnung, daß er innerlich brodelte und in Kürze explodieren würde.

Qingshu aber begann zu pfeifen und plapperte unbeirrt weiter. »Wann soll der Auftritt denn stattfinden? Vor der Wahl oder nach der Wahl? Hmm?« Xiangsheng regte sich immer noch nicht. »Beides hat Vorteile«, fuhr Qingshu fort. »Vor der Wahl ginge es der Sonne entgegen, und nach der Wahl wäre der holprige Pfad bereits ein großer Weg.« Xiangsheng schwieg beharrlich. Anstatt weitere Fragen zu stellen, spielte Qingshu wieder Musik:

Weißt du,
Weißt du,
Ich warte, bis auch die Blume verblüht ist.
Weißt du,
Weißt du,
Ich warte, bis auch die Blume verblüht ist.

»Xiangsheng«, fing Qingshu wieder an, »das Lied hat dein Onkel für dich aufgelegt, schön, was?«

Daß Qingshu es wagte, sich in Xiangshengs Gegenwart selbst als den Älteren zu bezeichnen! Gong Weihong hatte wohl recht gehabt mit seiner Behauptung, Qingshu verberge in seiner rauhen Schale einen feinsinnigen Kern, dachte Fanhua. Er reizte Xiangsheng mutwillig. Außerdem, was sollte eigentlich »Ich warte, bis auch die Blume verblüht ist« heißen? Hier schwangen wohl einige Zwischentöne mit. Eigentlich hatten die beiden immer im selben Boot gesessen. Wie es aussah, waren sie nun zerstritten, und Qingshu setzte alles daran, Xiangshengs heimliche Absichten aufzudekken.

»Ich bin dein Onkel«, sagte Xiangsheng schließlich.

»Jetzt redest du aber Unsinn«, erwiderte Qingshu sogleich. »Die Familienverhältnisse gehen auf eine mehr als zweitausendjährige Geschichte zurück. Onkel ist Onkel, und Neffe ist Neffe. Wieso sollte man das auf den Kopf stellen? Ich bin und bleibe dein Onkel, auch wenn wir nach Amerika auswandern.«

»Ich bin dein Großvater«, sagte Xiangsheng und trieb es damit auf die Spitze. Mit einem Schlag hielt das Auto an. Flink wie ein Wiesel sprang Qingshu aus dem Wagen, öffnete die Beifahrertür und packte Xiangsheng am Kragen.

»Sag das noch mal! Was für eine Respektlosigkeit«, schrie er.

Heißa, die Sonne ging wohl im Westen auf. Da wagte es Qingshu doch tatsächlich, Xiangsheng gegenüber handgreiflich zu werden. Damit hatte Xiangsheng ganz offensichtlich nicht gerechnet. Er schaute Qingshu mit großen Augen an. Seine Augäpfel schienen jeden Moment herauszuspringen. Aber Xiangsheng wäre nicht Xiangsheng, wenn er sich nicht sofort wieder gefaßt hätte. Er hustete.

»Laß los«, sagte er.

Qingshu lockerte seinen Griff keineswegs, er schüttelte ihn sogar noch.

Xiangsheng mußte lachen. »Hey, laß bitte los.«

»Du Arschloch, wieso sollte ich dich loslassen?« fragte Qingshu. Während sich seine Schimpftirade über Xiangsheng ergoß, sackte dieser plötzlich zusammen und wurde zwei Köpfe kleiner. Seine Schultern reichten ihm beinahe bis an die Ohren. Seine Stimme hatte sich verändert. Sie klang stechend wie ein Insekt.

»Ich zähle bis drei«, sagte er. »Bei drei läßt du los.«

Fanhua verkniff sich das Lachen. »Habt ihr überhaupt keinen Humor?« bemerkte sie. »Qingshu, setz dich wieder ins Auto.«

Xiangsheng begann zu zählen. Er zählte laut und deutlich. Allerdings kamen ihm die Worte nur zögerlich über die Lippen, und seine Zählweise hatte etwas sehr Sonderbares an sich. Nach jeder Zahl gab er eine Erklärung ab. »Eins. Du willst immer noch nicht loslassen? Gut, dann zähle ich weiter. Zwei. Läßt du los? Wenn du nicht losläßt, zähle ich bis drei. Ich zähle wirklich! Wenn ich bis drei gezählt habe, wirst du es bereuen. Ich fange noch mal von vorne an, damit du dein Gesicht wahren kannst. Eins –, zwei –, läßt du los? Nach zwei kommt nämlich drei.«

Nun lockerte Qingshu den Griff. Er stieß Xiangsheng mit einem Ruck in den Wagen. In dem Moment erwachte Xueshi. Er reckte die Glieder und gähnte. Dabei schmatzte er genüßlich.

»Ich habe geträumt«, sagte er, »daß ich meinem Enkel das Zählen beigebracht habe. Bei drei bin ich aufgewacht.«

Das Fahrzeug setzte sich wieder in Bewegung. Nach wenigen Metern winkte Xiangsheng heftig, um Qingshu zum Anhalten zu veranlassen.

»Mir ist gerade eingefallen«, sagte er, »daß heute die Gesundheitsbehörde von Xiushui Kontrollgänge durchführt. Ich muß zurück, um gegen die Schweinebande vorzugehen. Morgen muß ich sie wieder zum Essen einladen.«

Das kam ja beinahe einer Rückzugsankündigung gleich, dachte Fanhua, einer Rücknahme seiner Kandidatur.

»Ist das so schlimm?« fragte Fanhua. »Wenn du morgen hinfährst, wird es wohl noch reichen.«

»Das geht nicht«, erwiderte Xiangsheng entschlossen. »Du hast keine Ahnung, was für Halsabschneider diese Schweinehunde sind. Was sie dir ins Gesicht sagen, hört sich ganz anders an als das, was sie hinter deinem Rücken reden. Unter ihnen ist ein ehemaliger Soldat. Er ist ein noch größerer Halsabschneider als die anderen. Früher oder später werde ich etwas gegen ihn unternehmen.«

Fanhua war klar, daß er hier den Sack schlug und den Esel meinte. Sollten sich die beiden doch die Köpfe einschlagen. Qingshu war ohnehin ein Nichtsnutz.

»Ja, was machen wir dann also?« fragte Fanhua. »Nimmst du jetzt das Auto oder …«

»Was macht ihr denn, wenn ich das Auto nehme?« fragte Xiangsheng. »Ich rufe ein Taxi.«

»Heb die Quittung gut auf«, sagte Fanhua schnell. »Das Geld bekommst du zurück.«

Er stieg aus und lief in die entgegengesetzte Richtung. Seine Gestalt warf einen langen, schmalen Schatten auf die breite Straße wie ein vom Wind hinweggefegter Zweig. Unerwartet wurde Fanhua ein wenig schwermütig. Trübsal beschlich ihr Herz, ihre Augen wurden feucht. Gäbe es im Dorf je die Möglichkeit, zu Wohlstand zu gelangen, würde sie ganz bestimmt als erstes Xiangsheng bedenken. Das schwor sie sich. Nachdem er sie viele Jahre lang in ihrer Mannschaft begleitet hatte, ließ sie ihn nur schweren Herzens ziehen.

Ach, im Grunde war Xiangsheng eine Distel, die einen in die Fußsohlen stach. Aber verursachte eine Distel tatsächlich Schmerzen? In Wirklichkeit nicht. Denn ihre feinen Stacheln drangen nicht durch die Schwielen der Fußsohlen. Es sei denn, man trug eine Last. Unter dem Gewicht bohrten sich ihre Stacheln durch die Schwielen hindurch ins Fleisch. Alles war gut. Xiangsheng hatte seine Kandidatur zurückgezogen, die Dornen waren entfernt worden und der Gang wieder leicht. Was Qingshu betraf, überlegte Fanhua weiter, so war er nicht mehr als ein Schlammbeißer, der nicht viel

Sand aufwirbelte. Sie mußte nur achtgeben, daß er keine Unruhe stiftete. Xiaohong war aus dem Krankenhaus entlassen worden, aber Fanhua hatte ihr noch keine Arbeit zugeteilt. Eine Stelle ihres Hinterkopfes war kahlrasiert und mit Verbandmull beklebt. Sie trage ihren Mundschutz verkehrt herum, scherzte Fanhua. Damit Xiaohong die Stelle bedekken konnte, hatte sie ihr extra ein Kopftuch besorgt.

In diesem Jahr kümmerte sich Fanhua persönlich um das Ratespiel. Es war eine fröhliche Veranstaltung, zu der sie auch Xiaohong in die Reihe der Sprecher berief. Preise gab es reichlich. Die »Schöne Aussicht«-Seife von Xiaohongs Vetter gehörte dazu. Außerdem gab es Handtücher, Bettlaken, das Buch ›Englische Konversation in 300 Sätzen‹ und Kassetten. Schon eine einzige richtige Antwort genügte, und man wurde mit einem Stück Seife und einem Handtuch belohnt. Die einfachste Frage war die nach Marx' Geburtstag, weil sie bereits mehrere Male zuvor gestellt worden war. Als Fanhua fragte, an welchem Tag Marx geboren sei, meldeten sich alle außer den Frauen, die gerade erst in Guanzhuang eingeheiratet hatten. Sogar die Frau des Metzgers zeigte auf. Sie war zwar schon ein wenig älter, hatte sich aber auch erst kürzlich in Guanzhuang niedergelassen. Wußte sie überhaupt schon darüber Bescheid? Fanhua ließ sie aufstehen. »Kaum war Marx auf der Welt«, sagte sie, »klatschte er mit fünf Fingern an jeder Hand den Kapitalismus an die Wand.«

»Also, an welchem Tag ist er geboren?« fragte Fanhua.

»Das habe ich doch schon gesagt, mit fünf Fingern an jeder Hand, also am 5.5.«, antwortete sie.

»Hat Xiangnings Frau richtig geraten?« rief Fanhua.

Die Hälfte der Leute hielt die Antwort für richtig, die andere Hälfte stimmte dagegen.

»Gut«, sagte Fanhua, »ob richtig oder falsch, soll Lehrer Shangyi entscheiden.«

Lehrer Shangyi nahm ein Stück Seife, ein Handtuch und das Megaphon, das Fanhua in Händen gehalten hatte. Er übergab Xiangnings Frau die Seife und das Handtuch. »Und in welchem Jahr ist Marx geboren?« fragte er.

»Eins – Zwei – Keilerei, Eins – Zwei – Keilerei«, antwortete sie, »also im Jahr 1212.«

»Das stimmt nicht. Da nehme ich dir die Hälfte wieder ab«, erwiderte Shangyi und erklärte dann, warum die Antwort falsch gewesen war.

»Aufgepaßt«, sagte er. »Es heißt ›Ein – Acht – in die Schlacht, Ein – Acht – in die Schlacht‹ und nicht ›Eins – Zwei – Keilerei, Eins – Zwei – Keilerei‹, deshalb lautet das korrekte Geburtsdatum 5.5.1818 und nicht 5.5.1212.«

Die Leute lachten ausgelassen, und auch Xiangnings Frau stimmte ein. Shangyi überreichte das Megaphon Xiaohong.

»Ich gehe runter und rate mit«, scherzte Fanhua. »Schließlich möchte ich auch einen Preis gewinnen.«

»Xiangnings Frau hat großen Mut«, rief Xiaohong durch das Megaphon. »Deshalb wird sie zusätzlich noch mit einer Kassette belohnt. Und jeder, der gerade aufgezeigt hat, bekommt ein Stück Seife.«

Fanhua blieb nicht unten stehen. Ihr war aufgefallen, daß einige Leute ferngeblieben waren. Qingmaos Frau war nicht gekommen, obwohl sie sich eigentlich ganz besonders gerne beschenken ließ. Daß Pei Zhen nicht anwesend war, war verständlich. Da ihr Mann das Spiel leitete, hatte sie schon vorab eine Schachtel Seife und einen Packen Handtücher erhalten. Tiesuo hatte nicht die Erlaubnis, teilzunehmen. Er mußte zu Hause über seine Fehler nachdenken. Fanhua lief im Dorf umher, um zu schauen, womit diese Leute gerade beschäftigt waren. Gleichzeitig war sie auf der Suche nach einem stillen Plätzchen, an dem sie sich ausruhen und über ihre weiteren Schritte nachdenken konnte.

Als sie sich Qinglins Haus näherte, entdeckte sie Zhang Shiliu. Richtig, Zhang Shiliu war ja auch nicht dabei. Bestimmt war sie nicht gekommen, weil ihr das alles zu billig erschien, dachte Fanhua. Seit jeher hatte sie nur widerwillig an den Ratespielen des Dorfes teilgenommen. Auch wenn sie durch Qingmaos Empfehlung in die Partei aufgenommen worden war, gehörte sie, was ihre Einstellung anging, keineswegs dazu. Den lieben langen Tag lief sie in ihren Schlappen durchs Dorf und stellte sich zur Schau. Was hatte das schon mit einem Parteimitglied zu tun?

Heute trug Zhang Shiliu keine Schlappen, sondern Stiefel. Die Strickhose, die sie trug, betonte ihr straffes Hinterteil. Singend bewegte sie sich durch die Straßen – aaah – oooh – aaah – oooh. Sie machte offenbar Stimmübungen, die ein wenig an das Kreischen der Möwen erinnerten oder vielleicht auch an die Laute in einem Erotikfilm. Jedenfalls wirkte sie – vom Hintern bis zur Stimme – sehr verführerisch, so daß sogar der Wolf auf sie reagierte. Als ihr »Oooh« erklang, hörte Fanhua Trippelschritte, die die Unrast des Wolfes verrieten. Prompt erschien Qinglin am Hauseingang, klatschte in die Hände und lachte zufrieden. Dieser Kerl war vom Geldverdienen so besessen, dachte Fanhua, daß er nicht einmal an der Veranstaltung teilnahm. Seine Mimik wirkte dagegen nicht wie die eines Besessenen, sondern mehr wie die eines Geschäftsmannes vom alten Schlag – salopp und freundlich zugleich. Wahrscheinlich hatte er geglaubt, jemand zerre seine Hündin herbei, und war herausgetreten, um sie in Empfang zu nehmen. Als er Zhang Shiliu erblickte, wich die Miene des Unternehmers aus seinem Gesicht. Er schlug sich auf die Schenkel.

»Leck mich am Arsch«, sagte er, »ich dachte, da kommt jemand zur Besamung.«

Zhang Shiliu war nicht irgend jemand. Sie war die ältere

Schwester der Ärztin Zhang Shiying und mit dem Landrat verwandt. In Xiushui zählte sie zu den besseren Kreisen.

»Heb deinen Samen lieber für deine Frau auf«, sagte Zhang Shiliu.

»Das meine ich ernst«, erwiderte Qinglin. »Kaum kommst du vorbei, kann mein Wolf nicht mehr ruhig schlafen.«

»Du elender Hundskrüppel«, schimpfte Zhang Shiliu.

»Wirklich, hör doch«, sagte Qinglin. »Tagsüber hat er sich noch nie gerührt, und jetzt rennt er pausenlos herum.«

Fanhua kam gerade im richtigen Moment. »Qinglin, hör auf, dummes Zeug zu reden«, wies sie ihn zurecht. Zhang Shiliu stemmte ihre Arme in die Seiten und begann zu schimpfen. Auch diese Bewegung wirkte bei ihr geradezu entzückend, nicht zu vergleichen mit einem Bauernweib wie Xuedai.

Zhang Shiliu drehte ihre Handrücken nach innen und hielt die Finger abgespreizt wie die Luftwurzeln einer Orchidee. »Du bist ein echter Schweinehund«, schimpfte sie. »Deine ganze Familie besteht aus Schweinehunden.«

Qinglin strich sich über die Glatze und ging in die Knie wie ein Shaolin-Mönch. Dann wandte er sich Zhang Shiliu zu und richtete sich unvermittelt wieder auf. Hastig sprang Zhang Shiliu Fanhua in die Arme, um sich in Sicherheit zu bringen. Fanhua drehte sich zur Seite und schlug Qinglin ihr schwarzes ledernes Notizbuch auf die Glatze.

»Du Idiot«, sagte sie. »Ich sehe schon, du hast dich inzwischen ganz deinem Wolf angeglichen.«

Qinglin blieb gelassen. Er strich sich über den Kahlkopf und verschwand. Fanhua sprach Zhang Shiliu Mut zu und beruhigte sie. »Meine Schwester Shiliu, er ist ein ungehobelter Kerl, laß dich nicht auf sein Niveau herab.«

Sie begleitete Zhang Shiliu nach Hause. Ihr Zorn war immer noch nicht verflogen, so daß Fanhua mit ihr gemeinsam erneut auf Qinglin schimpfte. Dann aber wechselte sie das Thema und fragte Zhang Shiliu nach ihrem Mann Li Dongfang.

»Dongfang begleitet meinen Schwager auf eine auswärtige Baustelle.«

»Was für eine Baustelle?«

»In Xiushui bauen sie eine Brücke.«

»Ach!« Fanhua tat, als wüßte sie von nichts.

»Beim Straßen- und Brückenbau kann man sich Verdienste erwerben und viel Gutes tun.«

»Ist es eine große Baustelle? Was macht denn dein Schwager?«

»Nichts Besonderes«, sagte Shiliu. »Er setzt nur die Brücke instand und pflastert die Straße. Dongfang ist mit ihm gegangen, um etwas Zubrot zu verdienen. Zehntausend oder so reichen ja noch nicht einmal, um einen hohlen Zahn zu füllen.«

Fanhua nahm Zhang Shilius Hand und schlug sich damit aufs Knie. »Ach Shiliu, sei bescheiden und laß deine Zahnlöcher nicht zu groß werden«, sagte sie. »Freilich hat Dongfang dich bekommen, weil er in seinem letzten Leben viel zu Buddha gebetet hat und erhört wurde. Jeder ist seines eigenen Glückes Schmied.« Fanhua ergriff geschickt die Gelegenheit, um auf Tiesuo zu sprechen zu kommen. »Übrigens pflastert Tiesuo auch Straßen. Aber in einem ganzen Jahr hat er es gerade einmal zu einigen Paar stinkenden Lederschuhen gebracht.« Fanhua seufzte. »Und Xuedai, die schafft es ebensowenig, mit ihren Hühnern Geld zu verdienen. Außerdem habe ich gehört, daß sie wieder schwanger ist. Da werde ich ihr auch noch eine Strafe von zehntausend Yuan aufbrummen. Dann kommt sie gar nicht mehr auf die Beine.«

»Ich habe davon gehört«, sagte Zhang Shiliu. »Ein paar Leute haben sogar gesagt, meine kleine Schwester hätte bei ihr etwas falsch gemacht.«

»Deine Schwester?« fragte Fanhua überrascht. »Was hat deine Schwester damit zu tun?«

»Im Dorf gibt es Leute, die sich hinterrücks das Maul zerreißen und gleichzeitig darauf achten, daß ich Wind davon bekomme«, sagte Zhang Shiliu. »Einer hat mir sogar Geld geboten, wenn ich mit meiner Schwester rede, damit sie bei der nächsten Routineuntersuchung ein Auge zudrückt.«

»Meine Gute«, sagte Fanhua ernst, »wir sind doch Parteimitglieder. So etwas machen wir doch nicht mit.«

»Wem sagst du das?« erwiderte Shiliu. »Ich habe ihnen erklärt, daß ich nichts mehr hasse als Kinder. Was hat man schon von einem Kind? Es scheißt und pißt sich doch nur die Hosen voll. Da halte ich mir ja noch lieber einen Hund.«

Auch wenn Fanhua wußte, daß Zhang Shiliu gar keine Kinder gebären konnte, wies sie sie zurecht. »Da muß ich dir aber widersprechen«, sagte Fanhua. »Du solltest auch über ein Kind nachdenken. Dongfang verdient doch genug Geld und braucht später jemanden, der es ausgibt. Wie dem auch sei, dafür, daß du es abgelehnt hast, dich an den Machenschaften zu beteiligen, verdienst du eine Belohnung. Aber eines habe ich noch nicht verstanden«, fuhr Fanhua unvermittelt fort. »Was hat Xuedais Schwangerschaft mit deiner jüngeren Schwester zu tun? Macht sie vielleicht die Untersuchungen im Krankenhaus von Wangzhai? Wenn dort ein Fehler passiert, ist das doch nicht ihre Schuld. Was kann sie dafür, wenn die Maschine nicht richtig funktioniert?«

»Eben«, erwiderte Zhang Shiliu. »Bei zehn Untersuchungen unterläuft ihr noch nicht einmal ein Fehler. Aber wenn sie hundert macht, ist ein Fehler doch kaum zu vermeiden.«

Am liebsten hätte Fanhua zu Zhang Shiliu gesagt, daß sie für jedes Dorf Verständnis habe, in dem solch ein Fehler auftrat. Ja, sie habe nicht nur Verständnis, sondern empfinde es sogar als Genugtuung. Nur sollte es nicht Guanzhuang sein.

Fanhua schlug sich mit der Hand ungeduldig an die Hüfte. »Wenn du davon sprichst, bekomme ich Kopfschmerzen«, sagte sie. »Xuedai schadet mir sehr. Ich muß los. Ich muß mich um diese Sache kümmern. Weiber wie sie kneifen bei der kleinsten Kleinigkeit und machen sich aus dem Staub. Ich will sie zu einer weiteren Untersuchung schleppen. Aber leider weiß ich nicht, wo sie sich versteckt hält.«

»Wo auch immer, im Himmel ist sie bestimmt nicht«, sagte Zhang Shiliu. »Eigentlich kann sie nicht weit sein, vielleicht versteckt sie sich in irgendeinem entlegenen Winkel.«

»Was meinst du, in welchem entlegenen Winkel könnte sie sich denn verstecken?« drängte Fanhua.

»Sie ist doch ein armer Schlucker«, erwiderte Shiliu. »Da ist sie bestimmt nicht im Hotel abgestiegen. Irgend jemand wird ihr Essen vorbeibringen.«

»Wenn du etwas hörst, mußt du mir sofort Bescheid sagen«, bat Fanhua. »Ich schwöre bei der Partei, daß ich kein Wort darüber verlieren werde.«

»Auch mir wäre es recht, wenn du sie so schnell wie möglich finden würdest«, sagte Shiliu. »Dann wäre der Schwarze Peter nicht mehr bei meiner Schwester. Orte wie das Wasserpumpenhaus hinterm Dorf, die Papierfabrik, den Schuppen der Schule oder so könnte man absuchen. Aber ich habe nichts davon gesagt. So eine mit langen Haaren und kurzem Verstand wie Xuedai will ich nicht zur Feindin haben.«

Zhang Shiliu wirkte auf Fanhua einfältig. Sie nahm sie daher nicht wirklich ernst und gab nichts auf ihre Worte. Erst als Lingpei ihr am nächsten Morgen erzählte, daß er Xuedai in der Papierfabrik gesehen habe, fiel ihr wieder ein, daß auch Zhang Shiliu die Papierfabrik erwähnt hatte. Gerade hatte Fanhua Qingshu zu einem weiteren Besuch bei Li Tiesuos entfernten Verwandten weggeschickt, als Lingpei erschien.

»Unter der Brücke ist jemand«, sagte er, als er eintrat.

Fanhua dachte, er spreche von einem Dieb, und winkte ab.

»Es reicht, wenn du mir einmal pro Woche Bericht erstattest«, sagte sie.

Lingpei hielt inne. »Unter der Brücke ist jemand«, wiederholte er.

»Ja, und?« sagte Fanhua ungeduldig. »Ist er tot oder lebendig?«

»Er sieht aus wie ein Toter«, erwiderte Lingpei.

Fanhua sprang auf. »Mausetot?«

»Das habe ich nicht genau gesehen.«

Um Himmels willen, könnte das vielleicht Xuedai sein? Sie war doch wohl nicht so weit gegangen und in den Fluß gesprungen?

»Ist es ein Mann oder eine Frau?« fragte Fanhua.

»Eine Frau.«

Fanhua schlug auf den Tisch. »Da stehst du hier noch dumm herum? Los, beeil dich und hol sie aus dem Wasser«, rief sie.

»Ich brauche sie nicht mehr aus dem Wasser zu fischen, sie wurde schon ans Ufer geschwemmt«, sagte Lingpei.

Fanhua rang nach Luft. »Hast du denn wirklich genau gesehen, daß es eine Frau ist?«

»Du traust mir wohl gar nichts zu«, erwiderte Lingpei. »Ich bin schon groß und kann sehr gut Männlein von Weiblein unterscheiden.«

»Aber du hast nicht gesehen, ob es Xuedai ist?« flüsterte Fanhua.

»Xuedai? Die von Li Tiesuo?« vergewisserte sich Lingpei. »Die habe ich doch gestern noch gesehen. Xuedai ist es auf keinen Fall.«

Fanhua antwortete nicht. Erst als sie überstürzt das Büro verlassen wollte, wurde ihr bewußt, was er gesagt hatte.

»Was sagst du? Du hast Xuedai gesehen? Wo denn?«

»Bei der Papierfabrik, wieso?« entgegnete Lingpei verwundert. Die Ertrunkene war für Fanhua beinahe bedeutungslos, wer zählte, war Xuedai.

»Du machst keine Witze?« fragte sie in ernstem Ton. »Wann hast du Xuedai genau gesehen?«

Lingpei verdrehte die Augen. »Gestern. Was soll das?«

Fanhua kam näher zu ihm heran. »Kannst du beschwören, daß du dich nicht getäuscht hast?« fragte sie leise.

Lingpei bekam es mit der Angst zu tun und wich unwillkürlich zurück. »Sie … sie ist doch …«, stammelte er, »… eine alte Schabracke. Es gibt genug Flittchen. Da fange ich mit der doch nichts an.«

»Gut, sehr gut«, sagte Fanhua. »Dann tu so, als hättest du nichts gesehen. Und zu niemandem ein Wort davon.«

»Jetzt verstehe ich«, erwiderte Lingpei. »Du hast sie dort versteckt, was? Ich verrate bestimmt niemandem etwas. Nur Pei Zhen weiß es schon.«

Fanhua erschrak. »Wieso weiß Pei Zhen etwas davon?«

»Sie bringt ihr doch Essen«, antwortete Lingpei. Fanhua stockte der Atem. Erst nach einer ganzen Weile konnte sie wieder Luft holen.

»Hat Pei Zhen dich gesehen?« fragte sie.

»Einen Scheißdreck hat sie. Wieso sollte ich mich zu erkennen geben?«

Am liebsten hätte Fanhua ihm einen Kuß auf die Wange gedrückt. »Laß sie unter keinen Umständen etwas merken«, sagte sie. »In ein paar Tagen bekommst du eine ordentliche Belohnung von mir.«

Fanhua fiel die Tote am Ufer des Flusses wieder ein. Sie mußte dringend nach ihr sehen. Lingpei aber hielt sie zurück und begann, sich selbst zu loben. »Ermao fragt mich dauernd, ob ich nicht das Dorf verlassen und in seiner Theatertruppe als Zauberer auftreten will. Außerdem sagt er, daß Leute meines Metiers bereits sehr gute Grundfertigkeiten besitzen, mit denen sie die Zauberkunst besonders schnell erlernen. Sie brauchen nur einen halben Monat, bis sie perfekt sind. Ich habe mich noch nicht dazu geäußert. Und zwar, Tante, weil ich mich ja noch nicht für deine Fürsorglichkeit erkenntlich gezeigt habe«, erklärte Lingpei.

»Heißt das, du willst weggehen?« fragte Fanhua.

»Ich denke zumindest darüber nach«, erwiderte Lingpei.

»In der Fremde verdienst du nicht unbedingt mehr Geld als zu Hause. Es geht doch ums Geldverdienen. Geh einfach dorthin, wo du das meiste Geld verdienen kannst.«

»Ja Tante, da hast du recht.«

»Und nun erzähl, was genau es mit der Toten auf sich hat.«

»Gestern abend ist sie mir aufgefallen«, begann Lingpei. »Da habe ich bemerkt, daß sich jemand unter der Brücke versteckt. Ich habe überlegt, wer das wohl sein könnte, ob sich vielleicht jemand, der etwas gestohlen hat, dort versteckt und es nicht wagt, hervorzukommen. Außerdem kam mir der Gedanke, ob vielleicht Xuedai etwas aus der Papierfabrik gestohlen hat und abwartet, bis es Nacht ist und die Leute schlafen. Also habe ich es einfach darauf ankommen lassen, wer von uns mehr Sitzfleisch hat. Im Kittchen habe ich ja nichts anderes gemacht als herumzusitzen. Darin bin ich richtig gut. Als der Tag anbrach, hat mich ein seltsames Gefühl beschlichen. Ich bin zum Fluß hinuntergegangen«, berichtete er. »Leck mich am Arsch, da war das tatsächlich ein Toter, und ich hatte die Zeit umsonst abgesessen.«

Fanhua und Lingpei liefen zum Fluß. Einige Leute hatten bereits von der Sache Wind bekommen und waren ebenfalls zum Ufer geeilt. Mehrere Kinder sprangen und hüpften umher, als gäbe es ein Fest zu feiern. Am Ufer machten die Leute Fanhua Platz, damit sie einen Blick auf die Leiche werfen konnte. Fanhua atmete erleichtert auf. Die Tote stammte nicht aus Guanzhuang. Wahrscheinlich war sie mit dem Hochwasser flußabwärts gespült und, nachdem der Regen aufgehört hatte, bei sinkendem Wasserstand ans Ufer geschwemmt worden.

Auch Xianyu traf ein. Wieder wichen die Umstehenden zur Seite, um ihm Platz zu machen. Er betrachtete die Leiche schweigend, als stelle er auf diese Weise eine Diagnose. Dann nahm er einen Stock, fuhr der Toten damit durch die Haare und hob ihre Augenlider an. Plötzlich krabbelte ein kleiner Krebs aus ihrem Mund. Wortlos wich die Menge zurück. Mit dem Stock warf Xianyu den Krebs zur Seite. Dann stocherte er an den Schuhen der Frau herum. Da die Stoffschuhe mit einer Schleife zugebunden waren, trug sie sie noch an den Füßen. Xianyu öffnete sie und zog sie ihr aus. Auch ihren Hosenbund untersuchte er mit dem Stock. Seine Frau Cuixian hüstelte. Xianyu beachtete sie nicht.

»Wir sollten erst einmal die Polizei benachrichtigen«, sagte Fanhua.

Xianyu schwieg und stocherte weiter. Die Frau trug keinen Ledergürtel im Bund, sondern hatte ihre Hose mit einem Stoffetzen zugeschnürt. Ein paar Leute hätten gerne gesehen, daß Xianyu auch weiter unten untersuchte. Aber er tat es nicht. Bedächtig streifte er sich den Handschuh ab.

»Die Polizei hat keine Lust, sich um so etwas zu kümmern«, sagte er. »Die Frau ist nicht von hier.«

»Woher kommt sie denn?« fragte Fanhua.

Xianyu machte es spannend. »Qinglin weiß es, und Xiangmin wird es auch wissen. Sie kommt aus der Provinz Shanxi.«

Qinglin hörte gerade noch Xianyus letzte Worte, als er eintraf. Er drängte sich durch die Menschenmenge, um einen Blick auf die Tote zu werfen. Er kannte das Gesicht nicht.

»Schau dir den Gürtel und die Schlaufen der Schuhe an

und besonders die Fußnägel«, sagte Xianyu. »Unter den Fußnägeln sind Kohlesplitter. Kein Zweifel, sie kommt aus Shanxi – aus derselben Gegend, aus der auch Qinglins Frau stammt.«

»Wieso sollte sich denn die Polizei nicht dafür interessieren?« warf Fanhua ein. »Es geht hier doch immerhin um ein Menschenleben.«

Also rief jemand die Polizei an und schilderte den Vorfall.

»Begrabt sie erst mal an Ort und Stelle«, sagte der Polizist am Telefon, als er hörte, daß es sich vermutlich um eine Frau aus Shanxi handelte. »Sonst schnappt sich der Wolf die Leiche und flüchtet mit ihr.«

Qinglin wurde wütend. »Wieso sollte mein Wolf dieses Etwas fressen?« schimpfte er. »Mein Wolf ist anspruchsvoll und hat einen erlesenen Geschmack.«

Auch Tiesuo kam herbei und gesellte sich zu den Schaulustigen. Als er bemerkte, daß Fanhua ihn beobachtete, senkte er den Blick und versteckte sich. Sofort ging Fanhua auf ihn zu.

»Na, bist du auch da?« fragte sie herausfordernd. »Du hast dir wohl schon vor Angst in die Hose geschissen, was?« Tiesuo schwieg. »Morgen fahren wir noch einmal nach Nanchengzi. Dein Onkel wohnt doch dort, oder?« sagte Fanhua.

»Dann legt mal einen Zahn zu«, erwiderte Tiesuo frech. »Ich warte immer noch darauf, daß mir jemand Essen kocht.«

Noch eine halbe Stunde zuvor wäre Fanhua vor Wut geplatzt. Aber jetzt ärgerte sie sich kein bißchen. Mehr noch, sie freute sich sogar. Ein Gefühl der freudigen Erwartung, im richtigen Moment zuzuschlagen, erfüllte sie. Wie die Freude, mit der Theaterkarte in der Hand auf den Einlaß zur Vorstellung zu warten. Überaus herzlich schlug sie Tiesuo auf die Schulter. »Gut, gut, dann warte einfach auf das Spektakel.«

Die Luft war erfrischend. Nach dem Regenguß überzog das Grün der Weizentriebe den Acker. Die Gräser verströmten einen bittersüßen Duft, schal und frisch zugleich. Fanhua war vergnügt. Mit großem Wohlgefallen betrachtete sie während der abendlichen Sitzung die beiden Tierköpfe auf dem Dachfirst des Theaters. Eine schmale Mondsichel stand wie der zu einem leisen Lächeln geöffnete Mund eines Mädchens am Himmel. Auch Fanhua lächelte. Aber ihr Lächeln trat nicht auf ihr Gesicht. Es verbarg sich in ihrem Herzen.

Zu Beginn der Versammlung ließ sich Fanhua zunächst von Xueshi und Qingshu über deren Arbeit Bericht erstatten. Xueshi hatte vorübergehend Xiangshengs Aufgaben übernommen und kümmerte sich um die Schule.

»Das Klo der Schule ist ausgehoben«, sagte er. »Als nächstes werden wir eine Mauer hochziehen. Wir müssen jetzt die Kacheln besorgen.«

»Für diese Sache bist du verantwortlich«, erklärte Fanhua. »Das Geld kannst du ruhig ausgeben. Egal, wie arm wir sind, an der Bildung darf nicht gespart werden.«

Dann berichtete Qingshu vom Ergebnis seiner Suche. »Ich bin schon völlig geschafft«, klagte er. »Fast wäre ich am Steuer eingeschlafen. Außerdem hat Xiangmin gesagt, daß er uns das Auto nicht zur Verfügung stellt, um nach Shanxi zu fahren.«

»Er ist ein Geschäftsmann«, wandte Xueshi ein. »Es geht ihm nur ums Geld. Wenn wir ihm die Automiete erhöhen, hält er schon das Maul.«

»Genau«, pflichtete Fanhua bei. »Wir geben ihm etwas mehr. Gibt es sonst noch irgendwelche Anhaltspunkte für höhere Kosten? Dann sagt es jetzt.«

»Ja, bei den Benzinkosten, den Brückengebühren und den Spesen mußten wir warten, daß Xiangsheng die Quittungen abzeichnet«, sagte Qingshu. »Aber der hat sich ja aus dem Staub gemacht. Deshalb habe ich sie bei mir.«

»Gut, sehr gut«, sagte Fanhua. »Gib mir alle. Wenn wir hier fertig sind, machen wir die Gesamtabrechnung.« Qingshu steckte sich eine Marlboro an. »Hast du für die Zigaretten keine Quittung?« fragte sie.

»Ach, vergiß die Zigaretten«, sagte Qingshu.

»Hier läuft alles ordnungsgemäß«, erwiderte Fanhua. »Wenn du irgendwohin fährst, gehört es sich wohl, daß du deinem Gegenüber eine gute Zigarette anbietest. Denk morgen daran, dir eine Rechnung ausstellen zu lassen.« Fanhua ging zu den anstehenden Aufgaben über. »Die Arbeit teilt sich in zwei Bereiche«, erklärte sie. »Einerseits setzen wir die Suche nach Xuedai fort, andererseits bereiten wir die Wahl vor. Beides ist auf Gedeih und Verderb miteinander verbunden. Auch wenn ich die Wahl verliere, will ich meinem Nachfolger nicht Xuedais Müll hinterlassen. Ich habe keine Ahnung, wer in diesem Raum in der nächsten Amtszeit Komiteevorstand sein wird. Wer auch immer es ist, ich habe mich ihm gegenüber zu verantworten.« Ihre Augen röteten sich vor Rührung über die eigenen Worte.

»Das ist wirklich bewegend«, sagte Xueshi.

»Wir sind alle nur aus Fleisch und Blut«, sagte Fanqi. »Wenn du noch etwas zu sagen hast, tu es ruhig. Jeder hier wird es verstehen.«

»Wenn zum Beispiel«, fuhr Fanhua fort, »Qingshu der nächste Komiteevorstand würde ...«

Sogleich sprang Qingshu von seinem Platz auf. Fanhua gab ihm zu verstehen, er solle sich wieder setzen, und sprach weiter. »Ich nenne nur ein Beispiel. Wäre es zum Beispiel Qingshu, so hätte er noch nicht seinen Stuhl angewärmt, schon würde Xuedai das Kind gebären, die hohen Tiere wären wütend und würden Qingshu den Stuhl sofort wieder unterm Hintern wegziehen. Wenn es tatsächlich soweit käme, wäre Qingshu stinksauer auf mich. Und zwar mit Recht.«

Wieder stand Qingshu auf. Dieses Mal drückte Fanhua ihn mit der Hand nieder. »Wir brauchen einen *Xiali*, um Xuedai schleunigst ausfindig zu machen«, sagte Fanhua. »Mein Vorschlag ist, daß sich Qingshu nun alleine darum kümmert.«

Ihre Hand lag immer noch auf seiner Schulter, so daß seine Versuche aufzuspringen scheiterten. Aber da Qingshu seinen Mund im Gesicht und nicht am Hinterteil hatte, konnte er auch im Sitzen seine Meinung äußern.

»Leck mich am Arsch«, sagte er. »Ob das vernünftig ist, wenn ich alleine in der Gegend herumfahre?«

»Dabei kannst du deine Fähigkeiten unter Beweis stellen«, sagte Fanhua. »Erstens bist du sowieso dafür zuständig, zweitens kannst du Auto fahren, drittens kommst du von der Armee. Dort hast du gelernt, Kämpfe auszutragen und den Feind festzusetzen. Wenn du Xuedai siehst, bekommst du sie auch alleine in den Griff.«

Qingshu schnaubte vor Wut, sagte aber zunächst nichts mehr.

»Jetzt zur zweiten Aufgabe – der Wahl«, fuhr Fanhua fort. »Das Ratespiel hat stattgefunden – mit sehr gutem Erfolg. Jetzt können wir uns an die Stimmzettel machen. Das ist eine Menge Arbeit. Xueshi und ich übernehmen diesen Teil. Oder was meinst du, Xueshi?«

»Du bist der Chef«, antwortete Xueshi.

Als nächstes bekam Xiaohong noch eine Aufgabe zugeteilt. »Auch die Propagandaarbeit muß weitergehen«, sagte Fanhua. »Xiaohong, von morgen an soll es dreimal täglich eine Lautsprecherübertragung geben.«

Nachdem niemand mehr das Wort ergriff und alle schwiegen, ging Fanhua zur Abstimmung über. Da sprang Qingshu plötzlich auf. Huch, dachte Fanhua, der Schlammbeißer hüpft zu guter Letzt doch noch und versucht, Wellen zu schlagen. Sollte das etwa Erfolg haben? Unwahrscheinlich. Seit jeher war bekannt, daß der Schlammbeißer die Gischt nicht hochschlagen lassen und sich ein Floh nicht gegen das Bettlaken stemmen kann. Aber Qingshu schien nicht zu wissen, daß er ein Schlammbeißer oder ein Floh war.

»Wir können doch nicht aus Angst, uns zu verschlucken, auf das Essen verzichten«, sagte er. »Die Sache mit Xuedai können wir erst mal beiseite lassen und unsere ganze Kraft auf die Wahl konzentrieren.«

»Qingshu«, sagte Fanhua, »dann such jemanden, der eine der drei Voraussetzungen erfüllt, damit du nicht selbst los mußt.«

»Soll das eine Falle sein?« fragte Qingshu.

»Gut, dann eben nicht«, sagte Fanhua. »Wir machen es so: Das Dorf wird einen Fahrer anstellen, der mich jeden Tag landauf, landab fährt, damit ich Qingshus Aufgabe übernehmen kann. Laßt uns darüber abstimmen. Die Mehrheit zählt. Also, wer ist dafür?«

Nicht einmal Qingshu hob die Hand, von den anderen ganz zu schweigen. Dennoch ließ Fanhua Xiaohong alles niederschreiben und in die Akten aufnehmen.

Als Fanhua das Ende der Sitzung ankündigte, tauchten plötzlich Leute mit einem Eselskarren auf. Auf dem Karren saßen eine alte Frau und ein Mädchen. An ihrem Akzent erkannte Fanhua sofort, daß sie aus Shanxi stammten. Erleng führte sie in den Hof.

»Das ist unsere Chefin«, sagte Erleng und zeigte auf Fanhua. Die Knie des Mannes, der den Karren zog, wurden weich, und er begann, sich tief vor Fanhua zu verneigen. Erwartungsgemäß war es die Familie der ertrunkenen Frau.

Der Mann war der Ehemann der Toten, und die alte Frau war ihre Schwiegermutter. Fanhua bat sie, Platz zu nehmen und alles genau zu erzählen. Auf einmal zeigte der Mann auf eine leere Schachtel Fertignudeln, die in der Mülltonne lag.

»Was ist das?« fragte er.

Fanhua begriff sofort, was er meinte. Er war ausgehungert. Sie schickte Qingshu, etwas zu essen für ihn zu besorgen. In diesem Punkt war Qingshu sehr hilfsbreit. Gehorsam machte er sich auf den Weg. Fanhuas Blick fiel auf das Mädchen, das am Eingangstor stehengeblieben war. Sie erkundigte sich bei dem Mann nach ihr.

»Das ist meine kleine Schwägerin«, sagte er.

Das Mädchen stampfte vor Wut auf und trat ein.

»Du Arschloch«, schrie es. »Wer will schon deine Schwägerin sein?«

Augenblicklich verbeugte sich der Mann vor dem Mädchen. Es wandte sich ab. »Ich habe schon drei kleine Kinder«, begann der Mann, »alles Gören. Immer habe ich von einem Säugling mit Pinsel geträumt.«

Qingshu brachte die Fertignudelsuppe.

»Hol schnell Tiesuo«, sagte Fanhua zu ihm. »Er soll kommen und gut zuhören.«

Mißmutig lehnte Qingshu am Türrahmen. »Siehst du nicht, daß ich verschnaufen muß?« sagte er.

»Meinetwegen. Aber dann holst du Tiesuo«, entgegnete Fanhua.

»Soll ich nicht vielleicht gehen?« bot sich Xueshi an.

»Du brauchst nicht zu gehen«, lehnte Fanhua ab. »Laß das Qingshu machen, das ist seine Aufgabe.«

»Schön, wunderbar«, sagte Qingshu wütend. »Und wenn ich nicht gehe, soll mich der Teufel holen.«

Mit diesen Worten trottete er davon.

»Idiot, ganz schön wählerisch!« sagte Fanhua.

Der Mann aß zunächst die Nudeln, bevor er mit seiner Geschichte fortfuhr. Die alte Frau konnte die Nudeln offenbar nicht kauen.

»Xueshi«, sagte Fanhua, »ruf bitte schnell Qingshu auf seinem Handy an und laß ihn noch ein Brot mitbringen.«

»Ich kann doch gehen«, sagte Xueshi.

»Nein«, erwiderte Fanhua. »Er hat doch darum gebeten, mehr Verantwortung zu bekommen. Und unter einem Brot wird er nicht zusammenbrechen.«

Im Nu hatte der Mann aufgegessen. Fanhua gab ihm einen Schluck Wasser zu trinken. Auch das Mädchen war hungrig. Zur Mauer gewandt, aß es die Nudeln in winzigen Häppchen, während Tränen über ihr Gesicht rannen. Nach wenigen Augenblicken erschien Qingshu mit Tiesuo. Als Tiesuo eintrat, überließ Fanhua ihm ihren Stuhl.

»Das ist unser Chef«, sagte sie zu dem Mann. »Erzähl noch mal von vorne.«

Der Mann sah keinen Grund, an ihren Worten zu zweifeln, und verneigte sich mehrfach tief vor Tiesuo, bevor er weitersprach. »Als ich gesehen habe, daß das vierte wieder eine Göre war, drehte ich den Kopf der Mutter zur Seite und sagte der Hebamme, daß sie es in die Wassertonne drücken soll. Normalerweise tauchen Säuglinge dann wieder auf. Aber nach dreimal Untertauchen haben sie zuviel Wasser geschluckt und sind tot. Nur dieser Säugling hatte einen starken Lebenswillen. Er starb nicht. Also mußten wir ihn noch einmal untertauchen.«

»Mörder!« schrie das Mädchen.

Der Mann erstarrte für einen Moment und lächelte das Mädchen schuldbewußt an.

»Die Hebamme fragte«, fuhr der Mann fort, »ob sie die Kleine noch einmal ins Wasser drücken solle. Ich schlug vor, meine Frau zu fragen. Ich habe deine Schwester doch gefragt«, sagte er, an das Mädchen gerichtet. »Sie hat keinen Ton von sich gegeben, und kein Ton heißt doch einverstanden.«

Wieder stampfte das Mädchen auf. »So ein Blödsinn!« schrie es weinend. »So ein Quatsch!«

Fanhua ging zu ihr hinüber, nahm ihre Hand und wischte ihr die Tränen ab.

»Laß ihn reden«, flüsterte sie dem Mädchen ins Ohr. Dann wandte sie sich wieder dem Mann zu. »Und dann habt ihr das Kind getötet?«

»Wir mußten es noch zweimal untertauchen. Erst dann war es tot«, antwortete der Mann. »Dieser Sproß war wirklich hartnäckig.«

Fanhua ahnte bereits, daß die Frau das Ganze nicht verkraftet und sich in den Fluß gestürzt hatte. Aber sie sagte nichts. Tiesuo sollte sich danach erkundigen.

»Frag doch mal, wie die Mutter des Kindes umgekommen ist«, sagte sie zu Tiesuo. »Frag schon!« Tiesuo wandte sich ab. »Erzähl es unserem Chef bitte noch einmal«, sagte sie zu dem Mann, »wie die Kindsmutter zu Tode kam. Hat sie sich in den Fluß gestürzt?«

Auf einmal warf sich der Mann zu Boden und weinte. »Während des Wochenbetts dürfen Frauen nicht vor die Tür«, sagte er. »Aber sie hat die Gelegenheit genutzt, als niemand achtgab, und ist entwischt. Ein paar Leute haben sie gesehen, wie sie am Fluß nach dem Säugling suchte. Später sind sie dann den Fluß entlanggegangen und haben sie hier gefunden.«

»Seht ihr«, sagte Fanhua zu den Umstehenden. »Das ist eine lehrreiche Geschichte. Tiesuo, auch wenn dein Herz aus Stein ist, sollte dich das doch wenigstens etwas berühren.«

Hastig verbeugte sich der Mann vor Tiesuo und sagte, daß

er eine große Bitte habe. Erschrocken sprang Tiesuo auf, ging zu Fanhua hinüber und versteckte sich hinter ihrem Rücken.

»Setz dich«, sagte sie, während sie Tiesuo wieder auf seinen Stuhl drückte. »Und hör zu, was du noch für eine Lehre daraus ziehen kannst.«

»Ich würde gerne in eurem Dorf«, fuhr der Mann fort, »einen Flecken wertvolles Land borgen, um sie zu begraben.«

Wieder sprang Tiesuo auf und versteckte sich dieses Mal hinter Xiaohong. Fanhua überlegte noch, was sie darauf antworten sollte, als Xiaohong schon für sie das Wort ergriff.

»Wir können über alles reden«, sagte sie, »aber das ist unmöglich. In unserem Dorf müssen die Toten verbrannt werden.«

Wie konnte Xiaohong nur so hartherzig sein, dachte Fanhua. Diese Worte hätte sie selbst nicht über die Lippen gebracht. Seltsamerweise war der Mann mit einer Feuerbestattung nicht einverstanden, weil er die Frau später wieder ausgraben und im Familiengrab beisetzen wollte.

»Ich bin mit einer Feuerbestattung einverstanden«, sagte plötzlich das Mädchen.

»Wenn sie verbrannt wird«, rief der Mann voller Verzweiflung, »bleibt aber gar nichts von ihr übrig.«

»Wieso? Ministerpräsident Zhou Enlai und der Vorsitzende Deng Xiaoping sind auch verbrannt worden«, erwiderte das Mädchen. »Ich will den Staub und die Knochen mit nach Hause nehmen und auf meinen Nachttisch stellen. Dann bin ich immer mit meiner Schwester zusammen.«

»Ich habe keinen Yuan mehr«, sagte der Mann unerwartet scharf. »Eine Feuerbestattung kommt nicht in Frage.«

Das Mädchen blieb gefaßt. »Dann begraben wir sie erst mal. Ich suche mir hier eine Arbeit. Und wenn ich genug Geld für die Feuerbestattung verdient habe, kehre ich zurück. Meine Schwester kommt sowieso nicht ins Grab deiner Familie.«

Das Mädchen war klug und sprach diese Worte voller Überzeugung. Zudem war sie so hübsch wie ein Vogel, der von weit oben aus den Bergen hergeflattert kam. Sie war bei näherer Betrachtung noch um einiges hübscher als Xiaohong. Lingpei paßte eigentlich hervorragend zu dem Mädchen, überlegte Fanhua. Beide standen ohne jede Unterstützung da. Eine goldene Blume für die silberne Blüte, der Gartenkürbis für den Sommerkürbis. Keiner würde dem anderen die kalte Schulter zeigen. Fanhua faßte ins Auge, dem Mädchen ein Nachtlager in ihrem Büro anzubieten. Aber was war dann mit der Schwiegermutter? Sie fühlte sich nicht in der Lage, für alle zu sorgen. Sie sollte mit ihrem Sohn im Theater übernachten.

Das Mädchen war auch Xiaohong aufgefallen. »Sie ist ziemlich hübsch«, sagte sie, als sie gemeinsam den Hof verließen.

»Ich habe schon daran gedacht, sie mit Lingpei bekannt zu machen«, verriet Fanhua. »Was meinst du?«

Sie hatte erwartet, daß Xiaohong sich darüber freuen würde. Aber Xiaohong machte ein grimmiges Gesicht.

»Hat Lingpei denn nicht so ein Flittchen?« bemerkte sie. »Ich finde es besser, wenn du sie Li Hao vorstellst. Ihr seid doch alte Schulfreunde. Meinst du nicht?« Wieder einmal zeigte sich Xiaohong besonders umsichtig. »Wenn du nichts dagegen hast, laufe ich sofort zurück und packe eine Bettdecke ein. Dann kann Li Hao sie ihr schenken.«

Natürlich konnte Fanhua dazu nicht nein sagen und freute sich einfach. Xiaohong rannte in Windeseile davon, als stünde sie im Wettlauf mit der Zeit. Ihre beiden Zöpfe flogen im Mondlicht wie Pferdeschweife auf und ab. Dann aber kehrte sie unvermittelt wieder um.

»Vorhin waren zu viele Leute da«, keuchte sie. »Da konnte ich über eine Sache noch nicht mit dir sprechen.«

»Was ist denn?« fragte Fanhua. »Wenn ich dir helfen kann, tu ich es gerne.«

»Im Wahlkampf vor drei Jahren hat das Dorf eine Theatergruppe aus dem Landkreis eingeladen, die ein Stück gespielt hat«, sagte Xiaohong. »Laß uns doch auch dieses Mal eine Aufführung machen. Das wäre eine Art des Wahlkampfes.«

»Stimmt, ich hatte gar nicht mehr daran gedacht«, sagte Fanhua. »Welches Stück wäre denn geeignet?«

»Egal, welches Stück. Hauptsache, die Stimmung ist gut«, sagte Xiaohong. »Morgen fahre ich in die Stadt, um für meinen Vater Medizin zu kaufen. Er hat einen solchen Schreck bekommen, daß der Arzt ihm etwas verschreiben mußte. Ich hatte noch keine Zeit, sie abzuholen. Dann kann ich gleich bei der Theatergruppe vorbeigehen.«

»Am besten wäre ein modernes Stück«, sagte Fanhua.

»Ein traditionelles Stück wäre doch besser«, widersprach Xiaohong. »Die alten Leute mögen das. Doudous Großeltern gefällt es doch bestimmt auch. Glaub mir, diese Theaterleute sind begnadete Geschichtenerzähler. Zur Begrüßung sollen sie eine Ballade vortragen, mit der sie Propaganda für die Wahl und die Geburtenkontrolle machen. Du wirst damit ganz sicher sehr zufrieden sein.«

»Es gibt doch in der Henan-Oper ein Stück mit dem Titel ›Drache und Phönix verheißen Glück‹«, sagte Fanhua. »Es handelt von Liu Beis Hochzeit, Liu Bei, dem Gründer des Han-Reiches. Das mögen meine Eltern am allerliebsten.«

»Mein Vater mag dieses Stück auch sehr gerne«, sagte Xiaohong. »In der Peking-Oper heißt es ›Der Morgentau-Tempel‹. Es ist das gleiche Stück.«

Dieses Mädchen hatte wirklich einen gescheiten Kopf.

»Gut, dann nehmen wir ›Drache und Phönix verheißen Glück‹«, sagte Fanhua. »Das bringt Glück.«

»Und was ist mit Ermao?« fragte Xiaohong. »Ermao tritt mit seiner Truppe in Xiushui auf. Außerdem habe ich gehört, daß es eine Modenschau geben soll. Das gefällt den jungen Leuten im Dorf. Soll ich ihn nicht auch einladen?«

»Ermao oder wer auch immer, alles ist in Ordnung«, sagte Fanhua.

Eigentlich hätte sich Fanhua am Abend bei der Papierfabrik umschauen sollen. Aber dann war sie doch nicht hingegangen. Sie hatte sich selbst auferlegt abzuwarten, um die Vorfreude auf das Spektakel zu steigern. Einer der Darsteller war Qingshu, einer war Xiangsheng, und auch Shangyi gehörte dazu. Als sie an Shangyi dachte, wurde sie wütend. Gerade ihm gegenüber hatte sie sich als besonders großzügig erwiesen. Dennoch spielte er nun ein solch übles Spiel. Er war schließlich kein Kader, was hatte er also davon? Wozu eine Eselin in einen Esel umtauschen? Fanhua verstand das alles nicht. Sie überlegte hin und her und fand nur eine einzige Erklärung. Xiangsheng mußte mit ihm, als er für die Bildung zuständig gewesen war, irgendein heimliches Abkommen geschlossen haben. Allerdings hätte Shangyi nicht viel davon gehabt. Xiangsheng drehte jeden Yuan dreimal um. Unmöglich, daß er Shangyi einen größeren Betrag überlassen würde. Es konnte sich höchstens um ein paar Tausend Yuan handeln. Fanhua hatte keine Eile mehr. Sie wollte warten, bis Shangyi selbst damit herausrückte und seinen Fehler eingestand.

Nach einem Tag wurde sie ungeduldig. Es war, als habe sich ein Kätzchen in ihren Magen geschlichen, ein freches Kätzchen, das sie mit seinen Pfötchen kratzte und kitzelte. Am Nachmittag verlor sie endgültig die Geduld.

»Kommst du mit, um ein Spektakel zu erleben?« fragte sie Dianjun.

Er verfaßte gerade die Leitlinien der Wahl und beschäftigte sich mit dem Nutzen der Papierfabrik. »Wir müssen genau überlegen, welche Tiere für das hiesige Klima geeignet sind«, sagte Dianjun.

»Jetzt komm erst einmal mit zur Papierfabrik«, sagte Fanhua. »Dort gibt es eine Vorführung vom Feinsten. Das wird dich sicher anregen.«

»Wolltest du dort nicht eine Tierzucht aufbauen?« erkundigte sich Dianjun.

»Eine Zucht, wieso nicht?« erwiderte Fanhua. »Die hat ja schon begonnen. Xuedai bekommt doch dort ihr Kind.«

Eigentlich haßte es Fanhua, daß Dianjun nie ohne sein Fernglas das Haus verließ. Aber dieses Mal erinnerte sie ihn daran, es keinesfalls zu vergessen.

Am Fuß der Brücke entdeckte sie Lingpei. Er lehnte an dem Marmorlöwen und plauderte mit einer Schlampe. Diese Schlampe hatte Fanhua schon einmal gesehen, an dem Tag, an dem Ermao ins Dorf zurückgekehrt war. Damals hatte sie mit einem anderen Mann Händchen gehalten. Für Fanhua war ihr Anblick unerträglich. Sie wirkte auf der einen Seite noch ein wenig westlicher als das Mädchen aus Shanxi, aber auf der anderen Seite ziemlich geschmacklos. Sie trug einen Lederrock, hatte sich die Augen so bemalt, daß sie an einen Pandabären erinnerte, ihre Haare sahen aus wie hängende Orchideenranken, und sie spielte die *femme fatale*. Fanhua rief Lingpei zu sich.

»Überwachst du Xuedai nicht?« fragte sie. »Was treibst du hier?«

»Es vertritt mich jemand und paßt auf«, erwiderte Lingpei.

Er hatte tatsächlich mitgedacht. Zwei seiner Kumpane, die

Xuedai nicht kannte, beobachteten sie. So schöpfte sie keinen Verdacht. Fanhua bat Lingpei, sie hinzubegleiten. Er sah zum Himmel hinauf.

»Es ist noch zu früh«, sagte er.

»Wofür ist es zu früh?« fragte Fanhua.

»Bald wird es dunkel.«

Tatsächlich wurde es schnell dunkel. Schwarze Wolken türmten sich auf und führten ein beeindruckendes Schauspiel vor. Die Schauspieler auf der Bühne hatten schwarze Gesichter, manche schwenkten ihre weiten Trichterärmel energisch durch die Luft, manche führten Stockkämpfe vor, einige schlugen einen Salto nach dem anderen. Offenbar würde sich gleich ein Platzregen ergießen.

Das Flittchen lief voran. Fanhua und Lingpei folgten plaudernd.

»Das Mädchen ist nicht übel«, sagte Fanhua. »Wenn du dich mit ihr einigermaßen gut verstehst, dann heirate sie doch einfach.«

Lingpei legte seinen Finger auf die Lippen. »Hast du denn nicht gesehen«, flüsterte er geheimnisvoll, »wie breitbeinig sie läuft?«

»Wie soll man denn sonst laufen?« erwiderte Fanhua.

»Bei Xiaohong ist es anders«, sagte Lingpei. »Wenn sie läuft, sind ihre Beine ganz eng zusammen. Frauen, die so breitbeinig gehen, haben schon eine Abtreibung hinter sich.«

Welch ein Blödsinn! Fanhua tat, als wolle sie ihn schlagen.

Lingpei wich ihr aus, kam jedoch gleich wieder näher. »Ich gebe mich absichtlich mit diesem Mädchen ab, um Xiaohong zu ärgern«, sagte er. »Ich will Xiaohong eifersüchtig machen.«

»Vergiß es«, erwiderte Fanhua. »Xiaohong wird von deinem Köder gar nichts merken.«

Kein Mensch war zu sehen, als sie an die Westseite der Papierfabrik gelangten. »Es hat schon Wirkung gezeigt«, sagte Lingpei stolz. »Xiaohong hat sich schon mit mir unterhalten und mir zwei Stücke Seife geschenkt. Das kam von Herzen.«

Dieser Lingpei schwelgte in seinen Träumereien.

»Xiaohong hat auch Li Hao zwei Seifenstücke geschenkt. Was das zu bedeuten hat? Gar nichts«, sagte Fanhua.

»Ach«, tat Lingpei die Bemerkung ab, »das ist doch etwas ganz anderes. Es war Seife der Marke ›Schöne Aussicht‹. Das bedeutet, daß ich nach vorne schauen soll. Es hat einen tieferen Sinn. Außerdem hat sie mir ihr Herz ausgeschüttet und mich gebeten, eine Vorstellung zu geben.«

Das war in der Tat ungewöhnlich. Was konnte Lingpei schon für eine Vorstellung geben? Lingpei bückte sich und warf einen Ast zur Seite, der Fanhua vor den Füßen lag.

»Sie will, daß ich bei der Wahl für Stimmung sorge«, fuhr er fort. »Ich soll vorführen, wie ich Tischtennisbälle aus heißem Schweinefett fische. Ich überlege gerade, ob ich zusage.«

Was war nur geschehen, daß ein so intelligenter Mensch wie Lingpei plötzlich solche Flausen im Kopf hatte, dachte Fanhua. Er schien wirklich von allen guten Geistern verlassen zu sein, daß er Spott als Auszeichnung verstand. Fanhua schwieg. Sie wartete auf Dianjun.

Diese Gelegenheit nutzte Lingpei, um weiterzuquasseln. Er nannte Xiaohong nun sogar »Honghong«.

»Ich habe Honghong noch nicht geantwortet. Wenn man jemanden schlägt, darf man ihm nicht ins Gesicht schlagen, wenn man jemanden entlarvt, darf man nicht seine Schwächen zur Schau stellen. Ist das nicht vielleicht doch ein Schlag in mein Gesicht? Nachher aber, als Honghong mir alles genau erklärt hat, habe ich es begriffen. Sie hat gesagt, ich könne auf diesem Weg beweisen, daß ich einen neuen Anfang gemacht habe, und gleichzeitig meine Fertigkeiten den Leuten vorführen. Honghong hat dafür so große Worte gefunden, daß ich fast keine Luft mehr bekam. Auch wenn ich nicht ganz zu ihr passe, hat mich das alles sehr bewegt.«

Fanhua verkniff sich das Lachen.

»Dann hat Honghong noch gesagt«, fuhr Lingpei fort, »daß mich Xianfa begleiten soll.«

Xianfa? Der blinde Xianfa? Fanhua war verblüfft. War er denn nicht in Peking und spielte am Eingang der U-Bahn Erhu? Sie hatte von einigen Leuten erfahren, daß er inzwischen lange Haare wie ein Künstler trug und eine Teekanne vor sich stehen hatte, in die die Fußgänger Kleingeld warfen. Nun kam sogar Xianfa zurück ins Dorf.

»Hast du ihn gesehen?« fragte sie Lingpei.

»Natürlich habe ich ihn gesehen. Er hat seine Braut mitgebracht«, erwiderte er.

Fanhua lachte. »Seine Braut?« fragte sie ungläubig. »Bist du sicher? Xianfa ist doch fast achtzig.«

»Er ist noch nicht achtzig«, sagte Lingpei. »Ich habe ihn gefragt, er ist siebenundsiebzig. Mit siebenundsiebzig Jahren, da fängt das Leben an, die Braut ist einundachtzig, was ist denn schon daran, der Sohn ist neunundneunzig, da staunste wohl nicht schlecht, und hunderteins – ist der Enkelsohn, echt.«

»Du Witzbold, hör auf, dich lustig zu machen«, sagte Fanhua schmunzelnd.

»Das ist von Xianfa selbst«, erwiderte Lingpei. »Bei seinem Auftritt will er es vortragen. Und ich, ich soll Tischtennisbälle fischen, hundertzehn hintereinander.«

»Prima, du fischst Tischtennisbälle, und Xianfa begleitet dich, sehr schön. Das kann nur die Idee von deiner Honghong sein.« Dann ermahnte sie Lingpei: »Wenn Xiaohong wirklich ein Auge auf dich geworfen hat, hör auf, dich mit dieser Schlampe herumzutreiben.«

»Die Liebe ist ein Kessel Wasser«, erwiderte Lingpei mit vieldeutiger Miene. »Honghongs Wasser kocht noch nicht richtig, es fehlt noch ein wenig Feuer. Dieses Flittchen ist das Feuer.«

Auf der Westseite der Papierfabrik hatte einst ein großer Aprikosenhain gestanden, der zur Zeit der Dazhai-Kampagne abgeholzt worden war. Der unbestellte Boden war von Unkraut, Dornen und Jujube überwuchert. Vereinzelt kamen Aprikosenbäume zum Vorschein, die aus den alten Stämmen getrieben waren. Ohne Pflege wuchsen sie wild und blieben schmächtig, so daß sie kaum wie Bäume aussahen.

»Über dieses Brachland sollte man auch etwas schreiben«, sagte Fanhua zu Dianjun. »Hier könnte man doch Bäume pflanzen oder einfach Vieh züchten. Denk mal darüber nach.«

»Hier könnte man hervorragend Kamele züchten«, meinte Dianjun. »Sie sind gutmütig und an Dürre gewöhnt. Der gesamte Körper dieser Tiere ist ein einziger Schatz. Ich habe schon genau über alles nachgedacht. Aus ihrer Haut kann man Lederschuhe herstellen. Das ist eine Marktlücke. Wenn wir es geschickt anstellen, können wir es sogar zum Patent anmelden.«

Dianjun träumte immer noch. Wie sollte man hier Kamele züchten? Kamele kamen schließlich aus der Wüste. Wenn sie alles hinter sich hatte, dachte Fanhua, wollte sie mit Dianjun zum Arzt gehen und untersuchen lassen, ob er noch ganz richtig im Kopf war. Sobald er den Mund öffnete, kam nichts als Kamel heraus. Irgend etwas konnte da nicht stimmen.

In der Hofmauer der Papierfabrik war ein Loch, ein wenig größer als das Loch in der Mauer der Schule.

»Durch das Loch paßt ja ein Motorrad«, sagte Fanhua.

»Aber ein Kamel paßt da nicht durch«, sagte Dianjun. Fanhua warf ihm einen verächtlichen Blick zu, der ihn verstummen ließ. Das Loch war mit Ästen von Aprikosenbäumen und Jujube zugestopft. Lingpei sah sich die Äste genau an und nahm die Fußabdrücke am Boden in Augenschein.

»Hier war niemand«, sagte er und schnippte mit den Fingern.

»Und deine Freunde?« erkundigte sich Fanhua.

»Die sind drinnen«, erwiderte er, während er die Äste auseinanderschob. Ein junges Pärchen spielte Federball. Aus der Ferne wirkten seine Bewegungen wie ein Schattenspiel.

»Sind sie zusammen durchgebrannt?« fragte Fanhua.

»So ungefähr«, sagte Lingpei.

»Ach du, wann läßt du mich nur wieder ruhig schlafen?« sagte sie und tippte ihm mit dem Zeigefinger gegen die Schläfe. »Und wann läßt du deine Honghong ruhig schlafen?«

Für das Pärchen war im Hof eine Plane ausgebreitet, die mit Reisstroh gepolstert war und normalerweise Maschinen als Regenschutz diente.

»Ach, wie romantisch«, sagte Dianjun. »Das ist ja fast wie in Shenzhen.«

»Ach wo«, entgegnete Lingpei. »Shenzhen ist doch der Wegbereiter neuer Modeerscheinungen. Dort spielen die jungen Leute Golf, in Xiushui nur Federball.«

»Könnt ihr vielleicht zur Sache kommen«, sagte Fanhua.

Sofort machte Lingpei ein ernstes Gesicht und begann, über seine Arbeit zu berichten. Allerdings bestand seine Berichterstattung vorwiegend aus Fragen, mit denen er alle auf die Folter spannte.

»Siehst du das Ding auf dem Autoreifen dort?« fragte er Fanhua. »Rate mal, was das ist.«

Auf dem Reifen lag eine viereckige Schachtel, die aus der Ferne wie eine Urne aussah und mit einer Plastikfolie bedeckt war. Fanhua nahm Dianjuns Fernglas und schaute durch. Sie konnte immer noch nicht erkennen, was es war. Sie warf Lingpei einen ungeduldigen Blick zu, so daß er die Antwort nicht länger hinauszuzögern wagte.

»Das ist ein Fernseher«, sagte er. »Gestern abend ist Xuedai hierhergekommen und hat ferngesehen.«

»War Pei Zhen auch schon hier?« fragte Fanhua.

»Keine Ahnung, den haben wir noch nicht lange.«

»Ist er geklaut?« erkundigte sich Fanhua.

»Das ist mein Fernseher«, erwiderte Lingpei.

»Und dein Fernseher ist nicht geklaut?« sagte Fanhua. »Glaub nicht, daß ich es nicht weiß. Untersteh dich, das noch einmal zu tun.«

Lingpei lachte und zeigte mit dem Finger auf ein riesiges Schild im Hof. »Im Zimmer hinter dem Werbeplakat versteckt sich Xuedai«, sagte er.

Lingpei irrte sich. Das Schild war nämlich kein Werbeplakat, sondern ein altes Propagandaschild, auf dem der Countdown bis zum Ende der Umweltverschmutzung durch das Abwasser der Papierfabrik geschrieben stand. Fanhua erinnerte sich, daß am letzten Tag des Countdowns Lokalpresse und -fernsehen erschienen waren. Um Punkt Mitternacht hatte Fanhua die Journalisten an jenem Tag dorthin geführt und sie von einem versteckten Graben aus Fotos schießen lassen. Es war das schönste Ereignis ihrer Amtszeit gewesen.

Das Plakat begann zu schaukeln. Wind kam auf. Nach der ersten Bö fing der Regen an. Eines der seltenen Herbstgewitter nahte, bei denen sich der Himmel während des Regens langsam wieder aufklarte. Das Pärchen ergriff nicht die Flucht, sondern hüpfte und sprang wie Grillen im langersehnten Regen vergnügt im Hof umher. Fanhua war durch und durch naß, lehnte es jedoch ab, daß Dianjun ihr seine Jacke über den Kopf hielt.

»Das ist schön so«, sagte sie. »Eine kleine Regendusche macht Freude.«

Ihr gefielen die dicken Tropfen, die wie Weintrauben herniederprasselten. Als ihr auch Lingpei seine Jacke anbot, nahm sie sie an. Wieso sollte sie Xuedai das leidende Fleisch vorspielen, dafür gab es keinen Grund. Sie hielt sich Lingpeis Jacke über den Kopf und wartete, daß das Gewitter vorüberging.

Es dauerte nicht lange. Genauso schnell, wie es hereingebrochen war, verzog es sich wieder. In der Zeit hätte man kaum ein Abendessen zu sich nehmen können. Das Regenwasser spülte die von den Bäumen niedergefallenen Blätter davon. Die gelben Gräser waren fast schwarz geworden. Das Pärchen ging ins Haus und ward nicht mehr gesehen.

Während sich Fanhua im Hof umsah, kam ihr plötzlich ein Gedanke. Nur zu gerne würde sie auf Pei Zhen warten. Sie würde sogar noch weiter gehen und Xuedai sagen, daß es Pei Zhen war, die sie angezeigt hatte. Aber das war natürlich unmöglich. Zum einen, weil sich so etwas für einen Kader nicht gehörte, und zum anderen, weil sie damit Pei Zhens, Xuedais, Tiesuos und Shangyis Unmut zugleich auf sich gezogen hätte. Plötzlich schoß ihr ein neuer Gedanke durch den Kopf: Warum sollte sie sich eigentlich nicht direkt in die Höhle des Löwen wagen und Pei Zhen einen Besuch abstatten? Sie würde sich völlig ahnungslos geben und sehen, welchen Trick Pei Zhen auf Lager hatte.

Xuedai trat aus dem Gebäude. Mit hervorgestrecktem Bauch spazierte sie über den Hof. Ihre Bewegungen ließen sie sehr jugendlich wirken. Während sie mit der Fußspitze in eine Pfütze tippte, gab sie ein ums andere Mal Laute von sich, die an ein quengelndes Kind denken ließen. Lachend hob sie den Federballschläger auf. Mit einer Aufschlagbewegung lief sie auf die eine Seite und rannte sogleich auf die andere, um den anfliegenden Ball entgegenzunehmen. Sie lachte. Fanhua hätte nicht gedacht, daß sich Xuedais Lachen so schön, so glockenhell anhören konnte.

Auch Fanhua lachte, gab dabei allerdings keinen Laut von sich. Fast erstickte sie an ihrem Lachen, so daß sich ihr Gesicht wie eine Blume rötete. Nein, nicht wie eine Blume, sondern wie zwei, drei, unendlich viele. Jeder einzelne Muskel war eine Blume und verzerrte ihre Züge. Eigentlich stand sie fest auf ihren Beinen, doch nun drohten ihre Knie nachzugeben. Sie wankte. Als Lingpei sie stützen wollte, stieß sie ihn fort und lief davon. Sie wurde immer schneller. Ihre vom Regen triefenden Haarsträhnen flatterten im Wind. So schnell wie möglich wollte sie zu Pei Zhen eilen und sehen, was hinter dieser List steckte. War Pei Zhen vielleicht genauso fröhlich wie Xuedai? Um Himmels willen, bin ich, Fanhua, denn die einzige auf der Welt, die sich über andere den Kopf zerbricht und sich viel zu viele Gedanken macht? schrie es in ihr.

Es war beinahe dunkel. Sämtliche Tiere kehrten ins Dorf zurück. Auf den Straßen herrschte ein wahres Durcheinander. Wo man hinschaute, lag Kot – Entendreck, Gänseschiß, Ziegenköttel, Kuhfladen. Es stank erbärmlich. Qingshe, der Kuhhändler, hatte zwei neue Tiere erstanden. Der Bauch einer Kuh wölbte sich. Wie es aussah, hatte er abermals ein Rind geschenkt bekommen, und der Tag der Niederkunft schien nicht mehr lange auf sich warten zu lassen. Als Fanhua hastig zwischen den beiden Tieren hindurchstob, erschrak der Bulle, setzte sich aufgescheucht in Bewegung und schleuderte Fanhua dabei seinen Schwanz ins Gesicht.

Pei Zhen bereitete gerade singend das Abendessen zu. Wahrscheinlich gab es bei ihr Chinakohl, denn sie sang das Lied ›Mein junger Chinakohl‹: »Mein junger Kohlkopf wächst auf Sand, ohne Mutter ich dich fand.« Es war eigentlich ein trauriges Lied. Aber sie sang es fröhlich und beschwingt. Trallala – und der Kohl kam aus dem Topf.

Ein säuerlicher Duft zog durch den Hof und stieg Fanhua in die Nase. Wahrscheinlich kochte sie sauer angebratenen Chinakohl. Gerade wollte sie nach Pei Zhen rufen, als diese ein neues Lied anstimmte. Nun sang sie vom Sommerkürbis, ›Sommerkürbis der Jinggang-Berge‹:

»Mit der Hacke in der Hand
Pflanze ich Kürbis im Jinggang-Land.
Die Samen in die Furchen streuen,
An frischem Wasser sich erfreuen.
Sie nährt der warme Sonnenstrahl,
Und Regen fällt ins Jinggang-Tal.
Lange Ranken, heißassa,
Klettern empor, juchhe haha.
Goldne Trompeten musizieren hell,
Bis der Sommerkürbis tritt an ihre Stell',
Bis der Sommerkürbis tritt an ihre Stell'.«

Pei Zhen war nicht umsonst Lehrerin, immerhin konnte sie schön singen, dachte Fanhua. Besonders dieses »Heißassa« klang einfach bezaubernd, wie aus dem Mund eines unschuldigen Mädchens. Fanhua spürte, wie sie zu kochen begann und ihr der Ärger durch den Körper fuhr. Sie ermahnte sich, einen kühlen Kopf zu bewahren. Denn eigentlich freute sie sich auf eine Theatervorstellung, deren Beginn keine Eile hatte. Auch die Katze spielt vergnügt mit der Maus, bevor sie sie verschlingt. Also machte Fanhua einen Katzenbuckel, schlich sich auf leisen Sohlen heran und trat in Pei Zhens Küche. Junjun, Pei Zhens kleiner Sohn, zeterte herum, sie solle weitersingen.

»Die kleinen Jungen aus dem Jinggang-Gebirge können

in deinem Alter schon Sommerkürbis pflanzen«, sagte Pei Zhen. »Und von wem haben sie das gelernt?«

»Vom Lehrer«, rief Junjun.

»Verdammt«, schimpfte Pei Zhen, »wie oft soll ich es dir noch sagen, vom Vorsitzenden Mao. Merk dir das.«

»Jetzt fällt's mir ein«, sagte Junjun. »Da war noch der Oberbefehlshaber Zhu De. Hat der Oberbefehlshaber Zhu De auch Transformer-Roboter?«

»Ja!« sagte Fanhua und hielt dem Kleinen den Zeigefinger an die Schläfe. »Und er hat auch eine Knarre.«

Pei Zhen sprang erschrocken zur Seite. Als sie Fanhua erblickte, lachte sie. »Hey, die Dorfvorsteherin«, rief sie überrascht.

Heute trug Pei Zhen keinen Rollkragenpullover, sondern ein ölverschmiertes Sweatshirt im Militärstil. Es war ziemlich kurz, ähnlich wie eine Kommando-Weste, unter der das Unterhemd hervorlugte.

»Was kochst du denn Gutes?« erkundigte sich Fanhua. »Man riecht es schon, wenn man den Hof betritt.«

Pei Zhen bereitete keinen Chinakohl, sondern in Essig angebratene Kartoffeln. Außerdem gab es eine ganze Schüssel voll Sommerkürbis. Als Fanhua die Kartoffeln sah, fiel ihr wieder die Wunderwirkung ein, von der Pei Zhen gesprochen hatte, daß sie angeblich die Gebärmutter entsäuerten und die Geburt von Söhnen förderten. Sie überging die Kartoffeln und kam auf den Sommerkürbis zu sprechen.

»Sommerkürbis ist mein Leibgericht«, sagte sie. »Laß mich doch mal davon kosten.«

Dann klemmte sie doch ein Stück Kartoffel zwischen ihre Stäbchen. Um besonders liebenswürdig zu erscheinen, gab sich Fanhua ganz natürlich. Sie tat so, als fühle sie sich wie zu Hause. Sie blinzelte entzückt, wie man es beim Genuß betörender Köstlichkeiten tat. Dann griff sie nach einem Stück

Kürbis. Dieses Mal riß sie die Augen förmlich auf vor Begeisterung.

»Du solltest ein Restaurant eröffnen«, sagte sie zu Pei Zhen. »Dann wirst du meine Küchenchefin, wenn ich Gäste einlade. Keine Angst, ich zahle dir auch kein Geld, wir sind ja wie Schwestern.«

»Ach, Dorfvorsteherin«, erwiderte Pei Zhen, »mach dich nicht über mich lustig.«

»Im Ernst«, sagte Fanhua. »Wenn Dianjun Leute einladen will, müssen wir ohnehin jemanden engagieren, weil ich nicht kochen kann.«

»Ach was, Shangyi sagt mir doch jeden Tag, daß mein Essen Schweinefutter ist«, sagte Pei Zhen.

»Dieser Sommerkürbis ist köstlich«, lobte Fanhua. »Hast du ihn mit Enteneigelb zubereitet?«

»Lingwens Enteneier sind verdammt teuer«, erwiderte Pei Zhen. »Die können wir uns nicht leisten. Das ist einfach Hühnereigelb.«

»Mir schmeckt es sehr gut, aber für Dianjun könnte es zu sauer sein«, sagte Fanhua. »Da hast du Essig hineingetan, oder?«

»Essig ist sehr gesund«, erklärte Pei Zhen. »Er macht die Blutgefäße im Gehirn durchlässig. Bei gebildeten Menschen sind sie sehr empfindlich und so fein wie Weizenstroh. Gebildete Leute haben wirklich Ansprüche.«

Mit jedem zweiten Satz erwähnte Pei Zhen die gebildeten Leute, um Fanhua anzudeuten, daß Shangyi eine feste Anstellung verdiente.

»Schwangere mögen ja gerne Essig«, sagte Fanhua. »Als ich mit Doudou schwanger war, konnte ich ohne Essig nicht leben, alles schwamm regelrecht darin. Es war mir völlig egal, ob ihr gebildeten Leute euch darüber lustig macht. Es mußte einfach nur sauer sein.«

Fanhua zog einen Hocker herbei und setzte sich. Der Hocker war sehr niedrig und schien aus Jujubenholz hergestellt zu sein. Dann aber fiel ihr Blick auf die feine Maserung, die aussah wie mit einer Nadel eingeritzt. Handelte es sich nicht doch eher um Eichenholz? Die Papierfabrik hatte eine Fuhre Eichenhocker gekauft und jemanden beauftragt, Fanhua einige davon zu schenken. Natürlich hatte sie abgelehnt.

Als Pei Zhen in der Küche herumhantierte, nutzte Fanhua den Moment, um einen Hocker umzudrehen und einen Blick auf seine Unterseite zu werfen. Tatsächlich las sie auf dem Boden der Sitzfläche den Schriftzug »Papierfabrik Wangzhai«. Offenbar hatten die Stühle laufen gelernt. Dahinter konnte nur dieser Shangyi stecken. Die eigenen Hokker brachte er großzügig in die Schule, und im Gegenzug nahm er wie die Ratte, die zum Kronprinzen wird, die Hocker des Besprechungsraumes der Papierfabrik zu sich nach Hause. Fanhua stellte den Hocker wieder hin.

»Wie kommt es denn, daß Shangyi noch nicht zu Hause ist?« fragte sie lachend.

»Shangyi kam schon immer spät nach Hause«, antwortete Pei Zhen. »In der Schule geht es momentan darum, daß möglichst viele Schüler in die höhere Schule kommen. Er hat keine Sekunde Ruhe. Ständig jagt ihm ein geifernder Hund hinterher.«

»Mein Papa ist Schnaps trinken gegangen«, sagte Junjun plötzlich. »Er hat nämlich das Taschentuch mitgenommen.«

»Was macht er denn mit dem Taschentuch?« fragte Fanhua erstaunt.

»Er schluckt den Schnaps nicht runter«, erklärte der Kleine. »Er spuckt ihn ins Taschentuch.«

Wenn der kleine Kerl eines Tages zur Armee käme, würde er bestimmt Mitglied der Geheimdienstkompanie werden.

Fanhua ermahnte ihn: »Junjun, rede doch nicht so einen Blödsinn.«

»Das ist aber wahr!« erwiderte Junjun.

Sogar Pei Zhen mußte lachen.

»Hör nicht auf diesen Quatsch«, sagte sie zu Fanhua. »Sein Vater wird jeden Moment da sein.«

»Sehr gut, dann warte ich. Ich habe nämlich etwas mit Shangyi zu besprechen«, sagte Fanhua. Pei Zhen füllte Reis in ein Schälchen und bot es Fanhua an. Mit ein paar zaghaften Worten lehnte Fanhua zunächst ab, nahm schließlich aber doch an und kam auf Shangyis Festanstellung zu sprechen.

»Wir haben keine Beziehungen zu oben, und wir haben auch kein Geld, um Geschenke zu machen«, erwiderte Pei Zhen. »Am besten, wir fügen uns einfach dem Schicksal.«

»Das ist keine gute Haltung«, sagte Fanhua und stellte entschlossen ihr Schälchen ab. »Für seine Wünsche muß man mit aller Kraft kämpfen.«

»Onkel Xiangsheng hat aber gesagt, daß er Papa zum Schuldirektor machen will«, mischte sich Junjun ein.

Pei Zhen wurde blaß. Sie nahm einen Hocker und tat, als wolle sie den kleinen Rotzlöffel damit erschlagen. Junjun begann zu weinen.

»Ich bin doch noch gar nicht tot, um wen weinst du denn?« sagte Pei Zhen. »Zisch ab!«

Junjun lief hinaus und weinte draußen weiter. Kindermund tut Wahrheit kund, dachte Fanhua, diese Mahlzeit hatte sich gelohnt.

»Du blöde Kuh, das Kind hat doch nichts falsch gemacht«, sagte Fanhua. »Das war mein Vorschlag. Aber Xiangsheng, dieser Plaudertasche, kann man einfach nichts erzählen.«

Nach dem Essen fror Fanhua. Das kam vom Regen. Wahrscheinlich hatte sie sich erkältet. Nach Hause aber wollte sie nicht gehen. Sie wollte unbedingt sehen, wie Pei Zhen das Essen für Xuedai fertig machte. Pei Zhen strickte an ihrem Pullover und ließ sich scheinbar nicht aus der Ruhe bringen. Aber es entging Fanhua nicht, wie fahrig sie war. Zweimal rollte ihr das Wollknäuel von den Knien. Dann aber schien sie ganz gelassen und kam von sich aus auf Xuedai zu sprechen.

»Ich habe gehört, daß Xuedai weg ist. Besucht sie Verwandte oder verkauft sie Eier?« fragte sie unbeteiligt, während sie sich mit der Stricknadel am Kopf kratzte.

»Ich wollte nicht schon wieder davon anfangen«, erwiderte Fanhua. »Aber es stimmt. Es wird behauptet, sie sei weggelaufen. Das macht aber nichts. Ein Mönch kann fliehen, doch der Tempel bleibt an seinem Platz.«

»Es geht das Gerücht, ich hätte Xuedai verraten. Aber ich habe dir doch gar nichts gesagt«, fuhr Pei Zhen fort.

»Was sollst du mir gesagt haben? Wieso weiß ich das nicht?« erwiderte Fanhua lachend.

»Damit soll man nicht spaßen. Das würde für immer einen Keil zwischen meine und Xuedais Familie treiben«, erklärte Pei Zhen ernst.

»In Wirklichkeit weiß ich doch längst, wo sich Xuedai versteckt hält«, sagte Fanhua. »Pei Zhen, die Leute sagen, daß du bei ihr warst. Ich habe sie aber zurechtgewiesen und gesagt, daß du so etwas nie tun würdest und für wen sie dich eigentlich halten. Schließlich bist du eine gebildete Frau. Und gebildete Menschen wissen, was sich gehört. Wie kämst du dazu, solch eine Dummheit zu begehen? Außerdem könnten sie ja nur dann behaupten, daß du dich mit Xuedai getroffen hast, wenn sie selbst dort gewesen wären. Und dann wiederum müßten sie ja Auskunft darüber geben können, wo sie sich versteckt.«

»Genau. Sollen mal erklären, wovon sie sprechen. Wenn

sie nichts vorzubringen haben, werde ich sie in der Luft zerreißen«, pflichtete Pei Zhen aufgebracht bei.

Wieder trat Shangyis kleiner Sohn Junjun mit einem blitzblank geleckten Schälchen ins Zimmer. Kinder waren unbelehrbar. Er zog seine Mutter am Arm und bettelte darum, fernsehen zu dürfen. Fanhua hoffte, daß sich der Kleine zu ihnen vor den Fernseher setzen würde, aber Pei Zhen verwehrte es ihm. Mit strenger Miene warf sie Junjun abermals hinaus.

»Hau ab, ich will dich nicht mehr sehen.«

Weinend verließ der Junge das Zimmer. Pei Zhen brachte sein Schälchen in die Küche. Fanhua nahm an, daß sie das Schälchen dort ausspülen würde, doch sie war schnell zurück.

»Die Behauptungen haben aber eigentlich doch Hand und Fuß«, begann Fanhua, bevor Pei Zhen etwas erwidern konnte. »Die Leute sagen: ›Pei Zhen bringt Xuedai jeden Tag Essen vorbei und achtet sehr sorgfältig darauf, daß es genug Essig enthält.‹ Außerdem sagen sie: ›Wenn Xuedai gebratene Eier mit Kürbis essen möchte, dann kocht Pei Zhen auch gebratene Eier mit Kürbis.‹ Aber es kommt noch besser: die Eier soll Tiesuo ihr vorbeibringen.«

Fanhua erwartete, daß Pei Zhen alles abstritt. Wieder fiel das Wollknäuel zu Boden. Dieses Mal hob Fanhua es auf. Als sie es Pei Zhen überreichte, fügte sie hinzu: »Irgendwann werden sie bestimmt auch noch behaupten, Tiesuo habe die Eier selbst gelegt.«

Niemals hätte Fanhua jedoch gedacht, daß Pei Zhen unumwunden alles zugeben würde. Sie drückte sich sehr geschickt aus, schien unangreifbar. Und Fanhua mußte sich ihre Unterlegenheit eingestehen. Pei Zhen nahm das Wollknäuel und blies den Staub fort.

»Ich glaube nicht, daß Xuedai weglaufen kann«, sagte sie.

»Wo soll sie hin? Ich weiß, daß sie nicht geflohen ist. Sie ist immer noch in der Papierfabrik.«

»In der Papierfabrik?« Fanhua beugte sich nach vorn und legte ihre Hand auf Pei Zhens Knie. Wieder ergriff sie das Knäuel im letzten Moment, bevor es zu Boden fiel. Dann spannte Pei Zhen ihr einen Strang Wolle über beide Hände und begann, ein neues Knäuel abzuwickeln.

»Sie versteckt sich dort erst seit zwei Tagen und wartet, daß Tiesuo endlich zur Besinnung kommt«, sagte sie mit größter Selbstverständlichkeit, während sie unablässig wikkelte.

»Tiesuo will auf Teufel komm raus einen Sohn haben. Ob aber auch das kommt, wonach man sich sehnt? Wenn man einen Pandabären haben will, um ihn für teures Geld zu verkaufen, ist es fraglich, ob man ihn auch zur Welt bringt.«

»Hör auf, über Pandabären nachzudenken. Da kommt nicht einmal eine Katze heraus.«

»Ja, genau«, pflichtete Pei Zhen bei. »Xuedai will nur, daß Tiesuo das endlich kapiert.«

»Tiesuo ist wirklich starrsinnig, ein echter Dickkopf«, sagte Fanhua.

»Ich überlege noch, ob ich darauf warten soll, daß Tiesuo seine Ansicht ändert«, sagte Pei Zhen. »Dann könnte ich Xuedai zu ihm zurückbringen. Aber in der jetzigen Situation übergebe ich sie am besten dir.«

»Pei Zhen, du denkst wirklich gut mit.« Fanhua war überzeugt, daß Pei Zhen noch nicht die ganze Wahrheit gesagt hatte. Im Grunde zielte ihr Entgegenkommen nur darauf ab, jeglichen Verdacht auszuräumen, den Fanhua gegen sie geschöpft haben könnte. Pei Zhen, Pei Zhen. Du bist echt gerissen, verdammt, bist du gerissen.

Dann jedoch versetzte Pei Zhen Fanhua einen Schlag. »Eigentlich war es mir schon klar. Ihr wußtet alle längst Bescheid, daß ich Xuedai Essen bringe. Wie sollten euch auch Dinge verborgen bleiben, von denen Xiaohong weiß? Heute ist nämlich Xiaohong an der Reihe, das Essen zu liefern. Es ist nicht so gut, hat sie gesagt, wenn in so heiklen Zeiten zu viele Leute von Xuedais Schwangerschaft erfahren.«

Xiaohong? Xiaohong war im Bilde? Und brachte Xuedai sogar Essen? Das war ein Schlag in die Magengrube, den Fanhua bis in die Ohren spürte. Auch später ließ der Druck nicht nach. Er schien sich in ihren Gehörgängen eingenistet zu haben. Sie saß regungslos da. Spannte mit den Händen die Wolle. Die Wolle war federleicht, dennoch wurden ihre Arme lahm. Sie hatte das Gefühl, Bleikugeln in Händen zu halten. Das Gewicht zog ihr bis ins Kreuz.

»Ich will ja nichts sagen«, begann Pei Zhen nun ihrerseits Fanhua Vorwürfe zu machen. »Aber schon als du gekommen bist, war mir klar, was du wolltest. Und du? Du redest die ganze Zeit um den heißen Brei. Du bist wie eine Schwester für mich. Sieh mich doch auch als deine Schwester an …«

Fanhua nahm nur dumpfe Laute wahr. Sie sah die Bewegungen von Pei Zhens Lippen und ein wenig weißen Schaum, der wie kleine Seifenblasen aus den Mundwinkeln trat. Ihr war immer noch kalt. Sie konnte kaum mehr die Augen offenhalten. In Wirklichkeit glühte ihr Körper und hätte als Heizofen dienen können. Aber ihr Geist war hellwach, und sie wußte ganz genau, wie sie die Sache zu Ende bringen mußte.

»Dann brauche ich mir ja keine Sorgen mehr zu machen, ob Xuedai genug zu essen und zu trinken hat«, sagte Fanhua. »Aber laß sie am besten noch zwei Tage dort, solange Tiesuo an seinem eisernen Starrsinn festhält. Auch Eisen hat einen Schmelzpunkt.«

Von einem seltsamen Gefühl begleitet, verließ Fanhua

Shangyis Haus. Zuerst waren ihr Kopf schwer und ihre Beine leicht. Ihr Kopf schien sich in einen Stein verwandelt zu haben, ihre Füße glitten wie über Watte. Doch nach wenigen Schritten war es umgekehrt. Ihr Kopf fühlte sich federleicht an, und die Beine waren bleischwer. Offenbar war der Stein nun an ihre Beine gebunden.

Als sie zu Fanxins Kuhstall kam, lehnte sie sich einen Moment an die Umzäunung, um durchzuatmen. Die Kühe käuten wieder, als hätten sie Kaugummi im Maul, und schmatzten laut dabei. Qinglins Wolf fing an zu heulen, machte aber immer wieder eine Pause, als sei er außer Atem. Aus dem Wolfsgeheul wurde Hundejaulen. Es waren nicht die Laute eines einzelnen Tieres. Unzählige Hunde wimmerten jämmerlich. Fanhua dachte, daß sich Qinglins Wolf sicherlich wieder eine Braut genommen hatte.

Qinglin hatte gesagt, jedes Mal, wenn sein Wolf sich paarte, jaulten die Dorfhunde, die Rüden aus Neid, die Hündinnen aus Wehmut. Sie alle sprachen auf den Wolf an.

In das Hundejaulen mischte sich das Klappern von Bambusrohren. Das war bestimmt Xianfa. In Mao Zedongs propagandistischer Künstlergruppe hatte er damals auch Bambusrohre geschlagen und dazu rhythmische Balladen vorgetragen. Kraftvoll erhob er jetzt seine Stimme, die keineswegs wie die Stimme eines siebenundsiebzigjährigen alten Mannes klang.

»Kirschen hängen reif am Granatapfelbaum,
Meine Herren, gebt genau acht!
Der Mann im Mond im westlichen Himmelsraum
Steigt im Osten hinab mit Bedacht.
Meine Damen, alle aufgewacht.
In Peking strömen die Menschen umher,
Doch mein Herz ist in Guanzhuang bei Nacht.

Heb ich den Kopf, seh ich kein Sternenmeer,
Am Boden einen Graben aus Teer,
Diesen nennt man U-Bahn-Schacht.«

Im U-Bahn-Schacht sind Zwiebeln gepflanzt,
Auf den Zwiebeln bildet sich Reif.
An den Wänden ein fahler Lichtstrahl tanzt,
Dahinter ein Nagel stocksteif.
Auf der Armbrust gebettet der Greif.
Er breitet seine Schwingen aus
Mit grellem Gepfeif.
Und nimmt nach Guanzhuang Reißaus.
Dort nähert er sich dem Elternhaus,
Der alte Greif.

Ein Mädchen huscht an ihm vorbei,
Entzückt den Blick er wendet.
War es Xiaohong oder Träumerei?
Was hat mich da geblendet?
Den Mundschutz hat sie falsch umgebunden
Und um den Hinterkopf gewunden.
Sie riskierte ihr Leben
Und sprang in die Gruft.
Man sollte sie zu Lei Feng erheben.
Die Revolution ruft!

Die kleine Xiaohong trägt Essen herein,
Die Brunnen von Guanzhuang sind mild,
Der süß-saure Fisch so groß wie ein Schwein,
Am Fluß steht das Papierfabrikschild.
Dort wächst der Schnittlauch hoch und wild.
Xiaohong kann Tofu kochen.
Damit der Hunger wird gestillt,

Enthält er viele Knochen.
In den Bergen schwimmen die Rochen.
Welch wunderschönes Bild!

Doch Xianfa hat ein glückliches Leben,
Im Traum sah er diffus
Sich selber in die Disko schweben.
Er bläst die Trommel mit großem Genuß
Und schlägt die Trompete zum Schluß.
Die Welt ist verkehrt, ja verkehrt ist die Welt,
Der Granatapfelbaum trägt Kirschen.
Die Sonne hebt sich im Osten erhellt.
Der Dieb tappt im Dunkeln und stiehlt mir das Geld,
Meinen letzten Obolus.

Der Taube muß ihn gewahren.
Der Stumme schreit: Du bist geschnappt!
Und zieht ihn an den Haaren.
Doch war's kein Dieb, sondern der Abt:
Gott soll mich bewahren.
Bin hergeeilt in wilder Hast
Und hab nicht richtig aufgepaßt,
Da ging's mir an den Kragen.
Wollt meine Stimme zur Wahl eintragen
Und bin dabei gegen das Fenster geschlagen.

Durchs Fenster schau'n Menschen mit verstohlenem Lachen.
Die Ballade erzählt nicht von allen Sachen.
Im Schnabel der Henne der hungrige Greif
Mit lautem Gepfeif.
Denn im Grunde ist Xianfa ganz erpicht
Ohne Licht
Ins Brautgemach eingedrungen

Und hat seine Lieder gesungen.
Cola löscht den Durst nicht mehr,
Pepsi läuft eilig hin und her.
Zur Wahl kommt alle, es zu versuchen,
Ich schneide euch an den Hochzeitskuchen.«

Sollte dieser hungrige Greifvogel Xianfa tatsächlich ins Brautgemach eindringen wollen? War es die Wahrheit, oder fabulierte er nur? Wie war es möglich, daß sie überhaupt nichts von Xianfas Rückkehr erfahren hatte? Aber er, gerade erst angekommen, wußte bestens über alles Bescheid. Sogar über Xiaohongs Mundschutz am Kopf war er unterrichtet, wirklich beachtlich. Als der alte Haudegen Liu Bei Eindruck schindend sein Kind zu Boden fallen ließ, konnte er das Volk für sich einnehmen. Und offenbar nahm Xiaohong mit ihrem Mundschutz die Leute ebenso für sich ein. Während Fanhua diese Gedanken durch den Kopf gingen, begann Xianfa Erhu zu spielen. Er griff tief in seine Trickkiste, um die Leute zu unterhalten. Obwohl er keinen Fernseher hatte, kannte er die Sängerin Song Zuying. Nun gab er ihr Lied ›Heute ist ein wundervoller Tag‹ zum besten. Eigentlich war es ein fröhliches Lied, aber auf der Erhu ertönte eine klagende Melodie. Nach ›Heute ist ein wundervoller Tag‹ spielte er ›Zhuge Liangs tröstende Worte‹. Mit diesem Lied lud er wohl Li Hao ein. Denn wenn Li Hao ›Die Kriegslist der offenen Tore‹ aufführen konnte, sang er bestimmt auch ›Zhuge Liangs tröstende Worte‹:

»An deinem Totenbette knie ich nieder.
Mein Herz von Schmerz erfüllt,
Die Gedanken in Erinnerung gehüllt.
Von ferne tönen Totenlieder.
Mit heißem Blut und Hingebung

Hast du das Reich Wu gerettet,
In des Stromes Niederung
Die Schiffe des Feindes verkettet.
Gongjin, mein Bruder, immerdar,
Ließest Zijin nach mir schicken,
Als dein Berater anzurücken.
Gemeinsam war'n wir unschlagbar.
Zu Freunden wurden wir beide
Und sprachen von Leiden und Freude
Wir berieten über die Lage der Welt,
Was sie entzweit und was sie zusammenhält.
Als Cao Caos Mannen vor uns lagen
Haben wir sie gemeinsam geschlagen.«

Li Haos Stimme klang wie ein Reibeisen, grimmig und belegt. Dem Anschein nach hielt er dieses Mal nicht Zhuge Liangs Fächer in der Hand, eher General Zhang Feis Schlangenspeer oder die Axt des Räubers Li Kui. Wäre der besungene Zhou Yu noch am Leben, hätte ihn spätestens dieser Gesang dahingerafft, dachte Fanhua.

Kurz darauf kehrte Shangyi nach Hause zurück. Er war betrunken und wankte über die Straße. Aus der Ferne sah Fanhua, daß ihn jemand stützte – es war Xiaohong. Immerhin war Shangyi eine gebildete Person, die auch im betrunkenen Zustand noch Anstand wahrte. Er bat Xiaohong um Verzeihung, weil er sich übergeben und sie dabei beschmutzt hatte.

»Mein Gesicht ist unwiederbringlich verloren«, lallte er. »Ich muß mich selbst ohrfeigen. Aber eigentlich bin ich nicht betrunken. Wie könnte ich an einem solch glücklichen Tag betrunken sein. Ich bin nicht betrunken. Auch wenn ich noch ein paar Gläser trinke, werde ich nicht betrunken sein.«

»Nein, du bist nicht betrunken«, pflichtete Xiaohong ihm bei. »Du kannst noch weitertrinken.«

»Dann geh zurück zu Xiangsheng und sag ihm, daß ich gesagt habe, daß ich nicht betrunken bin«, drängte Shangyi.

»Du bist zwar nicht betrunken, aber Xiangsheng ist betrunken«, sagte Xiaohong.

»Was meinst du?« wechselte Shangyi das Thema. »Werden die Familienoberhäupter auf mich hören? Sogar Erleng, dieser Trottel, erwartet für seinen Sohn eine große Zukunft. Daraus wird doch nichts, wenn sie nicht auf mich hören, oder?«

»Auf keinen Fall«, sagte Xiaohong. »Im Leben nicht. Du bist einfach unglaublich gut, du bist der Beste.«

Alkoholdunst stieg Fanhua in die Nase, nachdem sie verschwunden war. Dann zog warmer, wohliger Heugeruch an ihr vorüber und vermischte sich flüchtig mit dem Gestank von Urin. Das Malmen der wiederkäuenden Kühe wurde schwächer. Offenbar war der Gestank auch zu ihnen hinübergezogen. Trotz ihrer Benommenheit merkte Fanhua, daß es nach frischen Kuhfladen roch.

Ja, wie hatten die Leute noch gesagt? Sie sei eine Blume auf einem Kuhfladen. Und nun stand sie tatsächlich in einem Kuhfladen. An der Umzäunung des Stalls rutschte sie im Mist aus. Alles drehte sich im Kreis, als säße sie auf einem Karussell. Und was würden die Leute sagen, wenn Xiaohong in ein paar Tagen ihr Amt als Komiteevorstandsvorsitzende antrat? Fürwahr eine frische Blume, die in einem Kuhfladen steckte, feuerrot und entzückend anzuschauen.

Die Herbstluft wurde kälter. Fanhuas Kopf glühte förmlich. Während sie krank im Bett lag, fand in der Kreisstadt eine Sitzung statt. Der Kreisvorstand hatte betont, daß die Verantwortlichen eines jeden Dorfes und jeder Gemeinde zu erscheinen hatten und keine Entschuldigung gelten werde.

Xueshi und Fanqi besuchten Fanhua, um mit ihr zu beraten, wen sie am besten schicken sollten.

»Einen von euch beiden«, sagte Fanhua.

»Ich bin schon alt«, wandte Xueshi ein. »Ich kann nicht gut laufen, laß mich da raus.«

»Ich bin immerhin einen Monat und fünf Tage älter als Xueshi«, wandte Fanqi ein. »Wenn er sich nicht dorthin bewegen kann, dann ich ja wohl erst recht nicht.«

»Ich bin fast taub«, fügte Xueshi hinzu. »Bist du vielleicht auch taub?«

»Ja«, antwortete Fanqi. »Bruder, ich bin nicht nur taub, sondern ich habe auch noch Augenflimmern.«

Fanhua konnte ihr Gezänk nicht länger ertragen. »Dann schickt eben Qingshu hin«, sagte sie schwach.

»Qingshu?« fragte Fanqi zweifelnd. »Befürchtest du denn nicht, daß dir dieser hirnlose Kerl noch mehr Ärger macht?«

Fanhua begriff. Sie wollten, daß Xiaohong hinging, und wagten nicht, es offen auszusprechen. Also machte Fanhua selbst den Vorschlag. »Xiaohong hat dem Dorf schon genug gedient, nun soll sie auch einmal auswärts Dienerin sein.«

Xiaohong war nicht zur Sitzung gegangen. Sie ließ sich von Qingshu vertreten. Nachdem er an der großen Versammlung in der Kreisstadt teilgenommen hatte, rief er im Dorfamt von Guanzhuang an.

»Die Kreisvorstände haben Gongzhuang ein Lob ausgesprochen«, berichtete er, »weil das Dorf ausländisches Geld angelockt hat. Wer konnte schon ahnen, daß der Investor niemand anderes als Kong Qinggang ist. Der Ami ist Kong Qinggang. Dieser Kerl, der damals vom Festland aus nach Taiwan und dann von Taiwan nach Amerika geflüchtet ist.«

Die Geschichte machte im Dorf schnell die Runde. Aufs übelste beschimpften die Leute Qinggang.

»Du Mistkerl«, rief einer. »Bist du vielleicht aus einem

Fick in Gongzhuang entstanden? Wohl kaum. Ganz eindeutig bist du aus einem Fick in Guanzhuang entstanden. Wieso kommst du dann nicht nach Guanzhuang zurück, sondern gehst nach Gongzhuang? Wieso? Warum? Wenn das nicht bedeutet, daß du deine Vorfahren vergessen hast, was dann? Um das Grab deiner Mutter zu schützen, hat Xiaohong ihr Leben riskiert und ist in das Grab gesprungen. Beinahe hätten die Leute von Gongzhuang sie lebendig begraben. Weißt du das eigentlich? Sag, weißt du das?«

»Qinggang ist in Amerika verdorben worden«, sagte ein anderer. »Die Amerikaner sind alle Mistkerle. Das hören wir doch jeden Tag in den Nachrichten. Heute machen sie hier Ärger, morgen dort. Sie haben zwar Zaster, aber sie sind so hirnverbrannt, daß sie nichts anderes können, als Ärger zu machen. Leck mich doch am Arsch. Wir haben immer geglaubt, so etwas geschieht nur am Ende der Welt. Wer konnte schon ahnen, daß sich so etwas eines Tages gleich vor unserer Nase abspielt. Im Handumdrehen machen sie uns das Leben auch in Guanzhuang zur Hölle.«

Xianyu betrachtete die Sache aus medizinischem Blickwinkel. »Weil die Amerikaner bei sehr guter Gesundheit sind, treiben sie es ziemlich wild – mal hier, mal da. Sie treiben es bis zum Matriarchat, weil niemand mehr weiß, wer die Väter sind. Nur die Mütter stehen fest. Qinggang war lange in Amerika und ist dort selbst zu einem Bastard geworden«, erklärte Xianyu.

»Xianyu«, wandte Lingwen ein, »damit bin ich nicht einverstanden. Qinggang soll ein Bastard sein? So ein Quatsch. Zwar passiert hinter den Türen der Witwen so einiges. Aber als seine Mutter ihn zur Welt gebracht hat, war sie keine Witwe. Und wenn er ein Bastard ist, dann unser Bastard von Guanzhuang. Qingmao, sag schon, mit wem von unseren Leuten war seine Mutter im Bett?«

»Wir sind ein gerechter und anständiger Flecken Erde«, erklärte Qingmao. »Jeder mit jedem, so etwas gibt es in unserem Dorf nicht. Das hat es noch nie gegeben. Also, wenn ihr sagt, daß Qinggang ein Bastard ist, dann ist er kein Bastard von Guanzhuang. Er könnte höchstens ein Bastard von Gongzhuang sein. Als seine Mutter hier eingeheiratet hat, war ihr Bauch ja schon dick.«

Schließlich lenkte er seine Beweisführung in eine andere Richtung. »Die Leute waren damals doch ziemlich feudal«, fuhr er fort. »So etwas war unmöglich. Deshalb, wie man es auch dreht und wendet, Qinggang ist durch und durch so, wie die Leute aus Guanzhuang sind, weil er eben von hier ist. Und warum er sein Geld nicht in Guanzhuang einbringt, weiß der Teufel. Die gebratene Ente ist uns jedenfalls davongeflattert.«

Just in dem Moment kam Xiangmin mit dem Auto angefahren. »Gerade komme ich aus Gongzhuang«, berichtete er. Ich habe das Grab von Qinggangs Mutter gesehen. Dafür hat sich der Parteizellensekretär richtig ins Zeug gelegt. Es ist noch prächtiger als Konfuzius' Grab in Qufu. Vor dem Grab knien Mönche und tragen Gebete vor. Auch ein paar Christen beten. Sie wechseln sich ab. Wenn der eine ein Päuschen einlegt, macht der andere weiter. Ein Kerl unter den Christen hat's richtig gut drauf, er ist sehr redegewandt. Nach Aussage von Gong Weihong soll er früher Dorfvorsteher gewesen sein. Ich schwöre euch, den hat er in der Kirche von Nordyuan aufgetrieben und nach Wangzhai gebracht.«

Xiangmin hatte noch nicht ganz zu Ende erzählt, schon begannen einige, auf Gong Weihong zu schimpfen.

»Dieser nichtsnutzige Mistkerl«, riefen sie. »Hätte sich der Hund nicht eingemischt, wären die gebratenen Enten bestimmt nicht davongeflattert.«

Wenn es um Enten ging, wußte keiner besser Bescheid als Lingwen, der auf Enten- und Gänsezucht spezialisiert war.

»Wie sollen gebratene Enten denn davonflattern?« sagte er. »Ich habe oft genug Enten gebraten. Aber so etwas ist mir noch nie passiert. Wie dem auch sei, sie können noch nicht gebraten sein.«

»Wenn sie schon gebraten wären, hätten wir für die anderen gekocht«, sagte Xiangmin. »Diese Arschlöcher wollen uns wohl zum Fraß haben.«

Ihre Unterhaltung war bis zu Fanhua gedrungen. Viele Jahre hatte sie nicht mehr geweint. Doch an dem Tag konnte sie ihre Tränen nicht zurückhalten – selbst gutes Zureden half nicht.

Als Fanqi Fanhua später besuchte, stellte er erschüttert fest, daß sie immer noch weinte.

»Fanhua«, sagte er, »wie kommt es, daß du dich plötzlich wie eine Frau benimmst?« Sofort versiegten ihre Tränen. Sie war so verdutzt, daß sie nicht mehr weinen konnte. Wann war sie jemals keine Frau gewesen, überlegte sie. Sie war eine Frau. Wieder rannen ihr Tränen über die Wangen.

Einen Tag vor der Wahl traf die Kreistheatergruppe ein und spielte das Stück ›Drache und Phönix verheißen Glück‹. Auch Ermao war zur Stelle. Seine Vorstellung fand nicht im Theater, sondern auf dem Sportplatz der Schule statt. Während Fanhua nach ihrem Unfall zu Hause am Tropf hing, war die Mutter zur Theatervorführung gegangen, der Vater und Doudou dagegen besuchten Ermaos Modenschau. Nur Dianjun blieb zu Hause. Er saß auf Fanhuas Bettkante und schälte Äpfel. Er schälte so eifrig, daß er sich in den Finger schnitt. Den Apfel legte er zur Seite und schälte weiter seinen Finger. Schnell entriß ihm Fanhua das Messer. Dianjun mußte etwas widerfahren sein, das ihn völlig aus der Bahn geworfen hatte. Ich sollte ihn dringend im Krankenhaus untersuchen lassen, dachte Fanhua. Wieder begann er von den Kamelen zu sprechen.

»Kamele sind gut, ihr ganzer Körper ist ein einziger Schatz.«

Zuvor hatte Fanhua sein Gerede nie beachtet, doch nun sprach sie ihm gut zu.

»Das stimmt«, sagte sie. »Wenn du die Kamele kämmst und ihnen das Fell schneidest, sie einfach schön herrichtest, können sie über den Laufsteg stolzieren.«

Es klopfte an der Tür. Fanhua schob den Vorhang ein wenig zur Seite und sah unauffällig aus dem Fenster. Xiaohong und Xianyu hatten sich eingefunden. Xiaohong hatte eine große Portion Zuckerwatte für Doudou in der Hand.

Unbefangen trat Xiaohong ins Zimmer und setzte sich auf die Bettkante. Sie zog Fanhuas Hand unter der Decke hervor und schmiegte ihr Gesicht hinein.

»Das Fieber ist etwas gesunken«, sagte sie zu Xianyu. Fanhua, die sich schlafend gestellt hatte, öffnete erschrocken die Augen.

»Oh, seit wann bist du da?« fragte sie. »Ich bin noch nicht einmal in der Lage, mich mit dir zu unterhalten.«

Xiaohong legte den Zeigefinger auf die Lippen.

»Schsch, nicht sprechen«, sagte sie. »Du mußt dich erholen. Du hast mich zu Tode erschreckt. Das ist mir richtig an die Nieren gegangen. Daß dich die Kühe nicht zertrampelt haben, ist ein großes Glück. Sonst hätte ich Fanxins Tiere allesamt schlachten lassen.«

Das wurde ja immer schöner, dachte Fanhua, noch bevor Xiaohong ihr Amt antrat, verbot sie ihr schon den Mund. Dianjun betrachtete Xiaohong von der Seite und lachte – ein beängstigendes Lachen drang aus seiner Kehle. Er hob die Hand, um Xiaohongs Wunde am Kopf zu betasten.

»Dianjun«, sagte Fanhua, »bring Xiaohong doch ein Glas Wasser.«

Mit ihm entfernte sich sein anhaltendes Lachen. Sachte schüttelte Xianyu den Kopf und schaute ihm betreten nach. Auch Xiaohong lachte. Sie lachte Fanhua an, sehr liebevoll, sehr gefällig. Mit der einen Hand hielt sie Fanhua fest, mit der anderen drückte sie auf ihr Handgelenk.

»Du solltest dieses Mal wohl die Nadel austauschen«, sagte sie zu Xianyu.

»Gut, ich wechsle sie«, antwortete Xianyu und wollte sich an die Arbeit machen.

»Nein«, sagte Fanhua. »An einem neuen Einstich werde ich auch nicht sterben.«

Mit der Hohlnadel in der Hand schaute Xianyu Fanhua an. Dann wandte er den Blick zu Xiaohong. Er wußte nicht, auf wen er nun hören sollte. Fanhua entzog sich Xiaohongs Griff und ließ ihren Arm unter der Bettdecke verschwinden. Xianyu streckte sie dieselbe Hand wie zuvor entgegen.

»Xuedai ...«, begann sie, aber Xiaohong fiel ihr schon mit verzerrter Miene ins Wort.

»Daß du wieder gesund wirst, hängt zu siebzig Prozent von der Behandlung ab und zu dreißig Prozent von der Ruhe«, sagte sie. »Sei vernünftig und schlaf ein wenig, damit du wieder zu Kräften kommst.«

»Ich wollte fragen«, wiederholte Fanhua, »wie Xuedai an diesem verfluchten Ort Unterschlupf finden konnte.«

Dieses Mal verzog Xiaohong keine Miene. Sie griff nach dem pendelnden Tropf und musterte ihn eingehend. »Xuedai ist wirklich herzlos. Sie läßt Tiesuo und ihre beiden Mädchen einfach im Stich und versteckt sich irgendwo«, sagte Xiaohong. Daß sie an der Sache beteiligt war, gab sie also nicht zu.

»Xuedai hat einen dicken Bauch«, sagte Dianjun, als er mit einem Glas in der Hand wieder ins Zimmer trat. Mit einer

Handbewegung gab Fanhua ihm zu verstehen, daß er hinausgehen solle. Doch Dianjun blieb und sagte abermals: »Xuedai hat einen dicken Bauch.«

»Xuedai und Tiesuo haben das ausgeheckt«, erklärte Xiaohong. »Zwei Idioten, ein Gedanke, die haben nichts als Scheiße im Hirn.«

Immer noch verschwieg sie, daß sie selbst damit zu tun hatte, vielmehr schlug sie hier den Sack und meinte den Esel. Wenn sie noch lange weiterredete, brach womöglich noch Streit aus.

Xianyu hatte die Nadel gelegt. »Ich gehe«, sagte er, noch bevor er seine Sachen zusammengepackt hatte. »Ich komme später noch einmal vorbei.«

»Geh ruhig zur Theateraufführung«, sagte Fanhua. »Dianjun kann die Nadel wieder herausziehen.«

»Ich kann sie auch herausziehen«, sagte Doudou. Niemand hatte bemerkt, daß sich Doudou inzwischen bis auf den Schlüpfer ausgezogen hatte und sich auf der Bettkante räkelte.

»Ah«, sagte Xiaohong. »Doudou ist richtig schlau. Sie hat Ermaos Vorführung gesehen und konnte sofort wie die Mannequins stolzieren.«

Doudou plusterte sich zufrieden auf. Mit ihrem kleinen Hintern wackelnd lief sie auf und ab, während sie hin und wieder von ihrer Zuckerwatte aß.

Völlig unvermittelt schrie Fanhua Doudou an. »Was fällt dir ein, von anderen etwas anzunehmen? Was habe ich dir gesagt? Los, was war das?«

Doudou erstarrte vor Schreck. Die Zunge hing ihr aus dem Mund. Sie hatte vergessen, sie wieder einzuziehen.

»Los, was habe ich dir gesagt?« brüllte Fanhua erneut.

Doudou fing an zu weinen. »Danke, ich will nicht, das habe ich schon zu Hause«, stammelte sie unter Tränen.

Xiaohong sagte nichts. Weder wies sie Fanhua zurecht, noch tröstete sie Doudou.

»Siehst du«, sagte Xiaohong zu Dianjun. »Du mußt dich um Fanhua kümmern, damit würdest du dem Dorf einen großen Dienst erweisen. Wenn Fanhua sich noch eine Lungenentzündung einfängt, die ihr aufs Herz schlägt, können wir dich im Zweifelsfall nicht schonen.«

Je länger Fanhua Xiaohong zuhörte, desto größer wurde ihr Befremden. Nicht etwa, weil sie dachte, Xiaohong könnte ihr eine Lungenentzündung an den Hals wünschen, sondern wegen ihrer Anrede. Nie zuvor hatte Xiaohong sie einfach mit Namen angesprochen. Und jetzt kam nichts anderes über ihre Lippen als Fanhua hier und Fanhua dort. Es klang einfach befremdlich. Kaum war Xiaohong aus dem Zimmer, hob Fanhua Doudou zu sich aufs Bett. Die Kleine hatte sich inzwischen wieder beruhigt. Fanhua gab Doudou eine Ohrfeige. Sofort schrie sie von neuem los. Dianjun weinte mit. Sein Heulen klang nach einem Schwein beim Schlachter, Doudous Weinen wie ein Schaf beim Schlachter. Fanhua weinte nicht. Sie wußte nicht, wen sie zuerst trösten sollte, sie war vollkommen durcheinander.

Als am nächsten Tag die Wahl stattfand, war Fanhuas Fieber gesunken. Dennoch ging sie nicht zum Versammlungsplatz im Dorf. Sie saß zu Hause im Hof. Der große Dorflautsprecher war offenbar ausgetauscht worden. In glockenreinem Klang erschallte Qingshus Lieblingslied ›Die Pekinghymne‹ – »Im goldenen Peking steigt strahlende Morgenröte empor, treue Beamten, auf geht's!«

Die gesamte Familie war losgezogen, um ihre Stimme abzugeben. Doudou begleitete die Großeltern. Nur Fanhua und ein paar Hasen waren zu Hause geblieben. Gemeinderat Nius Stimme war unüberhörbar, während er tatkräftig den Vorsitz führte. Im Namen der Gemeinde Wangzhai sprach er dem Komiteevorstand der vergangenen Amtszeit seinen aufrichtigen Dank für die großartigen Dienste aus, die er dem Dorf Guanzhuang erwiesen habe, und hob besonders die Genossin Kong Fanhua hervor. Sie habe aus voller Überzeugung ihre ganze Kraft dem Wohl des Volkes gewidmet. Dieses Erbe sollten die Kader von Guanzhuang unbedingt bewahren. Anschließend begannen die Reden.

Als erste ergriff Meng Xiaohong das Wort. Normalerweise sprach sie am Megaphon stets Hochchinesisch. Aber zu diesem Anlaß verwendete sie den heimischen Dialekt. Insbesondere hob sie die Umgestaltung der Papierfabrik hervor. »Es ist der ganze Stolz der Menschen in Guanzhuang, daß der Standort der Papierfabrik hier ist«, begann sie. »Die Gemeinderegierung bringt unserem Dorf damit großes Vertrauen entgegen. Wir werden eng mit dem Gemeinderat zusammenarbeiten. Sowohl die Produktion als auch die Umweltverschmutzung werden wir in Angriff nehmen. Dafür werden wir keine Mühen scheuen.«

Mit gedämpfter Stimme kam sie plötzlich auf ihren verstorbenen Bruder zu sprechen. Scheinbar unterlief ihr da gerade ein Fehler, denn sie sagte tatsächlich, daß ihr Bruder durch das verseuchte Wasser zu Tode gekommen sei.

»Ich verabscheue die Umweltverschmutzung mehr als jeder andere«, fuhr sie fort. »Daher bitte ich um euer Vertrauen, daß ich in Zusammenarbeit mit der Papierfabrik die Angelegenheit mit Entschlossenheit zu einem guten Ende führen kann.«

Dann wurde sie wieder lauter. »Die Gemeinde hat bereits zugestimmt, die Papierfabrik in eine Aktiengesellschaft umzuwandeln. Das Dorf Guanzhuang erhält Aktien im Wert von einer Million Yuan. Jede Person und jeder Haushalt kann Aktien kaufen.«

Xiaohong betonte besonders, daß einige Leute, die auswärts arbeiteten, bereits Aktien vorbestellt hätten. Sie nannte eine Reihe Namen. Darunter waren Zhang Shilius Mann Li Dongfang, Li Xueshis Sohn Li Xiaoshuang und Kong Fanhuas Schwester Kong Fanrong. Fanrong hatte Aktien gekauft? Fanhua traute ihren Ohren nicht.

»Die Papierfabrik wird in unserem Dorf vorrangig das Problem der überzähligen Arbeitskräfte lösen – also das Problem ›Nach der Mahlzeit keine Tätigkeit‹. Ich als Tochter dieses Dorfes werde dem Volk gegenüber genauso gehorsam handeln, wie ich es meiner Familie gegenüber tue.«

Im Anschluß daran gab sie den Leuten Gelegenheit, Fragen zu stellen. Fanhua hörte, daß Shangyi den Anfang machte. Er sprach Hochchinesisch und griff das Thema der Geburtenkontrolle auf. Immerhin war Lehrer Shangyi nach wie vor das »Vorbild der Familienplanung«.

Xiaohong dankte ihm zunächst für seinen Wortbeitrag. »Lehrer Shangyi ist sehr gewissenhaft«, sagte sie. »Er kommt erst zur Ruhe, wenn alles in Ordnung gebracht ist. Wenn ich geeignete Maßnahmen ergreife, glaube ich, daß mich im Dorf Alt und Jung, Frauen und Männer, Jungen und Mädchen verstehen werden.« Zum Schluß veranschaulichte Xiaohong ihre Aussage mit einem Beispiel. »Zwar ist Xuedai im Krankenhaus nicht ordnungsgemäß untersucht worden, so daß man ihr nicht die Schuld an der Schwangerschaft in die Schuhe schieben kann. Aber sie ist trotzdem sehr vernünftig und will das Problem in Abstimmung mit der Partei gewissenhaft lösen. Beim Umgang mit der Geburtenkontrolle spielen gegenseitiger Respekt und Gerechtigkeit die entscheidende Rolle. Respektlosigkeit und Ungerechtigkeiten wie Hausarrest oder Häuserabriß werden in Guanzhuang nie wieder vorkommen.«

Bei diesen Worten pfiff es Fanhua in den Ohren, ihr brummte der Schädel.

Xiangmin stellte eine Frage zur Feuerbestattung. »Die Leute aus unserem Dorf müssen nach ihrem Tod eingeäschert werden«, sagte er. »Wie ist es denn mit den Leuten von außerhalb, die in unserem Dorf sterben? Werden sie auch eingeäschert? Und wer muß die Bestattungskosten tragen?«

»Natürlich müssen die Angehörigen des Toten die Kosten übernehmen«, antwortete Xiaohong.

»Das ist doch wohl klar«, rief jemand. »Wir sind Menschen, und die anderen sind auch Menschen. Wir sind doch alle Menschen.«

Plötzlich brach Unruhe aus, so daß Gemeinderat Niu eingreifen mußte. Er hielt alle dazu an, einen kühlen Kopf zu bewahren.

»Die Frau, die vor einigen Tagen vom Fluß angespült wurde«, sagte Xiaohong, »ist inzwischen eingeäschert. Die Kosten hat schon jemand übernommen.« Sofort wollten einige wissen, wer dieser Jemand sei. »Wenn wir in einigen Tagen zusammen feiern, werdet ihr es alle wissen«, erwiderte Xiaohong. »Dann gibt es nicht nur Schnaps zur Feier des Tages, sondern auch ein ganzes gegrilltes Lamm.«

Jedem wurde klar, daß es Li Hao war, der die Kosten getragen hatte. Aha, wie es aussah, wollte Eisenkrücken-Li auch seinen Platz im Dorfkomitee haben, dachte Fanhua.

Nachdem Xiaohong ihre Rede beendet hatte, erwartete Fanhua, daß Qingshu das Wort ergriff. Wieder erschallte Musik. Sollte das bedeuten, daß nun die Stimmabgabe begann? Qingshu schien auf seinen Wahlkampf zu verzichten.

Plötzlich verstummte die Musik und wurde abrupt durch eine Marschmusik der Volksbefreiungsarmee ersetzt. Fanhua stand auf, um für die Hasen Gras zu pflücken. Sie schritt im Takt zur Musik. Wie ein Hund, der sich um die eigene

Achse kreisend in den Schwanz biß, erschallte das Stück immer wieder. Nachdem die Musik verklungen war, erhob Xiaohing die Stimme von neuem. Erwartungsgemäß hielt sie nun ihre Amtsantrittsrede. Sie sprach jetzt Hochchinesisch. Bemerkenswert, beinahe klang sie wie die schöne Fernsehmoderatorin Ni Ping, die die Zuschauer in ihren Shows mit großem Getöse in Begeisterung versetzte. Xiaohongs Worte gelangten nicht bis zu Fanhua. Sie gingen in einem großen Radau unter, denn die Leute schossen ihre Feuerwerkskörper ab.

Selbstverständlich dauerte die Feier bis in den Abend. Aus dem Lautsprecher erschallte ein Lied nach dem anderen, die Übertragung der Sketche drang durch die Straßen. Auch Zhao Benshan gab sein Stück ›Krückenverkauf‹ zum besten. Kaum war Zhao Benshan seine Krücken losgeworden, kam Xianfa an die Reihe. Er strich seine Kniegeige wie für eine Fernsehunterhaltungsshow, vergnügt, fast erregt, aber keineswegs wie eine Erhu. Während Xianfa mit großer Leidenschaft über die Saiten fuhr, ertönte plötzlich erneut Xiaohongs Stimme aus dem Lautsprecher.

»Von heute an werden die Stromkosten des gesamten Dorfes von der Papierfabrik übernommen. Später wird die Elektrizität je nach Verbrauch berechnet.«

Fanhua zog sich Dianjuns Jacke über und setzte sich wieder in den Hof. Morgen werde ich im ganzen Haus die Birnen austauschen und überall Hundert-Watt-Birnen hineindrehen, dachte sie. Auf ihren Beinen hüpfte ein Wollknäuel auf und ab. Sie strickte einen Pullover für Doudou. Fanqi, Mitglied des Dorfvermittlungsausschusses, der neben ihr saß, lobte ihre Handarbeit.

»Ach was«, wehrte Fanhua ab, »ich hatte so viele Jahre keine Nadel in der Hand, da könnte ich auch mit den Füßen stricken. Ich muß einmal zu Pei Zhen gehen und sie fragen, wie man die Achseln strickt.«

»Ich merke schon«, sagte Fanqi zu Fanhuas Vater, »meine Schwester ist auch in Handarbeiten eine Meisterin.«

»Wollte dieser Qingshu nicht die ganze Zeit schon mehr Verantwortung haben?« fragte Fanhuas Vater. »Wieso ist daraus nichts geworden, und warum ist er immer noch Frauenexperte von Beruf?«

»Ach, warte doch erst einmal die nächste Amtszeit ab«, sagte Fanqi. »Xiaohong hat gesagt, daß sie nur eine Wahlperiode macht und danach als einfache Arbeiterin in die Papierfabrik geht.«

»Wieso mußte Xiaohong Xuedai denn in der Papierfabrik verstecken?« fragte Fanhuas Mutter. »Ich bin schon alt und kann nicht mehr um die Ecke denken.«

»Xiaohong hat gesagt«, lachte er, und dabei wackelten seine Knie hin und her, »daß Xuedai in der Papierfabrik Wache geschoben habe und man ihr jetzt nachträglich Lohn zahlen müsse.« Fanqi dämpfte die Stimme, um eine Neuigkeit preiszugeben. »Xuedai hat ihre zweite Tochter Yadi weggegeben«, sagte er. »Sie ist bei Xiangning und hat schon einen neuen Namen. Sie heißt jetzt Lingdi. Xiangning wird nach Xiushui umziehen.«

Fanhua war wie vor den Kopf gestoßen. Warum war ihr das eigentlich nicht eingefallen, dachte sie. Unter den Umständen konnte Xuedai natürlich noch ein Kind zur Welt bringen. Hoffentlich wurde es auch ein Junge.

»Schlachtet Xiangning denn keine Schweine mehr?« fragte Fanhua.

»Wieso denn nicht?« fragte Fanqi zurück. »Schweine kann man doch überall schlachten.«

Eigentlich war Fanqi erschienen, um Fanhua zum Aktienkauf zu überreden.

»Wir wissen doch alle«, sagte er, »daß die Papierfabrik eine Goldgrube ist, solange es im Dorf keinen Aufruhr gibt. Wieso kaufst du denn keine? Auch Fanrong hat Aktien gekauft. Wieso du denn nicht?«

»Vater, hat Fanrong tatsächlich Aktien gekauft?« fragte Fanhua.

»Ja«, sagte der Alte. »Ich habe für sie die Vorbestellung gemacht. Fanrong hat übrigens angerufen und gesagt, daß ihre große Schwester der Familie Kong nun endlich einen Sohn schenken kann.«

Da hatte Fanrong ja nun Anlaß zur Freude, dachte Fanhua. Hatte sie sich nicht ständig darüber beschwert, daß Fanhua den Schwager zu sehr beanspruche und dadurch früher oder später seine Laufbahn behindere? Jetzt würde sie ihm nicht mehr zur Last fallen.

»Ich habe gehört, daß der Schwager Chef des Finanzamtes wird«, sagte Fanhua.

»Das ist noch nicht gewiß«, erwiderte der Vater. »Ich werde demnächst einmal Xianfa aufsuchen und ihn weissagen lassen.«

»Da siehst du«, sagte Fanqi, »sogar die Frau des Finanzamtschefs hat Aktien gekauft. Willst du immer noch nicht?«

Selbst wenn sie wollte, könnte sie es sich doch gar nicht leisten, ging es Fanhua durch den Kopf. Sie mußte Geld aufbringen, um Dianjun behandeln zu lassen.

Fanqi bot Dianjun eine Zigarette an. »Onkel«, sagte er, »wir sind doch alle nur aus Fleisch und Blut. Mir geht das langsam auch an die Nieren. Glücklicherweise nimmt Fanhua es nicht so schwer, sonst würde ich im Boden versinken. Was meinst du, Dianjun?«

Dianjun hatte nichts verstanden. »Verdammt«, sagte er grimmig. »Ich will Kamele züchten. Aus Kamelhaut kann man Schuhe machen.«

Fanhua fiel ein, daß Dianjun für Xuedai Schuhe repariert hatte. Sie bat Fanqi, Xuedai die Schuhe zu bringen.

»Die Reparatur ist umsonst. Nur ein paar Stücke Leder und zwei Absätze soll sie bezahlen. Das Leder kostet drei Yuan pro Stück und ein Absatz fünf. Aber wenn Xuedai blank ist, vergiß es einfach.«

Von der Straße hallten Schritte herüber. Fanhua sah durch das Tor, daß sich Xiaohong, Qingshu und Li Hao näherten. Li Hao trug eine gläserne Tafel. Sofort wußte Fanhua, daß das ihr Abschiedsgeschenk war. Li Hao humpelte herbei. Im selben Rhythmus wiegte die Scheibe hin und her und fing in ihren Bewegungen wie ein Spiegel das Licht der letzten Sonnenstrahlen ein. Wenn sie sich nicht irrte, war in die Glasfläche »Eine Blume – eine Welt« eingraviert. Kurz bevor sie das Tor erreichten, übernahm Xiaohong die Tafel. Fanqi trat hinaus, um sie zu begrüßen. Fanhua blickte zum Himmel hinauf. Ihr war, als wäre es bereits unermeßlich finster. Näher und näher kamen die Schritte, als hätte der Himmel sie geschickt, als hätte der Himmel sie geschickt.

Luo Lingyuan im dtv

»Ihre kühlen Texte sind aufklärende zeitgeschichtliche Dokumente, die ins Diplomatengepäck jedes China-Enthusiasten gehören.«
Focus

ISBN 978-3-423-**24451**-0

ISBN 978-3-423-**24565**-4

ISBN 978-3-423-**24629**-3

ISBN 978-3-423-**24689**-7

Bitte besuchen Sie uns im Internet: www.dtv.de

Pearl S. Buck im dtv

»Was hinter uns und was vor uns liegt, ist relativ unbedeutend verglichen mit dem, was in uns liegt …«
Pearl S. Buck

Die gute Erde
Roman
Übersetzt von Robby Remmers
ISBN 978-3-423-**13543**-6

Für den ersten Teil ihrer großen Familiensaga wurde die Autorin 1932 mit dem Pulitzerpreis und 1938 mit dem Literaturnobelpreis ausgezeichnet.

Söhne
Roman
Übersetzt von Richard Hoffmann
ISBN 978-3-423-**13350**-0

Der zweite Band der China-Trilogie erzählt eindrucksvoll vom Aufbruch in eine neue Zeit, vom Konflikt der Generationen und dem Untergang der Bauerndynastie.

Das geteilte Haus
Roman
Übersetzt von Richard Hoffmann
ISBN 978-3-423-**13417**-0

Im dritten und letzten Teil der Saga erreichen die Revolutionswirren ihren Höhepunkt. »Nichts und niemand kann die Menschen Chinas zerstören. Sie sind unnachgiebige Überlebende.«
Pearl S. Buck

Ostwind – Westwind
Roman
Übersetzt von Richard Hoffmann und Annie Polzer
ISBN 978-3-423-**13787**-4

In farbenprächtigen Bildern schildert die Nobelpreisträgerin Pearl S. Buck das Aufeinanderprallen von östlicher Tradition und westlichem Denken. Eine wunderbare Liebesgeschichte im China der 1930er Jahre.

Bitte besuchen Sie uns im Internet: www.dtv.de

Ilija Trojanow im dtv

»Trojanow verwebt Orientalisches mit Westlich-Technischem, tobt sich im Detail aus, um dann zum kühnen Zeitensprung anzusetzen. Kurz: Er überrascht, wo er nur kann.«
Der Spiegel

Die Welt ist groß und Rettung lauert überall
Roman

ISBN 978-3-423-**12654**-0

Alex' Eltern ertragen den Alltag unter der Diktatur in ihrem Heimatland nicht länger, und hinter dem Horizont lockt das gelobte Land. Doch schon bald nach der Flucht zeigt sich, daß sie nicht nur einen Gobelin und die Großeltern zurückgelassen haben.

Der Weltensammler
Roman

ISBN 978-3-423-**13581**-8

Als Kundschafter der englischen Krone soll Burton in der Kolonie Britisch-Indien dienen – eine verlockende Aufgabe, die bald zur Obsession wird, das Fremde zu enträtseln und darin aufzugehen.

Nomade auf vier Kontinenten
Auf den Spuren von Sir Richard Francis Burton

ISBN 978-3-423-**13715**-7

Trojanow unterwegs auf den Spuren des sagenumwobenen Burton in Indien, Mekka, Sansibar und bei den Mormonen in Utah. Ein Brückenschlag zwischen den Kontinenten, zwischen eigenen Erlebnissen und den Abenteuern Burtons.

Autopol
in Zusammenarbeit mit Rudolf Spindler
dtv premium

ISBN 978-3-423-**24114**-4

Sten Rasin mag das schöne neue Europa des 21. Jahrhunderts nicht. Doch bei der jüngsten Aktion seiner Widerstandsgruppe wird er geschnappt. Einmal zu oft. Er wird »ausgeschafft«, dorthin, von wo es kein Zurück gibt – nach Autopol. Aber Rasin ist kein gewöhnlicher Krimineller. Er ist Idealist, ein Kämpfer …

Die fingierte Revolution
Bulgarien, eine exemplarische Geschichte

ISBN 978-3-423-**34373**-2

Seit dem Fall des Eisernen Vorhangs hat Trojanow Bulgarien regelmäßig besucht. Das Resümee: Die alte Nomenklatura wurde nie abgelöst, die Wirtschaft ist nicht privatisiert, sondern piratisiert, die Vergangenheit ist nicht bewältigt.